WILLIAM DIETRICH

William Dietrich, lauréat du prix Pulitzer, est journaliste, historien et professeur.
*Les Pyramides de Napoléon* est son premier roman publié en France en 2009, suivi de *Hiéroglyphes* en 2010, aux éditions du Cherche Midi.

# HIÉROGLYPHES

DU MÊME AUTEUR

*CHEZ POCKET*

LES PYRAMIDES DE NAPOLÉON

HIÉROGLYPHES

WILLIAM DIETRICH

# HIÉROGLYPHES

*Traduit de l'anglais (États-Unis)*
*par Gilles Morris-Dumoulin*

le
cherche
midi

Titre original :
*THE ROSETTA KEY*

Le papier de cet ouvrage est composé de fibres naturelles, renouvelables, recyclables et fabriquées à partir de bois provenant de forêts plantées et cultivées durablement pour la fabrication du papier.


ISBN : 978-2-266-19430-3

*À ma fille, Heidi*

« La possession du savoir ne tue pas le sens du merveilleux et du mystère. Il y a toujours plus de mystère. »

Anaïs Nin

NAPOLÉON ET LA TERRE SAINTE, 1799
MER MÉDITERRANÉE
VOYAGE D'ETHAN GAGE
Rosette
Aboukir
Alexandrie
DELTA
DU NIL
Le Caire
Nil
Mer Rouge
BATAILLES

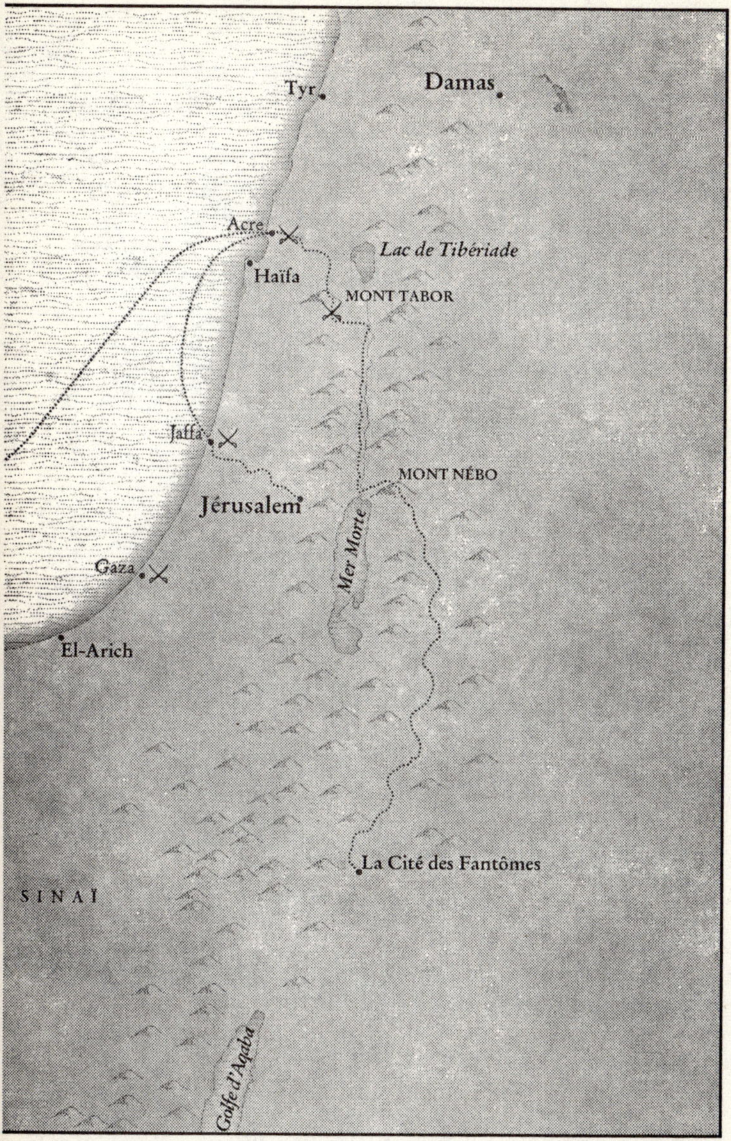
Tyr
Damas
Acre
Lac de Tibériade
Haïfa
MONT TABOR
Jaffa
MONT NÉBO
Jérusalem
Mer Morte
Gaza
El-Arich
La Cité des Fantômes
SINAÏ
Golfe d'Aqaba

# PREMIÈRE PARTIE

# 1

Face à mille canons de mousquet qui visent sa poitrine, quel homme ne se demanderait où et quand il s'est fourvoyé ? Je me posais donc la question, sous la menace de ces gueules plus largement ouvertes, à mes yeux, que celle d'un molosse en liberté dans une impasse du Caire.

Quoique modeste de naissance, j'ai aussi mon amour-propre et, de mon humble avis, ce n'était pas moi qui avais fait fausse route, mais bel et bien toute l'armée française. Avec quelle joie l'aurais-je expliqué à mon ancien ami Napoléon Bonaparte s'il ne s'était retiré quelque part dans les dunes, hors de portée de ma voix, lointain et sûr de lui dans l'éclat de ses boutons et de ses médailles, sous le soleil de la Méditerranée.

À notre première rencontre, lors du débarquement de ses troupes sur la terre égyptienne, en 1798, Bonaparte m'avait dit que l'histoire immortaliserait les valeureux soldats noyés au cours de cette opération militaire. Neuf mois plus tard, en vue du port palestinien de Jaffa, c'était moi qui allais écrire l'histoire ! Tous ces grenadiers français s'apprêtaient à me cribler de balles, avec les centaines d'infortunés prisonniers musulmans auxquels on m'avait associé, et je me trouvais une fois de plus, moi, Ethan Gage, dans la nécessité impérieuse de tenter quelque chose, d'urgence, pour échapper à mon destin. Il s'agissait là d'une exécution en masse, et je ne pouvais espérer aucun secours de ce général dont le temps et les circonstances m'avaient irrémédiablement éloigné.

Quels chemins divergents nous avions suivis, au cours de ces neuf derniers mois !

Je me glissai tout doucement derrière le plus grand, le plus gros des misérables captifs ottomans repéré d'un coup d'œil. Une force de la nature, un géant noir du Haut-Nil dont l'épaisseur et la carrure me paraissaient suffisantes pour stopper une balle de mousquet. Voire plusieurs. Nous avions tous été poussés, comme des moutons, sur cette jolie plage sablonneuse, pitoyable cohorte aux regards terrorisés, dans des visages de toute couleur. Chaos des uniformes turcs rouges, crème, émeraude et saphir convertis en loques de mêmes teintes par le sang et la fumée du massacre en cours. Marocains agiles, Soudanais athlétiques, Albanais à la peau blanche, cavaliers circassiens, artilleurs grecs, sergents turcs, résidus d'un vaste empire, tous humiliés par les Français. Et moi l'unique Américain. Non seulement je n'entendais aucun de leurs langages, mais j'avais la sensation qu'ils ne se comprenaient pas davantage entre eux. Un assortiment impossible de races très typées, sans un seul officier survivant, dont le grouillement sur place offrait un contraste saisissant avec la belle ordonnance des exécuteurs alignés comme à la parade.

Le défi des Ottomans avait exacerbé la rage de Bonaparte – jamais ils n'auraient dû brandir les têtes des émissaires embrochées sur des lances – et tous ces prisonniers affamés auraient constitué un poids lourd dont il ne pouvait guère s'encombrer !

D'où cette marche forcée à travers les orangeraies et cette concentration au sud du port fraîchement investi. De là, nous pouvions voir la ville incendiée au sommet de la colline, en marge d'une mer étincelante. Et ici ou là pendaient de merveilleux fruits d'or toujours accrochés aux arbres épargnés par les ultimes canonnades.

Bien campé sur sa selle comme un jeune Alexandre, mon ex-bienfaiteur et récent ennemi se disposait, peut-être par calcul, peut-être par lassitude pure et simple, à faire preuve d'un manque d'humanité dont ses propres maréchaux parleraient à voix basse, lors des futures campagnes. Mais il n'avait même pas la politesse d'observer le spectacle. Il lisait un de ses romans à l'eau de rose dont il déchirait chaque page après l'avoir lue, pour la passer à ses officiers et leur permettre de se distraire, eux aussi. Moi, j'étais pieds nus, couvert de sang, le mien et celui des autres blessés, à moins de soixante-dix kilomètres en ligne droite du lieu sacré où Jésus-Christ était mort pour sauver les hommes. Ces derniers jours de persécution, de souffrance et de guerre n'avaient pu me persuader que le divin Sauveur eut réussi dans sa tâche. Je n'apercevais nulle part le moindre signe d'amélioration de la créature humaine.

« Cha-a-a-argez… armes ! »

Mille chiens de mousquet claquèrent comme un seul.

Les séides de Napoléon m'avaient accusé d'être un espion doublé d'un traître, raison pour laquelle j'avais été conduit, avec les autres prisonniers, jusqu'à cette plage. Et, mon Dieu ! oui, dans une certaine mesure, les circonstances avaient milité en faveur de leur accusation. Mais je n'avais jamais cultivé la moindre pensée, la moindre intention de cette sorte. Je n'étais rien de plus qu'un Américain à Paris que son intérêt pour l'électricité – outre le besoin d'esquiver une inculpation de meurtre totalement injustifiée – avait convaincu de se joindre à l'aréopage de scientifiques et de savants conviés par Napoléon, l'année précédente, à l'accompagner dans son irrésistible conquête de l'Égypte. Et conformément à ce don inné qui était le mien de me retrouver toujours du mauvais côté, au mauvais moment, tout le monde ou presque avait essayé de m'éliminer : la cavalerie mamelouke, la femme que j'aimais, des bandits arabes, des Britanniques assimilés, des fanatiques musulmans, des pelotons d'exécution français. Tout cela en dépit de ma nature aimable, au plein sens du terme.

Mon pire ennemi français s'appelait Pierre Najac, assassin et voleur, une basse crapule qui ne m'avait pas pardonné de lui avoir tiré dessus, à mon tour, alors qu'il tentait de me dérober un médaillon auquel je tenais par-dessus tout. C'est une longue histoire contée dans un premier volume[1]. Najac était revenu dans ma vie, tel un créancier de mauvaise foi, juste à temps pour me pousser sur cette plage, à la pointe d'un sabre de cavalerie, parmi la foule des prisonniers en débandade. Il jouissait de ma mort prochaine avec cette même sensation de triomphe et de haine qui précède l'écrasement d'une grosse araignée venimeuse. Je regrettais de n'avoir pas visé plus haut et quelques centimètres plus à gauche.

Ainsi que je l'ai noté précédemment, tout semble toujours commencer par le jeu. À Paris, c'était une

1. Lire, du même auteur, *Les Pyramides de Napoléon*, le cherche midi éditeur ; Pocket, n° 14101.

partie de cartes qui m'avait permis de gagner le mystérieux médaillon et valu des péripéties impossibles ! Cette fois, ce qui m'était apparu comme un bon moyen de me refaire un pécule – dépouiller jusqu'au dernier shilling les naïfs matelots de la *Dangerous*, frégate au service de Sa Majesté – n'avait pas résolu mon problème. Au contraire, puisqu'ils m'avaient débarqué sans cérémonie sur le rivage de la Terre sainte. Je ne me lasserai jamais de le répéter, le jeu est un vice et rien n'est plus insensé que de compter sur la chance.

« En jou-ou-ou-oue ! »

Mais je vais beaucoup trop vite.

Moi, Ethan Gage, j'ai passé le plus clair de mes trente-quatre ans à vouloir éviter les ennuis trop graves et le travail trop absorbant. Comme mon ancien employeur et maître à penser Benjamin Franklin n'aurait pas manqué de le souligner, ces deux ambitions sont aussi opposées l'une à l'autre que l'électricité positive et négative. Réaliser la seconde mène généralement à plonger tête baissée dans la première. Mais c'est une leçon, telle la migraine associée à l'abus de l'alcool ou la traîtrise des jolies femmes, qu'on n'apprend jamais que pour mieux l'oublier. C'était ma profonde antipathie envers tout travail dur qui avait engendré mon amour du jeu, c'était le jeu qui m'avait fourni le médaillon et c'était le médaillon qui m'avait conduit en Égypte avec à mes trousses la moitié des scélérats de la planète. Et c'était l'Égypte, enfin, qui m'avait valu de gagner et de perdre la sublime Astiza.

Auparavant, celle-ci avait su me convaincre que nous devions sauver le monde des machinations du maître de Najac, le comte et sorcier franco-italien Alessandro Silano. Comment aurais-je pu prévoir que cette suite imprévisible d'événements disparates me coûterait non seulement l'estime, mais l'amitié naissante de Bonaparte ? À la faveur de cet enchaînement, j'avais connu l'amour fou, décelé l'existence d'un accès secret à la Grande Pyramide et découvert là-bas des richesses incroyables. Seulement pour reperdre tout ce qui importait à mes yeux en m'échappant, de justesse, à bord d'un ballon.

Je vous ai dit que c'était une longue histoire…

Malheureusement, la magnifique et ensorcelante Astiza, ma meurtrière en puissance, puis ma servante et finalement grande prêtresse d'Égypte, était tombée par-dessus bord, dans les eaux du Nil, avec mon ennemi Silano. J'avais essayé d'autant plus fort de savoir ce qui leur était arrivé que les derniers mots du comte infâme à l'adresse d'Astiza, juste avant de basculer le premier vers le fleuve, avaient été :

« Tu sais que je t'aime toujours. »

Un grand sujet de réflexion pour mes insomnies futures. Quels avaient été, au juste, leurs rapports ? Telle était la raison pour laquelle je m'étais laissé jeter à terre, en Palestine, par ce maudit dément britannique de sir Sidney Smith, juste avant l'invasion de Bonaparte, afin de tirer les choses au clair. Comment aurais-je pu prévoir que tout cela se terminerait par cet effroyable face-à-face avec mille mousquets pointés vers moi par les grenadiers du général ?

« Feu-eu-eu-eu ! »

*
* *

Mais avant de parvenir à cette fusillade, peut-être vaut-il mieux que je vous raconte ce que je faisais, en ce mois d'octobre 1798, piégé sur le pont de la frégate britannique *Dangerous* fendant l'écume, toutes voiles dehors, à destination de la Terre sainte ? Beau spectacle en vérité que celui de ces bannières anglaises flottant au vent, de ces matelots robustes tirant en chantant sur leurs câbles de chanvre, de leurs officiers au col raide, coiffés de bicornes, et de ces canons étincelants sous la rosée salée des embruns de la Méditerranée. En d'autres termes, un genre de déploiement militaire, viril à cent pour cent, que je déteste plus que tout au monde. Je n'avais quand même pas survécu, d'extrême justesse, à la charge d'un mamelouk, lors de la bataille des Pyramides ; à l'explosion de l'*Orient*, pendant la bataille du Nil ; puis aux tortures d'un dangereux Arabe éleveur de serpents du nom d'Ahmed ben Sadr que j'avais fini par expédier dans son enfer personnel, uniquement pour pouvoir apprécier ce qui se passait autour de moi !

Je sortais essoufflé de mes récentes aventures et j'étais fin prêt à rallier New York en quête d'un emploi de comptable, de vendeur en quincaillerie ou même d'avocat défenseur de la veuve indigne et de l'orphelin morveux. Un bureau paisible et quelques gros classeurs, telle serait ma nouvelle vie. Mais pas question de persuader sir Sidney Smith de changer son cap. D'ailleurs, j'avais finalement décidé que seule, en ce bas monde, comptait réellement Astiza. Je ne pourrais jamais rentrer au pays sans savoir si elle avait ou non survécu à sa chute en compagnie de l'horrible Silano, et si elle pouvait encore être sauvée. L'existence est tellement plus simple quand on l'aborde sans aucun principe.

Smith était pomponné comme un amiral turc, la tête pleine de plans mirifiques plus mouvementés qu'un orage en mer. Le grand espoir de Napoléon étant de conquérir un royaume en Orient, sir Sidney Smith avait reçu la mission d'aider les Turcs et leur Empire ottoman à freiner le passage des armées françaises d'Égypte en Syrie. Il avait besoin d'alliés et de renseignements, et, quand il m'avait repêché dans les eaux de la Méditerranée, il s'était fait un devoir de m'exposer toutes les raisons que je pouvais avoir de servir sa cause.

À quoi bon retourner en Égypte où les Français m'attendraient au tournant ? Des nouvelles d'Astiza, j'en obtiendrais depuis la Palestine, en même temps que j'établirais la répartition des diverses sectes hostiles à Napoléon. « Jérusalem ! » s'était-il écrié. Cette cité aux trois quarts oubliée, cul-de-basse-fosse ottoman saturé de crasse, d'histoire, de fanatisme religieux et de maladies épidémiques, ne subsistait, d'après tous les rapports, qu'au moyen d'un tourisme obligatoire destiné à duper les croyants de trois religions inconciliables…

Alors que pour un stratège et un guerrier tel que Smith, Jérusalem possédait l'avantage d'être un carrefour de la culture complexe de Syrie, un repaire polyglotte de musulmans, de juifs, de Grecs orthodoxes, de catholiques, de Druzes, de maronites, de Bédouins, de Kurdes et de Palestiniens dressés les uns contre les autres à la suite des affronts incessants qu'ils s'infligeaient mutuellement depuis des millénaires.

Franchement, je n'aurais jamais envisagé de m'en approcher à moins de deux cents kilomètres si Astiza n'avait été si certaine que Moïse ait soustrait, des boyaux de la Grande Pyramide, un livre sacré de sagesse ancienne ramené par ses descendants en terre d'Israël. Jérusalem était donc l'endroit le plus logique où porter les recherches. Jusque-là, ce Livre de Thot et les rumeurs qui l'entouraient n'avaient entraîné que périls et déconvenues. Mais s'il renfermait vraiment les secrets de l'immortalité et de la maîtrise de l'Univers, je ne pouvais le chasser de mon esprit et Jérusalem restait donc un champ d'investigation très plausible.

Smith s'imaginait m'avoir converti à sa cause, et, jusqu'à un certain point, nos intérêts convergeaient. Je l'avais rencontré dans le camp de gitans où j'avais descendu Najac. La chevalière qu'il m'avait donnée m'avait sauvé d'une pendaison sommaire, quand on m'avait traîné devant l'amiral Nelson après la catastrophe du Nil. Et Smith était un héros véritable qui avait brûlé des bateaux français et sauvé sa peau en appelant, à travers les barreaux de sa prison parisienne, une de ses anciennes compagnes de lit.

Cueillir un trésor de pharaon dans les entrailles de la Grande Pyramide, le reperdre pour ne pas mourir noyé, lors de ma chute en pleine mer avec le ballon dérobé à mon savant ami Nicolas Jacques Conté, tout cela ne m'avait permis de fuir les Français que pour me placer à la merci des Britanniques. Et mon désir forcené de rentrer aux États-Unis afin d'y mener une vie plus paisible, loin des horreurs de la guerre, n'intéressait visiblement personne.

« Tout en vous renseignant depuis la Palestine sur le sort de cette femme dont vous êtes entiché, Gage, répétait Sidney Smith, vous pourrez sonder le degré de résistance des chrétiens et des juifs à l'invasion de Bonaparte. Si jamais ils penchent en sa faveur, il faudra que nous soutenions nos alliés turcs au maximum. »

Et m'entourant les épaules de son bras tutélaire :

« Vous êtes l'homme qu'il nous faut pour ce genre de travail, Gage. Rusé, affable, sans racines et sans scrupule ni croyances susceptibles d'entraver votre enquête.

À vous, les gens n'hésitent pas à se confier parce qu'ils considèrent que c'est sans importance.

— Simplement parce que je suis américain, pas français ou britannique…

— Exactement. La personne rêvée pour les besoins de notre cause. L'engagement d'un homme aussi peu impliqué que vous l'êtes va beaucoup impressionner Djezzar. »

Djezzar, dont le nom signifiait « le boucher », était le pacha d'Acre, un être cruel et despotique sur qui les Anglais comptaient pour combattre Napoléon.

« Mais mon arabe est très sommaire et je ne connais rien à la Palestine.

— Aucun problème pour un agent doté de votre esprit et de votre énergie. La Couronne a sur place, à Jérusalem, un confédéré connu sous le nom de Jéricho, un forgeron de métier qui a servi naguère dans notre marine. Il pourra vous aider dans votre quête d'Astiza et l'ensemble de votre mission. Il a même des contacts en Égypte ! Quelques jours à poser vos questions avisées, l'occasion de marcher sur les pas de Jésus-Christ en personne, et vous nous reviendrez sans autres inconvénients qu'un peu de poussière sur vos bottes, une sainte relique en poche et tous vos problèmes résolus. Splendide que les choses tournent dans ce sens ! De mon côté, je vais aider Djezzar à organiser la défense d'Acre pour le cas où, selon nos prévisions, Bonaparte marcherait vers le sud. En deux temps, trois mouvements, vous et moi serons des héros fêtés dans toutes les assemblées londoniennes ! »

Quand les gens poussent la flatterie jusqu'à utiliser des mots tels que « splendide », il est temps de vérifier si l'on a toujours son escarcelle en poche. Mais par les cloches de Big Ben, je brûlais de curiosité au sujet de ce Livre de Thot et le souvenir d'Astiza était comme un fer rouge enfoncé dans ma chair. Son sacrifice pour me sauver avait été l'un des plus mauvais moments de ma vie. Bien pis, je le jure, que l'explosion de mon rifle pennsylvanien bien-aimé. Le trou dans mon cœur était si large qu'un boulet de canon l'aurait traversé sans me blesser davantage. Un joli madrigal que j'espérais pouvoir lui dédier bientôt, autrement qu'en rêve. Alors, bien entendu, je commis l'imprudence de prononcer, en réponse aux suggestions de l'Anglais, le mot le plus dangereux de sa langue :

« D'accord ! »

Non sans ajouter :

« Mais je n'ai ni armes, ni argent, ni vêtements de rechange… »

Les seules choses que j'avais pu conserver de la Grande Pyramide, étaient deux petits séraphins d'or massif, deux chérubins à genoux qui, d'après Astiza, devaient provenir de Moïse ou de sa suite, et que j'avais cachés dans mes frusques. Ma première intention avait été de les mettre en gage, contre de l'argent liquide, mais ils avaient rapidement acquis à mes yeux, en dépit de leur tendance à me griffer la cuisse, une valeur sentimentale. Ils n'en constituaient pas moins, bien sûr, une réserve de métal précieux que je préférais ne pas révéler. S'il tenait tellement à ma collaboration, que sir Sidney Smith me lâche donc un peu d'argent de poche !

« Votre façon de porter les robes arabes est parfaite, Gage. Et vous avez le teint bronzé à point. Une fois à Jaffa, ajoutez-y turban et burnous, et vous passerez pour un natif. Une arme anglaise, d'autre part, risquerait de vous conduire en prison sous inculpation d'espionnage. C'est votre astuce qui assurera votre sécurité. Tout ce que je peux vous prêter, c'est une petite longue-vue de poche, dotée d'un remarquable pouvoir grossissant. Juste l'instrument qu'il vous faut pour repérer les mouvements de troupe.

— Vous n'avez pas parlé d'argent.

— La somme allouée par la Couronne sera très convenable. »

Il me remit un petit réticule garni de pièces d'argent et de cuivre, de reales espagnols, de piastres ottomanes, d'un unique kopeck russe et de deux guldens hollandais. Budget gouvernemental !

« À peine de quoi payer un petit déjeuner.

— Une seule livre sterling vous ferait repérer en un clin d'œil, Gage. Vous êtes un homme de ressources. À vous de vous débrouiller. Dieu sait que l'Amirauté s'y emploie ! »

Un homme de ressources n'a pas de temps à perdre. Peut-être les marins de la *Dangerous*, en dehors de leurs heures de service, n'auraient-ils rien contre une amicale partie de cartes ? Au temps où j'étais toujours en grâce, parmi les savants de l'expédition égyptienne, j'avais discuté des lois de la probabilité avec de fameux mathématiciens comme Gaspard Monge et le géographe Edme François Jomard. Ils m'avaient encouragé à penser de manière plus systématique aux caprices du hasard, ainsi qu'à perfectionner, en marge, mes talents de joueur professionnel.

« Histoire de passer le temps, peut-être pourrais-je intéresser vos hommes à une petite partie de cartes ?

— Vraiment ? Méfiez-vous qu'ils ne vous prennent pas aussi votre petit déjeuner ! »

## 2

J'entrai en lice avec un brelan, ce qui, pimenté d'une pointe de bluff, n'est pas une mauvaise main pour engager une partie contre de simples matelots britanniques. Je me l'étais faite, la main, dans les salons de Paris – le quartier du Palais-Royal, à lui seul, abrite quelque cent salles de jeu, dans un espace de deux hectares – et les honnêtes marins anglais n'étaient pas de taille pour l'homme qu'ils ne tardèrent pas à qualifier de Visage-de-Bois à la française.

Après les avoir plumés gentiment en affectant la possession de meilleures cartes ou en mimant l'angoisse lorsque la donne m'avait mieux pourvu en armes blanches que la ceinture d'un mamelouk, je leur offris de passer à un jeu moins savant, apparemment fondé sur la seule chance. Enseignes et canonniers qui avaient déjà lâché un demi-mois de leur solde dans des parties où prévalait une certaine expérience n'hésitèrent pas à risquer le mois entier dans des paris uniquement fondés sur la veine et le hasard.

Excepté que ce n'était pas vrai ! Dans le simple lansquenet, le banquier – moi – engage un pari que les autres joueurs doivent tenir. Deux cartes sont alors retournées. Celle de gauche est la mienne, celle de droite est celle de mon adversaire. Puis je commence à jeter des cartes jusqu'à tomber sur la même que l'une des deux premières. Si la carte de droite sort en premier, c'est le joueur qui gagne. Si c'est la carte de gauche, le donneur gagne. Seule compte la chance, d'accord ?

Mais si les deux premières cartes retournées sont les mêmes, le banquier ramasse immédiatement la mise, petit avantage mathématique qui me fournissait une marge, au long terme, et déboucha finalement sur leur demande d'aborder un autre jeu.

« Si on essayait le pharaon ? Ce jeu fait fureur à Paris et je suis sûr que votre chance va tourner. Vous êtes mes sauveteurs, après tout, et je vous dois bien ça.

— Sûr ! On va récupérer notre galette, maudit usurier yankee ! »

Mais le pharaon est encore plus avantageux pour le banquier, dans la mesure où le donneur gagne automatiquement la première carte. La dernière d'un jeu de cinquante-deux ne compte pas. Qui plus est, le donneur gagne toutes les cartes assorties. En dépit de l'avantage évident qu'elles m'accordaient, ils escomptaient miner ma résistance en me faisant jouer toute la nuit, alors que c'était exactement le contraire. Plus les heures passaient, plus ma pile de pièces grossissait à vue d'œil. Plus ils estimaient le revirement inévitable, plus croissait l'importance de mon avantage. Les enjeux ne montent guère sur une frégate qui n'a encore participé à aucun engagement militaire, mais ils étaient si nombreux à vouloir me posséder que, à l'approche simultanée d'une aube grise et des rives de Palestine, mon indigence n'était plus qu'un mauvais souvenir. Le cher ami Monge n'aurait pas manqué de souligner l'infaillibilité des mathématiques.

Il est important, quand on détrousse un homme de cette manière ou d'une autre, de le complimenter sur la subtilité de son jeu, en déplorant avec lui les caprices de la fortune. Je ne suis pas maladroit non plus dans ce rôle et j'ose dire que tous ces braves gens ne me tinrent pas rigueur de les avoir ainsi dépouillés. Ils me remercièrent, même, d'avoir prêté aux plus gros perdants, moyennant intérêts, de quoi tenter de se refaire, tandis que j'engrangeais assez d'espèces sonnantes pour paver mon chemin dans Jérusalem. Quand j'allai jusqu'à rendre au plus démuni d'entre eux sa bague de fiançailles offerte en gage, ils étaient en passe de m'élire président.

À l'exception de deux de mes adversaires. Dont un énorme gaillard à la face rubiconde surnommé Gros Ned qui me lança méchamment, en comptant et recomptant les deux petites pièces que je lui avais laissées :

« T'as une veine du diable !

— Disons plutôt du tonnerre de Dieu. »

Et je jugeai bon de lui en remettre une couche :

« Tu joues admirablement, matelot. Avec beaucoup d'astuce. Mais la chance était de mon côté, tout au long de cette longue nuit. »

J'essayais, en mentant, d'être aussi affable que Smith m'avait décrit. Non sans bâiller à la dérobée.

« Personne n'a autant de veine aussi longtemps ! »

Je haussai les épaules.

« Peut-être que je joue aussi bien que toi, en plus.

— On va en jouer une aux dés. Là, on verra si tu as vraiment autant de veine ! »

Plus tordu et menaçant qu'une ruelle d'Alexandrie. Je ripostai prudemment :

« L’une des marques de l’homme intelligent, cher ami de la mer, c’est de ne jamais se fier aux dés de quelqu’un d’autre ! Les dés sont les os du diable.

— Tu as peur de m’accorder ma revanche aux dés !

— Je joue à mes jeux et tu joues aux tiens. »

Le copain de Gros Ned, un type encore plus laid, aux épaules carrées, du nom de Petit Tom, appuya lourdement :

« Je crois que l’Américain est un vulgaire trouillard… qui veut pas laisser une chance à deux honnêtes marins de Sa Majesté ! »

Si Gros Ned avait la masse d’un cheval, Petit Tom se déplaçait avec l’agressivité compacte d’un bouledogue, et je commençais à me sentir mal à l’aise. D’autres matelots observaient la controverse avec un intérêt croissant. Eux non plus n’avaient aucune chance de récupérer autrement leur argent perdu.

« Au contraire, messieurs, avançai-je sans élever la voix, on a tapé le carton toute la nuit. Navré pour vous, je suis sûr que vous avez fait de votre mieux et j’admire votre persévérance, mais vous devriez peut-être étudier les mathématiques du hasard. Chacun fait sa propre chance.

— Étudier quoi ? » releva Gros Ned.

Et Petit Tom de conclure :

« Il avoue qu’il a triché, non ?

— Pas question de tricherie nulle part ! »

Un lieutenant que j’avais soulagé de cinq shillings intervint avec une dangereuse virulence :

« Les matelots s’en prennent à votre honneur, Gage. D’après le bruit qui court, vous seriez un excellent tireur et vous auriez combattu du côté des Français. Vous n’allez tout de même pas laisser ces habits rouges nuire à votre réputation !

— Bien sûr que non, mais nous savons tous qu'il s'agissait là d'une loyale… »

La patte de Gros Ned s'abattit sur le pont, une paire de dés échappant à sa poigne et rebondissant en travers des planches comme autant d'insectes sauteurs.

« Tu nous rends notre argent et on le rejoue aux dés. Ou on s'explique à midi, rien que toi et moi, sur le pont aux canons ! »

Son défi était juste assez sérieux, assez ironique pour poser un problème. Avec sa taille et son gabarit, il n'avait pas l'habitude de perdre. J'essayai de gagner du temps :

« D'ici là, on sera à Jaffa.

— Raison de plus pour qu'on règle ça entre les canons. »

Aucune échappatoire possible. Je me relevai.

« Tu as besoin d'une leçon. Disons midi juste ! »

L'auditoire poussa un rugissement approbateur. Et la nouvelle de la rencontre projetée courut de la proue à la poupe de la *Dangerous* plus vite que celle d'un rendez-vous galant ne voyage d'un bout à l'autre du Paris révolutionnaire. Les marins imaginaient déjà la bagarre inégale au cours de laquelle Gros Ned m'arracherait jusqu'au dernier sou que je leur avais extorqué. Quand il m'aurait suffisamment amoché, je le supplierais de me permettre de leur rendre tous mes gains illicites. Afin d'en oublier la perspective, je montai sur le pont pour regarder approcher Jaffa, à l'aide de ma longue-vue de poche.

C'était un petit télescope très efficace. Le premier port de Palestine, des mois avant sa prise par Napoléon, se détachait au centre du paysage plat et brumeux de la rive. Forts, tours et minarets s'élevaient au sommet d'une colline aux flancs occupés, dans toutes les directions, par de grandes bâtisses coiffées de dômes ou de terrasses. Un mur d'enceinte séparait la ville du port, vers la mer. Orangeraies et palmeraies s'étendaient alentour avant de céder la place à des champs dorés ou à des pâturages de teinte brune. Pointant le nez à travers de nombreuses embrasures éparses, des canons noirs étaient dirigés vers le large. Et, bien que nous fussions à deux ou trois nœuds en mer, on pouvait entendre la voix des muezzins appelant les fidèles à la prière.

Il m'était arrivé, à Paris, de manger des oranges de Jaffa, réputées pour l'épaisseur d'une écorce qui les rend transportables jusqu'en Europe. Tant d'arbres fruitiers partageaient le terrain que la cité prospère avait l'apparence d'un château implanté en pleine forêt. Des bannières ottomanes claquaient dans la chaude brise d'automne, des tapis séchaient sur les rambardes et l'odeur des feux de charbon de bois flottait sur la Méditerranée. Cernés d'écume blanche, des récifs escarpés encombraient l'approche de la rive, et le port regorgeait de barques et de felouques au mouillage. Comme les autres navires de fort tonnage, nous étions ancrés à distance. Une flottille d'embarcations arabes se dirigea vers nous afin de traiter quelque affaire ou d'offrir quelque service, et je me préparai à regagner la terre.

Après avoir réglé, comme de juste, cette autre malheureuse affaire.

Les Anglais ne sont pas réputés pour la qualité de leur cuisine, mais j'acceptai le sac de biscuits durs que me tendait sir Sidney.

« J'ai appris que votre chance insolente vous a flanqué le gros Ned sur le dos, me dit-il dans un murmure. Un vrai taureau, ce Ned, avec la tête comme un bélier, et tout le reste en proportion. Vous avez un plan pour éviter le pire ?

— Je vais essayer ses dés, sir Sidney, mais j'ai bien peur qu'ils ne soient pipés au point que, à peine plus alourdis, ils couleraient cette frégate. »

Smith éclata de rire.

« C'est un tricheur invétéré. Il a les muscles qu'il faut pour écraser les plaintes, et pas l'habitude de perdre. Beaucoup sont heureux que vous l'ayez possédé. Dommage que vous risquiez de le payer très cher.

— Vous pourriez interdire la rencontre.

— Les hommes sont nerveux comme autant de coqs en rut et ne mettront pas pied à terre avant Acre. Une bonne bagarre les distraira. Vous avez l'air plutôt rapide, mon vieux. Faites-le danser ! »

Conseil gratuit. Je partis en quête de Gros Ned et le trouvai fort occupé à graisser son imposante musculature à l'aide d'une tranche de lard, pour être sûr d'échapper à ma prise. Il luisait comme une dinde de Noël prête à passer au four.

« On peut bavarder un instant, en tête à tête ?

— Tu te dégonfles, c'est ça ? »

Il exposait, dans un sourire, des dents qui me parurent plus longues que les touches d'un piano.

« J'ai conclu, en y réfléchissant, que notre ennemi commun était Bonaparte et qu'on n'avait aucune raison sérieuse de s'affronter. Mais j'ai mon orgueil. Si on réglait ça en privé, sans aucun spectateur ?

— Non. Tu me rembourses, et tous les autres avec, ou…

— Impossible. Comment veux-tu que je sache à qui j'en dois ou pas ? Mais si tu acceptes de me foutre la paix, je te rembourserai le double. »

Instantanément, la rapacité alluma son regard.

« Bien ce que je pensais. Alors, ce sera le triple !

— Viens avec moi quelque part où je puisse te montrer mon escarcelle sans provoquer une émeute. »

Il me suivit pesamment, tel un ours dressé. On descendit dans les cales de la frégate où étaient entreposées les provisions disponibles, et je relevai l'une des écoutilles donnant accès à l'eau d'infiltration.

« Mon maître Ben Franklin disait que la richesse augmente la prudence, et il avait bien raison. Tu devrais t'en souvenir.

— Au diable ce maudit rebelle ! On aurait dû le pendre ! »

Je plongeai un bras dans l'ouverture.

« Oh ! merde, il s'est déplacé. Tombé plus bas, on dirait. »

Je louchai vers le Goliath en arrêt, m'efforçant d'imiter cette expression de fragile impuissance que pas mal de filles avaient expérimentée sur moi, au cours de ma vie.

« Je te dois combien ? Trois shillings ?

— Quatre, nom de Dieu !

— Trois fois quatre…

— File-m'en dix et ça ira.

— Tu as le bras plus long que moi. Tu veux bien m'aider ?

— Attrape-le toi-même !

— Je le sens juste du bout des doigts. On ne pourrait pas trouver une gaffe ?

— Maudit cochon de Yankee… »

Il s'agenouilla. Se pencha en avant.

« J'y vois rien…

— Sur la droite. Tu ne vois pas briller les pièces d'argent ? Plonge le bras aussi loin que tu peux. »

Il émit un grognement, son torse entier surplombant l'eau de cale.

D'une poussée violente, j'achevai de rompre son équilibre instable. Il était lourd comme un sac de farine, mais, une fois amorcée, la chute n'en était que plus inévitable. Il y eut un choc sourd, un grand bruit d'eau brassée, un juron maudissant l'odeur fétide de cette eau résiduelle alors que je réajustais l'écoutille et la verrouillais de l'extérieur. Je ne citerai pas les mots qui filtraient d'en bas. Je roulai par-dessus quelques tonneaux d'eau potable pour étouffer la clameur au maximum, puis je récupérai mon escarcelle dans sa vraie cachette, entre deux caisses de biscuits, l'enfournai dans mon pantalon et grimpai jusqu'au maître-pont, les manches relevées.

« La cloche vient de piquer midi ! Au nom du roi George, où se cache-t-il ? »

Le chœur appela Gros Ned. Sans succès.

Je boxai le vide, spectaculairement.

« Où est-il ? Qui a eu la trouille ? Lui ou moi ? »

Petit Tom écumait de rage.

« Par Lucifer, je vais te rabattre ton caquet !

— Et quoi encore ? C'est avec lui que j'avais rendez-vous !

— Ned, viens donner à ce Yankee la leçon qu'il mérite ! »

Tom hurlait dans le vent. Mais toujours sans réponse.

« Tu crois qu'il roupille au poste de vigie ? »

Je scrutais le gréement, nez en l'air, et j'eus la satisfaction de voir Petit Tom grimper vers le ciel, en jurant comme un possédé.

Le temps de parader quelques minutes et je repartis en quête de sir Sidney.

« Combien d'heures vais-je devoir attendre ce couard ? On sait tous les deux que j'ai de quoi m'occuper ailleurs ! »

La frustration de l'équipage montait à son paroxysme. En même temps que ses soupçons. Si je ne débarquais pas avant peu, Smith courrait le risque de perdre son nouvel et unique agent. Et il le savait aussi bien que moi. Tom avait disparu, déçu, hors d'haleine. Smith consulta la pendule hydraulique.

« Oui, midi un quart. Ned a eu sa chance. Allez-y, Gage, et travaillez bien pour l'amour de la liberté. »

Il y eut une clameur de désappointement.

« Ne jouez plus, vociféra Smith, si vous ne pouvez pas vous permettre de perdre ! »

Les hommes protestèrent, mais me laissèrent gagner l'échelle de coupée. Quelque part sous nos pieds, Petit Tom devait fouiller le bâtiment. J'avais si peu de temps devant moi que je me laissai carrément tomber dans le filet d'un pêcheur arabe à qui je chuchotai :

« Au rivage, tout droit… et une pièce de plus si tu vas très vite. »

Je repoussai moi-même la coque de la *Dangerous*, et le capitaine musulman se mit à godiller comme un fou furieux vers le port de Jaffa. Deux fois plus vite que de coutume, quoique deux fois plus lentement qu'il me tardait de le voir faire.

Je me retournai pour crier à Smith :

« Vivement qu'on se revoie ! »

Un fieffé mensonge, bien sûr. Sitôt que j'aurais glané des nouvelles d'Astiza et satisfait ma curiosité, au sujet du Livre de Thot, je m'éloignerais des Anglais comme des Français occupés depuis des siècles à se trancher mutuellement la gorge. J'irais plutôt, avant ça, visiter la Chine !

D'autant que Petit Tom avait retrouvé un Gros Ned rouge d'épuisement et de rage, et que j'assistais, de loin, à un beau tumulte, sur le maître-pont. Cette longue-vue de Sidney Smith était une pure merveille : je distinguais nettement les détails de la boue huileuse qui recouvrait les traits convulsés de Gros Ned. J'entendais également sa voix qui hurlait :

« Reviens, dégonflé, que je t'arrache bras et jambes ! »

Je lui renvoyai dans le même registre :

« C'est toi le dégonflé qui s'est planqué comme un lâche !

— Tu m'as eu, Américain de merde !

— J'ai fait ton éducation ! »

Mais on ne pouvait plus s'entendre. Je vis sir Sidney agiter son chapeau en un large salut plein d'humour, et les marins entreprendre de mouiller un canot de sauvetage.

« Tu peux aller encore plus vite, Simbad ?

— Pour une autre pièce de plus, effendi. »

Le pêcheur n'avait aucune graisse superflue, mais il souquait ferme et même s'ils descendaient un canot, avec Ned toujours vociférant dressé en figure de proue, j'avais désormais trop d'avance. Smith m'avait expliqué que Jaffa ne possédait qu'un accès terrestre et qu'il fallait un guide pour en ressortir. Parti le premier, j'aurais largement le temps de disparaître.

Quoique… Nos poursuivants gagnaient sur nous et, sans consulter mon convoyeur, je jetai à la mer un filet qui se chargea d'entraver leurs avirons, sur tribord, les condamnant à pivoter sur place en braillant des invectives à faire rougir un sergent recruteur.

Mon pêcheur protestait, mais je n'en avais cure et promis de le dédommager. Il continua de godiller et je le payai double avant de sauter sur le quai. Fermement décidé à retrouver Astiza ainsi qu'à résoudre tous mes problèmes et, dussé-je vivre cent ans, à ne jamais revoir ni Gros Ned, ni Petit Tom, ni leur élégant capitaine.

# 3

Jaffa s'élève, tel un grand pain de sucre, à partir de sa rive méditerranéenne dont les plages incurvées s'étendent, désertiques, au nord comme au sud, dans un même rideau de brume. Son importance, en tant que port de commerce, lui a été ravie par Acre, plus au nord. Quartier général de Djezzar-le-Boucher, elle demeure, en revanche, une cité agricole très prospère. Un flot ininterrompu de pèlerins à destination de Jérusalem la traverse nuit et jour, croisant celui des oranges, du coton, du savon et autres marchandises exportées. Ses rues étroites sont un labyrinthe menant aux mosquées, aux synagogues et aux églises juchées sur sa crête. Des étages illégalement construits les surplombent, çà et là. Des ânes surchargés montent et descendent à grand bruit les escaliers de pierre.

Si mal acquis que mes gains eussent été, ils se révélèrent d'autant plus précieux qu'un gosse me proposa l'hospitalité illicite d'une de ses sœurs, hélas peu attrayante. L'argent ne m'en obtint pas moins une tranche de pain d'agave, une portion de falafel, une orange et surtout un balcon muni d'un store qui me permit de voir sans être vu une bande de marins anglais outragés qui parcouraient les allées en quête de ma carcasse. Bredouilles et à bout de forces, ils se réfugièrent finalement dans une auberge chrétienne du port afin d'y noyer ma perfidie dans quelque horrible vin de Palestine, tandis que je troquais un peu de leur argent contre une djellaba rayée marron et blanc, des chaussures légères et des braies bouffantes beaucoup plus confortables, dans cette fournaise, que des chausses ajustées à l'européenne. Sans oublier deux chemises, une ceinture, une veste et de quoi me confectionner un turban. Selon la prédiction de Smith, l'ensemble faisait de moi un membre exotique supplémentaire de cet empire polyglotte, aussi longtemps que je me tiendrais à l'écart des janissaires ottomans arrogants et inquisiteurs en bottes rouges et jaunes.

Je découvris, très vite, qu'il n'existait aucun moyen de transport dans la ville. Pas plus, d'ailleurs, que la moindre chaussée pavée praticable.

J'étais trop prudent, sur le plan financier – encore un conseil de Ben Franklin –, pour acheter et nourrir un cheval. Je me contentai donc d'un âne largement suffisant pour m'emmener où j'allais, et ne fis pas de folie, non plus, dans le choix d'une arme. Juste un long couteau arabe à lame incurvée, au manche en cuir de chameau. J'ai peu d'expérience dans le maniement du sabre et je ne pouvais me permettre d'acquérir un de ces longs mousquets islamiques richement décorés et si peu maniables. Leurs nombreux ornements à base de nacre sont très beaux, mais j'avais pu mesurer leur inefficacité, durant la campagne d'Égypte, face à des armes françaises moins jolies, certes, mais beaucoup plus légères.

Et, naturellement, aucun mousquet n'arrive à la crosse du long rifle pennsylvanien que j'avais dû sacrifier, à Dendérah, pour m'enfuir avec Astiza. Si ce

Jéricho était un vrai métallurgiste, peut-être pourrait-il m'en confectionner un tout neuf ?

Afin de me rendre à Jérusalem, j'engageai, en qualité de guide et de garde du corps, un grand gaillard barbu, dur en affaires, nommé Mohammed, tout comme, semblait-il, la moitié des musulmans de la ville. Grâce à mon arabe élémentaire et le français primitif de Mohammed, appris au contact des marchands de coton, mon guide et moi réussîmes à communiquer. Toujours soucieux d'économie, j'espérais, en partant tout de suite, diminuer d'une journée le temps de son engagement. Je ne voulais pas non plus, en traînant à Jaffa, prolonger le risque de retomber sur des marins de Sa Majesté remplis de mauvais vin, mais toujours assoiffés de représailles.

« J'aimerais partir vers minuit, Mohammed. Pour couper au gros de la circulation et profiter de la fraîcheur nocturne. Le monde est à ceux qui se lèvent tôt, comme disait mon ami Ben.

— Si tel est ton désir, effendi… Tu fuis des ennemis, sans doute ?

— Bien sûr que non. Je t'ai dit que tout le monde me trouvait sympathique.

— Des créanciers, alors ?

— Mohammed ! Je t'ai payé d'avance la moitié de ton salaire exorbitant. J'ai assez d'argent en poche pour…

— Alors, c'est une femme ! Une vilaine épouse. J'ai vu les épouses chrétiennes. »

Non sans un frisson rétrospectif, il secoua tristement la tête :

« Même Satan ne pourrait les calmer…

— Sois prêt pour minuit, d'accord ? »

En dépit de mon chagrin d'avoir perdu Astiza et de ma hâte de découvrir ce qui lui était arrivé, je confesse qu'il m'avait traversé l'esprit de m'offrir, à Jaffa, une petite heure de compagnie féminine. Toutes les catégories de services sexuels, des plus simples aux plus pervers, étaient disponibles, à Jaffa, proposées avec persistance, au mépris de tout interdit religieux, par de jeunes Arabes délurés au langage plus commercial que poétique.

Mais je suis un homme, pas un moine, et ça faisait un sacré bout de temps, si vous voyez ce que je veux dire. Mais le navire de Smith mouillait encore non loin des côtes et si Gros Ned avait de la suite dans les idées, je ne pouvais courir le risque de m'adresser à une pute trop simple d'esprit pour contrarier ses désirs de vengeance. J'y renonçai donc, purement et simplement, fier de mon abstinence et de ma volonté de renoncement jusqu'à Jérusalem, même si le désir de copulation en Terre sainte restait le genre de péché proscrit par curés et pasteurs. En vérité, d'ailleurs, cette loyauté vis-à-vis d'Astiza me réchauffait le cœur. Mes épreuves en Égypte m'avaient convaincu de travailler dur à mon autodiscipline et j'avais passé le premier test. « Une bonne conscience est un cadeau du ciel », disait volontiers Ben Franklin, mon maître.

Mohammed me rejoignit avec une heure de retard, mais me guida finalement, à travers le dédale de ces allées au tracé capricieux, jusqu'au portail de sortie, riche en fumier répandu. Il fallut payer, ici comme partout, pour que cette porte s'ouvre, et je la franchis en proie à cette curieuse excitation qui marque le départ pour une nouvelle aventure.

Après tout, j'avais survécu, en Égypte, à huit variétés d'enfer, reconstitué ma cagnotte, grâce au jeu, et j'étais chargé d'une mission qui ressemblait à un travail authentique, toute velléité d'une carrière paisible oubliée jusqu'à nouvel ordre. Ce Livre de Thot, dont le contenu ésotérique pouvait conduire, prétendaient les croyants, à la sagesse scientifique comme à la vie éternelle, n'existait sans doute plus, s'il avait jamais existé, mais ne m'insufflait pas moins l'ardeur irrésistible de toute chasse au trésor. Et, malgré mes instincts génésiques, je désirais toujours Astiza. Il me tardait d'apprendre, par le truchement des confédérés de sir Sidney à Jérusalem, ce qu'il était advenu d'elle.

La porte franchie, je m'arrêtai court.

« Qu'est-ce que tu fabriques, Mohammed ? »

Il était tombé ventre à terre, comme évanoui. Mais non, il gisait simplement sur le sol, à la manière d'un chien qui vient de trouver son vieux tapis, devant la cheminée. Nul ne sait se relaxer comme un Ottoman, tous les os ramollis, tous les muscles liquéfiés comme neige au soleil.

« Des bandes de Bédouins barrent la route de Jérusalem, effendi. Ils détrousseront tout pèlerin désarmé. Ce serait folie de continuer seuls. »

La voix montait, paisible, du fond de la pénombre.

« Plus tard dans la journée, mon cousin Abdul mène une caravane de chameaux. Nous le rejoindrons pour plus de sécurité. Ainsi, avec son aide et celle d'Allah, nous conduirons notre Américain à bon port.

— Mais notre intention de partir de bonne heure ?

— Tu m'as payé, et nous sommes partis. »

Inutile d'insister, il dormait déjà. Nous n'étions qu'au milieu de la nuit, bon sang ! et pas à plus de cinquante mètres en dehors de Jaffa. Mais je n'avais aucune idée de la route à suivre, et il avait certainement raison. La Palestine avait la réputation d'être infestée de brigands, de seigneurs de guerre agressifs, de pillards du désert et de Bédouins assassins. Je me résignai à me ronger les ongles pendant plus de trois heures, appréhendant toujours le retour des matelots, jusqu'à ce que finalement le cousin Abdul apparût avec ses chameaux, bien avant le lever du soleil. Mohammed fit les présentations, Abdul me prêta un pistolet turc et je casquai cinq bons shillings anglais de plus pour mon escorte additionnelle, ainsi qu'un dernier shilling pour le picotin de mon âne. Je n'étais pas en Palestine depuis vingt-quatre heures, et déjà mon escarcelle s'allégeait de minute en minute.

On prépara du thé. L'aube pointa enfin, les étoiles pâlirent et la caravane se mit en branle, à travers les orangeraies. Au bout de deux kilomètres, on progressa entre blé et coton sur une route bordée de palmiers dattiers. Les fermes à toit de chaume dormaient encore, leurs chiens aboyant pour signaler le passage des clochettes de nos chameaux et le craquement du cuir de nos selles. Puis le ciel s'éclaircit, un premier coq chanta quelque part alors que se précisaient les contours des collines où s'étaient passés tant d'épisodes bibliques. Dépouillés pour produire le charbon de bois et les cendres indispensables à la fabrication du savon, les arbres se dressaient à nu et pourtant, après la sécheresse du désert égyptien, la plaine côtière paraissait aussi fertile et luxuriante que les vertes prairies du pays amish en Pennsylvanie. C'était vraiment la Terre promise.

Cette Terre sainte, m'apprit mon guide, faisait partie de la Syrie, province de l'Empire ottoman, et sa capitale, Damas, était sous le contrôle de la Sublime Porte, depuis Constantinople. Mais tout comme l'Égypte avait été sous le contrôle des mamelouks indépendants, jusqu'à ce que Bonaparte les en expulse, la Palestine était sous celui de Djezzar, un ex-mamelouk né en Bosnie, qui la gouvernait depuis un quart de siècle, de son quartier général d'Acre, avec une cruauté d'autant plus ostensible qu'il avait dû, pour régner, mater une révolte de ses propres troupes mercenaires. Plutôt que de supporter les médisances, au sujet de ses infidélités, Djezzar avait fait étrangler plusieurs de ses épouses, frapper durement ses conseillers les plus proches afin de leur rappeler qui était le maître, et noyer ceux de ses généraux et de ses capitaines qui n'avaient plus l'heur de lui plaire.

Autant de décisions indispensables, d'après Mohammed. La province se répartissait en trop de groupes ethniques et religieux, tous d'accord entre eux comme calvinistes au Vatican. L'invasion de l'Égypte avait lancé un nombre encore plus imposant de réfugiés vers la Terre sainte, avec à leur tête les mamelouks fugitifs d'Ibrahim Bey. Suivis par de récentes vagues d'Ottomans comptant sur une autre invasion française, l'or et les promesses d'aide navale des Britanniques ajoutant encore à la confusion. Une moitié de la population espionnait l'autre moitié et chaque clan, secte ou culte pesait ses chances de survie, entre Djezzar-le-Boucher et les Français invincibles, du moins jusque-là. Les nouvelles des étonnantes victoires de Napoléon en Égypte, dont cette ultime répression d'une insurrection, dans la ville du Caire, avaient ébranlé tout l'Empire ottoman.

Je savais, aussi, que Napoléon espérait toujours conclure une alliance avec Tippoo Sahib, le sultan francophile qui s'opposait en Inde à Wellesley et aux Britanniques. Ambitieux à l'extrême, le général français organisait actuellement un corps de chameliers qui, espérait-il, pourrait bientôt traverser les déserts de l'est plus efficacement qu'Alexandre ne l'avait fait. Ce Corse de trente ans voulait damer le pion aux Grecs en galopant jusqu'à la frontière d'Inde méridionale afin d'y opérer sa jonction avec le citoyen Tippoo et priver l'Angleterre de sa plus riche colonie.

D'après Smith, je pouvais apporter ma contribution aux contre-mesures à prendre.

J'y réfléchissais en trottant auprès de Mohammed, beaucoup trop grand pour mon âne dont le dos s'incurvait comme une branche de noyer d'Amérique.

« Mohammed, ta Palestine me fait l'effet d'un nid de rats tous plus sûrs d'avoir raison les uns que les autres. Il y a autant de factions politiques et religieuses, ici, que dans un conseil municipal du New Hampshire.

— Tous ces hommes sont des saints, effendi, et rien n'est plus irritant qu'un voisin aussi saint que toi, mais de foi différente. »

*Amen !* Car admettre qu'un autre homme puisse avoir raison, c'est admettre, subsidiairement, qu'on puisse avoir tort, et la moitié des grandes effusions de sang viennent de là. Français et Anglais en sont un exemple : toujours prêts à se battre afin de prouver qui sont les plus démocratiques, les républicains français avec leur guillotine ou les parlementaires britanniques avec leur prison pour dettes. Naguère, à Paris, quand je n'avais d'autres soucis que les cartes, les femmes et quelque alliance de principe, je ne me souvenais pas d'avoir jamais été réellement choqué par la conduite de quelqu'un d'autre ou inversement. Puis il y avait eu ce médaillon, la campagne d'Égypte, Astiza, Napoléon, Sidney Smith et je me retrouvais en Palestine, à stimuler l'avance de ma piètre monture vers la capitale mondiale de tous les désaccords. Je me demandais, pour la millième fois, comment j'avais pu en arriver là.

À cause de notre retard et du train modéré de la caravane, il nous fallut trois jours pour rallier Jérusalem. Arrivée crépusculaire, au soir du troisième, après un trajet ennuyeux sur un entrelacs de routes sinueuses qui, visiblement, n'avaient pas été réparées depuis Ponce Pilate. Et qui, au cours de cette dernière étape, s'étaient transformées en sentiers de chèvres dignes des Appalaches. On grimpa la vallée du Bab-el-Oued entre pins et genévriers, dans l'herbe brune de l'automne. L'air y était de plus en plus frais et sec. On progressait en spirale, autour de la colline, parmi les pets et les braiements des ânes, l'écume semée par les chameaux, les altercations de conducteurs de chars à bœufs tombés nez à nez entre montée et descente. On croisait ou dépassait des moines en robe de bure, des missionnaires arméniens en soutane, des juifs orthodoxes aux cheveux aussi longs que la barbe, des marchands syriens, deux ou trois courtiers en coton français expatriés, et d'innombrables musulmans enturbannés, porteurs de longs bâtons. Des Bédouins poussaient dans la descente de maigres troupeaux de moutons ou de chèvres, et des filles promenaient sur les bas-côtés leurs ondulations alléchantes, leur jarre d'argile bien en équilibre sur la tête. Des ceintures de couleurs vives suivaient leurs déhanchements et leurs yeux brillaient comme autant de pierres noires dans le lit d'une rivière.

Ce qui passait pour des hôtels, sous le nom de *khans*, était encore moins attrayant que les cours à ciel ouvert infestées de puces. On rencontra aussi des bandes de cavaliers armés qui, par quatre fois, exigèrent un droit de passage. Mes compagnons comptaient sur moi pour en payer plus que ma part. Bandits de grands chemins ?

Non, affirma Mohammed, simples durs à cuire des hameaux côtoyés qui en protégeaient les habitants contre pires qu'eux-mêmes, moyennant une dîme régulière appelée *ghafar*. C'était sans doute la vérité. Tous les gouvernements ne se chargent-ils pas d'assurer, contre paiement des impôts, la sécurité des honnêtes citoyens ? Ces cavaliers armés constituaient une sorte de compromis entre vulgaires chapardeurs et police officielle.

Tout en grognant contre ces ponctions répétées sur mon escarcelle, je n'en appréciais pas moins les charmes du pays d'Israël. Si la Palestine ne dégageait pas la même odeur d'ancienneté que l'Égypte, on y pouvait percevoir les échos des héros hébreux de l'Antiquité, des saints chrétiens et des conquérants islamiques. Les oliviers étaient aussi gros que des tonneaux à vin, fissurés et tordus par la marque des siècles. Quand on s'arrêtait pour remplir nos gourdes, les accès aux sources étaient lisses d'avoir accueilli toutes les sandales qui nous avaient précédés. Des relents d'histoire traînaient au pied de chaque montée. Comme en Égypte, il y avait dans la lumière une limpidité exempte des vapeurs d'Europe. Seul planait dans l'air ce même goût de poussière, comme s'il avait été respiré auparavant par des gorges trop nombreuses.

C'est dans l'un de ces *khans* que le monde du médaillon, laissé provisoirement en arrière, se rappela à mon bon souvenir. Un vieux serviteur d'âge et de race indéterminés vaquait aux tâches ménagères avec tant d'effacement que nul ne lui prêtait la moindre attention sinon pour lui demander un verre d'eau ou une autre peau de mouton contre le froid nocturne. J'aurais eu un autre regard pour une servante. Mais je me déshabillais simplement, à l'approche de l'aube, avec l'espoir de pouvoir dormir quelques heures, et j'avais posé mes précieux séraphins sur ma couverture sans prendre garde au vieux birbe qui, non loin de moi, poussait un balai de branchage.

Je remarquai tout à coup ses yeux exorbités, fixés sur mes chérubins aux ailes déployées, et crus tout d'abord qu'il allait, malgré son grand âge, tenter de me les ravir.

Mais, à mon sursaut, il ne répondit que par un brusque recul de consternation et de crainte. Je jetai ma chemise sur les séraphins dont l'éclat disparut comme une lampe s'éteint.

« Le compas, chuchota-t-il en arabe.

— Quoi ?

— Les doigts de Satan. Que la miséricorde d'Allah soit sur nous. »

Il était évidemment fou à lier. Mais sa terreur flagrante m'inspirait un profond malaise.

« Ce sont des reliques personnelles. N'en parlons plus.

— Mon imam m'en a dit deux mots. Ça vient du repaire.

— Du repaire ? »

Alors qu'ils provenaient de la Grande Pyramide.

« D'Apophis ! » lâcha-t-il par-dessus son épaule en s'enfuyant à toutes jambes.

Je n'avais pas éprouvé un tel choc depuis que le médaillon avait réellement fonctionné. Apophis ! Un dieu-serpent ou peut-être une déesse dont Astiza m'avait cité le nom en me confirmant sa présence dans les entrailles de la terre égyptienne. Je ne l'avais pas prise au sérieux. Je suis un ami de Franklin, après tout, un homme de l'Occident. Mais il y avait eu bel et bien *quelque chose*, au fond d'un puits fumant, que je n'avais eu aucune envie d'aller voir de plus près, et que je pensais avoir laissé derrière moi, là-bas, en Égypte.

Pourtant, ce nom, je venais de le réentendre… Par le mufle d'Anubis, j'avais eu ma bonne part de dieux des deux sexes plus étranges, plus étrangers les uns que les autres à ma propre culture ! Qui avaient maculé mon existence comme des invités indésirables souillent votre parquet avec leurs semelles boueuses. Et voilà qu'un vieux serviteur plus ou moins sénile me rappelait ce nom. Cela ne signifiait probablement rien. Mais la coïncidence était inquiétante.

Je me redressai vivement. Rejetai les séraphins dans mes vêtements épars avant de me précipiter hors de mon réduit, aux trousses du bonhomme, afin de lui faire cracher ce qu'il avait voulu dire.

Mais il n'était plus nulle part. Et, le lendemain matin, son patron déclara que le vieux s'était absenté sans permission, en emportant ses maigres affaires personnelles.

*

*  *

Enfin Jérusalem… Une vision qui, je l'avoue, me coupa le souffle.

La ville est perchée sur une colline dressée parmi d'autres collines et, de trois côtés, le sol plonge à pic vers d'étroites vallées. Mais c'est par le quatrième versant, au nord, que sont venues toutes les invasions. Oliveraies, vignobles et potagers habillent l'ensemble d'un paysage que ponctuent les taches vertes des bouquets d'arbrisseaux. Bâtis par un sultan musulman du nom de Soliman le Magnifique, de formidables murs cernent entièrement les habitants de la cité. Moins de neuf mille personnes y vivaient alors, tirant leur subsistance des pèlerins et d'une industrie sporadique à base de savon et de poterie. Une population composée d'environ quatre mille musulmans, trois mille chrétiens et deux mille juifs.

La diversité des bâtiments édifiés sur cette crête conférait à l'ensemble un cachet unique. La mosquée originale ou dôme du Rocher possède une coupole dorée qui brille comme une étoile dans le soleil couchant. Plus près de la porte de Jaffa se dressait la vieille citadelle militaire, avec ses remparts crénelés que domine une tour circulaire en forme de phare. Cette citadelle se dresse sur des pierres aussi colossales que celles des pyramides d'Égypte. D'autres soutiennent l'ancien temple juif qui a donné naissance à la grande mosquée. Toutes les assises de Jérusalem ont dû être amenées sur place et posées par des titans.

Voisinant à contre-ciel, dômes, minarets et clochers bâtis par tel ou tel croisé, tel ou tel conquérant rivalisent de sainteté dans l'espoir d'imposer, tôt ou tard, sa foi par le fer et le feu. La rivalité est aussi évidente que celle des marchands de légumes sur un marché dominical, les cloches chrétiennes s'efforçant de couvrir l'appel des muezzins et les psalmodies des prières juives. Fleurs sauvages et plantes grimpantes tapissent les vieux murs mal entretenus, à l'ombre des palmiers qui poussent au hasard. Hors des murs d'enceinte, descendent les oliviers en allées sinueuses où fument nuit et jour les feux d'ordures ménagères. Et, sur ces décharges improvisées, planent des oiseaux se détachant sur les palais formés par les nuages aussi nets et détaillés que les constructions terrestres. Jérusalem, tout comme Jaffa, retrouve, au couchant, la couleur de miel des pierres calcaires qui la composent.

Promenant son regard sur l'antique capitale, par-dessus la vallée de la Citadelle, Mohammed déclara soudain :

« La plupart des hommes viennent ici chercher quelque chose… Que cherches-tu, mon ami ?

— La sagesse. »

Et ce n'était pas un mensonge. Le Livre de Thot avait la réputation de l'apporter à qui le lirait et, par les lunettes de Franklin, j'avais l'intention d'en faire bon usage ! Mais je contredis ma propre affirmation, dans une large mesure, en ajoutant :

« Ainsi que des nouvelles d'une femme que j'aime.

— Ah ? Beaucoup d'hommes cherchent ainsi, toute leur vie, sans jamais trouver ni la sagesse ni l'amour. Alors, il est bien que tu sois venu ici, où les prières ont plus de chances que partout ailleurs d'être entendues.

— Espérons-le. »

Je savais que Jérusalem, précisément à cause de sa réputation de sainteté, avait été attaquée, incendiée, pillée plus que n'importe quel autre lieu au monde.

« Je vais te payer le reste de ton salaire et partir en quête de l'homme que je dois consulter. »

Tandis que je réglais ma dette, j'évitai de faire sonner ce qui restait dans mon escarcelle. Mohammed protesta doucement :

« Même pas une petite gratification supplémentaire, pour t'avoir apporté ma connaissance de la Terre sainte ? Aucun supplément pour ta sécurité assurée ? Aucun remerciement pour ce spectacle grandiose ?

— Et pour le beau temps, peut-être ? »

Il parut sincèrement blessé.

« J'ai essayé de bien te servir, effendi. »

Pivotant sur ma selle pour qu'il ne puisse voir le peu qui me restait, je lui versai un pourboire que je ne pouvais me permettre.

Il exprima sa gratitude en termes poétiques :

« Le sourire d'Allah te récompensera de ta générosité.

— Puisse-t-il également veiller sur toi », répondis-je, en cachant difficilement mon irritation.

Un dernier souhait qui se révélerait inopérant, dans un avenir proche.

# 4

C'est en redescendant de là-haut, toujours à dos d'âne, par le mauvais chemin de cailloux et de terre, puis en traversant le pont de bois qui me ramenait au noir battant métallique de la porte de Jaffa, que je pus constater à quel point Jérusalem n'était que ruines sur une bonne moitié de sa superficie.

Avant de me laisser ressortir, un *subashi* s'assura que je ne portais aucune des armes interdites dans toutes les cités ottomanes. Il me laissa ma misérable dague. Mes habits indigènes ne l'ayant pas abusé, toutefois, il remarqua, non sans une pointe de sarcasme :

« Je pensais que les Francs voyageaient mieux armés.

— Mais pas un simple pèlerin. »

Son regard exprimait un net scepticisme.

« Fais en sorte de le rester ! »

Je revendis mon âne, au premier marché, le prix que je l'avais payé – quelques pièces récupérées, enfin – et tâchai de m'orienter. On entrait à Jérusalem beaucoup plus qu'on n'en sortait, marchands, caravanes et pèlerins d'une douzaine de sectes criaient leur gratitude en pénétrant dans l'enceinte sacrée. Mais l'autorité ottomane avait beaucoup décliné, depuis deux siècles, et les gouverneurs sans pouvoir face aux raids des Bédouins, les extorsions fiscales répétées et les rivalités religieuses avaient rendu la prospérité de la ville aussi atrophiée qu'un épi de maïs semé dans la pierraille. Les nombreux étals qui s'alignaient dans les rues à moitié vides ne faisaient que souligner davantage les réalités historiques. Sous le regard des tours cédées aux oiseaux, Jérusalem baignait dans une sorte de léthargie.

Mohammed, mon guide, m'avait expliqué que le terrain se divisait en quartiers réservés aux musulmans, aux chrétiens, aux Arméniens et aux juifs. Suivant, tant bien que mal, les méandres des ruelles, je piquai sur le secteur nord-ouest aggloméré autour de l'église du Saint-Sépulcre et du quartier général des franciscains. L'itinéraire était assez dépeuplé pour que les poulets errants se dispersent sur mon passage. La plupart des maisons paraissaient abandonnées. Construites en vieilles pierres de production locale, les rares bâtisses occupées alternaient avec des sortes de celliers en bois, sommairement bricolés, et d'étranges terrasses saillant comme autant de furoncles sur la peau relâchée d'une aïeule. Ici comme en Égypte, toute illusion d'un Orient somptueux était rapidement exclue.

Grâce aux vagues directives reçues de Smith et aux renseignements recueillis en chemin, je parvins devant une maison d'un étage, bien entretenue, sans ornements de façade, à la mode arabe, que fermait une ancienne porte de charrette en bois massif, ornée d'un fer à cheval. Il y avait sur la droite une autre petite porte, et je sentais, du dehors, le parfum du charbon de bois de la forge du nommé Jéricho. Je cognai à la petite porte d'entrée, attendis un instant et récidivai jusqu'à ce qu'un petit judas s'ouvrît à hauteur de regard.

Les yeux apparus étaient féminins, première surprise pour moi qui m'étais habitué, au Caire, à de robustes portiers musulmans chargés de tenir les épouses à l'écart. Qui plus est, les pupilles étaient d'un gris clair presque diaphane, rarissime en Orient.

Fidèle aux instructions de Smith, j'amorçai en anglais :

« Je m'appelle Ethan Gage, porteur de la lettre d'introduction d'un capitaine britannique à l'adresse de Jéricho. Je suis là pour... »

Le judas se referma. Je commençais à me demander si j'avais bien frappé à la bonne porte quand elle s'ouvrit enfin. Personne en vue, juste derrière. J'entrai prudemment dans ce qui ne pouvait être, en effet, que la cour atelier d'un travailleur du fer, aux pavés souillés de suie. J'apercevais la forge, au fond d'une remise couverte aux parois garnies d'outils et d'accessoires. À gauche de la cour, se dressait un comptoir de vente d'ustensiles terminés, à droite une réserve de métal et de charbon de bois. Les appartements étaient au-dessus, accessibles par un escalier aux marches nues donnant sur un balcon garni de rosiers en pots légèrement fanés cascadant vers le sol. Quelques pétales en étaient tombés et gisaient, colorés, sur un tapis de suie.

La porte se referma derrière moi, et je constatai que le battant largement ouvert m'avait empêché de la voir tout de suite. Elle passa près de moi comme une ombre, sans dire un mot, en me dévisageant à l'oblique avec une curiosité intense qui me stupéfia. Il est vrai que je suis plutôt belle bête, mais que pouvais-je avoir de si intéressant ? Sa robe tombait depuis son cou jusqu'à ses chevilles, et le foulard commun à toutes les religions, en Palestine, lui couvrait la tête, mais j'en avais assez vu, au passage, pour me faire une opinion. C'était une très jolie femme.

Son visage avait la beauté épanouie d'un tableau de la Renaissance, son teint la pâleur d'une coquille d'œuf, aussi exceptionnelle que le gris de ses yeux dans cette partie du monde. Sa bouche aux lèvres pleines s'agrémentait d'un sourire presque imperceptible et quand je croisai son regard, elle le baissa modestement. Son nez, de profil, avait cette légère courbure méditerranéenne que je trouve follement séduisante. Très peu de cheveux en vue, à l'exception de quelques mèches échappées, d'un blond également surprenant, sous cette latitude. Quant à sa silhouette, j'en devinais juste assez pour dire qu'elle était mince. Et, là-dessus, elle disparut au-delà d'une porte.

Ce travail de repérage terminé, je me retournai juste à temps pour découvrir le grand barbu taillé en force qui sortait de son repaire en tablier de cuir. Il avait des avant-bras de forgeron, épais comme des jambons et marqués des brûlures inévitables de la forge. La suie de son métier ne cachait ni ses cheveux couleur sable ni les yeux d'un bleu surprenant qui me toisaient avec scepticisme. Quelques Vikings avaient-ils échoué en Syrie ? La plénitude de ses lèvres et le rose de ses joues, au-delà de sa barbe drue, adoucissaient ce physique rébarbatif dont la bienveillance juvénile rappelait celle de la femme. Le genre d'expression que je prêtais d'ordinaire à Joseph le Charpentier. Il ôta son énorme gant de cuir avant de me tendre la main.

« Gage, c'est ça ? »

Je serrai cette main calleuse, dure comme du bois.

« Ethan Gage.

— Jéricho. »

Sa bouche faisait sans doute penser à celle d'une femme, mais sa poigne avait la puissance et la dureté d'un étau.

« Comme votre femme vous l'a peut-être annoncé...

— Pas ma femme, ma sœur.

— Vraiment ? »

Ça, c'était une bonne nouvelle. Non que j'aie l'intention d'oublier Astiza une seule minute, mais la beauté féminine éveille toujours l'intérêt d'un mâle bien portant, et mieux vaut savoir où on met les pieds, dans tous les hasards de la vie.

« Elle est plutôt timide, avec les étrangers, alors gardez vos distances. »

Une saine mise en garde, de la part d'un gaillard à peu près aussi fragile que la souche d'un gros chêne.

« Naturellement. Mais je suis heureux qu'elle comprenne l'anglais.

— Ce qui serait extraordinaire, c'est qu'elle ne le comprenne pas. Elle a vécu en Angleterre. Avec moi. Elle n'a rien à voir avec nos affaires.

— Charmante et réservée. L'attitude idéale d'une vraie lady. »

Il ne réagit pas à mon trait d'esprit avec autant d'enthousiasme que la souche massive à laquelle je n'avais pu m'empêcher de le comparer.

« Smith m'a fait prévenir de votre intervention. Je peux vous loger temporairement. Et vous donner le conseil d'un connaisseur. Tout individu qui prétend pouvoir comprendre la politique de Jérusalem est un menteur sans cervelle. »

Je ne m'offusquai pas pour si peu.

« Alors, mon séjour sera peut-être bref. Le temps de poser des questions sans en trouver les réponses, et je rentrerai au bercail ! Comme n'importe quel pèlerin ! »

Il me toisa des pieds à la tête.

« Vous préférez les frusques arabes ?

— Je les trouve confortables, anonymes, parfaites pour le souk ou le caoua. Je baragouine un peu d'arabe. »

Et j'avais la ferme intention de perfectionner ma connaissance de la langue. Mais je pris le temps d'ajouter :

« Et vous, Jéricho… je ne vous vois pas tomber de sitôt ! »

Mais je n'avais réussi qu'à l'intriguer, léger. Je précisai :

« L'histoire biblique. La chute des murailles de Jéricho. Vous m'avez paru solide comme un tronc d'arbre. Exactement le genre de compagnon qu'on aime avoir de son côté… du moins, je l'espère.

— Je suis né à Jéricho. Plus aucune muraille en vue.

— Et je ne m'attendais pas non plus à trouver des yeux bleus en Palestine.

— Sang de croisé. Les racines de ma famille remontent loin dans le temps. Le résultat pourrait être un sacré mélange, mais, à ma génération, c'est la pâleur de la peau qui est ressortie. Toutes les races passent par Jérusalem. Croisés, Perses, Mongols, Éthiopiens… Toutes les croyances, toutes les opinions, tous les pays. Et vous ?

— Américain. Ancêtres variés et miséricordieusement oubliés. Un gros avantage des États-Unis. J'ai cru comprendre que vous aviez appris la langue dans leur marine ?

— Miriam et moi étions orphelins. À cause de la peste. Les pères catholiques qui nous ont recueillis nous ont également éduqués… jusqu'à un certain point. À Tyr, je me suis enrôlé sur une frégate anglaise. J'y ai appris à réparer et à travailler le fer. Je dois mon surnom aux matelots. J'ai appris la forge à Portsmouth et j'y ai fait venir ma sœur.

— Mais vous n'y êtes pas restés.

— Le soleil nous manquait. Les Anglais sont blancs comme des asticots. J'avais rencontré Smith quand j'étais dans la marine. Pour le billet de retour et une petite solde, je lui ai promis de garder l'oreille dans le vent, à Jérusalem. Je loge ses amis. Ils exécutent ses ordres. Rare qu'on apprenne quoi que ce soit d'utile. Mes voisins se disent que je profite de ma connaissance de la langue anglaise pour prendre des pensionnaires payant de temps à autre. Ils ne se trompent pas de beaucoup. »

Bavard et direct, le forgeron ! J'essayai d'appliquer sa méthode :

« Sidney Smith pense qu'on peut se donner un coup de main, tous les deux. J'ai été rattrapé par Bonaparte, en Égypte. Et, maintenant, les Français se ramènent par ici.

— Et Smith veut savoir quel genre de réception les chrétiens, les juifs, les Druzes et consorts peuvent lui mijoter ?

— Exact. Il espère aider Djezzar à monter la résistance aux Français.

— En soutenant Djezzar ! Un tyran détesté qui les tient à sa merci. J'en vois pas mal qui accueilleront les Français comme des libérateurs.

— Si tel doit être le message, je le transmettrai. Mais je suis ici, également, pour mon propre compte. J'ai rencontré, en Égypte, une femme qui a disparu. Tombée, en fait, dans le Nil. Je veux savoir si elle est morte ou vivante, et si elle est vivante, lui venir en aide. D'après Smith, vous auriez des contacts en Égypte.

— Une femme ? Proche de vous ? »

Mon intérêt pour une femme autre que sa sœur semblait l'avoir rassuré. Mais il enchaîna :

« Ce genre d'enquête revient plus cher que prêter simplement l'oreille aux ragots politiques de Jérusalem.

— Combien de fois plus cher ? »

Il m'examina, de nouveau, du haut en bas.

« Bien plus, j'en ai peur, que vous ne pouvez vous le permettre.

— Vous ne pourrez donc pas m'aider ?

— Mes contacts en Égypte ne sont pas gratuits. »

À l'entendre, j'estimais qu'il n'avait pas l'intention de m'escroquer, pas vraiment, mais disait la vérité, sans plus. J'avais besoin d'un partenaire, dans mes recherches, et qui d'autre que ce forgeron aux yeux bleus ? J'insistai donc :

« Peut-être pourrez-vous m'aider vous-même si je vous promets, en échange, une part du plus grand trésor qui soit au monde. »

Il ne put s'empêcher de rire.

« Quel genre de trésor ?

— Un secret capable de faire de tout homme un roi.

— Ah ! Et où serait-il, ce trésor ?

— Juste sous notre nez, à Jérusalem… j'espère.

— Savez-vous combien de pauvres d'esprit ont espéré découvrir des trésors à Jérusalem ?

— Ceux qui le découvriront ne sont pas des pauvres d'esprit.

— Vous voulez que je dépense mon propre argent à tenter de mettre la main dessus ?

— Je vous propose de l'investir dans votre propre intérêt. »

Il passa sa langue sur ses lèvres sèches.

« On dirait que Smith m'a envoyé un émissaire aussi audacieux qu'impudent !

— Vous jugez si vite le caractère des gens ? »

Jéricho pouvait être sceptique, mais il était également curieux. Se renseigner au sujet d'Astiza ne lui coûterait pas si cher. Et sa rapacité était la plus commune qui soit. Tout le monde rêve de trésors cachés.

« Je vais voir ce que je peux faire. »

J'avais fini par l'accrocher.

« Il y a autre chose dont j'ai besoin. Un bon rifle. »

*
* *

Bien que le travail de sa forge lui apportât une certaine prospérité, Jéricho vivait très simplement. Parce qu'il était chrétien, sa maison était mieux meublée qu'une demeure islamique. Les mahométans se servent essentiellement de coussins qui peuvent être, quand les femmes se retirent à l'arrivée d'un visiteur mâle, aisément transportés d'une pièce à l'autre. Une tradition découlant de l'habitude des Bédouins de vivre sous la tente. Nous autres chrétiens, au contraire, avons coutume de garder nos têtes plus proches de la chaleur des plafonds que de la fraîcheur des planchers, et nous bavardons entre nous dans des attitudes plus formelles, assis droit sur de vraies chaises. Plutôt que coussins et coffres islamiques, Jéricho avait tables, sièges et armoires verticales. Le tout dans un cadre d'une simplicité puritaine. Aucun tapis sur les planchers de bois blanc, et pas d'autre décoration sur les murs de plâtre qu'un crucifix ou l'image d'un saint. Propreté impeccable comme celle d'un couvent et tout aussi déconcertante.

Miriam, la sœur, était une maîtresse de maison accomplie. Pas un grain de poussière nulle part et, quant à la nourriture, elle était abondante, mais très simple, aussi : pain, vin, olives et légumes disponibles, selon les saisons, sur les éventaires des marchés locaux.

De temps à autre, elle ramenait également, à l'intention de son grand frère musclé et toujours affamé, un peu d'une viande rare et chère. L'hiver approchait, mais ils ne disposaient d'aucun moyen de chauffage, en dehors de la forge et de l'âtre à charbon de bois où cuisaient les aliments. Pas de vitres, non plus, aux fenêtres munies de stores intérieurs. Des sacs de sciure bloquaient le plus gros du froid, ajoutant aux ténèbres de l'automne. L'eau des cuvettes était glacée, les vents pénétrants, les chandelles et le pétrole des lampes trop précieux pour être gaspillés, alors, on dormait et se réveillait au chant du coq. Pour un Parisien exilé de ma sorte, la Palestine était un monastère.

Première connivence apparue entre Jéricho et moi-même, la fabrication de mon nouveau fusil. Habile, peu bavard et dur au travail, qualités que je me faisais un devoir d'imiter, le forgeron avait gagné le respect de son entourage. Il se lisait dans les yeux des hommes, musulmans, chrétiens et juifs sans distinction de race qui venaient lui acheter des outils de jardinage. J'avais craint de devoir lui exposer les caractéristiques d'un bon fusil, mais il n'était pas en retard sur ce chapitre.

À la description que je lui fis de mon arme perdue, il s'exclama :

« Vous voulez parler du Jaeger allemand, le fusil de chasse. J'ai travaillé sur des pièces du même genre. Montrez-moi dans le sable quelle longueur vous souhaitez. »

Je lui dessinai, sommairement, un canon de cent cinq centimètres.

« Ça ne va pas être un peu difficile à manier ?

— La longueur du canon entraîne l'exactitude, donc le pouvoir de tuer. Avec des cartouches de quarante-cinq, la vitesse de tir permet d'utiliser des balles plus petites que celles d'un mousquet, et je peux transporter plus de munitions pour un poids donné de plomb et de poudre. Fer doux, rayures profondes, crosse équilibrée pour amener le viseur en ligne tout en m'abritant du recul. Le modèle que j'avais groupait trois impacts à cinquante mètres. Il faut une minute pour charger et armer, mais le premier tir fait mouche.

— Les alésages lisses sont la règle, dans le secteur. Plus rapides à charger et tirant n'importe quoi, même des cailloux, faute de mieux. Avec ce fusil, il faudra des balles précises.

— "Précision" signifie "justesse".

— En combat de près, c'est la vitesse qui gagne. »

Il avait gardé le préjugé des marins parmi lesquels il avait servi, habitués aux empoignades rapprochées, de bord à bord. Je protestai :

« Et le bon tir empêche l'ennemi de venir trop près ! D'après moi, se battre avec un mousquet ordinaire équivaut à aller au bordel les yeux bandés. On peut atteindre son but, mais aussi le manquer d'un kilomètre !

— Ça, ce n'est pas moi qui vous le dirai ! »

Il était imperméable à toute plaisanterie ou quoi ? Sans cesser d'examiner mon croquis tracé dans le sable, il supputa :

« Quatre cents heures de boulot, minimum. Que me rapportera ce fameux trésor ?

— Le double. Je vais partir à sa recherche pendant que vous fabriquerez mon fusil.

— Non. »

Il secouait furieusement la tête.

« Trop facile de promettre l'argent qu'on n'a pas. Vous allez travailler dur, et pas seulement en glanant des infos, ça vous changera ! Les jours creux, vous pourrez courir après ce trésor ou après les ragots, à l'intention de Sidney Smith. C'est lui qui paiera ce que vous me devrez. »

Travailler dur ? La perspective m'intriguait, sans me séduire vraiment. J'ai toujours envié les forçats du travail tels que Jéricho, mais je les fuis comme la peste. Pour remettre les choses au point, je marchandai :

« À la forge, je vous aiderai de mon mieux, mais il faudra me laisser du temps pour fouiner ici ou là. Faites-moi mon fusil pour la fin de l'hiver, quand Napoléon va se manifester. D'ici là, j'aurai découvert le trésor et touché la solde promise par Smith. »

Soutirer de l'argent à l'Amirauté, c'était comme vouloir tirer de la sauce d'un lacet de soulier, mais le printemps était loin. Tout finit par arriver.

« Alors, attise-moi ce brasier. »

Le temps que je manipule le soufflet géant et jette sur le feu assez de charbon de bois, pelletée après pelletée, jusqu'à souffrir des épaules, il admit à contrecœur :

« Miriam te tient pour un type courageux. »

Avec cette étiquette accrochée au cou, je savais qu'il me ferait confiance.

Il chercha d'abord une barre de métal ou mandrin d'un diamètre légèrement inférieur à celui de l'alésage de ma future carabine. Puis il chauffa une barre d'acier au carbone de Damas, dite « taloche », de la longueur du canon qu'il me chargea de maintenir pendant qu'il l'incurvait et la soudait autour de la barre. Il progressait de deux ou trois centimètres à la fois, pas davantage, ôtant la barre alors que les métaux étaient encore légèrement malléables avant de plonger le résultat dans l'eau de refroidissement.

Il fallait réchauffer, replier et souder, centimètre par centimètre. Un travail à la fois méticuleux et bizarrement passionnant. Ce tube en gestation serait mon futur compagnon. La corvée me tenait chaud, et de ce dur travail physique je tirais une étrange satisfaction. Je mangeais simplement, dormais bien et commençais même à me sentir très à l'aise dans la simplicité spartiate de mon logement. Mes muscles déjà fortifiés par l'Égypte devenaient chaque jour plus fermes, plus efficaces.

J'essayais de communiquer avec le forgeron taciturne :

« Tu n'es pas marié, Jéricho ?

— Tu as vu une épouse quelque part ?

— Un bel homme prospère comme toi ?

— Jamais rencontré quelqu'un que j'aie eu envie d'épouser.

— Moi non plus. Jamais fait la bonne rencontre. Excepté cette femme, en Égypte…

— On va retrouver sa trace… »

J'insistai :

« Alors, il n'y a que toi et ta sœur… »

Il s'arrêta de marteler, soudain de méchante humeur.

« J'ai été marié. Elle est morte en portant mon enfant. Et puis il y a eu bien autre chose. Je me suis engagé dans la marine anglaise. Et Miriam… »

Je commençais à comprendre.

« Elle s'occupe de son frère inconsolable. »

Il me regardait droit dans les yeux.

« Et je m'occupe d'elle !

— De telle sorte que si quelqu'un de bien se présentait ?

— Bien ou mal, elle n'attend personne.

— Une fille aussi adorable. Charmante. Réservée. Docile.

— Tu as la tienne, en Égypte.

— Mais, toi, tu as besoin d'une épouse. Et d'enfants pour te faire un peu rire. Je pourrai peut-être te trouver quelqu'un.

— Rien à faire d'un œil nouveau sur ma vie. Ou d'une gaspilleuse.

— Je t'en parlerai tout de même, si je tombe dessus. »

Je lui fis un large sourire qu'il s'abstint de me rendre. Puis nous nous remîmes à marteler le métal.

Quand le travail le permettait, j'explorais Jérusalem. Je changeais de vêtements, selon les quartiers visités, essayant de recueillir des infos à l'aide de mes connaissances linguistiques arabo-anglo-françaises. Jérusalem avait tellement l'habitude des pèlerins que personne ne remarquait mes intonations. Aux carrefours, se tenaient les marchés où riches et pauvres partageaient sans aucune discrimination les repas des artisans et même des janissaires. Les *khaskiyya* ou soupes populaires assistaient les miséreux tandis que les plus fortunés de toutes les croyances se coudoyaient dans les boutiques à café où ils buvaient leur nectar, fumaient le narghilé et refaisaient le monde, en paroles. L'air embaumé par la fève noire, le tabac turc et le haschich, grisait comme le vin qu'il m'arrivait d'offrir à Jéricho. Il avait besoin d'un verre ou deux, de temps à autre, et les réminiscences de son pays natal n'avaient pas de prix.

« Tout le monde à Jérusalem se croit plus proche du ciel que partout ailleurs… ce qui veut dire que, tous ensemble, ils créent leur propre enfer.

— Jéricho ! C'est une ville désarmée, une ville de paix et de piété, non ?

— Jusqu'à ce que l'un marche sur la piété de l'autre ! »

Quand on s'étonnait de ma propre présence, j'affirmais représenter les États-Unis, ce qui avait été vrai, en France. J'attendais le moment de faire la paix avec les vainqueurs, quels qu'ils fussent. Je n'étais l'ennemi de personne.

L'arrivée probable de Napoléon emplissait la cité de rumeurs, sans que l'unanimité se fasse, quant à la victoire finale. Djezzar exerçait sur la ville, depuis un quart de siècle, un contrôle impitoyable. Le Français n'était pas encore battu. Les Anglais étaient les maîtres de la mer et la Palestine un îlot dans le vaste lac ottoman. Sectes sunnites et chiites de la communauté musulmane étaient à couteaux tirés. Chrétiens et juifs constituaient deux minorités qui ne se faisaient pas confiance, et qui, le jour venu, prendraient les armes contre un ennemi resté imprévisible, tant les despotes religieux d'une demi-douzaine de croyances différentes rêvaient de réaliser leurs propres utopies.

Sidney Smith comptait sur moi pour soutenir la cause britannique, mais je n'y étais guère disposé. J'aimais toujours les idéaux républicains de la France et les hommes que j'avais côtoyés là-bas. Qui plus est, je ne désapprouvais pas formellement le rêve de Napoléon d'unifier le Proche-Orient. Pourquoi soutiendrais-je ces Britanniques arrogants qui avaient si sauvagement combattu l'indépendance de ma propre nation ? Tout ce qui m'importait vraiment, c'était de retrouver la trace d'Astiza et de découvrir si ce légendaire Livre de Thot avait pu survivre à tant de siècles. Ensuite, je repartirais à l'autre bout du monde.

Un monde bien petit où la présence chez le forgeron chrétien d'un infidèle habillé en Arabe qui posait trop de questions faisait marcher les langues, mais à peine plus, au fond, que celle de nombreux personnages au passé nébuleux qui en posaient des tas d'autres. Je partageais avec tous cette occupation essentielle dans la plupart des vies humaines.

Attendre.

# 5

À seule fin que l'hiver passât un peu plus vite, je fis de mon mieux pour taquiner Miriam. J'avais trouvé au marché un petit bloc d'ambre incluant un insecte aux ailes déployées. Vendu comme grigri porte-bonheur, l'objet m'apparut plutôt comme un artefact scientifique. Je me faufilai derrière Miriam qui nettoyait un poulet, frottai l'ambre contre mes vêtements, puis levai la main au-dessus des plumes duveteuses éparses. Quelques-unes s'élevèrent jusqu'à ma paume invisible.

Surprise, Miriam se tourna vers moi.

« Comment faites-vous ça ?

— Un petit tour de magie que j'ai rapporté de France et d'Amérique. »

Elle exécuta un rapide signe de croix.

« Ça portera malheur d'introduire de la magie dans cette maison.

— Ce n'est pas de la magie. Juste un petit truc que je tiens de mon vieil ami Franklin. »

Je lui montrai le petit cube d'ambre calé au creux de ma main.

« Même les Grecs anciens le connaissaient. Frotté, l'ambre attire des choses légères. Ça s'appelle électricité. Je suis électricien.

— Quelle idée bizarre.

— Tenez, essayez. »

Je lui pris la main, heureux d'avoir trouvé cette excuse pour la toucher, plaçai l'ambre entre ses doigts rougis par le travail ménager. Je le frottai contre sa manche et le promenai au-dessus des plumes. Là encore, quelques-unes vinrent s'y coller.

« Maintenant, vous êtes électricienne, comme moi. » Elle me rendit le porte-bonheur, en soupirant : « Comment pouvez-vous perdre votre temps à ces bêtises inutiles ?

— Pas toujours inutiles.

— Puisque vous êtes si savant, servez-vous de cette chose pour plumer l'autre poulet. »

J'éclatai de rire en élevant l'ambre à la hauteur de sa joue, attirant une mèche de ses jolis cheveux blonds.

« Ou pour arranger votre coiffure, mieux qu'avec un peigne. »

J'avais créé devant ses yeux un léger voile blond, qu'elle écarta en murmurant :

« Vous êtes un homme impudent.

— Curieux, sans plus.

— Curieux de savoir quoi ? »

Elle le dit en rougissant. Je lui adressai un clin d'œil complice.

« Ah ! Vous commencez à me comprendre. »

Mais elle refusa d'aller plus loin. Et j'avais tellement de temps devant moi. Impossible de trouver, à Jérusalem, une seule bonne partie de cartes. La ville était aussi riche en distractions qu'un pique-nique de quakers. Et pas de tentations sexuelles, non plus, dans des rues où les femmes sortaient aussi emmitouflées qu'un bébé promené un jour de brouillard dans le Maine. Mon célibat de Jaffa menaçait de se prolonger indûment. Oh, parfois une femme me suivait des yeux ! Ne suis-je pas plutôt beau mâle ? Mais il circulait trop d'histoires horribles, dans les boutiques à café, au sujet des mutilations génitales imposées, au moindre écart, par des pères ou des frères outragés. Le genre d'anecdote qui pousse à réfléchir.

Je m'ennuyais tellement, dans mon temps libre, que je décidai de bricoler avec l'électricité, comme Franklin m'avait appris à le faire. Ce qui n'avait été qu'une attraction sans méchanceté, dans les salons parisiens où j'avais su comment faire passer une étincelle entre les lèvres d'un couple, avait pris une autre tournure, après mon séjour en Égypte. Était-il possible que les anciens eussent converti ces menus mystères en puissante magie ? Était-ce le secret de leurs civilisations ? La science était aussi un bon moyen de marquer ma présence, durant cet hiver peu satisfaisant à Jérusalem. Tout phénomène électrique serait une absolue nouveauté, dans le secteur.

Sous l'œil réticent de Jéricho, j'improvisai une manivelle à friction avec un disque de verre en guise de générateur. Quand je le faisais rapidement pivoter contre des coussinets reliés à un fil métallique, la charge statique se transmettait à des cruches de verre revêtues de plomb, ma manière à moi de fabriquer des bouteilles de Leyde. J'utilisais des copeaux de cuivre pour relier entre elles ces batteries productrices d'étincelles. Je transmettais ainsi l'électricité à un siège dont le moindre contact faisait bondir les clients sur place et leur engourdissait les membres pour des heures.

Ceux qui s'intéressent à la nature humaine ne seront pas surpris d'apprendre combien d'individus firent la queue pour recevoir la décharge promise et secouer ensuite leurs membres endormis. Ma réputation de sorcier s'affirma encore lorsque je m'électrifiai les bras et m'en servis spectaculairement pour attirer des morceaux de cuivre. J'étais devenu un comte Silano, un véritable illusionniste.

On commentait à voix basse mes pouvoirs particuliers, et j'avoue que cette notoriété me plaisait assez. Pour Noël, je fis le vide dans un globe de verre et le fis tourner à l'aide de ma manivelle avant d'y poser une main largement ouverte. La lueur pourpre qui illumina l'atelier enchanta les enfants du voisinage alors que deux vieilles s'évanouissaient, qu'un prêtre catholique braquait vers moi sa croix et qu'un rabbin sortait à grand bruit, fou de rage.

Je tentai de les rassurer :

« C'est juste un jeu de société. On le refait souvent, en France.

— Et qui sont-ils, ces Français, protesta le prêtre, sinon des infidèles et des athées ? Rien de bon ne viendra jamais de cette… électricité !

— Bien au contraire. De savants docteurs français et allemands affirment que de petits chocs électriques peuvent guérir certains maux… et même la folie. »

Mais, nul n'ignorant que les médecins tuaient plus qu'ils ne guérissaient, les voisins de Jéricho demeuraient incrédules. Même Miriam exprimait des doutes :

« Tout ce temps perdu, juste pour faire sursauter quelques personnes !

— Mais pourquoi sursautent-elles ? C'est ce que Ben Franklin a voulu comprendre.

— Ça vient de votre manivelle, non ?

— Mais pourquoi ? Si vous brassez du lait ou remuez un seau d'eau, est-ce qu'il en sort de l'électricité ? Non, il y a autre chose là-dessous, et Franklin pensait qu'il pouvait s'agir, tout bonnement, de la force qui anime l'Univers. Peut-être notre âme est-elle d'origine électrique ?

— C'est un pur blasphème.

— Notre corps est chargé d'électricité. Des électriciens ont tenté de ranimer des criminels qui venaient d'être exécutés en faisant passer un influx électrique dans leur cadavre.

— Quelle horreur !

— Leurs muscles ont réagi, pas leur esprit. Et si l'électricité était le fluide qui nous donne la vie ? Que se passerait-il si nous pouvions maîtriser cette force comme nous maîtrisons le feu ou les muscles d'un cheval ? Les anciens Égyptiens y étaient-ils parvenus ? Quiconque y réussirait disposerait d'un pouvoir inimaginable.

— Et c'est ce que vous recherchez, Ethan Gage ? Un pouvoir inimaginable ?

— Quand on a vu les pyramides, on se demande si les Égyptiens ne disposaient pas déjà de ce pouvoir dans le passé. Pourquoi serait-il impossible de le redécouvrir ?

— Peut-être parce qu'il a causé et causerait encore plus de mal que de bien. »

Pendant ce temps, Jérusalem vivait au rythme de ses propres sortilèges. J'ignore si l'histoire humaine peut s'imprégner dans le sol comme les pluies hivernales, mais les endroits que je visitais dégageaient un fluide palpable, obsédant, issu des époques révolues. À chaque mur s'associait un souvenir, à chaque ruelle une histoire. Ici, Jésus était tombé ; là, Salomon avait accueilli la reine de Saba ; sur cette place, les croisés avaient chargé sabre au clair ; de l'autre côté de ce mur, Saladin avait repris la ville.

Plus extraordinaire encore s'avérait le secteur sud-est de la cité, vaste plateau artificiel assis sur la crête où Abraham offrit à Dieu d'immoler Israël : le mont du Temple. Bâtie par Hérode le Grand, une plate-forme pavée de près de cinq cents mètres de long sur trois cents de large couvre, m'a-t-on dit, une quinzaine d'hectares. Pour servir de base à un temple ? Pourquoi si vaste ? Était-elle vraiment destinée à recevoir un temple ? Ou bien à recouvrir, à *cacher* autre chose de plus contestable ? Je n'avais pas oublié les controverses sans fin suscitées par le but réel de l'édification des pyramides.

Jusqu'à sa destruction par les Babyloniens, puis par les Romains, le temple de Salomon se dressait sur cette colline. Les musulmans y avaient ensuite construit leur mosquée d'Or. Au sud, s'érigeait une autre mosquée, al-Aqsa, défigurée par les travaux des croisés. Chaque religion avait voulu marquer son passage, mais du résultat final se dégageait une sereine impression de *vide* qui, comme le ciel lui-même, surplombait la cité commerciale. Des enfants y jouaient, des moutons y broutaient. J'en faisais le tour, de loin en loin, explorant les versants voisins à l'aide de ma petite longue-vue. Les musulmans me laissaient tranquille et chuchotaient, entre eux, que j'étais un génie possesseur de sombres pouvoirs.

En dépit de ma réputation ou peut-être à cause d'elle, je recevais parfois la permission d'entrer dans le dôme du Rocher carrelé de bleu, et j'ôtais mes souliers avant d'en fouler le tapis rouge et vert. Peut-être souhaitaient-ils ma conversion à l'islam ? Soutenu par quatre piliers massifs que renforçaient douze colonnes, le Dôme s'ornait intérieurement de mosaïques et d'écriture islamiques.

Au-dessous, s'étendait le rocher sacré, Kubbet es-Sakhrah, racine minérale du monde où Abraham avait offert son fils en sacrifice, où Mohammed était monté au ciel. Il y avait un puits, d'un côté, et, d'après la rumeur, une petite caverne souterraine, au même endroit. Renfermait-elle quelque chose de précieux ? Si c'était le véritable emplacement du temple de Salomon, se pouvait-il qu'elle contînt des trésors sauvegardés par les Hébreux ? Nul n'était admis à y descendre, et, quand je rôdais trop longtemps autour de son entrée, quelque conservateur musulman se faisait un devoir de m'en chasser.

J'y réfléchissais souvent et travaillais avec Jéricho à l'élaboration des articles de quincaillerie qui lui étaient commandés, faucilles, pinces, charnières et autres. Travaux de pure routine qui me fournissaient l'occasion d'interroger sans cesse mon hôte forgeron :

« Y a-t-il des souterrains, dans cette ville, où quelque chose de précieux pourrait être enterré depuis des siècles ? »

Jéricho aboyait dans un rire :

« S'il y a des souterrains à Jérusalem ? Toutes les caves communiquent avec un labyrinthe de tunnels désaffectés et de ruelles oubliées. N'oublie pas que la ville a été mise à sac par la moitié des nations de la planète, y compris les croisés. On y a tranché tant de gorges que ce n'est pas de l'eau qui devrait couler sur les murs, mais du sang. Ce ne sont que ruines sur ruines sur encore d'autres ruines, sans parler du dédale des cavernes naturelles et des carrières abandonnées. Souterrains ? Jérusalem est bien moins étendue au niveau du sol que sous terre !

— Ce que je cherche y a été enterré par les anciens Israélites. »

Il rugit :

« Ne me dis pas que tu cherches l'arche d'Alliance ! C'est un mythe conçu par des esprits déréglés. Peut-être aurait-elle séjourné quelque temps dans le temple de Salomon, mais aucune chronique n'en parle depuis que Nabuchodonosor a détruit la cité et exilé les juifs, en 586 avant Jésus-Christ.

— Non, non, ce n'est pas à ça que je pensais. »

Mais, en fait, je mentais, car j'avais espéré, vaguement, que l'arche me mènerait au livre, ou que les deux pouvaient avoir été cachés au même endroit. « Arche » signifie « boîte », et l'arche d'Alliance était la boîte en bois d'acacia plaqué de feuilles d'or dans laquelle les Hébreux chassés d'Égypte avaient rangé les tables de la Loi. Tout naturellement, je m'étais demandé si, en plus des dix commandements, elle ne renfermerait pas le Livre de Thot puisque, d'après Astiza, Moïse s'en serait emparé. Mais ce n'était pas le moment d'aborder le sujet. Pas encore.

« Compris ! Il faudrait une éternité pour explorer la Jérusalem souterraine d'un bout à l'autre, et je suppose qu'à la fin on se retrouverait avec encore plus de surface à fouiller. Sans récolter autre chose que bleus et crottes de rat ! »

*
* *

Miriam était une femme paisible, mais je découvris, graduellement, que sa tranquillité extérieure voilait, outre une intelligence aiguë, un intérêt passionné pour les choses du passé. Si différente que sa personnalité pût être de celle d'Astiza, dans ce double domaine elles étaient jumelles.

Au début de mon séjour, elle nous avait préparé nos repas et servis à table, mangeant elle-même dans sa cuisine. C'est seulement après avoir gagné, par mon assiduité au travail de la forge, l'estime et la confiance de Jéricho que je parvins à les convaincre, l'un comme l'autre, de prendre nos repas en commun. Nous n'étions pas musulmans, après tout, et leur réticence me surprenait.

Au début, contrairement à Astiza, elle ne parlait que lorsqu'on lui adressait la parole, sans jamais trahir la moindre velléité d'avoir autre chose à dire. Ainsi que je l'avais tout de suite soupçonné, elle avait cette beauté rare qui fait penser à des fruits et à de la crème, mais n'accepta qu'à contrecœur d'ôter enfin son fichu serre-tête.

Sa chevelure, libérée, était une cascade d'or vivant, aussi blonde qu'Astiza était brune. Elle avait un long cou harmonieux et de jolies pommettes saillantes. Je faisais preuve d'une chasteté ostensible, toute recherche d'aventure possédant à peu près autant de chances de se réaliser, à Jérusalem, que la rencontre d'une vierge dans les tripots clandestins de la capitale française. Autant me complaire, par conséquent, dans ma vertu forcée, mais je m'étonnais que tant de beauté n'eût pas été déjà revendiquée par quelque prétendant.

La nuit, je percevais le clapotis de ses ablutions verticales, sur une bassine de bois trop petite pour s'y asseoir, et ne pouvais m'empêcher d'évoquer ses seins et ses hanches, la rondeur de sa croupe et les longues jambes galbées que mon cerveau frustré se représentait sous le ruissellement de l'eau savonneuse sur son ventre, ses cuisses, ses mollets, et ses chevilles. Je grognais dans mon insomnie, essayais de ne penser qu'à l'électricité et recourais finalement à la bonne vieille méthode manuelle.

Au souper, elle parlait toujours aussi peu, mais prenait plaisir à nos conversations animées. Frère et sœur étaient des gens qui avaient voyagé à travers le monde, et que je captivais avec mes propres histoires de Paris, de mon adolescence en Amérique et de mes premiers démêlés commerciaux sur les Grands Lacs, tout au long du Mississippi et jusqu'aux Caraïbes. L'Égypte les intéressait également beaucoup. Je ne leur parlais pas des secrets de la Grande Pyramide, mais leur décrivais le Nil, mes batailles de l'année précédente et le temple de Dendérah que j'avais visité, loin dans le sud.

Jéricho m'en disait davantage sur la Palestine, la Galilée que Jésus avait marquée de ses pas et les sites chrétiens que je devrais visiter sans faute, sur le mont des Oliviers. Après mainte hésitation, Miriam prononça quelques paroles qui me permirent de constater que, à ma grande surprise, elle en savait sur la Jérusalem historique beaucoup plus long que je ne l'imaginais. Plus, en fait, que son propre frère. Non seulement elle savait lire, un exploit pour une femme en terre musulmane, mais elle lisait beaucoup, libre de toute contrainte maritale ou maternelle, des livres qu'elle achetait au marché ou bien empruntait aux religieuses des couvents locaux.

Quand je lui demandais ce qui la passionnait ainsi, elle me répondait :

« Le passé. »

Jérusalem en était imprégnée, du passé. Dans un présent statique où la neige de l'hiver habillait les ruines anonymes d'une fine poudre blanche, sous un soleil sans chaleur qui allongeait les ombres.

Lentement, mon fusil prenait forme, dans les mains infaillibles de Jéricho. Quand le canon eut été forgé jusqu'au bout, je participai à son alésage, tournant la manivelle à mesure qu'il la poussait doucement vers moi. Un travail dur et de longue haleine. Lorsque ce fut fait, il sonda le canon, longuement, d'un œil expert, afin d'y détecter toute imperfection éventuelle. Un réchauffement de plus et des martèlements méthodiques rendirent le tube parfaitement rectiligne.

Le tracé des rayures hélicoïdales qui feraient pivoter les balles fut un travail de précision épuisant pour les nerfs. Sept rayures en tout, réalisées à la main, à raison de deux cents manipulations par rayure. Et ce n'était que le commencement. Il restait à polir et bleuir le métal, puis à forger les pièces mobiles, chien, verrou, détente et le reste. Mon fusil prenait forme, lentement, sous les mains savantes de Jéricho. J'y participais de mon mieux, mais c'était lui l'artiste capable d'exécuter, avec ses grosses pattes musclées, des prouesses dignes d'une tricoteuse avec ses aiguilles. Travailler en silence le comblait de bonheur.

Miriam me surprit un jour en me demandant la longueur de mon bras et la largeur de mes épaules. Il se révéla que c'était elle qui se chargerait de la crosse, une pièce importante qui devait s'adapter au physique du tireur comme un manteau fait sur mesure. Elle s'était portée volontaire pour ce travail délicat.

« Elle a l'œil d'une artiste, m'expliqua Jéricho. Montre-lui comment tu manieras l'ensemble, dans un proche avenir. »

Il n'y a pas d'érable en Palestine. On se rabattit sur l'acacia du désert, le bois de l'arche d'Alliance. Plus lourd que je ne l'aurais souhaité, mais dur et facile d'emploi. Le dessin que je lui soumis différait notablement des crosses arabes, mais elle la conçut en courbes gracieuses, plus conformes aux armes pennsylvaniennes. Quand elle s'assura de mes mensurations pour déterminer la longueur adéquate, je me mis à trembler, sous ses doigts, comme un vrai puceau.

Ma chasteté subissait une dure épreuve.

De temps en temps, j'envoyais à Smith des conclusions politiques et militaires à rendre perplexe tout stratège de bonne foi. J'espérais qu'il n'en tiendrait aucun compte, et le temps passait sans incident notable. Jusqu'à ce qu'un soir, au dîner, quelqu'un cognât violemment à la porte de Jéricho. Il alla voir de quoi il s'agissait et revint avec un voyageur barbu, poussiéreux de la dernière caravane arrivée du désert.

« J'apporte à l'Américain des nouvelles d'Égypte », annonça le nouveau venu.

Mon cœur bondit dans ma poitrine.

On s'assit à table, on lui offrit de l'eau, car il était musulman et ne buvait pas de vin, avec quelques olives et une tranche de pain. Tandis qu'il nous remerciait pour notre hospitalité et mangeait de fort bon appétit, j'attendais en m'efforçant de réprimer la course accélérée du sang dans mes veines. Durant ces semaines passées en compagnie de Miriam, l'image d'Astiza s'était quelque peu estompée. À présent, des sentiments réprimés depuis des mois me fracassaient la tête comme si je tenais Astiza dans mes bras ou la regardais, pour la seconde fois, pendre à cette corde avant de s'engloutir dans les eaux du Nil. J'attendais, j'attendais, le front baigné de sueur, avec une impatience fébrile tandis que Miriam m'observait.

Mais il y eut encore les salamalecs de rigueur, les souhaits de bonne santé et le reste. « Comment allez-vous ? » est la question rituelle de cette époque, avec le récit des incidents de la journée. Enfin, Jéricho décida de trancher dans le vif :

« Quelles nouvelles avez-vous de l'amie de notre ami ? » Le messager secoua les miettes de pain qui encombraient sa barbe.

« On parle d'un ballon français qui serait tombé dans le Nil pendant la révolte d'octobre, au Caire. Rien sur l'Américain resté à bord. Il aurait simplement disparu ou déserté de l'armée française. Rien de précis, non plus, sur ce qui lui serait arrivé ensuite, juste des bruits contradictoires selon lesquels il se trouverait en des endroits différents, sans aucune certitude. »

Je m'emportai légèrement :

« On sait sûrement ce qu'il est advenu du comte Silano ?

— Le comte Alessandro Silano a également disparu. Aperçu pour la dernière fois à la Grande Pyramide, et plus rien. Certains pensent qu'il aurait été tué à l'intérieur de la pyramide. D'autres qu'il est rentré en Europe, et les plus crédules qu'il se serait transporté ailleurs par magie. »

Je protestai instinctivement :

« Non, non, il est tombé d'un ballon dans le Nil.

— Aucun rapport ne le signale, effendi. Je vous rapporte les bruits qui courent.

— Et Astiza ?

— Aucune trace. »

Mon cœur s'arrêta de battre.

« Comment ça, aucune trace ?

— La maison de Qelah Alemani, l'homme que vous appelez Énoch, chez qui vous avez dit que vous logiez, est vide depuis son meurtre. Réquisitionnée depuis lors par les Français pour en faire une caserne. Youssouf al-Beni, dont vous avez dit qu'il avait hébergé cette femme dans son harem, nie l'avoir jamais vue. Le bruit a couru qu'une belle femme accompagnait la force expéditionnaire du général Desaix en Haute-Égypte, mais elle a également disparu. Aucune trace, non plus, de ce mamelouk blessé, Ashraf, dont vous avez parlé. Personne ne se souvient de la présence d'Astiza au Caire ou à Alexandrie. Les soldats parlent d'une femme très séduisante, mais aucun ne prétend l'avoir vue, encore moins rencontrée. C'est presque comme si elle n'avait jamais existé.

— Mais elle aussi est tombée dans le Nil. Tout un peloton y a assisté.

— Dans ce cas, mon ami, elle n'a pas dû s'en sortir. Son souvenir est une sorte de mirage. »

J'étais atterré. J'avais appréhendé la nouvelle de sa mort et de son enterrement, quelque part. J'avais espéré sa survie, même emprisonnée en un lieu d'où je saurais bien la faire sortir, mais cette disparition sans nuances… Le fleuve l'avait-il transportée loin de son point de chute ? N'avais-je aucune chance de la revoir ni de me recueillir un jour sur sa tombe ? Quelle sorte de réponse m'apportait la disparition simultanée de Silano ? C'était encore plus suspect. Avait-elle survécu ? Vivait-elle avec lui ? Une autre sorte de torture.

« Vous devez pouvoir en découvrir beaucoup plus. Mon Dieu, toute l'armée la connaissait ! Napoléon l'avait remarquée. Des savants célèbres l'avaient prise à bord de leur bateau. Et, maintenant, on se trouve plongé au cœur d'un mystère ? »

Il me regardait avec sympathie.

« Je suis navré, effendi. Parfois, Dieu nous laisse plus de questions que de réponses. »

L'être humain peut s'adapter à tout, sauf à l'incertitude. Les monstres les plus redoutables sont ceux qu'on n'a pas encore croisés sur sa route. Et ses derniers mots résonnaient toujours dans ma tête : « Trouve-le ! » Suivis de la rupture de la corde tranchée et de sa chute avec Silano, les cris qui l'avaient accompagnée, sous le soleil aveuglant, alors que le ballon allégé fusait vers le ciel… Tout cela n'avait-il été qu'un cauchemar ? Non, une réalité plus tangible que le bois de la table.

Jéricho m'observait, lui aussi. Avec la même sympathie, mais heureux d'apprendre l'existence de cette Égyptienne dont le souvenir me tenait à l'écart de sa sœur. Le regard de Miriam était plus direct que jamais auparavant. Plein de compréhension et de peine partagée. Je compris, à cet instant, qu'elle aussi avait dû, dans le passé, connaître quelqu'un qui lui était très cher. C'était la raison pour laquelle elle décourageait toutes les avances et n'acceptait que son frère pour unique compagnon. Nous étions tous réunis par les mêmes regrets, les mêmes détresses.

« J'aurais préféré une réponse claire…

— La réponse, déclara le visiteur en se mettant sur pied, c'est que le passé est à jamais passé. Je suis désolé de n'avoir pu vous transmettre que de mauvaises nouvelles, mais je ne suis qu'un messager. Les amis de Jéricho vont garder l'oreille aux aguets, j'en suis sûr. Mais n'espérez rien de meilleur. Elle n'est plus de ce monde. »

Et sur cette conclusion, il reprit sa route.

# 6

Ma première réaction fut de quitter, avec Jérusalem, tout cet Orient maudit. Immédiatement et pour toujours. De mon étrange odyssée avec Bonaparte, de ma fuite de Paris, de mon départ de Toulon par la mer, de la rencontre d'Astiza, de la perte de mon ami Antoine Talma et des lourds secrets de la Grande Pyramide, ne me restait qu'un amer goût de cendres. Rien n'en était sorti, ni richesse ni pardon pour le crime que je n'avais pas commis, aucune affinité profonde avec les savants de la campagne d'Égypte, aucun amour durable, non plus, avec la femme qui avait su si bien me séduire. J'y avais même perdu mon cher long rifle ! Je n'étais venu en Palestine que pour tenter de découvrir le sort d'Astiza, et, depuis cette visite inopinée, ma mission paraissait futile. Je n'avais cure de l'invasion projetée de la Syrie, des intentions de Djezzar-le-Boucher, de la carrière de Sidney Smith ou des calculs politiques de tous ces gens coincés dans leur cycle éternel de convoitise et de vengeance. Pourquoi étais-je venu me piéger moi-même dans cette nécropole de haine ? Il était temps pour moi de rentrer à la maison, en Amérique, et de m'y bâtir une vie normale.

À ma résolution de tout laisser derrière moi s'opposait tout ce que je n'avais pu encore découvrir. Si fort qu'elle parût effacée de ce monde, Astiza n'était peut-être pas morte. Personne n'avait trouvé son corps. Si je partais maintenant, son souvenir me hanterait jusqu'à la fin de mes jours. Je me la remémorais trop distinctement, dans trop de circonstances. Son doigt pointant vers l'étoile Sirius, alors que nous voguions sur le Nil ; son aide pour venir à bout d'Ashraf, dans la fureur de la bataille des Pyramides ; sa beauté rayonnante, dans la cour d'Énoch ; sa fragilité puissamment érotique, sous les chaînes du temple de Dendérah. Et puis l'amour que nous avions partagé sur les rives du fleuve. En un siècle ou deux, on peut surmonter de telles réminiscences. Mais sans les oublier. Astiza m'avait ensorcelé.

Quant au Livre de Thot, ce n'était probablement qu'un mythe. Nous n'avions découvert, dans la pyramide, qu'un pupitre vide et le bâton de Moïse. Mais si tout était vrai et gisait quelque part sous mes pieds ? Jéricho terminerait bientôt le fusil réalisé sous mes yeux, et qui promettait d'être supérieur à celui que j'avais perdu. En plus il y avait Miriam, victime elle aussi, je le sentais, de quelque chagrin irréparable, et que je me serais fait une joie de consoler. Astiza disparue, cette femme dont je partageais les repas et la maison, et qui sculptait artistement la crosse de mon arme, me semblait soudain encore plus merveilleuse. Qui retrouverais-je en Amérique ? Personne. En dépit de ma frustration, je décidai donc de rester sur place un peu plus longtemps. Au moins jusqu'à ce que mon fusil soit fin prêt. J'étais un joueur qui guettait la donne miraculeuse. Et bientôt, peut-être, je toucherais la carte maîtresse.

Et je voulais savoir ce qui avait tant fait souffrir Miriam.

Elle me traitait toujours avec la même réserve, mais nos regards se croisaient plus souvent. Quand elle posait mon assiette devant moi, elle se tenait un peu plus près et parlait d'une voix plus douce, plus compréhensive. Jéricho nous surveillait de près et mêlait à nos conversations des commentaires sacrilèges. Comment l'en blâmer ? Miriam était une associée loyale, fidèle comme un chien de garde, et je n'étais qu'un vagabond sans foi ni loi, à l'avenir problématique. Je ne pouvais m'empêcher de la désirer, et Jéricho était un homme. Il savait ce que je ressentais. Pis encore, je pourrais la convaincre de me suivre en Amérique. J'avais remarqué qu'il consacrait, chaque jour, plus d'heures de travail à la finition de mon rifle. Il avait hâte de l'achever et de me voir partir.

Nous avions atteint les pluies hivernales, sur une Jérusalem encore plus grise et triste. Les rapports affirmaient que le meilleur général de Bonaparte, Desaix, avait remporté de nouveaux triomphes et semé d'autres ruines spectaculaires en remontant les rives du Nil. Smith naviguait entre la ville d'Acre, le blocus d'Alexandrie et Constantinople, préparant le terrain en prévision des assauts printaniers de Napoléon. Des troupes françaises se rassemblaient à El-Arich, près de la frontière palestinienne. La chaleur croissante du soleil baignait les vieilles pierres, la guerre se rapprochait et, un certain soir brumeux où Miriam partait pour le marché à la recherche d'épices, je me décidai, sur une brusque impulsion. J'avais envie de bavarder avec elle hors la surveillance attentive de son frère. Suivre une femme dans Jérusalem n'entrait pas dans les mœurs, mais j'essaierais de créer l'occasion de lui parler. Je me sentais si seul. Que pourrais-je lui dire ? Je n'en avais pas la moindre idée.

Je la suivais à distance, en m'efforçant d'improviser une raison plausible de la rejoindre ou cherchant un moyen de la contourner pour que notre rencontre parût fortuite. Quelle chose étrange que cette incapacité des êtres humains d'exprimer simplement ce qu'ils ont dans le cœur ! Elle parcourut, d'un pas rapide, le tour des étangs d'Ézéchiel, descendit jusqu'au souk qui partage en deux la cité, acheta quelques produits alimentaires, longea d'autres étals et s'engagea dans les ruelles qui mènent aux marchés du quartier musulman de Bezetha, après la résidence du pacha.

Et, soudain, elle disparut.

À un moment donné, elle se dirigeait, par la Via Dolorosa, vers le portail des Ténèbres et la tour El-Ghawanima, qui donnent accès au mont du Temple, et, la seconde suivante, elle n'était plus là. Je m'arrêtai, troublé. Avait-elle remarqué ma présence et décidé de m'éviter ? Je forçai l'allure, longeant des portes closes et conscient, finalement, que j'étais allé trop vite. Je revins sur mes pas. Et là, d'une courette adjacente à une antique arche romaine qui enjambait la rue, j'entendis un bruit de voix. Rudes et impatientes. Bizarre comme un son ou une odeur peuvent stimuler la mémoire. J'aurais juré que cette voix masculine m'était familière.

« Où est-ce qu'il va ? Qu'est-ce qu'il cherche ? »

Le ton était menaçant. À quoi elle répondit, terrifiée :

« Je n'en sais rien ! »

Je franchis une grille qui débouchait sur une de ces cours encombrées de gravats et d'immondices qui servaient souvent d'étables à chèvres. Quatre brutes en manteaux français et bottes européennes entouraient la jeune femme terrorisée. J'étais sans arme, en dehors de mon couteau arabe. Mais ils ne m'avaient pas encore vu, j'avais donc l'avantage de la surprise. Ils n'avaient pas l'allure d'individus que je puisse bluffer. Je cherchai donc, autour de moi, une arme efficace. « Se trouver réduit à ses seules ressources, c'est devoir affronter les caprices de la fortune », disait volontiers Ben Franklin. Mais, bien sûr, il avait plus de ressources que la moyenne des hommes.

Je repérai un cupidon de pierre défiguré et castré par chrétiens ou musulmans ennemis des idoles et des nus païens en peinture ou en sculpture. Il gisait parmi les débris épars telle une poupée oubliée.

Ce qui restait de cette statue avait à peu près le tiers de ma taille et pesait assez lourd. Je pouvais tout juste la lever au-dessus de ma tête. J'y parvins d'un effort brutal, fis une prière au dieu qu'elle représentait et la lançai à l'instant même où ils remarquaient mon entrée. Elle leur arriva dans les jambes, les culbuta les uns contre les autres, comme des quilles. Ils jurèrent à qui mieux mieux. Je criai à Miriam :

« Va-t'en ! Cours ! »

Ils lui avaient arraché, déjà, la moitié de ses vêtements. Elle me jeta un coup d'œil égaré, en repoussant les sales pattes d'un des quatre qui l'empoignaient. Il l'aurait renversée si elle ne lui avait griffé le visage. Puis, avec la précision d'une danseuse, elle le frappa du pied au bas-ventre. Je perçus clairement le choc. L'homme se figea sur place comme un flamant pris dans une tempête québécoise. Puis elle pivota sur elle-même et sortit de la cour. Brave fille ! Elle avait plus de punch, et plus de connaissance de l'anatomie masculine, que je ne l'avais imaginé.

La meute s'était retournée contre moi, mais je n'avais pas perdu mon temps. J'avais ramassé Cupidon et jouai les derviches tourneurs en le tenant par un bout avant de le lâcher. Deux des agresseurs de Miriam retournèrent au tapis et la statue se cassa en deux. Entre-temps, les voisins avaient repéré la bagarre et commençaient à hurler. L'un des vauriens dégainait un sabre évidemment dérobé au regard de la police qu'il avait caché jusque-là dans les plis de son manteau. Je fonçai sur lui, mon couteau arabe au poing, sans lui laisser le temps de sortir du fourreau une lame qui s'y renfonça avec un claquement sec. Malgré tous mes démêlés antérieurs, je n'avais jamais poignardé personne, auparavant, et fus surpris de découvrir à quel point il était facile de plonger une lame dans de la chair humaine. Plus particulièrement entre deux côtes. L'homme se rejeta si fort en arrière que je perdis ma prise sur le manche du couteau. Je trébuchai parmi les pierres. J'étais complètement désarmé.

Pendant ce temps, celui qui avait interrogé Miriam avait sorti un pistolet. Irait-il jusqu'à s'en servir dans la cité sacrée, au mépris de toutes les lois en vigueur et de toutes ces voix qui criaient haro ?

Mais il n'avait pas de tels scrupules. La détonation me gronda aux oreilles et quelque chose me brûla la tempe. Je chancelai de plus belle, aux trois quarts aveuglé. Il était temps de sonner la retraite. Je regagnai la rue, à tâtons. Un des quatre autres revenait vers moi, sabre au clair, la cape flottant comme des ailes. Qui étaient ces fripouilles ? La balle qui m'avait frôlé n'améliorait pas mes capacités offensives.

Et puis, alors que je faisais face par nécessité, sans trop y croire, un long bâton passa près de moi et toucha le sabreur à la base du cou, en pleine gorge. Il se mit à tousser et tomba sur les fesses en suffoquant, les yeux fous. Je découvris alors Miriam qui avait arraché ce poteau à l'un des étals voisins et venait de l'utiliser comme une lance. J'ai toujours eu le don de rencontrer des femmes pleines d'initiative.

« Toi ! s'étranglait l'homme. Tu devrais être mort ! »

Après toi, pensai-je, aussi choqué qu'il l'était, ou presque. Car, dans la pénombre de la ruelle, j'avais reconnu, mis à jour par le bâton de Miriam, carré et compas maçonniques avec la lettre *G* au milieu, et puis le visage de « l'inspecteur des douanes » qui m'avait accosté sur la scène, à Toulon, alors que j'arrivais de Paris, fuyant les gendarmes. Il avait tenté de m'arracher mon médaillon et je l'avais touché d'une balle de mon rifle alors que Sidney Smith en descendait un autre. Celui-là se plaignait d'une blessure qui ne l'avait pas tué, hélas ! Que faisait-il à Jérusalem, armé jusqu'aux dents ?

Je le savais, bien sûr. Tout comme moi, il s'intéressait aux secrets d'antan. C'était un complice de Silano et les Français n'avaient pas abandonné la partie. Il était ici à cause du Livre de Thot. Et, semblait-il, à cause de moi.

Avant que je puisse m'en assurer, toutefois, il se redressa, tant bien que mal, écouta les cris des voisins et des gardiens de service, et détala en gémissant.

Nous imitâmes son exemple, dans la direction opposée.

*

* *

J'avais passé mon bras autour des épaules de Miriam, sur le chemin de retour à son domicile, et je la sentais trembler contre moi. Nous n'avions jamais eu de tels contacts physiques, mais là, c'était instinctif et réciproque. J'en avais besoin autant qu'elle.

Mes balades dans Jérusalem m'avaient sommairement enseigné sa topographie. Je choisissais des ruelles peu fréquentées et regardais souvent par-dessus mon épaule, afin de repérer si nous étions poursuivis. Une sacrée trotte, par cet itinéraire, vers la forge de Jéricho. Tous les quartiers de Jérusalem présentent des inégalités, le secteur chrétien encore plus que le secteur islamique. On s'arrêta dans un renfoncement, pour reprendre haleine, et je tenais à vérifier que, malgré ma tête endolorie, nous progressions bien dans la bonne direction.

« Je regrette, Miriam. Ce n'est pas après vous qu'ils en ont, c'est après moi.

— Qui sont ces types ?

— Celui qui a tiré une balle est français. Je l'ai déjà vu.

— Où ça ?

— En France. Je l'avais blessé moi-même d'une balle.

— Ethan !

— Il tentait de me dévaliser. Dommage que je ne l'aie pas tué. »

Elle me regardait comme si elle me voyait pour la première fois. Je lui expliquai :

« Il ne s'agissait pas d'argent, mais de quelque chose de beaucoup plus important. Je ne vous ai pas raconté toute l'histoire, à vous et à votre frère. Je crois qu'il est grand temps que je m'y résigne.

— Et cette Astiza en faisait partie ? »

D'une voix très douce.

« Oui.

— Qui était-elle ?

— Une étudiante du passé. Une prêtresse, même. D'Isis, une déesse égyptienne dont vous avez peut-être entendu parler ?

— La Madone noire ! s'exclama-t-elle dans un chuchotement étouffé.

— Qui ça ?

— Pendant très longtemps, il y a eu un culte d'adorateurs, autour des statues de la Vierge taillées dans de la pierre noire. Une simple variation d'art chrétien, d'après les uns. Une séquelle du culte d'Isis, d'après les autres. La Vierge blanche et la Vierge noire. »

Intéressant. Isis s'était souvent manifestée, au cours de mon enquête en Égypte. Et, maintenant, cette femme paisible, bonne chrétienne selon toutes les apparences, savait de qui il s'agissait. Je n'avais jamais entendu parler d'une déesse païenne aussi notoire.

« Mais pourquoi ce blanc et ce noir ? »

Je me souvenais du parquet en échiquier de la loge maçonnique de Paris, alors que j'essayais de comprendre les francs-maçons. Et des deux piliers jumeaux, l'un blanc, l'autre noir, qui encadraient l'autel de la loge.

« Comme le jour et la nuit, dit Miriam. Toute chose est double, c'est un enseignement immémorial, plus ancien que Jésus et que Jérusalem. Le bien et le mal. Le haut et le bas. Le sommeil et l'état de veille. Notre esprit secret et notre esprit conscient. L'Univers est dans un état de tension constante et, pourtant, les contraires doivent se rejoindre pour former un tout.

— Vous parlez comme Astiza. »

Elle approuva d'un signe de tête.

« L'homme qui a tiré portait une médaille qui exprimait cette règle, non ?

— Vous voulez dire le symbole maçonnique du carré et du compas ?

— Je l'ai vu en Angleterre. Le compas trace un cercle et l'équerre du charpentier permet de tracer un carré. Toujours la même dualité. Et le *G* est l'initiale de *God*, “Dieu”, en anglais, ou de *gnosis*, la « connaissance », en grec.

— Le rite hérétique égyptien a commencé en Angleterre.

— Que veulent ces hommes, Ethan ?

— La même chose que moi. Et que désirait également Astiza. Ils vous auraient peut-être prise en otage pour m'obliger à leur obéir. »

Elle recommençait à trembler.

« Leurs mains étaient comme des serres. »

Je me sentais coupable de l'avoir entraînée, bien involontairement, dans ces complications. Ce qui n'avait été qu'une chasse au trésor prenait des allures de dangereuse compétition.

« Nous allons livrer une course afin de parvenir à la vérité plus vite que ces gens-là. Je vais avoir besoin de l'aide de Jéricho. »

Elle me prit par le bras.

« Allons la lui demander.

— Attendez. »

Je la ramenai vers moi, au sein de l'obscurité. Notre aventure commune nous avait procuré un certain degré d'intimité émotionnelle, et je me sentais le droit de lui poser la question ;

« Vous aussi, Miriam, vous avez perdu quelqu'un, n'est-ce pas ? »

Elle s'impatienta :

« Je vous en prie, il faut que nous y allions.

— Je l'ai lu dans vos yeux quand le messager m'a dit qu'on ne retrouvait pas trace d'Astiza. Je me suis demandé pourquoi vous n'étiez ni mariée ni même fiancée. Vous êtes si belle… Mais il y avait quelqu'un, je ne me trompe pas ? »

Elle hésitait encore, mais le péril commun avait également entamé sa réserve.

« Jéricho m'avait présenté, à Nazareth, un apprenti forgeron. Nous nous étions fiancés en secret, parce que mon frère était jaloux. Orphelins, nous avions été très proches, et l'idée de mon mariage le révoltait. Il découvrit notre intention, il y eut une explication orageuse, mais j'avais décidé de me marier. Obligé de faire son service dans l'armée ottomane, mon fiancé est parti pour l'Égypte et n'est jamais revenu. Il a été tué lors de la bataille des Pyramides. »

Et j'avais été dans le camp opposé, spectateur passif du massacre perpétré par les troupes européennes. Quel gâchis !

« Je suis vraiment navré.

— C'est la guerre. La guerre et le destin. Et, maintenant, il se peut que Bonaparte vienne par ici. »

Elle ajouta, frissonnante :

« Ce secret que vous cherchez sera-t-il efficace ?

— Efficace dans quel domaine ?

— Pour arrêter les tueries et la violence. Refaire de cette ville un lieu sacré. »

Question pertinente. Même Astiza et ses alliés n'avaient eu aucune certitude de pouvoir utiliser le mystérieux Livre de Thot pour le bien de tous. Voulaient-ils même simplement l'empêcher de tomber dans les mauvaises mains, au service du mal ?

« Je sais seulement que ce sera une catastrophe si ces fripouilles qu'on vient de mettre en fuite s'en emparent avant nous. »

Et je décidai de l'embrasser. Un baiser volé qui tirait avantage des émotions que nous avions vécues, mais elle ne résista pas, bien que mon contact fût révélateur, contre sa cuisse. Impossible de maîtriser mon érection, les événements m'avaient excité, et, dans sa façon de me rendre ce baiser, je pus lire qu'elle aussi partageait mon trouble, au moins dans une large mesure.

Pour prévenir toute autre étreinte de ma part, elle déplaça son regard de mes yeux à ma tempe.

« Vous saignez. ».

C'était une façon d'éviter le retour de ce que nous venions de faire.

Ce côté de ma tête était humide et chaud, et ma migraine empirait graduellement, mais j'affirmai, plus par bravade que par conviction :

« C'est juste une éraflure. Allons parler à votre frère. »

*

* *

« On va terminer ce fusil en vitesse ! gronda Jéricho à la fin de mon histoire.

— Riche idée ! Et je vous demanderai peut-être de me forger aussi un bon tomahawk. Ouille ! »

Miriam avait entrepris de panser ma blessure. L'alcool piquait un peu, mais ses fortes mains étaient merveilleusement douces. Même si la balle n'avait fait que m'effleurer, qu'elle soit passée aussi près, ça vous secoue un homme ! En compensation, toutefois, il y avait le plaisir que j'éprouvais à être ainsi chouchouté par ces doigts féminins. On s'était plus touchés, au cours de la dernière heure, qu'on ne l'avait fait en quatre mois. Revenant à mon tomahawk, je précisai :

« Il n'y a rien de plus utile que ces hachettes indiennes, et j'ai perdu la mienne. On a tout intérêt à s'équiper au mieux.

— Et comment ! appuya Jéricho. Il va falloir veiller au grain, pour le cas où ces rufians viendraient rôder par ici. Miriam, tu ne sors plus de cette maison. »

Elle ouvrit la bouche, mais la referma sans avoir parlé.

Son frère marchait de long en large.

« J'ai une idée pour améliorer le fusil, si ce modèle est aussi précis que vous l'affirmez. Vous avez bien dit qu'il était difficile d'ajuster sa cible, au-delà d'une certaine distance. Exact ?

— Il m'est arrivé de viser un ennemi et de toucher son chameau.

— Je vous ai vu scruter le paysage avec votre petite longue-vue. Si on s'en servait pour vous aider à viser ?

— Comment ça ?

— En la fixant au canon. »

C'était ridicule. Ça ne servirait qu'à alourdir l'engin, le rendre moins maniable et plus difficile à recharger. C'était sûrement une mauvaise idée puisque personne n'y avait pensé auparavant. Et, pourtant, si ça contribuait à rapprocher les cibles éloignées… Franklin, je le savais, aurait été intrigué par cette sorte d'innovation. La nouveauté, l'inconnu qui effraient la plupart des hommes l'attiraient comme le chant d'une sirène.

« Ça ne coûte rien d'essayer. Et on va avoir besoin de renfort si cette bande s'incruste en ville. Vous croyez avoir tué l'un d'eux ?

— Poignardé. Qui sait ? J'ai blessé leur chef, en France, et le revoilà, en pleine forme ! On dirait que j'ai du mal à terminer ma besogne. »

Je pensais à Silano et à Ahmed ben Sadr, en Égypte, qui n'avaient pas cessé de me persécuter, malgré des blessures renouvelées. Je n'avais pas seulement besoin de ce fusil. J'avais besoin de m'entraîner au tir.

« Je vais envoyer un message à sir Sidney, décida Jéricho. Il se peut que les agents français stationnés ici soient assez importants pour que les Anglais veuillent nous venir en aide. Et Miriam dit que tout ça aurait également quelque chose à voir avec ce trésor que vous nous promettez. Qu'en est-il exactement ? »

Il était plus que temps d'aller jusqu'au bout de mes confidences.

« Quelque chose est probablement enterré quelque part dans cette ville qui pourrait affecter le cours de cette guerre. On l'a cherché en Égypte, et on a découvert à la fin que le secret se trouvait plutôt en Israël. Mais chaque fois que je découvre un escalier ou une échelle menant sous terre, je me heurte à un cul-de-sac. La cité est un tas de décombres. Il se peut que ma quête soit sans espoir. Et, maintenant, les Français sont là, certainement avec les mêmes ambitions.

— Ils m'ont interrogée à votre sujet, rappela Miriam.

— Viennent-ils de découvrir ma présence sur place ou bien l'ont-ils apprise de l'extérieur ? Dites-moi, Jéricho, les gens qui se sont renseignés sur le sort d'Astiza en Égypte ont-ils pu révéler mon existence ?

— Ils n'étaient pas censés le faire. Mais dites-moi vous-même… quel est ce trésor dont vous nous rebattez les oreilles ? »

Je respirai un bon coup avant d'avouer :

« Le Livre de Thot.

— Un livre ! »

Sa déception était immense.

« Vous l'avez toujours qualifié de trésor ! J'ai passé l'hiver à fabriquer un fusil pour un livre !

— Les livres ont des pouvoirs, Jéricho. Pensez à la Bible ou au Coran. Et ce livre-là ne ressemble à aucun autre. C'est un livre de sagesse, de pouvoir et de… magie.

— Magie ? »

Il n'avait pu cacher son scepticisme.

J'enchaînai :

« Vous n'êtes pas obligé de me croire. Tout ce que je peux en dire, c'est qu'on m'a tiré dessus, jeté des serpents dans mon lit, pourchassé à dos de chameau et en mer afin de parvenir à ce livre… ou plus exactement au médaillon qui peut y conduire. Ce médaillon est un indice, une clef qui permet d'entrer dans la Grande Pyramide par une porte secrète. Astiza et moi y sommes entrés. Nous avons découvert un lac souterrain rempli de trésors, un pavillon de marbre et le pupitre en or sur lequel avait reposé le livre.

— Mais pas le trésor lui-même ?

— Non. La seule façon d'évacuer la pyramide était de nager dans un tunnel souterrain. Le poids de l'or et des pierres précieuses m'aurait voué à la noyade. J'ai tout reperdu. Il se peut que les juifs aient caché un autre trésor ici même, à Jérusalem. »

Son regard exprimait un scepticisme aussi grand que celui de Mme Durrell, à Paris, quand je me révélais incapable de lui payer mon loyer.

« Et le livre ?

— Le pupitre était vide. Il ne restait, juste à côté, qu'une crosse de berger. Astiza m'a convaincu que cette crosse avait été laissée là par l'homme qui avait volé le livre, et que cet homme ne pouvait être que… »

J'hésitais, sachant quel effet produirait ma déclaration. « Ne pouvait être que ?

— Moïse. »

Il ne réagit pas tout de suite. Puis éclata d'un grand rire plein de mépris.

« Seigneur Dieu, j'ai hébergé un dément ! Sir Sidney Smith sait-il que tu es complètement fou ?

— Je ne lui ai pas raconté tout ça, et je ne vous l'aurais pas raconté non plus, à tous les deux, sans la réapparition de ce maudit Français, complice de mon pire ennemi, le comte Silano. Ce qui signifie que nous n'avons pas de temps à perdre. Nous devons retrouver ce livre avant lui.

— Un livre volé par Moïse !

— Est-ce tellement extraordinaire ? Un prince égyptien tue un garde dans un accès de rage, s'enfuit hors du pays, puis revient après des conversations répétées avec un buisson ardent pour libérer les esclaves hébreux. Jusque-là, vous y croyez, d'accord ? Et voilà que, tout à coup, Moïse possède le pouvoir de déclencher les plaies d'Égypte, de séparer les eaux du Jourdain et de nourrir son peuple dans le désert du Sinaï. Une suite de miracles accordés par Dieu ? Ou bien puisait-il quelque part les inspirations nécessaires ? Astiza en était convaincue. En tant que prince, il pouvait entrer et sortir de cette pyramide qui n'était qu'un leurre, une cachette où conserver le livre à l'abri des convoitises hérétiques. Moïse s'en empare et, quand le pharaon constate sa disparition, il pourchasse Moïse, les esclaves hébreux et leurs six cents chariots jusqu'à la mer Rouge où se noient les poursuivants égyptiens. Ensuite, cette tribu d'anciens esclaves parvient à la Terre promise qu'ils entreprennent de reprendre à ses habitants civilisés, établis sur place depuis longtemps. De quelle manière ? Au moyen d'une arche pourvue de pouvoirs mystérieux ou d'un livre de sagesse antique ? Improbable, sans doute, et, pourtant, le Français y croit dur comme fer. Autrement, ces hommes ne s'en seraient pas pris à Miriam. Nous avons atteint un état de crise aussi réel que les meurtrissures de ses bras et de ses épaules. »

Le forgeron ne me quittait pas des yeux, et ses doigts battaient sur la table une charge effrénée.

« Tu es fou !

— Alors pourquoi aurais-je trouvé ceci ? »

Secouant furieusement la tête, je leur montrai mes deux séraphins d'or d'environ dix centimètres de diamètre. Miriam eut un léger hoquet et les yeux de Jéricho s'écarquillèrent. Pas seulement à cause de l'éclat du métal, toujours aussi vif après des milliers d'années, mais parce que ces angelots agenouillés, en prière, avec les ailes déployées, reproduisaient en miniature ceux qui avaient décoré la partie supérieure de l'arche d'Alliance. Il ne pouvait s'agir d'une contrefaçon exécutée sur ma demande par quelque artisan. Trop parfaite, trop coûteuse au prix de l'or.

« Un vieil homme que j'ai rencontré les a qualifiés de compas. J'ignore ce qu'il voulait dire. Je ne distingue pas encore très bien la réalité de la légende. J'ai eu recours à la science, à la foi et à la déduction depuis que j'ai quitté Paris, il y a un an. Mais les pyramides semblent fondées sur des mathématiques abstruses que nul peuple primitif ne pouvait maîtriser. Et d'où est venue la civilisation ? D'Égypte, d'où elle semble avoir jailli *ex nihilo*. La légende veut que toutes les connaissances humaines en matière d'architecture, d'écriture, de médecine et d'astronomie aient émané d'un être du nom de Thot, devenu dieu égyptien, prédécesseur du dieu grec Hermès. Et Thot aurait écrit un livre de sagesse si puissant qu'il pouvait servir le bien autant que le mal. Impressionnés, voire effrayés par sa puissance, les pharaons égyptiens ont cru le mettre à l'abri sous la Grande Pyramide. Mais si Moïse l'a volé, le livre a pu être, le livre a *dû* être apporté ici par les juifs.

— Moïse, objecta Miriam, n'est même pas arrivé en Terre promise. Il est mort sur le mont Nébo, en la contemplant par-dessus le Jourdain. Dieu ne lui a pas permis d'y entrer.

— Mais ses successeurs sont venus, avec l'arche. Et si ce livre faisait partie de l'arche, ou la complétait ? S'il avait été enterré au-dessous du temple de Salomon ? S'il avait survécu à la destruction du premier temple par Nabuchodonosor et les Babyloniens, et à celle du second temple par Titus et les hordes romaines ? S'il était toujours là, attendant d'être redécouvert ? Enfin, s'il était retrouvé par Bonaparte, qui rêve d'être un nouvel Alexandre ? Ou par le comte Alessandro Silano et sa clique, qui ne rêvent que de s'enrichir, eux et leur rite égyptien corrompu de la franc-maçonnerie ? Silano a pu survivre à sa chute de mon ballon, même si Astiza en est morte. Ce livre pourrait compromettre l'équilibre du pouvoir. Il faut le récupérer avant eux et même, au pis aller, le détruire. Il faut que nous le recherchions partout où il peut être, sans laisser aux Français le temps de nous battre de vitesse.

— Tu vis dans ma maison, tu travailles à ma forge et c'est seulement aujourd'hui que tu me racontes tout ça ? »

Jéricho était très en colère, mais néanmoins fasciné par mes deux séraphins.

« J'ai essayé de vous garder, toi et Miriam, en dehors de tout. C'est un cauchemar, pas un privilège. Mais à présent, si tu connais des tunnels souterrains inexplorés, il faut que tu m'aides à m'y introduire. Les Français n'abandonneront pas. La course est commencée.

— Je suis forgeron, pas explorateur.

— Et moi, je suis un représentant de commerce mêlé malgré lui à des guerres lointaines, et pas un soldat. Parfois, nous sommes appelés à faire certaines choses, Jéricho. Tu es appelé à m'aider dans mon entreprise.

— Pour repêcher le livre magique de Moïse !

— Pas de Moïse. De Thot.

— Ah ! Pour repêcher un livre écrit par un dieu mythique, une fausse idole.

— Non. Pour empêcher les méchants, membres du rite égyptien dévoyé de la franc-maçonnerie, d'accéder à ses pouvoirs maléfiques. »

Ma frustration croissait de seconde en seconde, car je me rendais parfaitement compte du sens incroyable de mes paroles.

« Le rite égyptien ?

— Souviens-toi, mon frère, intervint Miriam, de ce qui se disait en Angleterre. Une société secrète aux pratiques funestes. Certains maçons les abhorraient. »

Je m'empressai d'appuyer :

« C'est vrai, Jéricho. L'homme qui a attaqué ta sœur est l'un d'eux.

— Mais je travaille avec le fer et le feu. Des choses tangibles. Je ne connais rien de la Jérusalem antique, des tunnels cachés, des livres perdus ou des maçons déloyaux. »

Je fis la grimace. Comment venir à bout de ses réticences ?

« Mais il y a, rappela Miriam, un érudit dans cette ville qui a fouillé les anciens couloirs souterrains.

— Tu veux dire l'usurier ?

— C'est un étudiant du passé, mon frère. »

Je sursautai :

« Un historien ? »

Peut-être Énoch, qui m'avait aidé en Égypte.

« Plutôt un collecteur d'impôts mutilé, concéda Jéricho à regret, mais elle a raison, personne n'en connaît plus que lui sur l'histoire de Jérusalem. Miriam lui a témoigné une certaine amitié. Il va nous falloir des lanternes, des pioches, l'aide de Sidney Smith… et les conseils de Haïm Farhi.

— De qui s'agit-il exactement ? »

J'étais heureux de sentir le forgeron pencher enfin de mon côté.

« Un homme qui en sait plus long que n'importe qui sur d'autres chasseurs de trésors : les chevaliers chrétiens dont l'intervention historique rend peut-être la nôtre inutile ! »

# 7

Je m'attendais à retrouver, en la personne de Haïm Farhi, quelqu'un qui aurait la gravité, la dignité aristotélicienne d'Énoch, l'antiquaire égyptien assassiné par mes ennemis. Et je ne revenais pas de ma surprise. Non seulement parce que ce petit juif d'un certain âge, en vêtements noirs et rouflaquettes bouclées, ne me rappelait en rien la majesté d'un Énoch, mais parce que sa mutilation faisait de lui l'un des êtres les plus hideux qu'il m'eût été donné de rencontrer. Son nez avait presque entièrement disparu, ne laissant à la place qu'une sorte de groin. Il n'avait plus d'oreille droite. Et de son œil droit ne subsistait qu'une affreuse cicatrice qui en obstruait complètement l'orbite.

« Mon Dieu, que lui est-il arrivé ? chuchotai-je à Jéricho tandis que Miriam allait pendre le manteau de l'homme à la patère.

— Il a encouru l'ire de Djezzar-le-Boucher. Surtout, ne lui exprime aucune sympathie. Il arbore sa survie comme une décoration. C'est l'un des banquiers les plus puissants de Palestine et il a la confiance de Djezzar, car il lui est resté fidèle après son passage à la torture.

— Les gens lui confient tout de même leurs économies et lui empruntent de l'argent ?

— C'est son visage qui a été saccagé, pas son cerveau. »

Nous avions parlé à voix basse, même si les propos que nous échangions ne pouvaient être un mystère pour cet homme. Miriam nous rejoignit et le présenta en ces termes :

« Rabbi Farhi est le plus grand historiographe de la province. C'est aussi un étudiant des mystères juifs. Quiconque s'intéresse au passé ne saurait s'adresser à une meilleure source.

— Voilà pourquoi j'apprécie son assistance. »

Je m'efforçais d'être diplomate, mais j'avais toutes les peines du monde à ne pas le regarder fixement.

« Comme j'apprécie votre tolérance à l'égard de mon aspect physique, rétorqua-t-il d'une voix sereine. Je sais quel effet je produis sur les gens. Je lis le reflet de mes disgrâces physiques dans les yeux effrayés de tous les enfants qui me regardent. Mais l'isolement que m'impose ma mutilation me laisse tout le temps d'étudier les légendes locales. Jéricho m'a dit que vous cherchiez des passages secrets d'importance stratégique.

— C'est possible.

— Possible ? Si nous devons progresser, nous devons nous faire mutuellement confiance ! »

La vie m'apprenait plutôt à me méfier de tout le monde, mais je m'abstins de le lui dire et même de répondre.

« Votre quête aurait quelque chose à voir avec l'arche d'Alliance ?

— En effet. »

Jéricho lui avait évidemment raconté toute l'histoire.

« Je peux comprendre que vous ayez fait tant de chemin, avec tant d'enthousiasme. Et je suis désolé d'avoir à vous dire que vous avez probablement sept siècles de retard. Beaucoup sont déjà venus à Jérusalem, dans le passé, à la recherche de ces mêmes pouvoirs.

— Vous allez me dire que tous ont fait de leur mieux, sans aucun résultat.

— Au contraire, je vais vous dire qu'ils ont pu mettre la main sur ce que vous recherchez. Ou que s'ils ont échoué, je ne vois pas comment vous pourriez réussir. Ils s'y sont acharnés pendant des années, et, d'après Jéricho, vous ne disposez que de quelques jours. »

Que savait au juste cet épouvantail ?

La question coulait de source :

« Qu'auraient-ils trouvé, au juste ?

— Assez bizarrement, les érudits ne sont pas d'accord sur ce point. Un groupe de chevaliers chrétiens est ressorti de Jérusalem avec des pouvoirs inexplicables. Cependant, voués à leur perte par la trahison, ils n'ont pu échapper à leur sort. Mais, apparemment, ils avaient fait une découverte importante.

— Un conte de fées ! s'esclaffa Jéricho.

— Mais fondé sur l'histoire, mon frère, rectifia doucement Miriam.

— Ces histoires de tunnels sont de pures légendes de plus en plus moisies !

— Et que sont les légendes, riposta la jeune femme, sinon un écho de la vérité ? »

Je les observais tous les trois avec une légère lassitude. Ce n'était pas la première fois que j'entendais frère et sœur débattre cette controverse.

« S'il vous plaît, *quelles* légendes ?

— Au sujet de nos ancêtres les Templiers, riposta Miriam. Dont le nom complet était les Pauvres Chevaliers du Christ et du temple de Salomon. Ces moines guerriers n'étaient pas tous célibataires, et la tradition veut que leur sang coule dans nos veines. Ils cherchaient ce que vous cherchez, et certains pensent qu'ils ont fini par le découvrir.

— Qui le pensent toujours ?

— C'est une drôle d'histoire, soupira Farhi. J'ai cru comprendre que vous aviez vécu à Paris, monsieur Gage. Connaissez-vous la région appelée Champagne, au nord-est de Paris et au nord de Troyes ?

— Je l'ai traversée, et j'ai même dégusté ses produits.

— Voilà plus de treize cents ans, s'y est livrée une des plus terribles batailles de l'histoire. Les derniers Romains y ont vaincu Attila, roi des Huns.

— La bataille de Châlons ? »

J'étais heureux que Ben Franklin m'en ait parlé, une fois ou deux. Lui aussi était féru d'histoire et potassait, sur le sujet, d'énormes bouquins écrits par un Anglais nommé Gibbon.

« Exactement. À cette bataille, Attila brandissait un mystérieux sabre très ancien doté de pouvoirs mystiques. Les légendes de cette sorte, et l'idée qu'il est des pouvoirs, en ce monde, supérieurs au muscle et à l'acier, émanaient des générations de Francs qui étaient venus habiter la Champagne. Des gens convaincus qu'il y avait beaucoup plus, en ce monde, que ce qu'on pouvait voir ou toucher facilement. Saint Bernard de Clairvaux, pas seulement saint, mais aussi professeur, avait recueilli toutes ces histoires. »

Le nom me disait quelque chose. Je me souvenais de l'avoir entendu prononcer par le savant français Jomard, alors que nous escaladions la Grande Pyramide.

« Attendez… Ce n'est pas lui qui disait que Dieu était hauteur et largeur ? Et que ces dimensions divines pouvaient être incorporées à des édifices sacrés ?

— Absolument. Dieu, disait saint Bernard, est longueur, largeur, hauteur et profondeur. Et le puissant chevalier André de Montbard, oncle de Bernard, partageait avec lui l'opinion que les Anciens au courant de ces choses avaient pu enterrer leurs secrets en Occident. Peut-être sous le temple de Salomon, sur le mont du Temple qui s'élève non loin de l'endroit où nous sommes. »

Me souvenant des théories enthousiastes de mon défunt ami journaliste, Antoine Talma, j'approuvai sans réserve :

« Les francs-maçons continuent d'y croire.

— En 1119, reprit Farhi, cet oncle de Bernard fut l'un des neuf chevaliers dépêchés en Terre sacrée avec une mission spéciale. Jérusalem était déjà tombée entre les mains des croisés, et ces neuf chevaliers parlèrent de fonder un nouvel ordre militaire de moines guerriers appelés Templiers. Leur but, toutefois, demeurait mystérieux. Ils proposaient de protéger les pèlerins chrétiens, mais ces neuf chevaliers de Champagne ne recrutèrent personne en dehors d'eux-mêmes et menèrent fort peu de patrouilles sur la route de Jaffa. En revanche, ils obtinrent du roi Baudouin II, souverain de Jérusalem, la permission extraordinaire d'établir leur quartier général dans la mosquée al-Aqsa, sur le versant sud du mont du Temple.

— Neuf nouveaux venus chrétiens installés sur le mont du Temple !

— Exactement. Curieux, n'est-ce pas ?

— Et quel rapport entre ces Templiers, Moïse et l'arche d'Alliance ? »

L'œil unique de Haïm Farhi brillait d'excitation.

« Là, nous tombons dans la spéculation pure. Les rumeurs prétendent qu'ils auraient fouillé les racines du temple de Salomon et découvert… *quelque chose*. Après leur séjour ici, ils sont rentrés en Europe où le pape leur a décerné un statut spécial, et sont devenus, en plus de l'ordre militaire le plus puissant, les premiers banquiers du continent européen. D'innombrables recrues brûlaient de les joindre. Leur richesse défiait l'imagination et les rois tremblaient devant l'ordre des Templiers. Et puis, dans la nuit terrible du 13 octobre 1307, leurs chefs furent arrêtés au cours d'une purge massive ordonnée par le roi de France. Des centaines d'entre eux furent torturés et condamnés au bûcher. Avec eux, moururent les secrets qu'ils avaient ramenés de Jérusalem. D'où le commencement de la légende : comment un ordre d'obscurs chevaliers avait-il pu devenir aussi puissant et riche, en si peu de temps ?

— Vous croyez qu'ils avaient retrouvé l'arche ?

— On n'en a jamais vu la trace.

— Peu après, relança Miriam, s'est répandu le bruit que d'autres chevaliers recherchaient le Saint-Graal.

— Le calice de la Cène, le dernier souper.

— C'est l'une des versions proposées, admit Farhi. Mais le Graal a été diversement décrit comme un chaudron, un plat, une pierre, un sabre, une lance, un poisson, une table… et même un livre secret. »

Il ne me quittait pas de l'œil, un singulier particulièrement approprié en l'occurrence.

« Le Livre de Thot !

— Je ne l'avais pas encore entendu nommer ainsi. L'histoire que vous avez racontée à Jéricho et à Miriam est très intrigante. Le dieu Thot était le prédécesseur du dieu grec Hermès. Le saviez-vous ?

— Oui. Je l'avais appris en Égypte.

— Dans le roman de Parzival, finie en 1210, le héros cherche conseil auprès d'un vieil ermite nommé Trevrizent. Vous reconnaissez ce nom ? »

Je secouai la tête.

« Certains érudits croient qu'il découle du vieux français *treble escient.* »

Là, je commençais à sentir remonter mon enthousiasme.

« "Trois fois sachant" ! C'est la signification du grec Hermès Trismégiste. Hermès, trois fois savant, maître de toutes les sciences, équivalent du dieu égyptien Thot !

— Oui. Trois Fois Très Grand, la première intelligence, à l'origine de la civilisation. Le premier grand auteur, celui que les juifs connaissent sous le nom d'Énoch.

— C'est ainsi que mon mentor égyptien se faisait appeler.

— Je n'en suis pas surpris… Les Templiers furent arrêtés sous le coup d'une accusation d'hérésie et de pratiques rituelles obscènes, inculpés d'homosexualité et d'idolâtre d'une entité mystérieuse appelée Baphomet. Vous avez déjà, entendu ce nom ?

— Jamais.

— Un démon ou carrément un diable à tête de bouc. Le nom est curieux. Né à Jérusalem, il aurait été la corruption du mot arabe *abufihamat*, prononcé "bufihimat", qui signifie "père de la sagesse". De qui pouvait-il s'agir pour des hommes qui s'intitulaient chevaliers du Temple ? »

J'y réfléchis une seconde avant de suggérer :

« Le roi Salomon ?

— Exact. En continuation du même rapport. Les vieux juifs avaient aussi l'habitude, sous occupation étrangère, d'employer des codes de substitution. Selon le chiffre Atbash, chaque lettre de l'alphabet hébreu en représentait une autre. La première lettre de l'alphabet devenait la dernière, la deuxième l'avant-dernière, et ainsi de suite. Si vous transcrivez "Baphomet" en caractères hébreux, puis le traduisez selon le code Atbash, il devient *sophia*, le mot grec pour "sagesse".

— Baphomet, Salomon, *sophia*. Les Templiers se plaçaient donc sous la protection de la sagesse, pas sous celle du démon.

— Telle est, du moins, ma théorie, dit modestement Haïm Farhi.

— Alors, pourquoi ont-ils été persécutés ?

— Parce que le roi de France en avait peur et convoitait leurs richesses. Quel meilleur moyen de discréditer vos ennemis que de les accuser de blasphème ?

— Les chevaliers, opina Miriam, auraient dû se placer sous une protection plus tangible. Vous nous avez bien dit, Ethan, que, selon certains, *thot* avait la même origine que *thought*, le mot anglais pour la "pensée" ?

— Oui.

— Ce qui rend la chaîne encore plus longue. Baphomet, père de la sagesse, est aussi Salomon, est aussi *sophia*... et peut-être également Thot, dieu originel de toute connaissance ? »

J'étais stupéfié. Les chevaliers du Temple, ancêtres de mes propres loges maçonniques si fraternelles, avaient-ils connu l'antique déité égyptienne ? L'avaient-ils même adorée ? Ces arguties reliaientelles vraiment les maçons aux Templiers et, par le truchement des Grecs, des Romains et des juifs, à l'Égypte ancienne ? Y avait-il une histoire secrète qui s'étendait, depuis la nuit des temps, à l'histoire officiellement reconnue ?

« Et comment Salomon aurait-il thésaurisé tant de sagesse ? supputait Jéricho. Si le livre est réel, et s'il l'avait alors en sa possession...

— Un autre bruit courait, trancha Miriam, selon lequel Salomon avait le pouvoir de commander aux démons. Les histoires s'enroulent sur elles-mêmes, à savoir que les hommes pieux ne recherchaient que la connaissance, ou que la connaissance était corruptrice et menait à la richesse et au mal. La connaissance est-elle bonne ou mauvaise ? Souvenez-vous du jardin d'Éden et de l'arbre de la connaissance. Les légendes portent en elles leur propre contradiction. »

Je vacillais à l'orée de ces possibilités multiples.

« Vous pensez que les chevaliers du Temple avaient trouvé le livre ?

— Si tel est le cas, ils l'auraient reperdu lors de la purge royale. Il se peut que votre Graal ne soit plus que cendre, ou qu'il ait fini dans d'autres mains. Mais personne n'a suivi les Templiers. Aucun groupe de chevaliers ne les a jamais égalés, aucune autre fraternité ne s'est répandue dans toute l'Europe. Et quand Jacques de Molay, leur dernier grand maître, a brûlé sur le bûcher pour avoir refusé de trahir les secrets des Templiers, il a lancé une malédiction terrible qui prophétisait que le pape et le roi de France le suivraient dans l'année, ce qui s'est effectivement passé. Alors, le livre avait-il été effectivement découvert, au départ ? A-t-il été détruit ? Ou rendu à sa cachette ? »

Je terminai à la place de Farhi :

« Au mont du Temple !

— Mais dans un lieu si profond qu'il ne sera pas facile de l'en exhumer. Quand Saladin a repris Jérusalem aux croisés, tout accès au mont est devenu impossible. Même aujourd'hui, les gardiens musulmans ne badinent pas. Ils connaissent, au moins partiellement, ces légendes que nous venons d'évoquer. Et ne permettent aucune exploration. Ces secrets pourraient ébranler toutes les religions de fond en comble et l'islam est l'ennemi de la sorcellerie.

— Vous voulez dire qu'on ne peut pas y pénétrer ?

— Si on essaie et qu'ils nous arrêtent, on sera tous exécutés. C'est un sol sacré. Le moindre travail de terrassement, dans le passé, a provoqué des émeutes. Ce serait comme si nous tentions de creuser un trou dans la basilique Saint-Pierre de Rome.

— Alors, pourquoi en parler ? »

Un échange de regards prouva que nous nous étions bien compris.

« Donc, on ne se fera pas prendre.

— Voilà ! s'exclama Jéricho. Farhi a suggéré une voie d'accès possible.

— Pourquoi ne l'a-t-il pas déjà empruntée lui-même ?

— Parce qu'elle est saturée d'humidité et d'ordures, dangereuse, irrespirable et probablement futile, psalmodia joyeusement Farhi. On se gargarisait de vagues légendes historiques jusqu'à ce que vous affirmiez que quelque chose d'extraordinaire présent dans l'Égypte ancienne pouvait avoir été transféré ici. Est-ce que j'y crois ? Non. Qui êtes-vous, monsieur Gage ? Un menteur entreprenant ou un sot trop crédule ? Mais est-ce que je réfute totalement votre histoire, alors que sa réalité pourrait signifier beaucoup pour mon peuple ? Je ne peux pas me le permettre.

— Vous nous conduirez donc ?

— Si vous voulez bien d'un comptable défiguré…

— Pour une part du trésor, je suppose ?

— Pour la vérité et pour la connaissance, comme Thot l'aurait fait.

— Mais dont Miriam a dit qu'elle pouvait servir le bien comme le mal.

— On peut dire la même chose de l'argent, mon ami. »

Quand un étranger se targue d'altruisme et m'appelle « mon ami », je me demande dans laquelle de mes poches il va plonger la main. Mais depuis le début de mon séjour à Jérusalem, je n'avais pas trouvé la queue d'un indice. Peut-être lui et moi pourrions-nous collaborer utilement ? C'était à voir.

« D'où doit-on partir ?

— Entre le dôme du Rocher et la mosquée al-Aqsa, se dresse la fontaine d'el-Kas. Elle tire son eau d'anciennes citernes alimentées par les pluies profondément enfouies dans les entrailles du mont. Ces citernes sont reliées entre elles par des conduits ou tunnels qui, d'après certains auteurs, pourraient s'étendre jusqu'au Kubbet es-Sakhrah, où Abraham offrit de sacrifier à Dieu son propre fils. La fondation même du monde. Qui plus est, les citernes doivent être également reliées à des sources naturelles, pas seulement aux eaux de pluie. Voilà une décennie, Djezzar m'a ordonné de fouiller les vieilles archives en quête de boyaux souterrains dans l'épaisseur du mont. Je lui ai dit que je n'en avais trouvé aucun.

— Un mensonge ?

— Un aveu d'échec qui m'a coûté cher. La torture et la mutilation, en guise de châtiment. Mais j'avais tout de même trouvé quelque chose dans de très vieux documents. Rien de vraiment précis mais qui suggérait un accès possible à des pouvoirs qu'un être comme Djezzar ne doit jamais atteindre. La source du Gihon, qui alimente l'étang de Siloam, hors les murs de la cité, représente une voie d'accès possible. Là-bas, les gardiens musulmans ne pourront jamais nous repérer.

— Les citernes nous mèneront peut-être aux souterrains les plus profonds où les juifs peuvent avoir caché l'arche, le livre et autres trésors, compléta Miriam.

— Jusqu'à ce que les Templiers les découvrent, rappela Farhi. Mais où ils ont pu les cacher de nouveau, après la mort de Jacques de Molay sur le bûcher. Il y a toutefois un autre problème qui m'a découragé de poursuivre toute exploration.

— Les tunnels sont remplis d'eau ? »

J'avais un très mauvais souvenir de ma sortie de la Grande Pyramide.

« C'est bien possible. Même s'ils ne le sont pas, j'ai relevé mention de portes scellées. Ce qui fut ouvert, jadis, a pu être muré de nouveau.

— Des hommes déterminés, énonça Jéricho, viendront à bout de la porte la plus hermétique. Simple question de muscle et de poudre à canon.

— Pas de poudre ! se récria Farhi. Vous voulez ameuter toute la ville ?

— Alors, muscle uniquement. »

Je me devais, je nous devais à tous de poser la question : « Et si les musulmans nous entendent fourrager là-bas ?

— Tout vaudrait mieux que cette éventualité ! » articula le banquier.

*

* *

Mon long rifle était terminé. Jéricho avait soigneusement collé deux des cheveux blonds de Miriam, en croix, sur mon télescope, pour me permettre de viser avec une parfaite exactitude. J'avais découvert, en le testant extra-muros, que je pouvais toucher une assiette à deux cents mètres. La précision relative d'un mousquet, au contraire, n'en dépassait pas cinquante. Mais quand je grimpai sur le toit pour m'assurer, à l'aide de ma longue-vue, que les fripouilles de Français ne rôdaient pas alentour, j'eus beau prolonger ma faction, je n'en repérai aucune trace. Étaient-ils partis ? Ou bien Silano dirigeait-il leurs opérations ? Je l'espérais presque. Si je pouvais remonter jusqu'à lui, je saurais lui faire cracher des nouvelles d'Astiza.

Mais c'était comme si la bande n'avait jamais existé.

Miriam avait ciselé deux répliques en cuivre de mes séraphins qu'elle avait incrustées de part et d'autre de ma crosse, et que je pourrais utiliser comme corne à poudre et réserve de bourre grasse. Poussée par la balle, elle nettoierait le canon de toute trace de poudre résiduelle, après chaque tir. Elle m'avait également confectionné un nouveau tomahawk. J'étais si heureux que je passai à son frère quelques tuyaux pour gagner au pharaon, s'il tombait un jour sur une partie. À Miriam elle-même j'offris une petite croix en or d'origine espagnole.

Je ne fus nullement surpris quand, au soir de notre expédition, elle insista pour y participer, contre toutes les règles de ségrégation des femmes à Jérusalem.

« Elle connaît des tas de vieilles légendes qui m'ennuient, admit Jéricho déjà prêt à capituler, et puis elle voit des tas de choses que je ne vois ou ne verrais pas. D'ailleurs je ne veux pas la laisser seule ici avec ces bandits français dans le secteur.

— Entièrement d'accord ! »

Ça, c'était moi. Elle dit plutôt :

« Le bon sens d'une femme ne vous sera pas inutile.

— Il faudra y aller tout doux, conclut son frère. Miriam dit que vous savez vous déplacer comme un Indien de chez vous. »

En réalité, j'avais surtout évité tout contact avec les Peaux-Rouges et gagné leur tolérance à coups de petits cadeaux, quand c'était nécessaire. Mais, si j'avais exagéré le récit de mes exploits, Miriam n'avait pas mis ma parole en doute et ce n'était pas le moment de rétablir une autre vérité historique.

Farhi serait aussi du voyage. Tout en noir, selon sa coutume.

« Ma présence pourra se révéler d'une importance cruciale. Il y a aussi des mystères juifs en cause et, depuis notre conversation, j'ai étudié ce que les Templiers potassaient, y compris la numérologie de la Kabbale juive et de son Livre de Zohar.

— Un livre de plus !

— Beaucoup pensent que la Torah, comme notre Bible, possède deux niveaux de lecture. Le premier, ce sont les histoires que nous connaissons tous. Le second, c'est qu'il y a une autre histoire, un mystère, une histoire sacrée cachée entre les lignes, en appliquant un code. Voilà ce qu'est le Livre de Zohar.

— La Bible aussi est codée ?

— Chaque lettre de l'alphabet hébreu correspond à un chiffre, et il y a dix chiffres au-delà, qui sont ceux des *sephiroth*. C'est ça, le code.

— Les dix chiffres du quoi ?

— Des *sephiroth* sacrées. Les six directions de la réalité : nord, sud, est, ouest, plus le nadir et le zénith. Et les quatre éléments constitutifs de l'Univers, la terre, le feu, l'éther et Dieu. Ces dix *sephiroth* et ces vingt-deux lettres représentent les trente-deux noms sacrés de Dieu. Ce Livre de Thot peut sans doute être lu de la même façon. À condition d'en posséder la clef. Bah, on verra bien ! »

Un autre échantillon du charabia auquel je m'étais exposé en gagnant ce maudit médaillon, à Paris. Le dérèglement de l'esprit humain me semblait de plus en plus contagieux. Tant de gens semblaient croire aux légendes, à la numérologie, aux merveilles des mathématiques que je commençais à y croire, moi aussi, sans comprendre une syllabe de ce que certains me racontaient. Mais si un banquier défiguré comme Farhi était prêt à jouer les troglodytes pour la numérologie juive, pourquoi y trouverais-je à redire ?

Je me tournai vers Jéricho.

« Pourquoi ce sac de ciment sur l'épaule ?

— Pour reboucher toute ouverture forcée. La bonne façon de voler des choses, c'est de faire comme si aucun vol n'avait été commis. »

Ça, c'était le genre de raisonnement que j'étais capable de comprendre.

On passa le portail au Fumier après la tombée de la nuit. On était au début du mois de mars et l'invasion de Napoléon avait déjà commencé. On savait que les Français étaient partis le 15 février d'El-Arich, à la frontière égypto-palestinienne, qu'ils avaient remporté une victoire rapide, à Gaza, et qu'ils marchaient sur Jaffa. Le temps pressait. On dégringola le versant abrupt jusqu'à l'étang de Siloam, suivant les instructions que je leur dispensais : « Planquez-vous ici, foncez jusque-là ! », comme si j'étais réellement versé dans la science du terrain des Algonquins. La vérité, c'est que je me sens toujours plus à l'aise dans un salon de jeu qu'en rase campagne, mais Miriam semblait impressionnée.

C'était la nouvelle lune, suffisamment voilée pour ne pas éclairer le flanc de la colline, et l'air nocturne de ce début de printemps était froid. Des chiens aboyèrent autour de quelque troupeau lointain alors que nous progressions parmi de vieilles ruines éparses. Derrière nous, s'allongeait à contre-ciel la ligne noire du mur d'enceinte qui entourait le côté sud du mont. Je discernais, au-dessus de nous, la forme d'al-Aqsa, avec les arches et les pans de murs qu'elle avait empruntés au Temple.

Les sentinelles musulmanes pouvaient-elles nous apercevoir, de là-haut ? J'avais le sentiment horrible que nous étions surveillés.

« Je crois qu'il y a quelqu'un, là, derrière nous.

— Où ça ? s'étonna Jéricho.

— Je ne sais pas. Je ne vois rien. Mais je le sens.

— Il n'y a personne. On a dû mettre en fuite toute l'armée française. »

J'avais mon rifle d'une main, mon tomahawk de l'autre.

« Avancez tous les trois. Je vais voir si je peux attraper quelqu'un. »

Mais la nuit paraissait aussi vide que le chapeau d'un magicien. Et les autres m'attendaient. Je poussai jusqu'à l'étang de Siloam, étendue d'un noir d'encre au creux de la vallée. Des marches usées montaient à l'assaut d'une plate-forme de pierre d'où les femmes devaient emplir leurs cruches. Les hirondelles qui avaient fait leurs nids dans les fissures de la paroi voletaient au-dessus de nos têtes. Tout juste si je distinguais les visages.

Et notre groupe s'était agrandi.

« Sir Sidney nous a finalement envoyé de l'aide, chuchota Jéricho.

— Des Anglais ? »

Maintenant, je comprenais la nature de mon malaise. « On va avoir besoin d'eux, sous terre.

— Lieutenant Henry Tentwhistle, du navire de Sa Majesté la *Dangerous*, se présenta le gradé, dans un souffle. Vous vous souviendrez sans doute de m'avoir si bien bluffé, avec ce brelan que vous n'aviez pas. »

Je grognai dans ma barbe :

« J'ai eu de la chance, face à votre science du jeu, lieutenant.

— Voilà l'enseigne Potts, que vous avez dépouillé au pharaon de six mois de sa solde.

— Sûrement pas tant que ça. »

Je serrai la main tendue.

« J'avais besoin d'une petite provision pour exécuter la mission de la couronne britannique à Jérusalem.

— Et je crois que vous connaissez aussi ces deux garçons. »

Même dans l'obscurité de l'étang de Siloam, j'aurais identifié entre mille ce rictus de gargouille aux dents proéminentes comme des touches de piano.

« Tu me dois une réparation, après cette histoire !

— Et tu vas nous rendre notre argent, à tous les deux. »

Gros Ned et Petit Tom. J'aurais dû m'y attendre.

# 8

« Tu devrais te sentir honoré, cap'taine, dit Gros Ned.

— C'est la première mission ousqu'on était volontaires, renchérit Petit Tom.

— Sir Sidney a pensé que ce serait mieux qu'on travaille ensemble.

— Uniquement pour vous qu'on est là. »

Je parvins à riposter faiblement :

« Très flatté, messieurs. Vous auriez pu me tenir au courant, Jéricho.

— Sir Sidney le dit souvent : moins on parle, mieux ça vaut. »

En vérité, ce vieux Ben lui-même répétait : « Trois personnes ne peuvent garder un secret que si deux d'entre elles sont mortes. »

« Il les a envoyés tous les quatre en renfort.

— Nous autres, résuma jovialement Petit Tom, on a pensé qu'il devait y avoir de l'argent en cause pour attirer une fouine comme toi. Et puis ils nous ont délivré des pioches et on s'est dit entre nous : c'est un trésor qu'est enterré. Et ce Yankee, il pourra régler son affaire avec Ned, comme promis à bord… ou nous distribuer sa part.

— On n'est pas aussi stupides que tu le penses », ajouta Gros Ned.

Face à l'escouade hostile des quatre marins, je m'efforçai de refréner mon instinct qui m'affirmait que tout ça finirait mal et répondis avec un optimisme de commande :

« C'est bon, les gars, de retrouver des alliés qu'on a déjà rencontrés aux cartes. Mais on court un danger, ici, alors mieux vaut y aller doucement si on veut écrire l'histoire. Pas de trésor en cause, juste une chance de trouver une entrée secrète dans le camp ennemi, quand Boney prendra la ville. Telle est notre mission. Ma philosophie, c'est que ce qui est passé est passé, et que ce qui se prépare se passera d'autant mieux qu'on s'entendra bien, tous ensemble. Le peu d'argent qui me reste est entièrement au service de la Couronne.

— De la Couronne ? releva Petit Tom. Et ce chouette fusil que tu portes, alors ?

— Ce rifle ? »

Effectivement, malgré l'obscurité ambiante, il brillait insolemment sur mon épaule.

« Un très bel exemple. Pour votre protection, puisque c'est mon job de veiller à la sécurité de tous.

— Sacré bel objet ! Qui a dû coûter chaud. Paré comme une putain de luxe. Le voilà, tout l'argent que tu nous as volé, je le parierais !

— Tu perdrais une fois de plus. Ce genre d'article ne coûte rien, à Jérusalem. Main-d'œuvre orientale, aucune connaissance technique réelle. Juste pour la frime. »

J'évitais soigneusement le regard de Jéricho.

« Impossible de vous promettre un butin quelconque. Mais si nous tombons sur quoi que ce soit de précieux, ma part sera pour vous, et je me contenterai d'un vieux bouquin ou deux, les gars.

— Ça, c'est l'esprit d'égalité comme je l'aime.

— "La nuit, tous les chats sont gris", disait mon vieil ami Ben Franklin.

— Qui ça ? » grogna Tom.

Et Ned de gronder :

« Un foutu rebelle qu'on aurait dû pendre !

— C'qu'il a voulu dire par là ?

— Qu'on est une bande de chats pelés ou quelque chose comme ça.

— Que c'est tous pour un, un pour tous jusqu'à la fin de la mission, rectifia le lieutenant.

— Et qui est cette damoiselle ? »

Petit Tom venait de découvrir Miriam qui recula, choquée.

« Ma sœur, aboya Jéricho.

— Sa frangine ! »

Petit Tom avait bondi sur place, comme sous l'effet d'une décharge électrique.

« Il emmène sa sœur à la chasse au trésor ! Pour qu'elle serve à quoi ?

— Elle voit des trucs qu'on ne voit pas.

— Et quoi encore ? s'esclaffa Ned. Et qui c'est, là-bas derrière ?

— Notre guide juif.

— Un juif, par-dessus le marché !

— Les femelles portent la poisse, trancha Tom, péremptoire.

— Pas question de l'avoir sur les bras !

— Comme si je vous laisserais faire ! » s'indigna Miriam.

Autant avertir Ned avant que les choses ne se gâtent :

« Fais attention, bonhomme ! Son genou sait où sont tes couilles ! »

Mais ça ne servit qu'à augmenter l'intérêt qu'elle suscitait dans la troupe. Par les pelouses de Lexington, nous étions dans de beaux draps ! Pis que si j'avais invité une tribu d'anarchistes à écrire la nouvelle Constitution. Bon gré, mal gré, on marcha dans l'eau jusqu'au bout de l'étang où la profondeur de l'eau nous stoppa. Entre les barreaux d'une grille de fer forgé, un fort courant jaillissait d'une ouverture béante.

« Exprès pour empêcher aux enfants et aux bêtes d'entrer, expliqua Jéricho en levant son pied-de-biche. Mais pas nous pendant bien longtemps ! »

Il opéra une première pesée dont ses muscles rendirent la répétition superflue. Quelque chose cassa, avec un bruit sec, et la grille rouillée pivota vers l'extérieur en grinçant. Une fois tous entrés, notre forgeron la reboucla à l'aide d'un gros cadenas sorti de son sac.

« Et celui-là, j'en ai la clef. »

Je scrutai les ténèbres, au-delà de la longue margelle, et demandai à Farhi s'il voyait quelque chose.

« Je ne vois rien depuis qu'on est parti de chez Jéricho. Je n'ai pas l'habitude de piétiner dans la flotte en pleine nuit. »

On eut bientôt de l'eau jusqu'aux cuisses. Fraîche, mais pas froide. Large comme mes deux bras étendus de part et d'autre, haut de trois à quatre mètres cinquante, le tunnel portait, tout au long de ses parois, la marque ancienne de nombreuses pioches. Il s'agissait là, nous exposa Farhi, d'un conduit percé jadis pour acheminer l'eau de pluie jusqu'à la cité du roi David. Le sol, sous nos pieds, était inégal. Tous, nous trébuchions sans arrêt. Quand on fut assez loin dans le tunnel pour que Jéricho allumât la première lanterne, je rejoignis le lieutenant Tentwhistle en pataugeant dans l'eau.

« Vous êtes sûr que personne ne vous a suivis ?

— On a payé nos guides pour qu'ils ferment leur gueule.

— Et pas soufflé mot dans Jérusalem, crut bon d'ajouter Ned.

— Une minute ! Vous autres marins anglais êtes entrés dans la ville ?

— Juste le temps de manger un morceau. »

Jéricho, exaspéré, siffla entre ses dents :

« Je vous avais pourtant dit de ne pas vous montrer en plein jour !

— Accoutrés en Arabes, se défendit le lieutenant. Et rien qu'entre nous. Pousser jusqu'à Jérusalem sans au moins voir la ville, pas question. Une sacrée ville, d'ailleurs !

— Et même une ville sacrée ! »

Leur inconscience me tordait les tripes.

« Vous avez l'air d'Arabes comme moi du Père Noël ! Vos faces rouges comme betteraves ne vous trahiraient pas plus si vous défiliez au pas cadencé en brandissant l'Union Jack !

— Qu'est-ce qu'on était censés faire ? se rebiffa Gros Ned. Crever de faim jusqu'à la nuit en attendant de t'aider à creuser ton trou ? Paie-nous à manger si tu veux pas qu'on se montre dans cette putain de ville ! »

Que faire avec des individus pareils ? Je me retournai vers Jéricho dont les traits se crispaient de seconde en seconde.

« Je crois qu'on ferait bien de se grouiller.

— J'ai rebouclé la grille. Et c'est toi notre arrière-garde, avec ton fusil. »

La voix de Miriam éclata soudain, au fond des ténèbres :

« Ne me touchez pas, espèce de…

— Navré de vous avoir frôlée, jubila Petit Tom, égrillard.

— Viens par ici, ma poupée, ajouta Ned. Avec moi, tu seras en sécurité. »

Déjà, Jéricho levait sa pioche et je m'interposai vivement.

« Je vais régler ça tout de suite. »

En regagnant l'arrière de l'expédition, je poussai, comme par inadvertance, le canon de mon rifle dans le bas-ventre de Ned. Assez fort pour lui arracher une insulte :

« Putain de maladroit !

— Mes excuses, Majesté ! »

En reculant si vite mon arme que sa crosse frôla le visage de Petit Tom.

« Eh, merde !

— Marchons à intervalles, on ne risquera pas de se rentrer dedans. »

Et puis Tom eut un sursaut spectaculaire.

« Cette garce vient de me taper dans le dos avec je sais pas quoi !

— Oh ? On s'est encore frôlés ? »

Miriam, souriante, avait au poing le pied-de-biche de Jéricho. Je leur rappelai à tous :

« Vous êtes prévenus, messieurs. Gardez vos distances si vous tenez à vos petites affaires.

— Moi, je coupe celles du premier qui importune encore ma sœur, menaça Jéricho.

— Et moi, dit le lieutenant, je vous condamne à dix caresses du chat à neuf queues. Enseigne Potts, veillez à la discipline !

— Oui, mon lieutenant. La paix, vous autres !

— Ah ! on rigolait juste un peu… Seigneur Dieu ! Qu'est-ce qu'il lui est arrivé ? »

Farhi s'était avancé dans la lueur de la lanterne et, pour la première fois, les quatre marins découvraient son visage mutilé, son orbite tuméfiée, son oreille arrachée, son groin de cochon.

« J'ai touché sa sœur », prétendit astucieusement le banquier juif.

Les quatre marins s'entre-regardèrent et personne ne s'approcha plus de Miriam.

*

* *

L'avantage de cette longue progression avec de l'eau jusqu'aux cuisses fut de calmer définitivement les velléités agressives. Je restai légèrement en arrière alors que les autres s'éloignaient avec les lanternes. Était-ce un choc métallique et le bruit d'un cadenas forcé, loin derrière nous ? Trop loin, désormais, pour que le son étouffé par la distance pût m'apporter une certitude. Au bout d'un moment, je repartis dans le sillage de la troupe en haussant les épaules.

Finalement, on perçut une rumeur d'eau courante et bientôt on déboucha sur la rive de l'étang souterrain.

« On approche de la source, précisa Farhi. La légende affirme qu'au-dessus de nous se trouve le nombril de Jérusalem.

— Alors nous, on est dans son cul », marmonna Petit Tom.

On balaya le décor de la lueur de nos lanternes jusqu'à repérer, au-dessus de nous, une faille noire, étroite comme la caisse d'un trésorier-payeur. Je n'aurais jamais soupçonné qu'elle pût conduire quelque part, mais, une fois hissés ou tirés à l'intérieur de cette faille, nous découvrîmes un passage qui ramenait vers la ville, à pied sec. Il fallut franchir en rampant des quartiers de roche tombés du plafond, et j'admirai l'agilité de Miriam dans ce genre d'exercice. On se glissa dans une autre galerie de taupe, la femme en tête. Il arrivait que Gros Ned passât tout juste, en poussant devant lui le sac de ciment. Il ruisselait d'une sueur fétide. Puis le tunnel agrandi par la main de l'homme redevint plus praticable. Un boyau montant, bas de plafond, trop étroit pour laisser deux hommes s'y croiser. Ned n'arrêtait pas de se cogner la tête et jurait sans discontinuer.

« D'après la légende, dit Farhi, ce tunnel passe très loin sous la plate-forme du Temple. »

Bientôt, une nouvelle rumeur d'eau courante se fit entendre, droit devant nous. Puis on déboucha dans une vaste caverne que nos lanternes ne parvenaient pas à éclairer. Jéricho me demanda de tenir la sienne pendant qu'il s'immergeait prudemment dans l'eau noire.

« Ça va, diagnostiqua-t-il en en ressortant. L'eau ne monte pas plus haut que la poitrine et elle est très propre. On a déniché les citernes. Pas de bruit, messieurs ! »

De l'autre côté de la nappe, le tunnel reprenait. On atteignit une seconde citerne, puis une troisième, à dix mètres d'intervalle.

« À la saison des pluies, tous ces passages doivent être remplis d'eau. »

Toujours montant, le tunnel aboutit à une caverne sèche plus haute de plafond, en raison de la chute de nombreuses pierres tombées de là-haut qui avaient également surélevé le sol. À son autre extrémité, on apercevait le sommet d'une arche taillée dans la roche. Si jadis elle avait possédé une porte, celle-ci brillait par son absence et l'ouverture avait été entièrement murée à l'aide de quartiers de roche cimentés entre eux.

« Hé ! merde, tout ça pour rien, haleta Gros Ned.

— Pas sûr, rétorqua Jéricho. Qu'y a-t-il derrière ce mur que ses bâtisseurs ne voulaient pas qu'on atteigne ?

— Ils ne voulaient peut-être pas qu'on puisse sortir, ajouta Miriam.

— Il nous faudrait un tonneau de poudre ! gémit le marin en rejetant le sac de ciment.

— Pas question d'explosion, le contredit Farhi. Il faut le percer avant les prières de l'aube.

— Et le reboucher, intervint Miriam.

— Oh, merde ! » se lamenta Gros Ned.

J'essayai d'accélérer les choses :

« Le temps perdu ne se rattrape jamais, dirait ce vieux Ben.

— Et si j'étais à ta place de sale tricheur aux cartes, rappela Ned, je souhaiterais qu'il y ait quelque chose à glaner de l'autre côté de ce mur, ou je te prendrai par les pieds et je te secouerai si fort que tu te videras de toutes tripes ! »

Mais nécessité faisant loi, lui et Petit Tom se mirent au boulot. On forma une chaîne qui fraya le chemin jusqu'à la base de l'arche aux trois quarts invisible. Plus de deux heures à déplacer de la caillasse pour aménager la traversée. Une corvée à se briser les reins pour découvrir enfin le bas de l'ouverture murée par des pierres calcaires de différentes couleurs.

« Ils étaient bien forcés de boucler cette entrée, constata le lieutenant. Toute une armée ennemie aurait pu s'introduire par ce portail.

— Construit par les juifs, approuva Farhi. Et muré par les Arabes, les croisés ou les Templiers. La voûte s'est écroulée sous quelque choc sismique et le passage a été oublié, sauf par la légende. »

Non sans une ombre de lassitude, Jéricho ramassa la lourde barre de fer que, depuis le début de notre parcours souterrain, il avait maniée comme une simple canne.

« Eh bien, allons-y. »

La première pierre est toujours la plus dure à déloger. On n'osait pas cogner trop fort, alors on creusa le mortier, au couteau, avant de placer Gros Ned et Jéricho face à face. Ils bandèrent leurs muscles et la pierre glissa lentement hors de son alvéole, comme un tiroir forcé. Lorsqu'elle bascula, ils la saisirent au vol et la posèrent à leurs pieds, comme une simple pantoufle. Les yeux fixés au plafond, Farhi semblait à l'affût des réactions de la garde musulmane, loin au-dessus de nos têtes.

Je rompis d'un pas ou deux dans le souffle d'air confiné qui fusait hors du trou noir. On gratta le mortier intercalaire des pierres suivantes, on redoubla d'efforts pour les sortir à leur tour jusqu'à ce que la brèche fût assez large pour nous laisser passer.

« Jéricho et moi allons pousser une petite reconnaissance. Vous autres marins, restez là. Si on trouve quelque chose, on vous le rapporte.

— Tu rigoles ou quoi ? rugit Ned.

— J'ai bien peur, confirma le lieutenant, d'être tout à fait d'accord avec mon subordonné. Nous sommes en mission navale, messieurs, et que ça vous plaise ou non, tous agents de la Couronne. Toute propriété saisie appartient donc à la Couronne… pour répartition ultérieure éventuelle selon la loi. Il sera évidemment tenu compte de vos collaborations respectives.

— On ne sert plus dans votre flotte, lui rappela Jéricho.

— Mais vous êtes payé par sir Sidney Smith, n'est-ce pas ? Et Gage est actuellement son agent. Ce qui signifie que nous allons franchir cette brèche ensemble, au nom du roi et de la nation, ou pas du tout. »

Je pris par le canon mon rifle posé en biais contre la paroi de la caverne.

« Vous êtes venus pour nous seconder dans nos recherches, non pour en prendre le commandement.

— Et vous, vous avez été envoyé à Jérusalem en tant que serviteur de la Couronne, non en qualité de chasseur de trésors. »

Sa main se posa sur la crosse de son pistolet. Celle de l'enseigne Potts en fit autant. Ned et Tom empoignèrent le manche de leur sabre d'abordage. Jéricho leva son levier métallique comme une lance. On tremblait tous comme autant de chiens affamés dans une boucherie.

« Stop ! ordonna Farhi. Êtes-vous tous fous ? Déclenchez une bataille et tous les musulmans de Jérusalem nous attendront à la sortie. On ne peut pas se permettre une telle folie. »

On hésitait toujours, tous autant que nous étions, mais on finit par baisser les bras. Farhi avait raison. Je soupirai :

« Qui veut passer le premier ? En Égypte, il y avait des serpents et des crocodiles derrière toutes les brèches. »

Silence absolu. Et puis :

« On dirait que c'est toi qui as le plus d'expérience, cap'taine ! »

Je me glissai à travers le trou, attendis d'être sûr que rien ne me mordrait pour réclamer une lanterne que je levai plus haut que ma tête.

Un bref sursaut ébranla ma carcasse. De nombreux crânes me souriaient. Pas vraiment des crânes, juste des sculptures. Mais c'était tout de même impressionnant de voir toutes ces têtes de morts et tous ces tibias croisés qui ornaient le plafond et le haut des parois. Je n'avais jamais vu rien de pareil en Égypte. Les autres me rejoignirent, plus ou moins facilement selon leur corpulence, leurs commentaires se répartissant entre « Doux Jésus ! » et un « Trésor de pirates ! » plein d'espoir.

Farhi avait une explication plus prosaïque :

« Pas des pirates, messieurs. Bien dans le style des Templiers, cette ribambelle de crânes. Vous n'ignorez pas, monsieur Gage, que le symbole du crâne et des os croisés remonte aux Pauvres Chevaliers, sinon plus loin encore.

— Je l'ai vu aussi associé à des rites maçonniques. Et dans des cimetières d'église.

— La mort nous préoccupe tous, pas vrai ? »

Les crânes décoraient l'entrée d'un couloir. On passa dans un local plus vaste dont la décoration me rappela également la franc-maçonnerie. Sol carrelé noir et blanc, dans le style échiquier cher aux architectes dionysiens, mais troué en son centre par une figure étrange composée de carreaux noirs en zigzag évoquant la forme d'un éclair. Bizarre, bizarre. Que signifiait cette représentation schématique de la foudre ?

Deux énormes piliers encadraient l'issue que nous venions de franchir, l'un blanc, l'autre noir. Dans deux niches, trônaient deux statues de la Vierge, l'une d'albâtre, l'autre d'ébène. Marie la Sainte Mère et

Marie de Magdalena ? Ou la Vierge Marie et la déesse Isis, associée à l'étoile Sirius ?

« Toutes les choses sont doubles », murmurait Miriam.

Le plafond était voûté, assez robuste pour avoir supporté la plate-forme d'Hérode. À l'extrémité opposée de la caverne, se dressait un autel de pierre avec, juste derrière, une alcôve ténébreuse. La nudité des autres parois évoquait une salle de banquet. Messieurs les chevaliers du Temple y avaient-ils festoyé, jadis, quand ils ne passaient pas leur temps à chercher les trésors de Salomon ?

On traversa la caverne. Cinquante pas en longueur. L'autel portait une double plaque. D'un côté, la reproduction sommaire d'une église coiffée d'un dôme. De l'autre, deux chevaliers montant le même cheval.

« Le sceau des Templiers, s'exclama Farhi, triomphant. Ce sont bien eux qui ont aménagé cette voûte. Voyez, il y a le dôme du Rocher, celui de la mosquée al-Aqsa symbolisant le site du temple de Salomon, origine du nom des Templiers. Et deux chevaliers sur un seul cheval. En signe, d'après certains, de pauvreté volontaire.

— D'autres, dit Miriam, y voient plutôt le symbole des deux aspects de l'unité, l'homme et la femme, en avant et en arrière, la nuit et le jour.

— Et rien dans ce cul-de-basse-fosse ! tempêta Gros Ned, cruellement déçu.

— Observation adéquate, souligna le lieutenant Tentwhistle. Il semble qu'on se soit donné beaucoup de mal pour rien, monsieur Gage.

— Mais toujours au service de la Couronne ! »

C'était plus fort que moi, j'avais envie de mordre.

« Le Yankee nous a bien baladés, appuya Petit Tom alors que l'enseigne Potts s'écriait :

— Venez voir par ici. »

Il désignait la madone blanche.

« Qu'est-ce que c'est que ça ? Une porte de service ? Un passage secret ? »

On se dépêcha de le rejoindre. Il avait saisi la main tendue de la madone, levée comme pour une bénédiction. Et la statue avait pivoté, révélant un escalier en colimaçon, au-delà d'une porte tellement étroite qu'on ne pouvait la franchir que de profil. Les marches étaient aussi raides que malcommodes.

« Ça doit rejoindre la plate-forme du Temple, au-dessus de nous, estima Farhi. La voie de communication avec l'ancien quartier général du Temple, dans la mosquée al-Aqsa. Elle est sans doute bloquée, mais nous devons redoubler de précautions. Tout bruit monterait là-haut comme par une cheminée.

— Quelle importance ? s'emporta Gros Ned, de très mauvais poil. Il n'y a rien à voler ici, de toute manière.

— Vous êtes en territoire sacré musulman, pauvre insensé. Et juif, aussi. Si les uns ou les autres nous entendent, ils vont nous garrotter, nous circoncire, nous torturer et nous arracher bras et jambes.

— Vraiment ?

— Si on essayait aussi la madone noire ? » proposa Miriam.

Mais si fort qu'on tordît le bras de la statue, rien ne bougea. La dualité chère à Miriam ne fonctionnait pas jusqu'au bout. Une déception après beaucoup d'autres. Je m'entendis maugréer :

« Et le trésor du Temple, Farhi ?

— Ne vous ai-je pas averti que les Templiers étaient passés avant vous.

— Mais ce local est conçu à l'européenne, comme quelque chose de bâti sur plan, ce n'est pas une découverte due au hasard. Pourquoi l'auraient-ils aménagé ainsi ? Rien que pour avoir une salle à manger ?

— Sans fenêtre ! observa Potts.

— Juste pour les cérémonies ? raisonna Miriam. Les vraies réunions, les recherches, devaient se passer ailleurs. Il doit exister une autre porte.

— Aucune autre issue dans ces murs », lui répondit son frère.

Je me remémorai mon expérience à Dendérah, en Égypte, et baissai les yeux vers le sol. L'échiquier noir et blanc formait des diagonales qui partaient toutes de l'autel.

« Je crois que Gros Ned devrait pousser cette table en pierre, là. Aussi fort qu'il peut. »

Rien sur l'instant. Puis Jéricho se mit à l'ouvrage et finalement Petit Tom, Potts et moi, ho, hisse ! Enfin la table monumentale consentit à bouger et l'autel tourna lentement, sur un pivot caché, dévoilant peu à peu, par une ouverture horizontale, les premières marches d'un autre petit escalier qui s'enfonçait, celui-là, dans les profondeurs de la terre.

« Ça, je le sens davantage ! » s'étrangla Gros Ned, pantelant.

On descendit à la queue leu leu. Pour se bousculer dans une antichambre que fermait un grand battant métallique pourvu d'une dizaine de disques de cuivre larges comme des assiettes, mangés par le vert-de-gris. Un seul disque au sommet, et deux rangées de trois, par-dessous. Plus trois autres en colonne verticale, tout en bas. Au centre de chaque disque, saillait une sorte d'ergot métallique.

« Dix poignées de porte ? proposa Tentwhistle.

— Ou dix serrures, riposta Jéricho. Chacun de ces loquets manœuvre peut-être un pêne… »

Il essaya successivement de les faire bouger. Sans aucun succès.

« Et je n'ai pas emporté d'outil pour forcer ce genre de truc.

— Ce qui signifie peut-être, conclut Ned, que tout ça n'a pas été ouvert depuis longtemps et que personne n'a pu voler ce qu'il y a sûrement derrière. »

Enfin une bonne nouvelle ! Il faut que ce soit précieux pour justifier une installation pareille, et si profondément enterrée, par-dessus le marché !

Serrures ou non, elles n'offraient aucun orifice où enfoncer une clef. Ned et Jéricho tentèrent d'ébranler le battant massif, qui ne céda pas d'un millimètre.

« Il est bloqué de tous côtés. Peut-être pas une vraie porte ?

— Le temps passe, avertit Farhi. L'aube va se lever là-haut, sur la plate-forme, et les musulmans vont venir prier. Si on commence à marteler ce battant, quelqu'un va finir par nous entendre.

— Une minute ! »

Je me souvenais du mystérieux médaillon égyptien.

« C'est un motif à recomposer, vous ne croyez pas ? Ces disques au nombre de dix… 10, le chiffre sacré. Le sens devait être clair aux yeux des Templiers…

— Ensuite ?

— Les *sephiroth*, dit lentement Miriam, forment un arbre.

— Un arbre ? »

Farhi recula d'un pas.

« Plus exactement l'Arbre. L'*Etz Hayim*, l'Arbre de Vie !

— La Kabbale, compléta Miriam. Mysticisme juif et numérologie.

— Les chevaliers du Temple n'étaient pas juifs !

— Bien sûr que non, s'écria Farhi, mais *œcuméniques* quand il s'agissait de percer d'anciens secrets. Ils ont étudié les textes juifs pour savoir où creuser le mont. Comme les musulmans et tous les autres. Ils s'intéressaient à tous les symboles susceptibles de parfaire leur quête de la connaissance. Ce battant porte la représentation des dix *sephiroth*, avec *keter*, la couronne, tout en haut, et puis *binah*, l'intuition, à l'opposé de *chokhmah*, la sagesse, et ainsi de suite.

— La grandeur, la pitié, la force, la gloire, la victoire, la majesté, la fondation et pour finir la souveraineté, le royaume, récita Miriam, concentrée. Tous les aspects d'un Dieu hors de portée de la compréhension humaine. Nous ne pouvons pas le concevoir. Seulement les manifestations visibles de son existence.

— Quel rapport avec ce battant clos ? »

Farhi avait rapproché l'une des lanternes.

« Regardez, c'est une sorte de puzzle. Je peux lire les mots juifs gravés en caractères hébreux : *cheted, tiferet, netzach...*

— Les Égyptiens croyaient en la magie des mots. Ils les récitaient pour appeler un dieu ou matérialiser des pouvoirs… »

Gros Ned exécuta un rapide signe de croix.

« Blasphème païen, nom de Dieu ! Vos Templiers ont adopté les superstitions des juifs. Pas étonnant qu'ils aient grillé sur le bûcher !

— Ils ne les ont pas adoptées, spécifia Jéricho. Seulement utilisées. Ici, à Jérusalem, même si on se chamaille, on respecte la foi d'autrui. Les Templiers savaient ce qu'ils faisaient. Il faudrait peut-être enclencher ces loquets dans un certain ordre ? »

Je lui suggérai de commencer par *keter*, la couronne, tout en haut.

« Ça ne coûte rien d'essayer. »

Mais sous les doigts de Jéricho, la couronne ne bougea pas plus que les autres.

« Attendez, supplia Farhi. Si nous commettons trop d'erreurs, nous risquons de bloquer tout le système.

— Ou de déclencher quelque piège destiné à décourager les profanateurs. »

Je n'avais pas oublié le monolithe qui avait failli m'écraser, dans la Grande Pyramide.

« Que choisirait d'abord un Templier ? raisonnait Farhi. La victoire ? C'étaient des guerriers. La gloire ? Ils l'avaient conquise. La sagesse ? Si le trésor était un livre… L'intuition ?

— La pensée, dit Miriam. La pensée, comme Thot, si proche du mot anglais. Et comme le livre que recherche Ethan.

— La pensée ?

— Si on tire des traits entre tous les disques, ils se recouperont ici, au centre. Pour les juifs kabbalistes, est-ce que le centre ne représente pas l'esprit de Dieu, inconcevable par l'intelligence humaine ? Est-ce qu'au centre n'est pas la pensée ? L'essence ? Ce que nous autres chrétiens appellerions l'"âme" ?

— Vous avez raison, concéda Farhi. Mais il n'y a aucun loquet à cet endroit.

— Il n'y a jamais de serrure à l'endroit du cœur. »

Du bout de l'index, Miriam traça les lignes suggérées.

« Regardez. Juste au centre, il y a un petit point gravé. »

Avant qu'on puisse l'en empêcher, elle empoigna le pied-de-biche dont elle s'était servie pour tenir Petit Tom à distance et percuta de même, beaucoup plus fort, le point circulaire repéré. La résonance insolite du choc nous fit tous sursauter. Puis le petit cercle s'enfonça dans le métal et, d'un seul coup, tous les disques se mirent à tourner sur leurs bases.

« Préparez-vous ! »

Je levai mon rifle, Tentwhistle et Potts pointèrent leurs pistolets, Ned et Tom dégainèrent leurs sabres.

« On va tous être riches », émit Gros Ned dans une sorte de râle.

Quand les disques cessèrent de tourner, Jéricho poussa énergiquement le battant clos qui bascula comme un pont mobile soutenu par deux chaînes jusqu'à entrer en contact avec le sol en soulevant un nuage de poussière. Puis le nuage se dispersa, nous permettant de constater que la porte, en s'abattant, avait jeté une passerelle sur une large ouverture horizontale. Devant nous, à l'étage au-dessous, apparaissait un gouffre d'ombre épaisse, d'une compacité de granit.

Fouillant les ténèbres de son œil valide, Farhi déduisit :

« Une autre faille naturelle. Cette montagne est sacrée depuis la nuit des temps. Le rocher désigne le ciel, mais ses racines atteignent peut-être le centre de la terre ?

— Tout est double en ce monde », rappela une fois de plus Miriam.

Un souffle d'air frais montait à présent de la crevasse. La troupe marqua un instant d'hésitation. Personnellement, je me remémorais ce fameux « puits de l'enfer », dans la pyramide. Puis, l'avidité générale nous propulsa vers le bas.

Ce nouveau local était beaucoup plus petit que la salle à manger des Templiers. À peine plus grand qu'une chambre avec un plafond en dôme orné d'étoiles, des douze signes du zodiaque et de créatures étranges qui me rappelèrent un autre plafond découvert en Égypte, à Dendérah. À son sommet, figurait un globe d'argent qui devait représenter le soleil. Au centre de la salle, s'érigeait un haut piédestal de pierre qui jadis avait dû soutenir quelque statue. Les murs recelaient des formules rédigées dans une écriture que je n'avais jamais vue auparavant. Ce n'était ni de l'hébreu, ni de l'arabe, ni du grec. Encore moins du latin. Et cela ne ressemblait pas non plus à tout ce que j'avais vu en Égypte. De nombreux caractères étaient géométriques, carrés, triangles et cercles, mais certains autres affectaient des formes complexes, vermiculaires. Plusieurs armoires de bois et de cuivre s'alignaient contre les murs, corrodées par des siècles d'attente. Et ces armoires renfermaient…

Ne renfermaient rien ! Encore un souvenir de la Grande Pyramide où j'avais trouvé ce pupitre vide. Déception sur déception. D'abord le livre, et puis Astiza, et, maintenant, cette mauvaise blague…

« Bordel de merde ! »

Gros Ned et Petit Tom bourraient les armoires de coups de pied. Ned alla jusqu'à renverser l'une d'elles dont les vieilles planches émirent une pluie d'échardes.

« Y a rien là-dedans ! Tout a été volé ! »

Volé, repris ou transporté ailleurs. S'il y avait eu des trésors ici, ils n'y étaient plus depuis longtemps. Ramenés par les Templiers en Europe ou cachés ailleurs lors de cette condamnation inique au bûcher. Peut-être tout avait-il déjà disparu quand Nabuchodonosor avait réduit les juifs en esclavage.

« Silence, pauvres fous, implorait Farhi. Faut-il que vous cassiez tout pour attirer les gardiens musulmans ? Ce mont du Temple est un dédale de cavernes et de galeries. »

Puis, à Tentwhistle :

« Les marins britanniques ont-ils si peu de cerveau, lieutenant ? »

L'interpellé en rougit de colère contenue.

« Que disent les murs ? »

Mais je n'obtins aucune réponse. Même Farhi ne connaissait pas ces curieux caractères. Puis Miriam désigna une corniche murale haut perchée, à la jointure des parois et du dôme. Il y avait là des sortes d'appliques sculptées dans la pierre, comme en attente de chandelles ou de lampes à huile.

« Comptez-les, Farhi, voulez-vous ?

— Soixante-douze, dit enfin le banquier mutilé. Comme les soixante-douze noms de Dieu. »

Jéricho y alla voir de plus près. Il revint médusé.

« On dirait que de l'huile coule dans les lampes. Comment serait-ce possible, après tout ce temps ?

— Un mécanisme déclenché par l'ouverture de la porte ? suggéra Miriam.

— Il faut allumer ces lampes. »

J'en avais tout à coup la ferme conviction.

« Il faut les allumer pour essayer de comprendre. »

La magie des Templiers prête à illuminer le mystère que nous venions de découvrir… Jéricho enflamma un éclat de bois à la mèche de sa lanterne et l'approcha d'une des appliques. Elle s'alluma, et, par l'intermédiaire d'un canal rempli d'huile, la flamme se transmit, lentement, à toutes les autres.

La chambre souterraine palpitait à présent d'une lueur dansante qui engendrait alentour un lent jeu d'ombres et de lumière. Et ce n'était pas tout. Des arches de pierre soutenaient ce dôme. Elles se rejoignaient à son sommet, équipée chacune d'un canal porteur d'huile ou de quelque autre dispositif animé par la chaleur ou la lumière venue des lampes. Avec pour résultat global un éclat pourpre très proche de celui que j'avais vu naître de tubes à vide, lors d'expériences productrices d'électricité.

« Le repaire de Lucifer », commenta Petit Tom.

À la partie supérieure du dôme, cette représentation du soleil que j'avais estimée uniquement décorative resplendissait à son tour de la même lueur rougeoyante qui me rappelait, aussi, ma propre expérience de Noël. Et le rayon qu'elle émettait frappait directement le piédestal où peut-être avaient reposé, au bon vieux temps, un livre ou un rouleau de papyrus en cours d'étude.

Jéricho et Miriam se signèrent. Je vis qu'il y avait un trou, au milieu du piédestal, dans lequel avait pu s'encastrer le pupitre supportant livre ou rouleau. En leur absence, la lumière pouvait pénétrer par ce trou…

Puis il y eut une sorte de gémissement, tel celui d'une roue commençant à tourner. Les marins étaient sur le qui-vive et je levai la tête pour guetter, au plafond, le moindre signe précurseur d'un écroulement possible.

La voix de l'enseigne Potts nous parvint, de l'escalier menant à la salle supérieure :

« C'est la Vierge noire ! Elle est en train de pivoter ! »

# 9

On se bouscula pour le rejoindre comme s'il venait de nous annoncer quelque nouveau miracle. Le bras qui avait refusé de bouger, précédemment, pointait dans une autre direction, et la volte-face de la madone noire dévoilait progressivement une entrée semblable à celle que la madone blanche nous avait révélée. Quand la statue s'immobilisa, sa main désignait la nouvelle issue.

« Cette fois, suffoquait Gros Ned, c'est sûrement le trésor ! »

Pistolet au poing, Potts se précipitait, bon premier, dans le nouvel escalier fraîchement apparu.

Je lui criai d'attendre. Si la lumière avait déclenché un autre mécanisme, c'était uniquement parce que le piédestal était vide, laissant le rayon passer librement par ce trou que j'avais remarqué. S'agissait-il d'une nouvelle clef menant au trésor ou bien d'une alarme prompte à se déclencher, en l'absence de tout obstacle ?

Mais les quatre marins se ruaient à l'assaut, et je les suivis avec Jéricho, Miriam et Farhi fermant la marche. Les murs grossièrement taillés dans la terre rocheuse ressemblaient à ceux de l'étang de Siloam.

Plus anciens, beaucoup plus que les Templiers. Remontaient-ils à Salomon, ou même à Abraham ? Les marches arrondies montaient en spirale et conduisaient à une dalle de pierre munie d'un gros anneau métallique.

« Tire là-dessus, Ned ! commanda le lieutenant Tire aussi fort que le diable en personne. Le soleil va bientôt se lever. »

Le marin se hâta d'exécuter l'ordre de son supérieur, et je remarquai, lorsque la dalle glissa vers nous, que son autre face était de roche brute. Vue sous cette autre face, elle devait se confondre avec la paroi d'une caverne. Quelqu'un de l'extérieur avait-il jamais connu l'existence de ce passage ?

« Où est-ce qu'on peut se trouver, maintenant ? » s'enquit Potts.

Il y avait une autre caverne, droit devant nous, que touchait la lumière du jour.

« Je pense que nous sommes juste au-dessous du rocher sacré. Là-haut, c'est à peu près Kubbet es-Sakhrah, la pierre sacrée, racine du monde, et le dôme du Rocher.

— Exactement au-dessous du temple de Salomon, confirma Farhi, mort de fatigue. Où les trésors ont pu être gardés, et peut-être l'arche elle-même…

— Où n'importe quel gardien de la mosquée risque d'entendre gambader les intrus ! avertit Jéricho. On a intérêt à… »

Mais, de nouveau, les marins chargeaient, la tête la première et les coudes au corps.

« Sus aux trésors, les gars ! »

Ned et ses compagnons atteignirent le couloir. Puis il y eut un cri, en arabe, et la tête du pauvre Potts explosa littéralement.

À un moment donné, l'enseigne nous entraînait à sa suite et, la seconde suivante, les débris de sa cervelle nous éclaboussaient tous. Il tomba comme une marionnette aux fils brisés. La fumée de la salve tirée emplissait l'étroit passage de sa puanteur familière.

Je hurlai :

« À terre ! »

Et la salve suivante passa très haut au-dessus de nous.

« *Allahou Akbar !* »

« Dieu est grand. » Les musulmans avaient perçu nos activités sacrilèges et fait appel aux janissaires. En violant leur terre sacrée, on avait lâché un essaim de frelons. À travers la fumée, je pouvais voir un petit groupe de tireurs occupés à recharger.

Je pris le parti de riposter. Un hurlement m'informa que j'avais fait mouche. Puis le pistolet de Tentwhistle en descendit un autre et ce fut au tour des policiers musulmans de se mettre à couvert.

« En arrière, bon sang ! Vite, très vite, par où on est entrés ! »

Mais on commençait tout juste à replacer la dalle quand ils nous rattrapèrent, une douzaine de mains musulmanes en agrippant le bord de l'extérieur. Ned trancha quelques doigts, à l'aide de son sabre, mais Tom prit une balle dans le bras et se rejeta en arrière. La dalle recula de nouveau, mais, rugissant comme un ours, Gros Ned redoubla d'ardeur et les mains disparurent. Enfin, on put repousser la dalle et la bloquer à l'aide de la bienheureuse barre de fer. Alors qu'on regagnait le domaine des Templiers, on perçut les coups violents assénés dans la dalle, de l'extérieur. Si jamais ils nous attrapaient, nous serions tous exécutés pour sacrilège.

Notre seule chance était de rebrousser le chemin par lequel nous étions venus. Dans le passage étroit de retour à la source, un seul homme, avait déclaré Farhi, pourrait stopper une armée. On fonça, sous la frise de crânes sculptés, jusqu'au trou qu'on avait pratiqué une heure auparavant. Mais la brèche s'était singulièrement rétrécie. Les pierres s'étaient réassemblées et l'issue trop étroite nous barrait la route. De quelle nouvelle sorte de magie étions-nous victimes ?

« Au revoir, monsieur Gage », me cria une voix familière, de l'autre côté de la brèche réduite.

La voix du soi-disant inspecteur des douanes qui avait tenté de me voler ce que je détenais, en France, et que j'avais mis en fuite à Jérusalem alors que ses acolytes agressaient Miriam. Il me saluait à travers l'espace désormais restreint du seul bloc de pierre restant à replacer. Aucune magie là-dedans, juste la perfidie de Silano. La dernière pierre s'encastra à sa place, achevant de nous couper la retraite. Ainsi que je l'avais soupçonné, le Français nous avait suivis, avait brisé le cadenas de Jéricho, perçu le son de nos voix alors que nous cherchions le trésor. Puis ils avaient entrepris de nous bloquer en utilisant le mortier que nous avions laissé sur place. Victimes de notre propre prévoyance. Un comble !

« Le ciment peut pas encore avoir pris ! » protestait Gros Ned.

Mais ou bien la chaux se solidifiait très vite ou ils avaient consolidé le barrage avec des quartiers de roche et des madriers. À sa première tentative, le colosse s'aplatit contre une cloison inébranlable. Il récidiva, à grands coups d'épaule, tandis que Petit Tom chancelait en soutenant d'une main sa manche tachée de sang.

« Pas de temps pour ça ! jappa Tentwhistle. Les musulmans vont nous tomber dessus par l'escalier de la madone noire.

— Celui de la madone blanche ! s'écria Farhi. C'est notre seule chance ! »

On revint sur nos pas, en toute hâte, alors qu'un grand fracas et l'écho de voix arabes nous parvenaient du haut de l'escalier de la madone noire. Ils avaient écarté l'obstacle. Tentwhistle et moi, nous tirâmes en l'air, à l'aveuglette, pour que nos balles ricochent, en quête de cibles invisibles, et retardent un peu, si possible, nos poursuivants.

À quelques mètres de là, Farhi remontait déjà l'escalier de la Vierge blanche, et Jéricho poussait sa sœur dans le sillage du banquier défiguré. Au moment de les suivre, toutefois, Gros Ned décida :

« Je m'occupe de cette racaille ! »

Véritable Goliath, il empoigna la statue et, tous muscles bandés, la brisa au niveau des chevilles, l'arrachant à son socle. Les poursuivants, sur nos talons, commençaient à s'infiltrer dans la place, hurlant en nous apercevant de l'autre bout du local.

De profil, Ned se glissa dans l'étroite ouverture, tirant la statue par le cou afin de la coincer en travers du passage. Peut-être cela nous procurerait-il un bref répit ?

On se rua dans l'escalier. Derrière nous, les musulmans entreprirent de dégager la madone blanche. On les entendait hurler de frustration et de rage. Ils tiraient au hasard, mais leurs balles ricochaient, inoffensives, sur les premières marches de l'escalier. Aucune illusion à se faire malheureusement : notre proche sortie avait dû être déjà signalée aux troupes extérieures. Une grille nous barra le passage, mais Tentwhistle en fracassa la serrure à coups de crosse. Elle ne tarda pas à céder, et j'en profitai pour recharger mon rifle.

On émergea dans la mosquée al-Aqsa, au sommet du mont. Je remarquai combien les croisés l'avaient modifiée. Arches et fenêtres haut perchées faisaient de l'édifice un étrange compromis entre un palais arabe et une église européenne. Ainsi que Farhi l'avait deviné, l'escalier de la Vierge blanche avait été conçu pour relier officieusement l'ancien quartier général des Templiers aux locaux et aux tunnels creusés sous terre.

On courut à la porte de la mosquée. La vaste esplanade du Temple grouillait de musulmans pauvrement armés, comme autant d'abeilles autour d'une ruche profanée. Je pouvais distinguer, au-delà, le dôme du Rocher dont les portes s'ouvraient et se refermaient sur des groupes d'hommes consternés et surexcités à la fois. La foule chantait, hurlait des menaces et des insultes en brandissant des gourdins. Par bonheur, il y avait peu de janissaires, donc peu de fusils. Quelqu'un parmi un groupe nous aperçut et, comme un seul homme, la foule se lança à l'attaque.

« Dans quel merdier tu nous as fourrés », commenta Ned.

Je pris largement le temps de viser.

*

* *

La mosquée al-Aqsa était illuminée, la nuit, par d'énormes lampes de cuivre qui pouvaient monter et descendre au bout de cordes de coton blanc. Une de ces lampes, qui devait peser près d'une tonne, avec ses douze flammes réparties autour d'une grille porteuse de trois mètres de long, pendait au-dessus du portail principal. Dès le début de la ruée, je plaçai soigneusement le câble de suspension au croisement des cheveux de Miriam collés sur mon viseur télescopique. Je pressai la détente.

Ma balle endommagea fortement la corde et la lanterne tomba comme un couperet de guillotine, pour s'écraser à grand fracas sur une partie de la foule en dispersant tout le reste. Nos assaillants reculèrent en masse, les yeux fous. Juste les précieuses minutes nécessaires pour nous replier au fond de la mosquée.

« Ils tiennent les reliques sacrées du Muhammad », criaient les voix.

Je me demandai, soudain, si l'incursion nocturne du Prophète à Jérusalem et son ascension au ciel étaient de simples mythes, ou s'il y était venu, lui aussi, en quête de la sagesse ? Et l'y avait-il trouvée ? Avait-il entendu parler du Livre de Thot ? Qu'avait appris Jésus, en Égypte ? Ou Bouddha au cours de ses voyages ? Toutes ces croyances, toutes ces histoires brodées interminablement sur les textes antiques, toutes ces sagesses, toutes ces inepties renfermaient-elles une part de vérité ? Hérésie, sans doute. Même ici, au centre religieux du monde, je ne pouvais bannir de mon esprit ces questions obsédantes.

On courut, sur les tapis rouges élimés chargés de protéger les carrelages, jusqu'aux antichambres qui donnaient accès au grand hall. Torturés, tout du long, par la hantise de nous heurter à un cul-de-sac qui nous condamnerait à mort. À l'endroit où mosquée et mur du Temple jouxtaient la périphérie, se présenta, de nouveau, une porte bouclée, mais Gros Ned l'aborda de tout son poids et passa carrément au travers, dans une grêle de débris de bois. On s'orienta vivement. À l'extrémité du mur d'enceinte, alors que nos poursuivants se déversaient par la sortie que nous venions de franchir. On ouvrit le feu et nos sabreurs entrèrent en action. Il y eut, chez nos adversaires, un commencement de déroute. Ned revint, les vêtements ensanglantés, mais souriant jusqu'aux oreilles :

« Ils vont réfléchir un peu plus, maintenant ! »

Jéricho, bouleversé, rejeta sa lame rougie.

« C'est affreux, ce qu'ils nous font faire !

— Si j'ai bien compris, forgeron, c'est toi qui as amené ta frangine ! »

Mieux armée, la foule nous aurait rejoints et exterminés jusqu'au dernier. Mais rares étaient les balles qui sifflaient encore, alentour, cette petite chanson maléfique assez terrible pour paralyser le plus brave, s'il prend le temps d'y penser. On dégringola l'escalier de l'enceinte pour trouver le portail au Fumier barré et gardé par une escouade de janissaires, cimeterre au poing. Au-dessus de nous, les remparts regorgeaient de musulmans hurleurs et déchaînés qui n'avaient pas encore renoncé à nous prendre.

« Dans le quartier juif, expira Farhi. Notre dernière chance ! »

L'alarme descendait à présent des minarets, et les cloches des églises sonnaient à tout rompre. On avait réveillé la ville entière. Des gens sortaient dans les rues en criant n'importe quoi, les chiens aboyaient, les moutons bêlaient. Une chèvre passa près de nous, folle de terreur. Farhi, presque mort sur pied, ne nous en conduisit pas moins jusqu'à la synagogue Ramban et à la porte de Jaffa, la horde toujours à nos trousses avec ses torches et ses clameurs. Même si nous avions pu recharger une fois encore, un seul tir de plus n'aurait pas arrêté cette foule bien décidée à châtier notre audace d'avoir violé le dôme du Rocher par les voies souterraines. Si personne ne volait à notre secours, nous étions perdus d'avance.

À l'adresse des juifs anxieux qui se déversaient dans les rues, Farhi vociféra :

« Ils veulent brûler les synagogues Ramban et Yohanan ben Zakkai. Alertez des alliés chrétiens. Les musulmans sont sur le pied de guerre !

— Les synagogues ! Sauvegardons nos temples sacrés ! »

Une foule de juifs se rua à contresens pour enrayer l'invasion de cette racaille vomie par leur quartier satanique. De nombreux chrétiens les rejoignirent afin que soit épargnée leur église du Saint-Sépulcre. La foule heurta la foule. En quelques minutes, ce fut le chaos.

Farhi avait disparu.

J'attrapai le bras de Jéricho.

« On se sépare ! Toi et Miriam, vous vivez ici. Rentrez chez vous ! »

Il secoua la tête.

« J'ai entendu des musulmans crier mon nom. Ils m'ont reconnu. On ne peut plus rester à Jérusalem. »

Son regard m'assassinait.

« Ils vont piller et brûler ma maison ! »

J'étais atterré.

« Alors, emportez ce que vous pouvez et gagnez la côte. Smith est en train d'organiser la défense d'Acre. Allez chercher protection auprès de lui.

— Venez avec nous, supplia Miriam.

— Non. Vous deux, vous êtes nés ici. Vous avez une chance de passer inaperçus. Pas moi ni les Anglais. On est aussi voyants que des bonshommes de neige en juillet ! »

Je pressai mes séraphins dans les mains de Miriam.

« Gardez-les-moi de côté jusqu'à notre prochaine rencontre. Nous autres Européens, on va se planquer et attendre la nuit prochaine. En leur fournissant une fausse piste pour vous donner le temps de filer. On se retrouvera dans l'enceinte d'Acre.

— J'ai sacrifié ma maison et ma réputation pour un repaire vide ! dit amèrement Jéricho.

— Il y avait quelque chose dedans, et tu l'as compris. La seule question, c'est : où est-ce à présent ? Quand on le trouvera, on sera riches. »

Un peu d'espoir se mêla à sa détresse.

« Tu le crois vraiment ?

— Partez tous les deux avant qu'il soit trop tard pour Miriam. »

Tentwhistle me tirait par la manche.

« Allons-y, nous aussi, avant qu'il soit trop tard pour nous tous ! »

L'heure de la séparation avait sonné. Je regardai s'éloigner le frère et la sœur.

« On trouvera, je vous le promets ! »

Les Anglais et moi, on cingla vers la porte de Sion. En me retournant une dernière fois, je vis que Miriam et Jéricho n'étaient plus nulle part, engloutis par la foule comme deux épaves sur une mer démontée. On continua tant bien que mal, dans la direction opposée. Petit Tom, avec son bras blessé, ne pouvait pas courir, mais faisait bonne figure pour ne pas nous retarder. On passa dans le quartier arménien, d'où on poussa jusqu'à la porte. Aucun soldat en vue. Appelés ailleurs pour juguler l'émeute ? Notre premier coup de chance au sein du chaos. On déboucla la porte, on écarta le battant, on sortit en terrain découvert. Le ciel rosissait à peine. Une aube orangée atteignait tout juste les murs de la cité. La campagne, devant nous, baignait encore dans l'obscurité.

À notre droite, s'élevaient le mont Sion et le tombeau de David. À gauche, c'était la vallée de Hinnom, avec l'étang de Siloam quelque part en dessous.

« On va contourner l'enceinte vers le nord et prendre la route de Naplouse. En marchant la nuit, on atteindra Jaffa le quatrième jour et on pourra joindre Sidney Smith. »

Tentwhistle n'approuvait pas entièrement mon programme.

« Et le trésor ? On lâche tout, purement et simplement ?

— Vous avez vu qu'il n'était pas là. On va déterminer où poursuivre les recherches. J'espère qu'ils n'ont pas capturé Farhi. Il nous dira dans quelle direction continuer.

— À moins qu'il n'ait décidé de nous trahir ? Pourquoi s'est-il éclipsé comme ça ? »

Je m'étais posé la même question.

« Commençons par sauver notre peau », conseilla Gros Ned.

Là-dessus, retentit un coup de feu, puis un autre, les balles frappant le sol à nos pieds. Tentwhistle s'assit en grognant. Puis j'entendis crier, en français :

« Ils sont là ! Dépliez-vous ! On va les intercepter ! »

Le groupe qui avait rebouché notre voie de repli et précédemment attaqué Miriam ! Ils avaient fui l'agitation générale et guetté notre sortie.

Je mis un genou en terre auprès du lieutenant, trouvai l'un de ces salopards dans mon viseur et tirai. L'homme s'écroula. Sacré bon rifle ! Je le rechargeai en vitesse.

Ned avait ramassé le revolver de Tentwhistle. Il tira également, mais nos assaillants étaient hors de portée d'une arme de poing.

« Inutile de guider leur tir avec la lueur des nôtres. Repasse la porte avec Tom et le lieutenant. Je vais les retenir un moment, et puis on se perdra dans le quartier arménien. »

Une autre balle nous siffla aux oreilles. Tentwhistle toussait du sang, le regard vitreux. Il n'en avait plus pour longtemps.

« D'accord, cap'taine, empêche-les un peu de nous courir au cul ! »

Il se mit en branle, mi-traînant, mi-portant son gradé. Tom se lamenta, en clopinant à leur suite :

« Potts mort, et deux blessés. T'as vraiment le chic pour chercher la difficulté ! »

Le jour se levait. Les Français se remirent à nous canarder au jugé. Je ripostai avant de jeter un coup d'œil par-dessus mon épaule. Les marins avaient repassé la porte. Pas le temps de recharger. À peine celui de battre en retraite ! Plié en deux, je fonçai dans leur sillage. Des silhouettes noires montaient vers nous, comme des loups assoiffés de sang. Puis j'entendis une sorte de grincement. La porte se refermait ! Je fonçai de plus belle, mais l'entendis claquer, un instant trop tôt. J'étais bouclé à l'extérieur des murs.

« Ned ! Ouvre-moi ! »

Il y eut un commandement rauque, en français, et je plongeai à plat ventre juste avant qu'une volée de balles ne vînt ricocher sur le battant métallique. Je me sentais dans la peau d'un condamné face au peloton d'exécution. Puis j'entendis la lourde barre de fermeture reprendre sa place.

« Vite, Ned ! Ils rappliquent !

— C'est ici que nos routes se séparent, cap'taine ! riposta-t-il à travers le battant.

— Se séparent ? Pour l'amour du ciel…

— Je pense pas que ces bouffeurs de grenouilles épargneront de pauvres marins anglais ! C'est toi qui sais où chercher les trésors, non ?

— Vous n'allez pas me lâcher ici…

— Tu pourras peut-être les guider comme tu nous as guidés !

— Bon Dieu ! Ned, restons groupés, comme l'a dit le lieutenant…

— Il est cuit, et nous aussi. Ça paie pas de tricher aux cartes, cap'taine. On y perd tous ses amis.

— Mais je n'ai pas triché. J'ai mieux joué, c'est tout.

— Du pareil au même !

— Ned, ouvre cette porte ! »

Plus de réponse. Allongé sur le sol et martelant du poing le battant sourd et muet, je criai encore :

« Ned ! Laisse-moi entrer ! »

Je me retournai. Les Français avaient profité de l'intermède pour crapahuter jusqu'à moi. Plusieurs mousquets me visaient. Le plus grand de tous ne cachait pas sa satisfaction.

« On s'est dit au revoir sous le mont du Temple, et voilà qu'on se retrouve ! »

Ôtant son tricorne, il s'inclina bien bas.

« Vous vous déplacez vite, monsieur Gage, mais moi aussi, pas vrai ? Vous vous souvenez de moi, sur la scène de Toulon ? Pierre Najac, à votre service !

— Je me souviens parfaitement de vous. Un voleur déguisé en inspecteur des douanes. Najac serait donc votre véritable nom ?

— Assez vrai pour les besoins de la cause. Qu'est-il arrivé à vos amis, monsieur ? »

Je me relevai lentement.

« Déçus par une partie de cartes. »

## 10

Je compris que j'étais en enfer lorsque Najac tint à me montrer la blessure que lui avait infligée ma balle, l'année précédente, rouge et mal cicatrisée sur un torse qui n'avait pas dû voir le savon ou une serviette de toilette depuis des semaines. Le petit cratère se trouvait à quelques centimètres au-dessous de son sein gauche et dirigé vers son flanc, preuve que mon précédent long rifle était moins précis que je ne le supposais. Maintenant, de surcroît, je savais qu'il puait comme un bouc.

« Une côte cassée, précisa-t-il. Imaginez ma joie quand j'ai su, après ma convalescence, que vous étiez toujours en vie, et que ma nouvelle mission consistait à vous retrouver. Vous avez été assez stupide pour faire rechercher des renseignements en Égypte. Ici, nous sommes tombés sur un vieux fou qui prétendait avoir rencontré un Franc en possession des anges en or de Satan ! Nous avons su le faire parler. Plus longue est l'attente, meilleure est la vengeance, vous ne croyez pas ?

— Je vous le dirai quand je vous aurai tué. »

Il éclata de rire et me lança un coup de pied à la tête, si violent que je vis trente-six chandelles. Chevilles et poings liés, je m'écroulai près du feu, et c'est le commencement d'incendie d'une partie de mes vêtements qui me rendit la force de m'éloigner des flammes. Tous s'en amusèrent franchement, mais j'ai toujours aimé occuper le centre de la scène…

Ma brûlure m'occasionnait une fièvre de cheval. C'était au lendemain du départ de Jérusalem. Seules la souffrance et la peur me gardaient conscient de ce qui se passait. J'étais épuisé, j'avais mal et ma solitude était effroyable. La bande de tortionnaires sous les ordres de Najac se composait d'une dizaine de membres, une moitié de Français, l'autre de Bédouins dépenaillés, la lie d'Arabie, tous plus affreux que des crapauds.

Manquait le Français que j'avais poignardé en défendant Miriam. J'espérais ne pas l'avoir raté, ce serait un signe que j'avais progressé dans l'art d'éliminer mes adversaires. Mais lui aussi était peut-être en convalescence et reviendrait, une fois guéri, pour me régler mon compte.

La découverte que je n'avais rien de précieux sur moi n'avait pas amélioré l'humeur revancharde de Najac. J'avais confié mes séraphins à Miriam et constaté, à cette occasion, que quelqu'un, probablement Ned ou Tom, m'avait soulagé de mon escarcelle. Et mes affirmations réitérées que je n'avais trouvé sous la terre rien de plus qu'en Égypte ne convainquaient personne.

Qu'est-ce que j'y foutais, sous la terre, s'il n'y avait rien à y récolter ?

Ma réponse : voir la racine du monde par en dessous.

Alors, ils recommençaient à me frapper, mais hésitaient toujours à m'achever. Les musulmans s'étaient répandus dans le sous-sol du mont, intrigués, sans doute, par les motifs de notre propre intrusion. La clique franco-arabe ne pouvait repartir pour l'instant, et j'étais le seul indice dont ils disposaient.

« Je te rôtirais sans plus attendre, grinçait Najac, si Bonaparte et mon maître ne te voulaient vivant. »

Il permettait aux Arabes de se distraire un peu en se servant de leurs dagues pour me projeter des tisons sur les bras et les jambes, puis en se réjouissant de me voir me rouler par terre pour les éviter. Je crierais plus tard, quand j'en aurais le temps et la force…

Je me réfugiais dans une semi-inconscience noire jusqu'à la ration journalière d'eau et de pois chiches. Et puis on s'achemina vers la plaine côtière, où montaient des colonnes de fumée.

L'armée française n'était plus très loin.

*
* *

En dépit de ma captivité, j'eus la curieuse impression de rentrer chez moi lorsque nous atteignîmes le camp de Napoléon. J'avais marché avec Bonaparte et rejoint la division de Desaix à Dendérah. Maintenant, je retrouvais, cantonnés dans des tentes blanches sous les murs de Jaffa, les uniformes européens. Je retrouvais aussi l'odeur de la nourriture française et le son de la langue française. Alors que nous remontions les rangs des soldats, certains me reconnaissaient, au passage, et n'en revenaient pas. Ils m'avaient rencontré en tant que savant parmi d'autres hommes de science. Je réapparaissais en tant que prisonnier et vulgaire déserteur capturé par Najac et sa bande.

Bien que découverte à présent sous l'angle des assiégeants, Jaffa m'était familière. Ses remparts étaient écornés par les boulets de canon, et tous les tapis autrefois mis à sécher avaient disparu. La plupart des orangers qui abritaient l'armée napoléonienne portaient également les traces des tirs qui les avaient plus ou moins décapités. On accumulait des sacs de terre et de sable, en prévision du siège, et les chevaux de la cavalerie française hennissaient nerveusement, se bousculaient entre eux quand reprenait la canonnade. Leurs queues battaient la mesure et leur crottin exhalait la douce odeur habituelle.

Najac disparut dans la vaste tente de Napoléon, me laissant debout, sans chapeau, sous le soleil de la Méditerranée. Crevé, assoiffé, mais fataliste. Je me souvenais du jour où j'étais tombé d'une falaise dans le Saint-Laurent, cascadant cul par-dessus tête jusqu'à m'y immerger, et ressentais la même appréhension que j'avais éprouvée avant d'aplatir un buisson et de rebondir dans l'eau du fleuve au lieu de me fracasser sur la roche.

Brusquement, j'aperçus mon buisson sauveur et l'appelai :

« Gaspard ! »

C'était bien Monge, le célèbre mathématicien français, l'homme qui m'avait aidé à éclaircir partiellement les mystères de la Grande Pyramide. Confident de Napoléon depuis les triomphes du général en Italie, il m'avait guidé dans ma quête, tel un neveu légèrement débile, et voilà que je le retrouvais en Palestine.

« Gage ? »

Encore plus surpris que moi, Monge plissait les paupières dans son costume civil usagé, avec des pièces rapportées aux genoux, une veste en lambeaux et une barbe de plusieurs jours. Il n'avait pas encore cinquante-trois ans, mais, sous l'empire de la fatigue, il paraissait beaucoup plus âgé.

« Qu'est-ce que vous faites ici, mon vieux ? Je vous avais pourtant dit de rentrer en Amérique.

— J'ai essayé. Savez-vous ce qu'est devenue Astiza ?

— La femme ? Mais elle est partie avec vous.

— C'est vrai, mais nous avons été séparés.

— Conté m'a dit que vous aviez pris un ballon. Il était furieux. Tout le monde vous enviait, et je vous retrouve dans cet asile de fous ! Seigneur Dieu ! je savais que vous n'étiez pas un vrai savant, mais au point de revenir…

— Un point sur lequel nous sommes parfaitement d'accord, docteur Monge ! »

Non seulement il ne savait rien au sujet d'Astiza, mais il n'était pas au courant, non plus, de notre entrée dans la pyramide, et je décidai de ne rien lui dire. Si les Français apprenaient qu'il y avait des choses de valeur là-bas, ils seraient capables de faire sauter l'édifice. Autant laisser le pharaon reposer en paix.

« Astiza est tombée dans le Nil et le ballon m'a finalement laissé choir en Méditerranée. Est-ce que Nicolas est là, lui aussi ? »

L'idée de retrouver Conté, l'astronaute de l'expédition, que j'avais privé de son ballon d'observation, m'effrayait un peu.

« Heureusement pour vous, il est reparti vers le sud, où il organise le transport de notre artillerie. Il avait l'idée géniale de faire construire des chariots à roues multiples pour trimbaler nos canons à travers le désert, mais Bonaparte n'avait pas le temps d'attendre des inventions nouvelles ! On va courir le risque d'amener les canons par mer… »

Il s'interrompit, conscient de divulguer un secret stratégique.

« Mais qu'est-ce que vous faites ici avec les mains liées ? Sale, brûlé, sans amis ! Doux Jésus, que vous est-il arrivé ?

— C'est un espion anglais, lui répondit Najac en ressortant de la tente. Et vous risquez d'être suspect, vous aussi, monsieur le scientifique, rien que pour lui avoir parlé !

— Espion anglais ? C'est ridicule. Gage est un dilettante, un opportuniste, un touche-à-tout. Aucune personne sensée ne le prendrait pour un espion.

— Vraiment ? À part notre général ! »

Là-dessus, Bonaparte apparut en personne, le rabat de la tente flottant à sa suite comme sous l'effet d'un courant électrique. Lui aussi était nettement plus brun de peau que lorsque je l'avais quitté à Toulon, près d'un an auparavant. Et, bien qu'il n'ait pas encore atteint la trentaine, victoires et responsabilités lui avaient durci le visage. Les déceptions aussi, peut-être ? Joséphine s'était révélée adultère, son projet de modeler une Égypte républicaine lui avait valu la condamnation de toutes les communautés religieuses et il avait dû réprimer, au Caire, une révolte sanglante. Son idéalisme était à l'épreuve, son romantisme de même. À présent, ses yeux gris étaient glacés, sa chevelure hérissée, son pas impatient, son profil plus semblable que jamais à celui d'un vautour. Il s'arrêta juste devant moi, le regard sévère. Avec son mètre soixante-cinq, il était nettement plus petit que moi, mais gonflé de sa propre puissance. Je ne pus m'empêcher de tressaillir.

« Alors, c'est vous ? Je vous croyais mort.

— Il a rejoint les Anglais, mon général », intervint Najac.

Ce type s'exprimait comme un mauvais élève qui cafarde à l'école. Je commençais à regretter de ne pas l'avoir touché à la langue.

Bonaparte se pencha vers moi.

« C'est vrai, ça, Gage ? Vous m'auriez trahi au profit de l'ennemi ? Avez-vous également trahi l'idéal républicain, l'exercice de la raison, la réforme, et vous seriez-vous placé du côté de la royauté, des réflexes réactionnaires et des Turcs ?

— Ce sont les circonstances qui nous ont séparés, général. J'essaie simplement de retrouver la femme que j'ai rencontrée en Égypte. Vous vous souvenez d'Astiza ?

— Celle qui tire sur tout ce qui bouge. Je sais, par expérience, que l'amour apporte plus de mal que de bien, Gage. Et vous la cherchiez à Jérusalem où Najac vous a repêché ?

— En tant que savant, je menais une enquête de nature purement scientifique… »

Il explosa :

« Non ! Si j'ai appris quelque chose, c'est que vous n'êtes pas un savant. Ne me faites pas perdre mon temps avec des bêtises. Vous êtes un menteur prompt à retourner sa veste, doublé d'un hypocrite prêt à combattre en compagnie de marins anglais. Vous seriez un espion, comme le prétend Najac, si vous n'étiez pas aussi bête, comme l'a fait remarquer Monge…

— Najac a tenté, en France, de me voler mon médaillon de référence. Un médaillon alors que j'étais déjà engagé vis-à-vis de vous ! C'est lui, le traître.

— Lui, s'empressa de contre-attaquer Najac, n'est qu'un acolyte du comte Silano et un membre du rite hérétique égyptien, ennemi des vrais francs-maçons, j'en suis sûr !

— Silence ! tonna Bonaparte. Je connais votre haine du comte Silano, Gage. Mais je sais aussi qu'il a fait preuve d'une loyauté et d'une persévérance dignes d'éloges, malgré sa chute du haut de la pyramide. »

Silano était donc vivant. La situation empirait de minute en minute. Plutôt que d'un ballon, le comte avait-il prétendu être tombé d'une pyramide ? Et pourquoi personne ne parlait d'Astiza ?

« Si vous aviez la loyauté de Silano, poursuivait Bonaparte, vous ne vous seriez pas condamné vous-même. Grand Dieu, Gage, vous étiez accusé de meurtre, je vous ai ouvert toutes les portes et vous balancez d'un côté à l'autre comme un pendule !

— C'est dans son caractère, mon général », insista Najac.

Je l'aurais étranglé volontiers, si j'en avais eu l'occasion.

« Vous ne cherchiez rien d'autre qu'un trésor, n'est-ce pas ? C'était toute votre motivation. Le mercantilisme et la cupidité des Américains.

— La soif de connaissance, général.

— Et quelle connaissance avez-vous acquise ? Soyez honnête, si vous tenez à la vie.

— Aucune, général, comme vous pouvez le voir. C'est la vérité. Tout ce que je dis est vrai. Je ne suis qu'un enquêteur américain pris entre deux feux dans une guerre qui n'est pas la sienne.

— Général, cet homme est décidément plus idiot que traître, coupa le mathématicien. Son seul péché est l'incompétence, pas la trahison. Regardez-le. Il ne comprend rien à rien. »

J'essayais de sourire bêtement, pas facile pour quelqu'un de sensé, mais je savais que la déclaration de

Monge marquait un point contre Najac, et je m'efforçai d'en gagner un deuxième :

« Je peux vous dire que la politique de Jérusalem est très confuse. Savoir où ira la loyauté des chrétiens, des juifs et des Druzes, c'est la bouteille à l'encre…

— Assez ! »

Bonaparte, écœuré, nous regardait tous les trois à tour de rôle. Mais c'est à moi qu'il s'adressa :

« Gage, je ne sais si je dois vous faire fusiller ou vous laisser votre chance avec le Turc. Je devrais peut-être vous envoyer à Jaffa où vous attendriez mes troupes. Ce ne sont pas des hommes patients, mes soldats. Pas après la résistance à El-Arich et Gaza… à moins que je ne vous recommande à Djezzar en tant qu'espion à ma solde. »

Je n'aurais pas aimé avoir à choisir.

« Peut-être pourrais-je aider le docteur Monge ? »

Puis il y eut une rumeur de fusillade, de cornes embouchées et de vivats. Tous les regards se tournèrent vers la cité. Au sud, une colonne d'infanterie ottomane sortait de Jaffa, et les canons turcs se faisaient entendre. Des drapeaux flottaient au vent, des hommes dégringolaient la colline vers un nid de canons français à demi submergé.

Des clairons français leur répondirent.

« Bon sang ! marmonna Bonaparte. Najac !

— Oui, mon général ?

— Je dois faire une sortie. Vous pouvez soutirer à cet homme tout ce qu'il sait vraiment ?

— Oh oui, mon général !

— Et faites-moi votre rapport. S'il est vraiment inutile, je le ferai fusiller. »

Monge intervint de nouveau.

« Général, laissez-moi lui parler…

— Si vous devez l'entendre encore une fois, docteur Monge, ce sera pour recueillir ses dernières paroles. »

En appelant ses aides, Bonaparte s'élança vers le son des canons.

*

* *

Je ne suis pas un lâche, mais pendu par les pieds au-dessus d'une fosse remplie de sable, parmi les dunes, avec une bande de coupeurs de gorge hurlant autour de moi, je mourais d'envie de leur dire tout ce qu'ils voulaient entendre. Pour que cesse enfin l'afflux de sang dans ma tête ! Les Français avaient repoussé les Turcs, mais pas avant qu'ils aient pris les canons et laissé suffisamment de morts sur le champ de bataille pour que l'armée soit en effervescence. Quand ils avaient appris que j'étais un espion anglais, de nombreux volontaires s'étaient bousculés pour creuser la fosse et construire l'échafaud de bois de palmier auquel je pendais, à l'envers. Officiellement, le but de l'opération était de m'arracher tout ce que je n'avais pas encore dit. Officieusement, mon calvaire était une récompense accordée à la brochette de sadiques, de pervers, de déments et de voleurs chargés des plus sales besognes.

Je leur avais déjà dit la vérité une douzaine de fois. « Il n'y a rien là-bas dans ces souterrains ! » et « Je me suis trompé ! » ou « Je ne savais même pas ce que je cherchais ! ».

Mais soutirer la vérité n'est pas le but de la torture, compte tenu du fait que la victime avouera tout et le reste pour cesser de souffrir. La torture pour la torture est le seul but du tortionnaire.

Suspendu par les chevilles au-dessus de cette fosse, je pouvais remuer les bras et contempler, au fond du trou, la roche dénudée qui recevrait mon ultime chute. Puis un des Bédouins y vida le contenu d'un sac, et plusieurs serpents en tombèrent, une bonne demi-douzaine, dont les sifflements furieux montèrent jusqu'à mes oreilles.

« Façon intéressante de mourir, n'est-ce pas ? commenta Najac.

— Apophis, fut ma seule réponse, d'une voix épaissie par ma position inversée.

— Quoi ?

— Apophis ! »

Un peu plus fort. Il feignit d'avoir compris, mais les Arabes, eux, savaient. Et reculèrent devant cette évocation de l'antique dieu-serpent adoré par le criminel Ahmed ben Sadr. Oui, j'avais déjà rencontré cette racaille. Ma citation les troublait. Ils voulaient savoir ce que je savais, moi, le mystérieux électricien de Jérusalem. Najac ne l'ignorait pas, lui, et simulait une ignorance défensive.

« La morsure d'un serpent engendre une agonie interminable et affreusement douloureuse. On vous tuera beaucoup plus vite, monsieur Gage, si vous nous dites ce que vous cherchiez vraiment, et ce que vous avez trouvé.

— J'ai eu des offres plus alléchantes. Allez au diable !

— Après vous, monsieur. »

Il se retourna vers les hommes qui tenaient mes cordes.

« Faites-le descendre ! »

La corde se déroula. Je fus secoué jusqu'à ce que ma tête touchât le sol que piétinaient sandales et bottes.

Puis ils continuèrent, et j'essayai d'incurver ma colonne vertébrale afin de distinguer le fond de la fosse. Oui, les serpents étaient bien là, rampant les uns sur les autres, enchevêtrés comme seuls les reptiles savent le faire. Je pensai à la mort horrible de Talma, le journaliste, et à tout ce que Silano et consorts avaient osé pour sauver leur peau.

« Soyez tous maudits au nom de Thot ! »

Mon cri stoppa la descente de la corde. Ils discutaient violemment, en arabe. Trop vite pour que je puisse comprendre, mais je percevais des noms, des mots tels que « Silano », « Apophis », « sorcier », « électricité ». J'avais fini par acquérir une réputation. Ils avaient peur.

Najac se mit à les engueuler, très en colère. Je redescendis de vingt-cinq centimètres alors que l'algarade s'envenimait. Puis il y eut un coup de feu, et une nouvelle secousse qui m'amena tout entier à l'intérieur de la fosse. Les serpents n'étaient plus qu'à moins d'un mètre de ma tête.

Je levai les yeux. Un Bédouin qui avait discuté trop fort gisait dans le sable. Sa tête renversée en arrière pendait au bord de la fosse.

« Le prochain qui osera élever la voix partagera la tombe avec l'Américain ! »

Plus personne ne parlait, même à mi-voix. Najac enchaîna :

« Vous avez compris, maintenant ? Descendez-le encore, qu'il puisse au moins prier ! »

Oh, j'avais déjà prié, prié de toute mon âme ! La crainte des morsures de serpent n'est pas une question de courage. Ils m'avaient descendu graduellement pour faire durer le plaisir. Ils devaient se croire au théâtre. Je leur avais crié tout ce que, selon moi, ils voulaient entendre. J'avais supplié, gigoté, transpiré, la sueur me brûlait les yeux, mais sans autre résultat que le va-et-vient de ma corde à l'intérieur de la fosse. Et, maintenant, cette affreuse proximité des horreurs mouvantes et rampantes de plus en plus excitées. J'aperçus même, tout à coup, quelque chose que je n'avais pas remarqué jusque-là.

« Il y a une pelle dans le fond de la fosse !

— Pour la remplir quand ils vous auront mordu, monsieur Gage ! Ou préférez-vous m'expliquer ce que vous avez trouvé sous le mont du Temple ?

— Je vous l'ai dit cent fois, *rien de rien !* »

Et je perdis encore un peu de hauteur. À quoi bon dire la vérité ?

Les maudits serpents sifflaient de plus belle. Leur colère était injuste. Ce n'était pas moi qui les avais jetés dans ce trou.

« Attendez… quelque chose, peut-être.

— Je suis tout le contraire d'un homme patient, monsieur Gage. »

Et la corde accusa une nouvelle secousse. Bientôt, ma tête toucherait le fond.

« Attendez, attendez ! »

C'était la panique abjecte, absolue.

« Remontez-moi et je vous dirai tout ! »

J'inventerais quelque fable. Je ne suis jamais à court d'idées, et deux des serpents se dressaient, prêts à fuser vers ma tête.

Le soleil était haut dans le ciel. Il illuminait ma tombe. Je revis la pelle, avec deux ou trois serpents enroulés autour de son manche, et le fond rocheux qui avait stoppé mes tortionnaires. Mais qui ne semblait pas réellement rocheux : sa couleur était celle de l'argile et cette terre qui le recouvrait avait un aspect géométrique, cylindrique. Comme si un énorme tuyau passait juste au-dessous. Eh non, pas comme si ! C'était bel et bien une sorte de tuyau.

Un tuyau, en y réfléchissant un peu, qui s'étendait vers la mer.

« Pourquoi ne pas parler de bas en haut ? » ricanait Najac.

Je tendis mes bras pendants aussi loin qu'il m'était possible. Je ne pouvais pas attraper la pelle. Mes tortionnaires me virent m'agiter et me descendirent de deux ou trois centimètres supplémentaires. Un serpent se détendit en direction de ma paume. Je me relevai en me redressant sur les hanches, provoquant l'hilarité de tous les spectateurs. Je les entendis parier entre eux sur la possibilité que je pouvais avoir d'attraper la pelle avant d'être mordu. Puis je me sentis descendre d'un nouveau centimètre ou deux. Toutes ces fripouilles étaient en train de se payer une pinte de bon sang à mes dépens !

« Si vous me tuez, vous perdrez le plus grand trésor du monde !

— Tellement plus simple de me dire où il est !

— Je vous y conduirai si vous me sortez de là. »

Je me tordais de gauche et de droite afin de parvenir à cette saleté de pelle.

« Et c'est quoi, au juste, ce fameux trésor ? »

Un autre serpent jaillit dans ma direction, comme une flèche. Je hurlai de terreur en me projetant hors de sa trajectoire, suscitant un autre rire général. Si seulement j'avais pu amuser autant les reptiles !

« C'est… »

D'une ultime secousse, bras tendus, je saisis le manche de la pelle et frappai désespérément, au petit bonheur. Le fer cueillit deux des reptiles, les projeta contre la pente sablonneuse, déclenchant une petite avalanche. Ils retombèrent auprès de moi en sifflant et s'entrechoquant furieusement.

« Remontez-moi, pour l'amour de Dieu, sortez-moi de là !

— Qu'est-ce que c'est, monsieur Gage ? En quoi consiste ce trésor ? »

J'étais à bout de ressources. J'empoignai la pelle à deux mains, me pliai vers le haut, sans égards pour ma propre souffrance, visai soigneusement, puis me laissai retomber à bout de corde, avec tout mon poids derrière le fer grossièrement forgé de la pelle.

Qui fracassa le tuyau !

Un liquide nauséabond envahit la fosse.

Nul n'en fut plus surpris que moi.

Ceux qui tenaient la corde, stupéfiés, me lâchèrent. Mes cheveux, mon front baignaient dans cette eau fétide qui sentait la mer et la pisse.

S'agissait-il d'un tuyau d'évacuation des eaux usées de Jaffa ? Je fermai les yeux, appréhendant la morsure des crocs à venin sur mes paupières ou mes oreilles. Graduellement, s'apaisait le concert des sifflements enragés.

Je rouvris les yeux et vis que les serpents s'étaient réfugiés sur la périphérie de la fosse, pour échapper à la noyade dans cette invasion de puanteur. C'étaient des serpents du désert, pas plus heureux que moi de cette triste aventure.

Ma tête retomba. Les muscles de mon abdomen ne pouvaient plus me maintenir en place et ma tête risquait de s'engloutir dans cette nappe de purin gluant. N'avais-je échappé au venin que pour mourir noyé, la tête en bas ? Je hurlai :

« Le Graal ! C'est le Graal ! »

Najac aboya un ordre et ils me remontèrent. Les Arabes étaient dans tous leurs états, jurant à qui mieux mieux que j'étais un grand sorcier pour avoir fait jaillir l'eau du sable. Najac regardait la pelle que je tenais toujours et n'en croyait pas ses yeux. Au-dessous de nous, les serpents tentaient de ramper à la verticale et retombaient lourdement.

Je respirais de nouveau en plein air, mais toujours pendu par les chevilles et le torse oscillant comme un quartier de bœuf au crochet.

« Alors ? s'égosillait Najac.

— Le Graal. Le Saint-Graal. Achevez-moi d'une balle dans la tête. »

Il s'en serait fait un plaisir. Mais si jamais ma déclaration était importante pour Bonaparte ? Et juste à ce moment-là, une rumeur croissante d'indignation et de rage s'éleva de l'armée assiégeante.

# 11

On ne saurait justifier les atrocités commises en temps de guerre, mais on peut au moins les expliquer. Depuis la campagne d'Égypte, l'été précédent, les armées de Napoléon n'avaient rencontré que désillusions. La chaleur, la pauvreté et l'hostilité des populations avaient sapé leur foi en l'issue finale. Les Français s'étaient attendus à des cris de bienvenue dignes de l'esprit libérateur et de la lumière républicaine qu'ils apportaient en cadeaux. Au lieu de ces entrées triomphales, ils avaient été repoussés, considérés comme des athées, harcelés par ce qui restait, dans les déserts environnants, des armées mameloukes. Cantonnées dans les villages, les garnisons vivaient dans la terreur constante du poison ou du poignard jailli de l'ombre. À tout cela, Napoléon n'opposait qu'un remède : aller de l'avant.

La résistance, à Gaza, s'était révélée opiniâtre.

On avait libéré les prisonniers turcs, sur la foi de leur serment de ne plus porter les armes, mais les officiers munis de longues-vues avaient repéré les mêmes unités, sur les murs de Jaffa. C'était une infraction grave à l'une des règles fondamentales de la guerre à l'européenne. Insuffisante, toutefois, pour expliquer les massacres qui avaient suivi.

Ce qui avait déclenché cette sauvagerie, c'était l'offre napoléonienne d'une reddition honorable faite au commandant Aga Abdallah, dont la seule réponse avait été le meurtre des émissaires chargés de la lui proposer, et l'exhibition en forme de défi de leurs têtes piquées sur des fers de lance.

Réaction audacieuse, pour un fier musulman cerné, à trois contre un, par l'armée française, et qui avait réagi, illico, comme un lion acculé.

À partir de là, ce serait sans merci. Très vite, commencèrent les bombardements, la destruction progressive par les boulets de canon des murailles de la ville, dans d'énormes jaillissements de poussière et de débris volants. À chaque nouvel impact, montaient les acclamations des troupes. Jusqu'à ce que s'installe une certaine monotonie au bout de quelques heures de martèlement continu. Certains des canons tiraient de l'est et du nord. Et du sud, par-dessus le ravin boisé qui fournirait aux futures troupes d'assaut un couvert efficace, les canons tonnaient, de trois minutes en trois minutes au maximum, taillant peu à peu une brèche dans l'enceinte fortifiée. L'artillerie ottomane répliquait de son mieux, mais avec une compétence et une précision plus que réduites.

Najac prit le temps de regarder se noyer ses reptiles, puis m'enchaîna au tronc d'un oranger en observant la bataille et méditant ce que je venais de lui dire. Cette bataille était un spectacle qu'il ne voulait manquer sous aucun prétexte, mais je suppose qu'il se débrouilla tout de même pour informer Bonaparte de mes divagations au sujet du Saint-Graal. À la tombée de la nuit, Jaffa était en feu et je commençais à mourir de faim, mais finis par m'endormir au son de la canonnade.

L'aube se leva sur une large brèche dans la muraille sud de la ville. Au sein des maisons blanches, fragiles comme des gâteaux de mariage, béaient de nombreuses taches noires, et la fumée recouvrait Jaffa. Les Français réglaient leurs tirs comme des chirurgiens et la brèche s'élargissait encore. Je distinguais les boulets retombés au pied de l'enceinte comme des raisins secs dans une pâte à beignets. Deux compagnies de grenadiers, flanquées de techniciens d'assaut spécialistes des explosifs, se rassemblaient dans les ravins. D'autres effectifs se préparaient derrière eux.

Najac revint me détacher.

« Rendez-vous avec Bonaparte. Démontre-lui ton utilité ou crève ! »

Celui-ci occupait le centre d'un groupe d'officiers, le plus petit en taille, le plus grand en personnalité, celui qui parlait le plus avec ses mains. Les grenadiers emplissaient le ravin, saluant sur le chemin de la brèche. Les boulets ottomans pleuvaient dru, hachant les feuillages comme une faux gigantesque, leur tir erratique retardant à peine l'avance des soldats, sous un déluge de feuilles coupées.

« On va bien voir quelles têtes vont finir sur des piques, ce coup-ci ! » lança un sergent alors qu'ils passaient devant l'état-major, baïonnette au canon.

Bonaparte sourit tristement. Et lorsque l'assaut commença, il se dirigea vers nous, trop impatient, peut-être, pour attendre sans bouger le succès ou l'échec de l'opération en cours. La mitraille des mousquets signala la ruée à travers la brèche, mais il ne se retourna même pas.

« Qu'est-ce que j'apprends, monsieur Gage ? Vous faites des miracles ! Vous tirez de l'eau du sable et vous domptez des serpents ?

— J'ai trouvé une ancienne conduite.

— Plus le Saint-Graal, m'a-t-on dit. »

Je respirai un bon coup.

« C'est ce que je recherchais dans les pyramides, général, et ce que le comte Alessandro Silano poursuit avec l'aide de son rite égyptien de la franc-maçonnerie corrompue… pour le malheur de tous. Najac lui-même est en rapport avec des scélérats qui…

— Monsieur Gage ! J'endure vos sottises depuis des mois, sans aucun bénéfice perceptible. Je vous ai offert une association, une chance de refaire le monde sur la base de nos deux révolutions, la française et l'américaine, et tout ce que vous avez fait, en retour, c'est déserter à bord d'un ballon. Vrai ou faux ?

— La faute à Silano qui…

— Le Graal, vous l'avez trouvé ou non ?

— Non.

— Vous savez où il est ?

— Non, mais nous le cherchions lorsque Najac…

— Savez-vous même ce qu'il représente ?

— Pas exactement, mais… »

Il se retourna vers Najac.

« Cet homme ne sait rien, c'est l'évidence même. Pourquoi m'avez-vous dérangé ?

— Mais il a dit, dans la fosse…

— Qu'auriez-vous dit, sous la menace de serpents venimeux ? J'en ai assez de vous deux ! Faites-en un exemple. Il n'est pas seulement inutile, il est ennuyeux ! Faites-le défiler devant l'infanterie, et qu'il soit fusillé comme le traître qu'il est. Je suis fatigué des maçons, des sorciers, des serpents, des dieux et de toutes ces légendes imbéciles qui nous encombrent l'esprit depuis le début de cette expédition. Que diable, je suis membre de l'Institut ! La France incarne la science ! Le seul Graal qui vaille est le chant du canon ! »

Comme à point nommé, une balle perdue lui arracha son chapeau avant de toucher un de ses officiers en pleine poitrine.

Le général bondit en arrière, choqué de voir l'homme s'effondrer, blessé ou mort.

« Mon Dieu ! » s'exclama Najac en se signant.

Le comble de l'hypocrisie, dans la mesure où sa piété avait la valeur approximative d'un dollar continental.

« C'est un signe ! Vous ne devriez pas parler comme ça, mon général ! »

Bonaparte avait blêmi, mais reprenait très vite son assurance. Il jeta un regard au rempart enfoncé où assiégés et assiégeants tombaient comme des mouches, baissa les yeux vers le cadavre et ramassa son chapeau.

« C'est Lambeau qui a reçu la balle, pas moi !

— Mais le pouvoir du Graal…

— C'est la deuxième fois que ma taille me sauve la vie. Si j'avais eu celle du général Kléber, j'aurais été tué deux fois plutôt qu'une. Le voilà, votre miracle, Najac. »

Le trou dans le chapeau du général fascinait mon tortionnaire. J'essayai à tout hasard :

« C'est peut-être le signe qu'on doit continuer à collaborer tous ensemble.

— Bâillonnez-moi cet Américain, ordonna Bonaparte. Un mot de plus, et je crois que je vais le tuer moi-même. »

Il exécuta un demi-tour à droite et s'éloigna, me laissant dans une situation inchangée.

« Ils ont réussi leur percée ! Lannes, faites-moi transporter une grosse pièce dans cette brèche ! »

*

* *

Toujours ficelé à mon oranger, je ratai largement la suite, mais je préférais ça. Les Ottomans se battirent comme des sauvages jusqu'à ce qu'un capitaine du génie nommé Aymé trouvât le moyen d'infiltrer ses hommes dans la place et d'attaquer l'ennemi par-derrière, à la baïonnette. Grâce à cette trouée, les soldats français se répandirent dans toutes les ruelles de Jaffa.

Simultanément, le général Bon avait mené, au nord, un assaut de diversion qui élimina les défenseurs affectés à ce point stratégique. Submergés par des troupes françaises très supérieures en nombre, les Ottomans flanchèrent et, perdant courage, commencèrent à se rendre. Excitée par la décapitation révoltante des émissaires, la *furia francese* acheva de se déchaîner. Meurtres et pillages se déclenchèrent, débouchant sur la frénésie aveugle d'une racaille débridée. Les prisonniers furent exécutés à la baïonnette ou d'une balle dans la nuque, les maisons dévastées. À la nuit, des soldats éméchés, encombrés du fruit de leurs pillages, arpentaient toujours les rues éclairées par les incendies.

Les vandales ne s'arrêtaient même pas pour secourir leurs propres blessés. Ils tiraient au mousquet dans les rares fenêtres encore intactes, en brandissant des sabres rouges de sang. Les officiers qui tentèrent de les discipliner furent poussés de côté, voire menacés de mort. Voile arraché, vêtements lacérés au sabre d'abordage, aucune femme ne fut épargnée. Tout frère ou mari prétendant s'interposer fut abattu comme un chien, en prélude au viol. Mosquées, églises et synagogues brûlèrent de fond en comble, souvent avec leur personnel arabe, juif ou chrétien. Des enfants pleuraient sur les cadavres de leurs parents. Des filles imploraient merci, mais étaient violées sur le corps de leur mère mourante.

Certains des prisonniers furent jetés à bas des remparts. Les flammes grillèrent les malades, les vieux et les éclopés dans les décombres où ils se cachaient. Le sang coulait dans les ruisseaux comme de l'eau de pluie. En une seule nuit monstrueuse furent lavées, aux dépens d'une seule ville, les peurs et les frustrations d'une année de guerre. Cette armée au comportement civilisé, dicté par la raison, avait sombré dans la démence, jusqu'au dernier homme.

Bonaparte lui-même n'avait pas essayé de s'opposer au sac de Jaffa. Du siège de Troie aux excès des croisés à Constantinople et Jérusalem, cette anarchie débridée n'avait rien d'une nouveauté historique.

« À quoi bon tenter de juguler ce qu'on n'a pas le pouvoir d'empêcher », se borna-t-il à déclarer, au lendemain de cette nuit d'enfer.

Au lever du jour, s'était apaisée la folie furieuse. Les soldats épuisés gisaient auprès de leurs victimes, effrayés par tout ce qu'ils avaient osé, mais satisfaits quand même, tels des satyres au terme d'une nuit de débauche. Cette colère démoniaque avait étanché leur soif de vengeance.

Trois mille prisonniers ottomans, affamés, terrifiés, espéraient, en tremblant, le bon vouloir de Bonaparte.

Ce dernier n'était pas homme à esquiver ses responsabilités. Bien qu'il admirât les poètes et les artistes, il demeurait, au fond de lui, un artilleur et un stratège. Envahir la Syrie et la Palestine, peuplées au total de deux millions cinq cent mille habitants, avec treize mille soldats français et deux mille auxiliaires égyptiens, était une entreprise disproportionnée. À la chute de Jaffa, quelques-uns de ses hommes trahissaient des symptômes de peste bubonique. Son projet fantastique était, comme Alexandre avant lui, de marcher sur l'Inde, à la tête d'une armée de recrues orientales, afin de s'y créer un empire en Orient. Mais, en détruisant sa flotte, Nelson l'avait coupé des renforts espérés, Sidney Smith organisait la défense d'Acre, et Bonaparte avait besoin, plus que jamais, de la capitulation de Djezzar-le-Boucher. Il ne pouvait libérer ses prisonniers, ni les parquer en marge, encore moins les nourrir.

Il décida de les exécuter.

Une décision monstrueuse dans une carrière controversée. D'autant plus regrettable que je faisais partie du nombre. Je n'aurais même pas la gloire et la dignité de parader sous la conduite de Najac et de mourir fusillé, en tant qu'espion notoire, sous les yeux de mes pairs. Au lieu de cette satisfaction macabre, Najac me poussa dans la foule pressée des Marocains, des Albanais et des Soudanais comme n'importe quelle autre recrue ottomane. Les pauvres n'avaient encore aucune idée précise de ce qui les attendait. En se rendant, ils avaient espéré avoir la vie sauve. Bonaparte les conduisait-il vers les navires qui les rapatrieraient à Constantinople ? Ou bien allait-il les envoyer en Égypte, voués à l'esclavage ? Ou bien encore allait-on les garder en dehors des murs fumants de la ville jusqu'à ce que les Français parachèvent leur conquête ? Rien de tout cela, et les rangs de grenadiers et de fusiliers, mousquets au repos, le long de la plage, commençaient à créer une atmosphère de franche panique. Massée aux deux bouts du site, la cavalerie française prévenait toute tentative d'évasion. Dos à l'orangeraie, s'alignait l'infanterie et, derrière nous, c'était la mer.

« Ils vont nous tuer tous, gémit quelqu'un.

— Allah nous protégera.

— Comme il a protégé Jaffa ?

— Écoutez, dis-je à Najac, je n'ai pas encore trouvé le Graal, mais il existe. C'est un livre. Et si vous me tuez, vous ne le trouverez jamais. Il n'est pas trop tard pour conclure une alliance… »

Il pressa dans mes reins la pointe de son sabre.

J'insistai :

« Vous allez commettre un crime que le monde n'oubliera pas.

— Balivernes. Il n'y a pas de crimes en temps de guerre. »

J'ai décrit la suite au début de cette histoire. L'aspect le plus remarquable d'une exécution imminente est cette acuité décuplée de nos cinq sens. Je percevais la densité insolite de l'air comme si j'avais eu des ailes de papillon. Les odeurs de la mer, du sang et des oranges me parvenaient avec une intensité inhabituelle. Je sentais chaque grain de sable sous mes pieds nus et j'entendais les déclics des armes vérifiées, les claquements des harnais de la cavalerie en attente, le bourdonnement des insectes, les cris des oiseaux. Je n'avais pas du tout envie de mourir. Autour de moi, des hommes suppliaient ou sanglotaient dans une douzaine de langues incompréhensibles.

« Heureux d'avoir noyé vos saloperies de serpents !

— Vous, vous allez sentir au moins une balle vous entrer dans le corps, comme ça m'est arrivé. Et puis une autre, et encore une autre. J'espère que vous mettrez beaucoup de temps à vous vider de votre sang, parce que c'est un processus très douloureux. J'aurais préféré les serpents, mais cette solution est presque aussi bonne ! »

Il s'éloigna vivement alors que les mousquets se couchaient en joue.

« Feu ! »

*
* *

Le fracas fut assourdissant, les prisonniers se bousculaient follement entre eux et de nombreux corps s'écroulèrent. Le géant noir que j'avais repéré avait fait deux pas vers Najac, l'implorant de ses mains levées comme si le salopard avait pu lui accorder sa grâce, *in extremis*. Il était juste entre moi et les mousquets lorsque la salve éclata. Les balles le rejetèrent en arrière, mais il m'avait protégé de tout son grand corps musculeux.

La première ligne de prisonniers s'était disloquée au milieu des cris, et tant de sang m'avait éclaboussé que je craignis un instant que le mien n'y fût mêlé. De ceux qui restaient encore debout, certains tombèrent à genoux et d'autres chargèrent les rangs des Français assassins. Mais beaucoup, comme moi, se jetèrent instinctivement dans la mer.

« Feu ! »

Une deuxième ligne de tireurs empila d'autres victimes par-dessus les premières. Un de mes voisins immédiats eut une quinte de toux effroyable, un autre perdit le sommet de son crâne dans un brouillard rouge. L'eau accueillit en clapotant les douzaines de fuyards qui tentaient de se soustraire à l'horrible hécatombe. Certains tombaient, cherchant le sol ferme au fond de l'eau, la plupart déjà blessés dont les voix suppliaient Allah.

« Feu ! »

Tandis que d'autres balles sifflaient au-dessus de moi, je plongeai, nageai fiévreusement vers des eaux plus profondes. Vaguement surpris de voir combien peu de Turcs savaient nager, qui restaient paralysés avec de l'eau jusqu'à la poitrine. Je me retournai au bout de quelques mètres. Le rythme de la fusillade s'était apaisé. Les soldats fonçaient, chargeaient, baïonnette au canon. Blessés ou tétanisés par la peur, les survivants se faisaient embrocher comme des porcs. D'autres soldats rechargeaient calmement leurs armes avant de viser les fuyards aquatiques, s'appelant les uns les autres et s'entredésignant des cibles. Aux salves organisées avait fait place une volonté d'extermination aussi peu méthodique que possible.

Des hommes à deux doigts de la noyade s'accrochaient à moi. Je les repoussai et redoublai d'ardeur.

À cinquante mètres au large, saillait un vaste récif. Les vagues balayaient sa surface plane, laissant dans les creux de la roche des flaques de faible profondeur. Quelques-uns l'atteignirent et parvinrent à y prendre pied avant de basculer, de l'autre côté, dans une Méditerranée par bonheur pacifique. Le groupe attira les derniers tirs et plusieurs plongèrent, involontairement, dans une écume qui se teinta de rose. Derrière moi, la mer fourmillait d'Ottomans blessés ou menacés de noyade que les Français entreprirent d'achever au sabre et à la hache. Le comble de la cruauté !

J'étais encore indemne, tel Napoléon qui devait nous observer depuis les dunes. Je mis le cap sur le large avec un sentiment d'intense désespoir. Où pouvais-je aller ? Je dérivai en nageant du mieux que je le pus, observant les rares rescapés restés sur le récif que les tirs épars frappaient encore. Était-ce Najac qui tournait en rond sur le sable, probablement en quête de mon cadavre ? Un autre récif plat s'élevait au-dessus des vagues, à mi-chemin de Jaffa. Pourrais-je y improviser quelque cachette momentanée ?

Je constatai, de loin, que Bonaparte avait disparu, peu désireux, sans doute, d'assister au massacre jusqu'au bout. J'atteignis l'autre récif auquel se cramponnaient une infime poignée d'hommes, aussi pitoyablement exposés que des mouches sur une assiette blanche. Les Français s'embarquaient maintenant sur des barques afin de terminer le travail.

Ne sachant trop que faire, j'enfonçai ma tête sous l'eau, ouvris les yeux. Je voyais les jambes des prisonniers cramponnés à leur piètre refuge, et là, devant moi, béait une petite ouverture sous-marine semblable à celle d'une cave. Merveilleusement isolée du vacarme de la surface.

Je remplis mes poumons avant de replonger et de tâtonner, d'un bras, à l'intérieur de la petite caverne. La roche y était tranchante et tapissée d'algues. Je m'y introduisis prudemment. Je pouvais respirer ! J'étais dans une poche d'air éclairée par une fente dans la roche, au-dessus de ma tête. J'entendais toujours les cris et les détonations sporadiques, mais miséricordieusement étouffés. Et pas question de partager ce refuge. Je risquerais de me faire avoir, et j'avais tout juste assez de place pour moi tout seul. J'attendis, en tremblotant, que les barques sans quille heurtent le rocher, que les ultimes coups de feu se répercutent et que les derniers prisonniers soient abattus ou passés au fil du sabre et de la baïonnette. Les soldats étaient méthodiques et ne voulaient pas de témoins.

« Là ! Finis celui-là !

— Regardez un peu gigoter cette vermine !

— Un autre, là ! »

Enfin le silence.

J'étais le seul survivant. J'avais très froid, mais il n'était pas question de sortir avant la fin des malédictions et des supplications lointaines. La Méditerranée n'a presque pas de marées, je ne risquais donc pas de me noyer dans mon refuge provisoire. On nous avait groupés sur la plage au petit matin, mais la nuit tombait lorsque j'osai me risquer hors de mon trou. J'avais la peau plissée par mon long séjour dans l'eau et les algues, mes frusques étaient en lambeaux et je claquais des dents.

Et maintenant ?

Je nageai vers le large. Un cadavre ou deux flottaient alentour. Jaffa brûlait encore, largement calcinée sous le ciel noir. Il y avait assez d'étoiles pour dessiner la zone de végétation, à contre-ciel. Je repérai la lueur d'un feu de camp français. Puis je perçus un coup de feu isolé, un cri et un éclat de rire.

Quelque chose flottait qui n'était pas un cadavre. Je l'agrippai au passage. C'était un tonnelet de poudre vide abandonné par l'un ou l'autre des adversaires durant la bataille. Le temps passait, les étoiles suivaient leur cours nocturne et Jaffa disparaissait dans l'ombre. Le froid de la mer stimulait mon énergie.

À l'approche d'une aube nouvelle, près de vingt-quatre heures après le commencement de l'exécution en masse, j'aperçus un bateau. C'était un petit voilier de pêche ressemblant à celui qui m'avait transporté de la *Dangerous* à Jaffa. Je criai en agitant les deux bras, et le bateau piqua vers moi, deux yeux écarquillés s'efforçant de me distinguer, par-dessus le bastingage, comme un animal à l'affût.

« Au secours ! »

Je n'avais presque plus de voix.

Deux bras vigoureux me hissèrent à bord et je m'écroulai sur le pont, plus mou qu'une méduse et pas bien certain d'être toujours de ce monde.

« Effendi ? »

Je sursautai violemment. Cette voix, je la connaissais, je la reconnaissais. Celle de Mohammed.

« Qu'est-ce que vous faites en pleine mer, alors que je vous ai déposé à Jérusalem ?

— Depuis quand es-tu devenu marin ?

— Depuis la chute de Jaffa. J'ai volé ce bateau et je l'ai sorti du port. Malheureusement, je ne sais pas comment le piloter. Je suis à la dérive depuis des heures. »

Je m'assis, douloureusement. Nous étions loin du rivage, hors de portée de toute présence française. Le rafiot possédait un mât et une voile latine. J'en avais piloté un, pas trop dissemblable, sur le Nil.

« Tu es l'envoyé d'Allah, Mohammed. J'ai fait de la voile. On va tâcher de rencontrer un navire ami.

— Qu'est-ce qui s'est passé à Jaffa ?

— Tout le monde est mort. »

La nouvelle le frappa. Avait-il eu des amis ou de la famille bloqués sur place par le siège ?

« Pas *tout le monde*, bien sûr. »

Mais j'avais été plus proche de la vérité, la première fois.

Dans quelques années, les historiens analyseraient la stratégie de Napoléon en Égypte et en Syrie. Ils s'interrogeraient sur l'utilité du massacre de Jaffa, ainsi que des marches forcées sans but évident. La tâche de ces gens-là me paraît futile. La guerre n'est pas une question de raison, mais d'émotivité. Si elle comporte une certaine logique, c'est la logique démentielle de l'enfer. On a tous le mal en nous. Profondément ancré chez la plupart, bien apprécié par certains, universellement déclenché par la guerre. Les hommes s'y livrent sans retenue, ouvrant une boîte de Pandore dont ils ne soupçonnent pas l'existence, et qui les tourmentera, ensuite, jusqu'à leur mort. Avec leur galimatias de conceptions républicaines, d'alliances avec des pachas lointains et des scientifiques rêvant de réformes, les Français s'étaient exposés à une terrible catharsis, suivie de la certitude que ce qu'ils avaient lâché sur le monde les consumerait également, tôt ou tard. La guerre offre tant d'occasions de gloire empoisonnée.

« Tu connais un navire ami ? questionnait Mohammed.

— Du côté des Anglais… provisoirement ! »

Après tout, j'avais des nouvelles à leur apporter. « Tu as de l'eau potable, Mohammed ?

— Et aussi du pain. Et des dattes.

— C'est vraiment Allah qui t'a envoyé. »

Il rayonnait de satisfaction.

« Allah est grand, ne l'oublie pas. Tu as trouvé ce que tu cherchais, à Jérusalem ?

— Non.

— Tu le trouveras plus tard. »

Il me donna de l'eau et du pain, plus régénérateurs qu'une décharge d'électricité.

« Tu le trouveras forcément, puisque tu as survécu. »

Comme j'aurais aimé partager sa foi !

« Où je n'aurais pas dû chercher, et j'ai été puni de mon outrecuidance. »

Je tournai le dos à l'éclat morne du rivage.

« Aide-moi à hisser la voile. On va mettre le cap sur Acre et sur les navires britanniques.

— Une fois de plus, je vais te guider, effendi, dans mon beau bateau tout neuf. Je vais te conduire aux navires des Anglais. »

Adossé au bordage, je conclus :

« Merci pour ton aide, ami. »

Il acquiesça d'un signe de tête.

« Et ça ne te coûtera que dix shillings ! »

# DEUXIÈME PARTIE

# 12

Mon retour à Acre fut celui d'un héros. Non pour avoir échappé à l'exécution en masse de Jaffa, mais à cause des informations que je rapportais.

On rencontra l'escadre britannique le deuxième jour de notre croisière à voile. La flottille était menée par les navires de guerre *Tigre* et *Theseus*, et quand je hélai le bâtiment de tête, qui diable me répondit, du bord, sinon ce diable de sir Sidney Smith ?

« Gage, c'est vous ? On vous croyait bouclé chez les mangeurs de grenouilles. Et vous nous revenez sain et sauf ?

— Capturé par les Français grâce à la trahison de vos marins britanniques, amiral !

— Trahison ? Mais ils ont dit que vous aviez déserté ! »

Pourquoi Gros Ned et Petit Tom se seraient-ils gênés ? Ils m'avaient certainement cru mort, donc dans l'impossibilité de les contredire. Le genre de travestissement de la vérité que je détestais le plus.

« Déserté ! Alors que vos braves marins m'ont carrément coupé la retraite et livré à ceux qui nous poursuivaient. Vous nous devez une médaille. Pas vrai, Mohammed ?

— Les Français ont essayé de nous tuer, confirma mon coéquipier. Il me doit dix shillings.

— Et je vous repêche au milieu de la Méditerranée ! »

Smith se grattait la tête.

« Doux Jésus ! Pour un homme qui se déplace autant, il n'est pas facile de déterminer de quel côté vous êtes ! Montez donc à bord qu'on mette tout ça au clair. »

On grimpa l'échelle de coupée pour accéder à ce monstre de quatre-vingts canons, comparé à la coquille de noix qui nous avait amenés, et qu'ils prirent en remorque. Les officiers britanniques fouillèrent Mohammed comme s'ils s'attendaient à le voir sortir une dague d'une seconde à l'autre, et me toisèrent au passage. Mais j'étais bien décidé à présenter mes doléances, et j'avais un atout maître dans la manche. Je me lançai donc dans ma version personnelle des événements.

« … La porte de fer s'est refermée sur moi alors que ces vauriens de Français et d'Arabes me cernaient… »

Mais au lieu de la sympathie que je méritais, Smith et ses officiers ne cachèrent pas leur scepticisme :

« Admettez-le, Ethan. Vous passez trop facilement d'un côté à l'autre. Et vous vous sortez des pires pétrins avec une désinvolture…

— Un rebelle américain, si je ne m'abuse, intervint un lieutenant.

— Attendez. Vous croyez que les Français m'ont laissé m'évader de Jaffa ?

— D'après les rapports, vous êtes le seul qui ait survécu au massacre. Plutôt bizarre, non ?

— Et qui est cet hérétique ? »

Un doigt péremptoire désignait Mohammed.

« Mon ami et mon sauveur. Un bien meilleur homme que vous autres, je le parierais. »

Les officiers présents se consultèrent du regard, se demandant peut-être qui allait me provoquer en duel. Smith se hâta d'intervenir.

« Ces provocations sont inutiles. Nous avons le droit de vous poser des questions directes, et vous avez le devoir d'y répondre. Franchement, Gage, vous ne m'avez rien communiqué d'utile sur la situation politique à Jérusalem… en contrepartie de l'investissement consenti par la Couronne. Et mes marins m'ont signalé que vous aviez acheté un fusil assez remarquable. Où est-il ?

— Volé par un tortionnaire français du nom de Najac. Si j'avais rejoint les Français, qu'est-ce que j'aurais fait blessé, brûlé, en lambeaux, dans un bateau de pêche en compagnie d'un chamelier et sans mon arme ? »

Je sentais la moutarde me monter au nez.

« Si j'avais rejoint les Français, pourquoi ne suis-je pas en train de boire un verre de bon vin à la table de Bonaparte ? Appelez donc vos marins et mettons tout ça cartes sur table…

— Petit Tom a perdu son bras et nous l'avons renvoyé au pays. »

En dépit de mon indignation, j'encaissai durement la nouvelle. Perdre un bras était une condamnation à la misère.

« Gros Ned a été affecté au sol, avec la plus grande partie de l'équipage de la *Dangerous*, pour renforcer les défenses de Djezzar, à Acre. Vous pourrez peut-être en discuter avec lui, là-bas. Nous disposons d'effectifs capables de stopper Bonaparte, un mélange de Turcs, de mamelouks, de canailles mercenaires et de bulldogs britanniques. Un officier d'artillerie français, royaliste, nous a même rejoints. Il renforce les fortifications.

— Vous avez enrôlé un Français dans vos rangs, et vous me cherchez des poux dans la tête ?

— Il m'a fait évader de la prison du Temple, à Paris, et c'est un camarade d'une parfaite loyauté. Curieux comme certains changent de bord en dépit du danger, non ? »

Le regard de Smith me fouillait jusqu'à l'âme.

« Potts et Tentwhistle morts, Tom estropié, rien en échange, et pourtant vous voilà ! Jéricho, lui aussi, a cru que vous étiez mort ou que vous aviez retourné votre veste.

— Vous avez pu lui parler ?

— Il est à Acre, avec sa sœur. »

Enfin une bonne nouvelle. J'avais eu tant de problèmes à résoudre pour rester en vie que je n'avais guère pensé à Miriam, mais j'étais heureux d'apprendre qu'il ne lui était rien arrivé de fâcheux. Avait-elle toujours mes deux séraphins ?

Je repris haleine.

« Sir Sidney, je peux vous assurer que j'en ai soupé, des Français. Pendu par les pieds au-dessus d'une fosse remplie de serpents, voilà ce qu'ils m'ont fait.

— Les maudits barbares ! Vous ne leur avez rien dit, je suppose ? »

À mon tour de mentir un brin.

« Absolument rien. Mais eux, ils m'ont dit quelque chose qui va me permettre de vous prouver ma loyauté.

— À savoir ?

— Que l'artillerie lourde de Bonaparte arrive par mer. Avec un peu de chance, on pourra la saisir avant que ses troupes atteignent les murs d'Acre. »

Smith ne cachait pas sa jubilation.

« Voilà qui change les choses ! Trouvez-moi ces canons, Gage, et vous l'aurez, votre médaille. Une belle en argent fabriquée chez les Turcs. Elles sont plus grandes que les nôtres et assez tape-à-l'œil. Ils les distribuent à la pelle et je vous en volerai une si vous ne m'avez pas raconté d'histoires... pour une fois ! »

*

* *

Naturellement, la pluie était de la partie, diminuant nos chances d'espionner discrètement la flottille française. Puis le brouillard s'épaissit, qui réduisit encore la visibilité. Le contretemps ramena dans l'esprit soupçonneux de l'Anglais l'idée que je pouvais être un agent double, comme si j'étais maître des intempéries ! Mais si tomber sur les Français n'était pas si facile, de leur côté, ils auraient bien du mal à nous semer, en mer. Le brouillard, en somme, était notre ennemi commun.

Les Français se heurtèrent à nous dans la matinée du 18 mars, lorsque le capitaine Standelet tenta de contourner le cap du Carmel et de pénétrer dans la vaste baie limitée par Haïfa, au sud, et la cité d'Acre, au nord. Trois navires, dont celui du capitaine Standelet, nous échappèrent. Mais six autres tombèrent entre nos mains, qui abritaient, dans leurs cales, les lourdes pièces d'artillerie capables de tirer des boulets d'une douzaine de kilos.

En une seule opération, nous avions saisi les armes de siège les plus puissantes de Napoléon. Pour une matinée de travail, je fus proclamé champion d'Acre, renard de Jaffa et gardien de la mer. J'eus aussi ma médaille turque, de l'ordre du Sultan, à l'effigie du lion, que Smith me racheta pour me permettre de payer ma dette à Mohammed, avec un peu de menue monnaie en plus.

« Si vous savez dépenser moins que vous ne gagnez, souligna Smith, vous possédez le talisman des philosophes. Moi aussi, j'ai lu votre ami Franklin. »

Et je revins à la vieille ville des croisés, notre voyage en mer correspondant, sur terre, aux colonnes de fumée qui signalaient l'avance des troupes napoléoniennes. Les rapports journaliers que nous recevions faisaient état d'escarmouches entre leurs unités et les musulmans de l'intérieur, mais ce n'était qu'à Acre que le problème se poserait dans toute son ampleur.

La cité d'Acre repose sur une péninsule qui s'avance en Méditerranée à l'extrémité nord de la baie du Carmel. Ainsi, elle est entourée d'eau sur les deux tiers de sa périphérie. Cette péninsule s'étend au sud-ouest du continent, et son port fait barrage contre les caprices de la mer. Acre est plus petite que Jérusalem, à l'intérieur d'une enceinte territoriale et maritime de moins de trois kilomètres, mais elle est plus prospère et presque aussi peuplée. À notre arrivée, les Français fermaient la ville sur sa face territoriale, drapeaux tricolores flottant au vent d'un de leurs camps fortifiés à l'autre.

Acre, en temps de paix, est une jolie ville aux murs bordés de larges étendues de roseaux, côté mer, et de champs verdoyants, côté terre. Un vieil aqueduc désaffecté relie ses douves aux lignes françaises. Le grand dôme de cuivre vert-de-grisé du toit de sa mosquée centrale et la pointe de son minaret ponctuent un charmant paysage de tuiles, de tourelles et d'auvents. Certains étages supérieurs s'agrémentent de petits ponts qui enjambent les rues sinueuses. Ombragés par des chapiteaux multicolores, les marchés emplissent les artères principales. Elle s'enorgueillit de trois ensembles d'auberges entrepôts qui accueillent les visiteurs, le khan el-Omdan, le khan el-Efranj et le khan el-Shawarda.

En contrepartie à tant de charme urbain, se dresse, sur le mur nord, le palais du pacha au pouvoir, bâtiment sinistre remontant aux croisés avec une tour dans chaque coin. Sa sévérité est toutefois tempérée par les fenêtres du harem ouvertes sur les jardins de la mosquée. Le fort, haut juché, et la vieille cité médiévale aux toits de tuiles me firent tout de suite penser à un maître sévère surveillant, du haut de sa grandeur, une classe d'enfants aux cheveux roux.

Gouvernement et zone religieuse occupent le quartier nord-est de la ville, et les murs de l'enceinte font face au nord comme à l'est, avec à leur jonction une énorme tour massive. Cet édifice, clef du futur siège, serait baptisé par les Français « la tour maudite ». Acre pouvait-elle, en fait, être défendue ?

Nombreux étaient ceux qui ne le croyaient pas. On entra dans le port à bord du petit bateau de Mohammed et de la chaloupe du *Tigre*, et, quand on accosta le quai, il était envahi par une horde de réfugiés avides de quitter la ville. Smith, Mohammed et moi-même, on fendit rapidement cette foule proche de la panique. Il y avait surtout beaucoup de femmes et d'enfants, mais aussi de riches marchands qui avaient acheté à Djezzar le droit de partir. En temps de guerre, argent peut être synonyme de survie, et les nombreux récits de massacres qui circulaient le long de la côte affolaient la population. Chargés de leurs biens les plus précieux, dans des baluchons improvisés, les plus entreprenants cherchaient à s'embarquer dans les cargos des marchands itinérants. Une femme au front ruisselant de sueur trimbalait un service à café en argent ainsi que deux bébés hurleurs accrochés à sa robe. Un marchand de cotonnades portait à sa ceinture deux pistolets chargés, dans des fontes cousues de pièces d'or. Une jolie fillette de six ans aux yeux noirs, aux lèvres tremblantes, berçait un chaton rétif. Un banquier houspillait ses esclaves africains, lesquels s'efforçaient de lui frayer un chemin jusqu'au premier rang des candidats à l'évacuation rapide.

« Ne vous occupez pas de cette racaille, nous conseilla Smith. Mieux vaut s'en passer...

— Ils ne font pas confiance à leur garnison ?

— Leur garnison ne se fait pas confiance à elle-même ! Djezzar en a sous son burnous, mais, jusque-là, les armées françaises ont écrasé tout ce qui leur barrait le passage. Vos canons vont bien nous servir. On en aura plus que Bonaparte, et on va en installer une batterie à la porte Territoriale, où les deux murs se rejoignent. Mais c'est sur la grosse tour d'angle que les assaillants vont se casser les dents. C'est la plus éloignée du soutien de notre artillerie navale, mais c'est aussi le point le plus fort de l'enceinte. Le point et le poing de la cité d'Acre, avec un *g*, et notre arme secrète est un homme qui hait Boney encore plus que nous tous.

— Djezzar-le-Boucher ?

— Non. Je parle du condisciple de Napoléon à l'École royale militaire de Paris. Louis-Edmond Antoine Le Picard de Phélippeaux y partageait un bureau avec le bandit corse et, croyez-le ou non, le provincial et l'aristocrate se battaient à coups de pied jusqu'à s'en faire mutuellement les jambes bleues ! C'était toujours Phélippeaux qui battait Bonaparte, lors des examens, Phélippeaux qui obtenait les meilleures notes, les meilleurs prix, et les missions stratégiques les plus flatteuses. Mais il était royaliste, et si la Révolution ne l'avait pas chassé de France, c'est lui qui aurait été le supérieur de Napoléon. Il est revenu clandestinement en France l'année dernière, à temps pour me sortir de la prison du Temple en se faisant passer pour un haut fonctionnaire de police chargé de me transférer dans un autre établissement pénitentiaire. Il n'a jamais perdu contre Napoléon et ne perdra pas non plus cette fois-ci. Venez que je vous le présente. »

Le repaire de Djezzar ressemblait moins à un palais qu'à une Bastille transplantée. La bâtisse remontant aux croisades avait été largement pourvue de meurtrières, car une bonne moitié des précautions prises par Djezzar l'étaient contre son peuple, pas contre les Français. Carrée, indestructible, la forteresse n'était pas moins implacable que la poigne du tyran qui l'habitait.

« Il y a une armurerie au sous-sol, une caserne au rez-de-chaussée, des bureaux administratifs au premier, le palais proprement dit de Djezzar encore au-dessus et le harem tout là-haut. »

Smith désignait le dernier étage aux fenêtres joliment grillagées comme une cage réservée à de beaux oiseaux. Des hirondelles voletaient, d'ailleurs, entre ces fenêtres et les palmiers du jardin. Ayant forcé l'entrée d'un harem en Égypte, je n'avais aucune envie de visiter celui-ci. Ces femmes cloîtrées me faisaient presque peur.

Après les gigantesques sentinelles ottomanes, on passa le lourd battant de bois bardé de fer qui défendait l'entrée de la tour. Au sortir de la lumière éclatante du levant, le hall d'entrée ressemblait à un donjon. Ce niveau, occupé par les gardes loyalistes de Djezzar, était d'un strict dépouillement cent pour cent militaire. Les soldats, qui nettoyaient des mousquets ou affûtaient des armes blanches dans la pénombre, nous regardèrent traverser leur domaine aussi joyeusement que l'aurait fait une assemblée de croque-morts. Puis on entendit des pas énergiques descendre du dessus, précédant l'apparition d'un mince personnage vêtu d'un uniforme blanc usagé et taché du temps des Bourbons, qui ne pouvait être que Phélippeaux.

Il était nettement plus grand que Bonaparte et se déplaçait avec l'élégance un peu languide des gens de haute naissance. Il nous dédia une révérence cérémonielle, son sourire et son regard sombre semblant simultanément mesurer toute chose avec la précision d'un artilleur.

« Monsieur Gage, on m'a dit que vous aviez sauvé notre belle cité.

— N'exagérons rien.

— Non, non, les canons français dont vous avez permis la capture vont être d'une importance cruciale, je vous assure. Et, ironie de la situation, grâce à un Américain ! Nous sommes La Fayette et Washington. Quelle coalition internationale nous représentons ici ! Un Anglais, un Français, un Américain. Et puis des mamelouks, des juifs, des Ottomans, des maronites. Tous unis contre mon ex-camarade de classe !

— Vous êtes vraiment allés à l'école ensemble ?

— Il copiait sur moi ! Venez, nous allons le regarder de loin. »

Je le trouvais déjà formidablement sympathique. Il nous précéda dans un escalier en colimaçon jusqu'à revenir au toit du château de Djezzar. Quelle vue magnifique ! Après les pluies des jours précédents, le lointain mont du Carmel resplendissait en travers de la baie. Plus près de nous, les troupes françaises en plein rassemblement étaient aussi nettes que des soldats de plomb. Tentes et chapiteaux fleurissaient comme un carnaval printanier. Depuis Jaffa, je savais quelle devait être la vie de ces hommes : nourriture abondante, boissons importées pour stimuler le courage des groupes d'assaut, encadrement de prostituées et de servantes pour leur servir la soupe, laver leur linge et leur tenir chaud la nuit, le tout à des prix exorbitants que payaient volontiers des hommes qui risquaient de mourir à brève échéance. À deux kilomètres environ, s'élevait une colline d'une trentaine de mètres où, sous les bannières flottant au vent, hors de portée de nos boulets et de nos balles, attendaient des hommes et des chevaux.

« C'est probablement là, dit Phélippeaux, étirant avec dédain la prononciation italienne du nom abhorré, que *Buonaparte* va établir son quartier général. Je le connais, voyez-vous, et je sais comment il raisonne. Lui et moi, nous agirions de même. Il va allonger ses tranchées et tenter de faire miner nos murs par ses sapeurs. Je sais qu'il sait que la tour est essentielle. »

Je suivis la trajectoire de son index. Des hommes hissaient des canons sur les murs et les douves sèches bordées de quartiers de roche s'étendaient sur six mètres de haut et quinze de large.

« Pas d'eau dans ces douves ?

— Elles n'ont pas été conçues à cet effet, car elles sont au-dessus du niveau de la mer, mais nos ingénieurs ont eu une idée. Nous construisons sur la Méditerranée, près de la porte Territoriale, un réservoir que nous allons remplir d'eau de mer. Il inondera les douves quand nous le désirerons, si nécessaire.

— Un plan, déplora Smith, qui est encore à de nombreuses semaines de sa réalisation.

— D'ici là, vous avez votre forteresse. »

Cette tour d'où nous admirions le paysage saillait comme un promontoire à proximité d'une pièce d'eau. Vue du côté français, elle devait paraître encore plus redoutable.

« C'est le point le plus fort de l'enceinte, reconnut Phélippeaux, mais il peut être canonné sur deux faces. Si les républicains forcent le passage, ils se retrouveront dans les jardins, en mesure d'attaquer nos défenses par-derrière. S'ils n'y parviennent pas, comme je le pense, leur infanterie se fera tuer pour rien. »

J'essayai d'examiner la situation avec l'œil du stratège. L'aqueduc désaffecté courait depuis nos murs jusqu'au camp français. Il s'arrêtait juste en deçà de la tour qu'il avait abreuvée jadis en eau potable. Les Français creusaient à proximité des tranchées qui leur fourniraient un couvert efficace contre tout feu nourri. Ils enfonçaient également des piquets de sondage dans l'étang asséché voisin. Rien n'était négligé de part et d'autre.

Phélippeaux avait le don de lire dans mes pensées.

« Ce sont eux qui l'ont asséché. Afin d'y bénéficier d'un creux protecteur pour y installer une batterie de canons. Pas les plus lourds dont vous les avez largement dépossédés. Les pièces légères qu'ils ont transportées par la route. »

Je baissai les yeux. Le jardin était un asile de paix au centre des travaux stratégiques. Avec tous ces marins et tous ces soldats alentour, les femmes du harem devaient être sous clef.

Phélippeaux, cependant, poursuivait :

« Nous avons ajouté cent canons à l'armement de la cité. Sans leur artillerie lourde, ils seront vraisemblablement maintenus à distance.

— Ce qui signifie, ajouta Smith, que Djezzar ne capitulera pas. Et vous, Gage, vous êtes la clef du problème.

— Moi ?

— Vous avez vu l'armée de Napoléon. Je veux que vous disiez à notre allié qu'elle peut être vaincue. Parce qu'elle le sera si tout le monde y croit. À commencer par vous ! »

Je réfléchis une seconde.

« Le Français boutonne ses braies comme n'importe lequel d'entre nous. Il n'a tout simplement pas rencontré, jusque-là, quelqu'un d'aussi pugnace que lui.

— Exactement. Venez que je vous présente au Boucher. »

On n'eut pas à solliciter une audience. Depuis Jaffa, Djezzar savait que sa survie dépendait de ses nouveaux alliés européens. Son salon de réception était une vaste pièce au plafond ouvragé, au parquet recouvert de tapis d'Orient qui se chevauchaient. Des oiseaux gazouillaient dans des cages dorées, un petit singe gambadait au bout d'une laisse de cuir et une sorte de gros félin dormait sur un coussin, trop bien nourri, peut-être, pour songer à nous attaquer. Assis très droit sur d'autres coussins, le Boucher m'inspira sensiblement la même impression. Celle d'un homme vieillissant, mais toujours en grande forme physique. On s'assit, jambes croisées, en face de lui, sous l'œil attentif de ses gardes soudanais qui nous observaient comme s'ils nous soupçonnaient de quelque traîtrise.

À plus de soixante-quinze ans, Djezzar avait davantage le comportement et l'allure d'un prophète virulent que d'un brave grand-père. Il avait la barbe blanche, le regard acéré, la bouche crispée, en permanence, dans une expression défiante confinant à la cruauté. Un pistolet garnissait sa ceinture, une dague était posée à portée de sa main. Mais ses yeux n'en trahissaient pas moins les doutes d'un taureau dressé contre un autre qui avait nom Bonaparte.

« Pacha, amorça Smith, c'est l'Américain dont je vous ai parlé. »

Il examina, en détail, les vêtements empruntés à un marin, mes bottes élimées, mon teint brûlé par trop de soleil et d'eau de mer, et n'essaya pas de cacher son scepticisme.

Ni sa curiosité.

« Vous vous êtes échappé de Jaffa. »

Un rappel plus qu'une question.

« Les Français devaient me fusiller avec les autres prisonniers. Je me suis jeté à la mer et j'ai trouvé une petite caverne sous-marine. Le massacre a été horrible.

— Mais la survie est la marque des hommes remarquables. »

Lui-même n'avait-il pas survécu, par force ou par ruse, jusqu'à cet âge avancé ? Il ajouta :

« Et vous nous avez aidés à capturer l'artillerie ennemie.

— Une partie seulement.

— Vous êtes plein de ressources.

— Comme vous, pacha. Aussi plein de ressources que Napoléon. »

Il sourit.

« Plus encore, je pense. J'ai tué plus d'hommes et possédé plus de femmes. Maintenant, c'est l'affrontement de deux volontés. Un siège ! Allah m'a forcé à employer des infidèles pour combattre les infidèles.

Les chrétiens ne m'inspirent pas confiance. Toujours entre deux conspirations. »

Quelle ingratitude ! Smith lui rafraîchit la mémoire :

« Maintenant, pacha, nous conspirons pour sauver votre peau. »

Il haussa les épaules et, s'adressant toujours à moi :

« Bonaparte est-il un homme très patient ?

— Pas le moins du monde.

— Mais il est énergique, précisa Phélippeaux, et il sait parfaitement ce qu'il veut.

— Il attaquera votre ville, dis-je. Bientôt. Même sans ses canons de gros calibre. Il croit en l'attaque brusquée, avec des moyens considérables, pour briser la volonté de l'ennemi. Ses soldats sont valeureux, bien entraînés, et savent tirer juste. »

Djezzar cueillit une datte dans une coupe et la contempla longuement, comme si c'était la première fois qu'il en voyait une. Puis il se la jeta dans la bouche et la mâcha lentement, du seul côté gauche, en supputant à mi-voix :

« Je ferais peut-être mieux de me rendre. Ou de m'enfuir. Il dispose de deux fois plus d'hommes.

— Mais avec les navires de guerre britanniques, vous disposez de deux fois plus de canons. Il est à des centaines de kilomètres de sa base égyptienne et à près de quatre mille de la France.

— On peut donc espérer le vaincre avant qu'il puisse renforcer son artillerie.

— Il n'a pas assez d'hommes pour tenir le terrain qu'il conquiert. Ses soldats fatigués ont le mal du pays.

— Sans parler d'autres maux… comme la peste. »

Je confirmai :

« Quelques cas sont apparus, même en Égypte. Et plus récemment, paraît-il, à Jaffa. »

Le Boucher était un homme avisé, pas quelque débile ottoman imposé par la Sublime Porte depuis Constantinople. Il réunissait, en fin stratège, toutes les informations concernant son ennemi.

J'enchaînai :

« La faiblesse de Bonaparte, pacha, c'est le temps. Pas celui qu'il fait, celui qui passe. À chaque jour de plus, Constantinople peut réunir d'autres forces afin de le cerner. Il ne reçoit aucun renfort, ni en hommes ni en matériel, alors que la flotte anglaise peut renouveler nos réserves. Il tente d'accomplir en un jour ce que d'autres mettent des mois à réaliser, et c'est sa faiblesse. Il veut conquérir l'Asie avec dix mille hommes, et nul ne sait mieux que lui que c'est un bluff. Lorsque ses ennemis cesseront de le craindre, il cessera d'exister. Si vous lui résistez…

— Il se retirera, termina Djezzar. Ce petit homme que personne n'a encore battu…

— Et qui va l'être ici même, conclut Smith.

— À moins qu'il ne trouve quelque chose de plus puissant que l'artillerie », intervint une voix.

Je sursautai. Je la connaissais, cette voix. Et qui émergeait de la pile de coussins où trônait Djezzar, sinon le banquier défiguré Haïm Farhi en personne ? Smith et Phélippeaux n'avaient pas bronché. Ce n'était pas la première fois qu'ils voyaient ce visage ravagé.

« Farhi ! Qu'est-ce que vous faites à Acre ?

— Il est là pour servir son maître, dit Djezzar.

— Nous avons laissé Jérusalem dans un état d'agitation plutôt inconfortable, monsieur Gage. Sans le livre, il n'y avait plus aucune raison de s'y attarder.

— Vous êtes au service du pacha ?

— Mais naturellement. Vous savez qui a modifié mon apparence.

— Une faveur que je lui ai faite, gronda le Boucher. Beauté du visage engendre vanité, et l'orgueil est le plus grand des péchés. Ses cicatrices l'aident à se concentrer sur les chiffres et le conduiront au ciel. »

Farhi s'inclina.

« Toujours généreux, mon maître.

— Vous avez pu sortir de Jérusalem !

— De justesse. Je vous ai plantés sur place parce que mon visage attire trop l'attention, et parce que je savais que les recherches n'étaient pas terminées. Que savent les Français de notre grand secret ?

— Que la colère des musulmans entrave toute autre exploration des tunnels. Ils ne savent rien, et m'ont menacé de serpents venimeux pour tenter d'apprendre ce que je savais. Nous nous sommes tous retrouvés les mains vides.

— Vides de quoi ? » jappa Sidney Smith.

Farhi lui fit face.

« Votre allié américain n'était pas allé à Jérusalem uniquement pour vous servir, capitaine.

— Non, il y recherchait une femme, si ma mémoire est fidèle.

— Et un trésor convoité par d'autres hommes désespérés.

— Un trésor ? »

Pourquoi Farhi avait-il éprouvé le besoin d'en dire un peu trop ?

« Pas de l'argent, déclarai-je, un livre.

— Un livre de magie, compléta le banquier. Célèbre depuis des millénaires, et déjà recherché par les Templiers. Quand vous nous avez accordé le renfort de vos marins, nous ne cherchions pas une entrée secrète à Jérusalem, mais seulement ce livre.

— Comme les Français, d'ailleurs.

— Et moi, rappela Djezzar. Farhi est à mon service. »

Smith nous dévisageait l'un après l'autre. J'ajoutai :

« Mais le livre n'était pas là. Peut-être même n'est-ce qu'un mythe.

— Et pourtant, soupira Farhi, des enquêteurs le recherchent dans toute la province de Syrie. Des Arabes, surtout, à la solde d'un mystérieux personnage qui vit en Égypte. »

J'en avais la chair de poule.

« On m'a rapporté que le comte Silano était toujours en vie.

— En vie. Ressuscité. Immortel, appuya Farhi.

— Où veux-tu en venir, Haïm ? coupa Djezzar, exaspéré par les divagations de son esclave.

— Comme l'a dit Gage, ce que recherchent tous ces gens n'existe peut-être pas. Et s'il existe, nous n'avons plus les moyens de le chercher, coincés comme nous le sommes par l'armée de Napoléon. Le temps est son ennemi, d'accord. Mais il est aussi le nôtre. Si le siège dure trop longtemps, il sera trop tard pour trouver avant lui ce que cherche toujours le comte Silano. Gage, vous devez repartir sur la piste du secret avant qu'il soit trop tard. »

*

* *

Pour trouver Jéricho, je suivis l'odeur du charbon de bois. Il était dans l'armurerie, au sous-sol du palais de Djezzar, les traits illuminés par la lueur d'une autre forge et cognant comme un sourd sur les outils de la guerre : sabres, lances, longues piques en fourchette à deux dents pour repousser les échelles dressées lors d'un assaut, béliers et baïonnettes. Des boulettes de plomb refroidissaient dans les moules à balle comme autant de perles noires, et des morceaux de métal informes s'entassaient dans un coin, qui se convertiraient plus tard en shrapnels.

Miriam manœuvrait le soufflet, les vêtements collés au corps par la transpiration, ses cheveux défaits tombant jusqu'à cette vallée de la tentation, à la naissance de ses seins. Je ne comptais guère sur une chaleureuse bienvenue, après la perte irrémédiable de leur maison à la suite du désordre que j'avais provoqué. Mais quand elle m'aperçut, son regard s'éclaira. Elle se précipita, dans le rougeoiement d'enfer de la forge, et jeta ses deux bras autour de mon cou. Quel bonheur inespéré ! J'aurais laissé volontiers mes propres mains descendre jusqu'à ses fesses moulées par sa robe, mais son frère était là, bien que souriant, lui aussi, un peu à contrecœur.

« On vous a cru mort ! »

Elle m'embrassa sur les deux joues que ses baisers enflammèrent. Je dus refréner mon propre enthousiasme avant d'en faire une démonstration manuelle trop évidente.

« Et j'ai cru la même chose, au sujet de vous deux. Je regrette que notre aventure vous ait coûté si cher, mais je pensais sincèrement que nous trouverions le trésor. J'ai pu fuir Jaffa en bateau, avec mon ami Mohammed. »

Je contemplais Miriam, plus conscient que jamais de sa beauté angélique.

« La nouvelle de votre présence ici a été pour moi comme un nectar offert à un homme mourant de soif. »

Je la vis rougir sous la suie qui souillait ses joues, et Jéricho perdit son sourire. Peu importait. Je n'avais pas l'intention de lâcher tout de suite la taille de Miriam, et son bras entourait toujours mes épaules.

« Nous revoilà réunis tous les trois », grommela Jéricho.

Je me séparai finalement de Miriam.

« Avec un homme surnommé le Boucher, un capitaine anglais un peu fou, un juif mutilé, un guide musulman et un ex-condisciple de Bonaparte.

— Ethan, questionna Miriam, que va-t-il se passer si les Français triomphent comme à Jaffa ? »

Je feignis une assurance que j'étais loin de ressentir :

« Peu probable. Il nous faut résister jusqu'à ce qu'ils se voient contraints de battre en retraite. Et je crois que j'ai une idée. Jéricho, est-ce qu'il y a, quelque part en ville, des chaînes disponibles ?

— J'en ai vu pas mal, abandonnées par des bateaux. Il y a aussi celles qui barrent l'entrée du port. Pourquoi ?

— J'aimerais les tendre en travers des tours pour accueillir les Français. »

Il secoua la tête, convaincu que j'étais plus fou que jamais.

« Afin de les aider à grimper ?

— Oui. Et puis les charger en électricité.

— En électricité ! »

Il se signa.

« C'est une idée qui m'est venue sur le bateau de Mohammed. Si on accumule assez de puissance dans une batterie de grosses bouteilles de Leyde, on pourra transmettre le courant aux chaînes suspendues. Ça donnerait la même secousse dont j'ai fait la démonstration à Jérusalem, mais, cette fois, ils lâcheraient prise et retomberaient dans les douves où il serait facile de les abattre. »

Étais-je en train de devenir un sauvage exterminateur ?

« Vous voulez dire, s'enquit Miriam, qu'ils ne pourraient plus s'accrocher à la chaîne ?

— Comme si elles étaient portées au rouge. Ce serait comme une barrière de feu. »

Jéricho restait sceptique.

« Tu crois que ça pourrait marcher ?

— Si j'échoue, le Boucher se servira des chaînes pour nous pendre. »

# 13

Il fallait que je développe une charge électrique d'une puissance dont même Ben Franklin n'avait pas rêvé, et, pendant que Jéricho rassemblait et soudait les chaînes entre elles, Miriam et moi partîmes en quête de verre, de plomb, de cuivre et de jarres en quantité suffisante pour fabriquer une énorme batterie. Jamais aucun projet ne m'avait passionné à ce point. On ne travaillait pas seulement ensemble, Miriam et moi, on était associés dans la même entreprise, d'une manière qui recréait l'alliance que j'avais eue avec Astiza. Quelque part dans les tunnels de Jérusalem, Miriam avait perdu une bonne part de sa réserve. À présent, elle faisait preuve d'une ardeur et d'une confiance qui me stimulaient énormément. Aucun homme ne voudrait passer pour un couard aux yeux d'une femme. Nous travaillions épaule contre épaule, souvent plus proches qu'il n'était indispensable, tandis que je me remémorais la brûlure de ses baisers sur mes joues. Nulle femme n'est plus désirable que celle qu'on n'a pas encore possédée.

En travaillant ainsi l'un près de l'autre, nous percevions le son des canons français cherchant à régler leur portée à mesure que leurs tranchées progressaient vers nos murs. Même le palais de Djezzar tremblait jusqu'à ses fondations quand un rare boulet le frappait de plein fouet.

Parce qu'elles lui rappelaient une batterie de canons concentrés sur le même objectif, Franklin avait baptisé du même nom les batteries de bouteilles de Leyde nécessaires à ses expériences. Dans notre cas, chaque nouveau récipient pouvait être connecté au précédent afin d'augmenter la force du choc potentiel subi par les futurs assaillants français. On en eut bientôt tellement que la perspective de les électriser par friction, à l'aide d'une manivelle, s'apparentait de plus en plus aux efforts répétés de Sisyphe pour amener un quartier de roche au sommet d'une montagne.

« Ethan, s'inquiétait Miriam, comment va-t-on pouvoir tourner ces disques de verre pour charger cette énorme machine ? Il va nous falloir une armée avec autant de manivelles.

— Pas une armée, mais de sacrés biceps animés par des esprits simples. »

Je pensais évidemment à Gros Ned.

Depuis que j'avais repris pied sur la rive d'Acre, j'envisageais cette prochaine rencontre avec le colossal matelot britannique. Je comptais bien le repayer de sa trahison, à la porte de Jérusalem, mais il demeurerait un sérieux adversaire tant qu'il ne pourrait digérer ses pertes aux cartes. Il ne fallait pas que je le revoie en position de faiblesse. Je savais qu'il avait appris ma réapparition miraculeuse, après le massacre de Jaffa, et qu'il se vantait toujours de me devoir une raclée, quand je ne serais plus dans les jupes de Miriam. En apprenant qu'il participait aux travaux d'aménagement des douves, à la base de la tour principale d'Acre, j'avais conçu le projet de lui tomber dessus à l'improviste.

Un mur est d'autant plus solide qu'il ne comporte aucune fente, aucune fissure qu'un boulet de canon puisse élargir, et c'est pourquoi Smith et Phélippeaux avaient ordonné ces réparations. Un travail dangereux à cause des tireurs embusqués français auxquels répondaient les tireurs d'élite britanniques tandis que Ned et quelques autres volontaires travaillaient à l'extérieur, sous le couvert de la nuit.

En dépit de mes problèmes avec Ned et Tom, je ne pouvais m'empêcher d'admirer la résolution sans faille de ces pauvres marins, illettrés pour la plupart, très éloignés de l'idéalisme français, et pourtant capables d'une telle fidélité envers la couronne ! Ned était de la même trempe. Tandis que les détonations, les éclairs des mousquets fracassaient la nuit – ô combien mon rifle me manquait ! –, des paniers de pierre, de mortier et d'eau descendaient dans les douves vers ces gens exposés, occupés à tailler, gratter, combler les lézardes. À l'approche de l'aube, ils grimpaient, tels des singes dressés, à l'échelle de corde, les balles ennemies sifflant en ricochant sur le mur, objet de leurs soins.

Cette nuit-là, je les aidai à réintégrer la sécurité de la tour. Jusqu'à ce qu'il ne reste, en bas, que l'épaisse silhouette de Gros Ned. Il donna à l'échelle la secousse convenue et la tête qu'il fit en la voyant tomber à ses pieds me consola de bien des choses. La vengeance est un plat qui se mange froid, mais qui se savoure bien chaud.

Je me penchai au-dehors.

« Pas drôle d'être laissé devant la porte, hein, Ned ? ».

Son teint flamba comme un oignon rouge lorsqu'il acheva de m'identifier, dans le clair-obscur, à quinze mètres au-dessus de sa tête.

« Tu as osé t'introduire chez le pacha, maudit fouille-merde de Yankee ! Je pensais pas que tu aurais le culot de revenir te frotter aux marins anglais, après la leçon que je t'avais donnée à Jérusalem ! Et, maintenant, tu vas me laisser croupir dans la douve jusqu'à ce que les Français fassent ton boulot à ta place ! »

Les mains en porte-voix, il hurla :

« T'es un sacré dégonflé !

— Oh non, je t'ai simplement rendu la monnaie de ta pièce ! Pour voir si tu es capable de me faire face honnêtement au lieu de me claquer une porte au nez ou de te planquer dans l'eau de cale ! »

Ses gros yeux lui sortaient de la tête.

« Honnêtement ? Je vais te mettre en pièces, salopard, si tu as le courage, un jour, de me donner la réplique !

— Taille et poids lourd sont des arguments de bête brute, Ned. Rencontrons-nous l'épée au poing, comme des gentlemen, et c'est moi qui vais te donner une leçon que tu ne seras pas prêt d'oublier.

— Tonnerre de Dieu ! je te rencontre où tu veux, quand tu veux, au pistolet, à l'épée, à l'épissoir, au gourdin, au canon…

— J'ai dit à l'épée.

— Alors, remonte-moi, que je puisse te fendre en deux, un de ces jours ! »

Je lui lançai une corde à laquelle il attacha l'échelle, et le ramenai dans la tour avant que l'approche de l'aube puisse faire de lui une cible.

Alors qu'il époussetait son uniforme souillé de terre et de mortier, je lui fis remarquer que j'avais fait preuve de plus de considération à son égard qu'il ne m'en avait témoigné cette nuit-là.

Sa réponse fut :

« Croisons le fer tout de suite et finissons-en avec notre histoire. Je ne te laisserais pas t'en tirer avec un remboursement, même si tu m'offrais dix fois la mise !

— Pas maintenant, tu es trop fatigué. La nuit prochaine dans les jardins du palais. Rapière ou sabre d'abordage ?

— Sabre, nom de Dieu ! Quelque chose qui ne s'arrête pas à l'os ! Et je leur dirai à tous de te laisser crever ! »

Il fusilla du regard les autres membres de l'équipe que notre échange d'aménités semblait amuser ferme.

« Personne ne se fout de la gueule de Gros Ned ! »

*

* *

Ma volonté de me battre en duel avec ce monstre provenait de mon habitude, aux cartes, d'anticiper la donne. Franklin m'inspirait toujours et, pendant que j'aidais Jéricho à sa nouvelle forge, je me demandai comment le sage de Philadelphie aurait substitué l'ingéniosité à la force brutale. Et puis je me mis au travail.

Le sabotage du sabre de Ned fut très simple. J'ôtai le revêtement de bois et d'étoffe de sa poignée, lui substituai un revêtement de cuivre que je dépolis méthodiquement pour que mon adversaire puisse l'avoir fermement en main. Le cuivre est un excellent conducteur.

Truquer le mien fut un peu plus compliqué. J'en creusai la poignée, la garnis de plomb, doublai, pour une meilleure isolation, l'épaisseur de sa garniture et, juste avant l'heure du rendez-vous avec mon adversaire, en tins l'extrémité contre un gros fil de fer menant à la machine que j'avais construite pour engendrer une charge de friction. Je tournais encore la manivelle quand Ned apparut dans la cour.

« Qu'est-ce que tu mijotes encore, bricoleur yankee ?

— Simple magie.

— Hé, je veux un combat loyal !

— Et tu vas l'avoir, fer contre fer, et tes muscles contre mon cerveau. Quoi de plus loyal ?

— Ethan, intervint Jéricho selon nos conventions, c'est de la folie. Il va te couper en deux comme une bûche ! Tu n'as pas une chance contre Gros Ned.

— L'honneur exige qu'on croise le fer, quelles que soient la force et la taille. »

Je suppose que ce n'est pas très loyal de mystifier un taureau, mais quel toréador n'agite-t-il pas devant lui sa muleta ?

Les marins assemblés parièrent tous contre moi. Je soutins leurs paris, grâce au prêt que m'avait consenti le forgeron. Autant tirer profit de tout ce remue-ménage. Sur le sentier du jardin où nous allions nous battre, je marquai une petite pause, dans la posture du duelliste. L'idée que les filles du harem allaient sans doute nous regarder, de là-haut, me plaisait assez, et je savais que Djezzar, tout au moins, serait spectateur.

« En garde, grosse brute ! Si je perds, je te donnerai tout ce que j'ai, mais si je gagne, je te plumerai jusqu'au dernier shilling !

— Si tu perds, je me rembourserai avec les biftecks et les côtelettes prélevés sur ta carcasse ! »

L'assistance rugit d'allégresse à l'audition de son trait d'esprit et le sourire de Ned s'élargit jusqu'à ses oreilles.

Puis il attaqua. Et je parai.

J'aimerais pouvoir raconter comment j'annihilai sa force brutale par ma propre habileté d'escrimeur, mais, lorsque nos lames se heurtèrent, jaillit du contact une gerbe d'étincelles en même temps que claquait une détonation sèche comme un coup de fouet qui fit sursauter tous les témoins. Nos armes n'avaient fait que se toucher et, pourtant, Ned partit violemment en arrière, comme sous le choc des sabots d'une mule. Arraché à sa poigne, son sabre manqua de peu l'un de ses compagnons de bord. Violemment projeté à la renverse, tel Goliath par la fronde de David, il s'immobilisa, les yeux révulsés. Mon propre sabre me picotait la paume, mais j'avais été bien isolé contre toute conséquence fâcheuse. L'air sentait le brûlé.

Était-il mort ?

Je le piquai de la pointe de ma lame. Il tressauta comme la grenouille de Galvani.

La foule, impressionnée, se taisait.

Finalement, Ned tressaillit, cligna des yeux, m'aperçut et s'écria :

« Ne me touche pas !

— À l'avenir, évite de t'en prendre à meilleur que toi, Ned.

— Bon sang, comment que t'as fait ça ?

— Je te l'ai dit. Simple magie. »

Je pointai mon sabre vers les autres.

« J'ai gagné loyalement aux cartes, et je viens de gagner ce duel. Pas d'autre amateur ? »

Ils se dispersèrent comme si j'avais la lèpre. Un maître d'équipage me lança le sac des paris. Dieu bénisse les instincts parieurs des marins britanniques !

Ned se redressa, encore à moitié sonné.

« Personne n'a jamais pris le dessus sur moi. Pas même mon père après mes huit, neuf ans, parce que j'étais déjà assez costaud pour le tenir à bout de bras.

— Tu me respecteras désormais ? »

Il secoua la tête afin de l'éclaircir.

« Tu as d'étranges pouvoirs, cap'taine. Je m'en suis rendu compte. Tu survis toujours, d'un côté comme de l'autre.

— Je me sers simplement de mon cerceau, Ned. Si tu veux bien me suivre, je t'apprendrai à le faire.

— Ça va, je marche avec toi. Plus de bagarres entre nous. »

Laborieusement, il se releva, les jambes molles. Je savais ce qu'il ressentait. Un bourdonnement dans les oreilles. On ne se remet pas si vite d'une décharge électrique.

« Écoutez-moi, cracha-t-il d'une voix éraillée à l'adresse des autres. Plus personne contrarie le Yankee, d'accord ? Le prochain qui le cherche, il aura affaire à moi. On est partenaires, voilà ce qu'on est. »

Il m'accorda une accolade, comme un singe géant.

« Ne touche plus au sabre, bonhomme !

— Oh, non ! »

Il s'en écarta comme d'un serpent sur le point de mordre.

« J'ai besoin de toi pour un autre tour de magie. Il me faut quelqu'un qui puisse tourner une manivelle comme le diable en personne. Tu pourras faire ça, Ned ?

— Si tu me touches pas.

— On est quittes, mon frère. Maintenant, on peut être copains. »

*
* *

Il y eut une espèce de temps mort alors que les Français progressaient comme des fourmis vers les murs d'Acre et mettaient quelques canons en place. Ils creusaient nuit et jour et on les attendait, avec ce fatalisme paresseux qui ronge les assiégés. C'était la semaine sainte et, dans un esprit de vacances, Smith et Bonaparte acceptèrent d'échanger quelques prisonniers faits au cours de raids ou d'escarmouches sans grandes conséquences. Djezzar tournait en rond et maudissait cordialement toutes les catégories d'infidèles, chrétiens en tête. Puis il s'asseyait dans sa tour et scrutait le paysage avec une fureur destinée à motiver ses hommes. Je travaillais à mon projet électrique, mais il était difficile d'y faire participer Jéricho car le Boucher, Smith et Phélippeaux l'accablaient de commandes moins scientifiques de matériel militaire. En combat corps à corps, sur les remparts, avec peu de temps pour recharger, les armes blanches seraient aussi importantes que les armes à feu.

La tension augmentait. Les traits autrefois sereins du forgeron se crispaient en permanence, et les cernes s'agrandissaient, sous ses yeux. Les canons français tiraient nuit et jour, il dormait peu et mes relations de plus en plus étroites avec Miriam l'inquiétaient. Mais c'était le genre d'homme qui ne refusait aucun travail ni ne supportait la moindre baisse dans sa qualité. Il persistait à travailler quand on s'écroulait à bout de fatigue, sa sœur et moi, dans deux coins opposés de l'armurerie.

C'est lui qui nous réveilla, à l'aube du 28 mars, alors que le rythme de la canonnade française s'accélérait, signalant une attaque imminente. Même au sous-sol du palais de Djezzar, l'avalanche de boulets ébranlait les poutres et soulevait la poussière tandis que jaillissaient les étincelles de la forge.

« Les Français testent nos défenses. Garde ta sœur ici, Jéricho. Vous avez trop de valeur, tous les deux, en tant que métallurgistes, pour servir de cibles.

— Et toi ?

— Je ne suis pas encore prêt, mais j'ai hâte de voir mes chaînes à l'ouvrage. »

Il était quatre heures du matin. Des torches éclairaient les escaliers et les rampes. Un flot de soldats turcs et britanniques me submergea, en route pour la tour, jurant dans leurs langues respectives. Sur le parapet, la canonnade était un roulement continu, ponctué, de loin en loin, par le choc d'un boulet, le chuintement d'un autre au-dessus de nos têtes. Des éclairs jaillissaient des lignes françaises, marquant l'emplacement de leurs canons.

Smith était là, le sourire crispé, avec un contingent de la marine royale. Phélippeaux courait en tous sens, dictant alternativement en français, en anglais et en arabe les angles de tir de nos canons. Simultanément, les lanternes de la tour appelaient le soutien de la flotte.

Je ne distinguais pas les troupes ennemies. J'empruntai un mousquet pour viser une silhouette probable, dans l'espoir de susciter une réaction qui nous permettrait de tirer avec plus de chance de toucher quelques cibles. Mais les Français étaient trop disciplinés pour riposter au jugé. Alors, je rejoignis Phélippeaux dans la tour. Elle vibrait de haut en bas comme un arbre sous la hache du bûcheron.

Nos canons commençaient à répliquer, interrompant le roulement de tambour des tirs français, mais fournissant, par la même occasion, des points de repère à leur canonnade. Les boulets volèrent plus haut, l'un d'eux toucha un créneau qui dispersa des éclats de roche aussi dangereux que des grenades. Un canon turc, touché, bascula, parmi les hurlements des artilleurs blessés.

« Qu'est-ce que je peux faire ? »

J'avais eu quelque peine à maîtriser le tremblement de ma voix. Mes oreilles bourdonnaient. Des douves, montaient de curieux échos qui amplifiaient les explosions, et l'âcre parfum de la poudre brûlée s'épaississait rapidement.

« Allez chercher Djezzar, répondit enfin Phélippeaux. Il est le seul que ses hommes craignent plus que Bonaparte. »

Dans l'antichambre du Boucher, je faillis me heurter à Farhi.

« On a besoin de lui pour stimuler ses soldats.

— Impossible de le déranger. Il est au harem. »

Par les braies de Casanova, ce pacha trouvait le moyen d'être en rut à un moment pareil ? Puis une porte s'ouvrit et Djezzar apparut en haut de l'escalier menant au gynécée. Sans chemise, les yeux brillants, curieux compromis entre un satyre et le prophète Élie. Deux pistolets à la ceinture, un vieux sabre prussien au poing. Un esclave accourut, porteur d'une cotte de mailles oxydée, de type médiéval, et d'une camisole de feutre. Avant que le pacha ne refermât la porte du harem, j'entendis les voix excitées, éplorées de ses femmes. Je me dépêchai de lui crier :

« Phélippeaux a besoin de vous.

— Bientôt, promit-il, les Français seront assez proches pour que je puisse les tuer. »

Au lever du jour, apparut la silhouette de l'observatoire napoléonien, au sommet de la colline. Les navires britanniques s'étaient rapprochés, dans la baie d'Acre, mais il fut bientôt évident que leurs tirs ne pourraient atteindre les troupes d'assaut. Maintenant, on les voyait se préparer, dans leurs tranchées. Certains des soldats portaient des échelles.

« Ils ont fait une brèche, annonça Phélippeaux. Juste au-dessus de la douve. Elle n'est pas grosse, mais s'ils l'atteignent, les Turcs vont prendre la fuite. Il y a eu trop de rumeurs au sujet du massacre de Jaffa. Nos Ottomans sont trop nerveux pour combattre et trop effrayés pour se rendre. »

Je me penchai pour mesurer l'étendue noire de la douve sèche. Les Français y pénétreraient facilement, mais pourraient-ils en ressortir ?

« Préparez un tonnelet de poudre à canon. Ou la moitié seulement et le reste en clous et en balles. À leur laisser choir sur la tête s'ils essaient d'atteindre la brèche. »

Le colonel royaliste émit un ricanement.

« Mon ami américain assoiffé de sang, vous avez l'instinct d'un guerrier. On va illuminer le chemin du Corse.

— Na-po-lé-on-on-on ! »

Debout sur son siège d'observation, face à l'ennemi, plus exposé qu'un étendard, le Boucher vociférait :

« Venez le prendre, le mamelouk ! Je vous baiserai tous comme je viens de baiser mes femmes ! »

Des balles sifflaient sans le toucher. Un miracle.

« C'est ça, éventez-moi un peu… comme mes femmes ! »

On l'empoigna. On le ramena en sécurité.

« Si vous vous faites tuer, tout est perdu », le sermonna Phélippeaux.

Djezzar cracha par terre : « Voilà ce que j'en pense, de leur adresse au tir ! »

Trop large, sa cotte de mailles flottait autour de lui tandis qu'il se pavanait de long en large, au sommet de la tour. Sans oublier de s'assurer que ses hommes étaient toujours solides au poste.

« Vous savez que j'ai l'œil sur vous ! »

Quand le paysage vira au gris, je constatai que Bonaparte s'était un peu trop pressé. Ses tranchées manquaient de profondeur. Une vingtaine de ses hommes gisaient déjà sur le carreau. Plusieurs canons de sa batterie centrale avaient été renversés, réduits au silence, car les talus de protection étaient insuffisants pour les abriter, et nos propres boulets avaient partiellement détruit l'aqueduc, arrosant les troupes embusquées de nombreux quartiers de maçonnerie. Leurs échelles paraissaient ridiculement courtes.

Puis une grande clameur s'éleva et, drapeau tricolore bien en évidence, les Français montèrent à l'assaut. Ils avaient toujours autant de cœur au ventre. C'était la première fois que j'assistais, du côté opposé, à cette démonstration de courage. Un spectacle assez effrayant que cette charge impétueuse qui dévorait la distance, entre tranchées et douve, à une vitesse ahurissante.

Turcs et marins britanniques s'efforçaient de les stopper par un feu nourri, mais les tirs de couverture des Français nous obligeaient tous à baisser la tête. On n'en élimina qu'un petit nombre. Les autres, sur leur élan, atteignirent la douve et roulèrent jusqu'au fond.

Leur reconnaissance du site avait été trop approximative. Il manquait près d'un mètre aux échelles, mais les plus braves rebondirent et les dressèrent, invitant leurs camarades à les suivre. D'autres criblaient de balles la brèche ouverte par leurs canons, touchant quelques-uns de nos hommes. Déjà, les troupes ottomanes commençaient à gémir.

« Silence ! rugit Djezzar. On dirait mes femmes ! Vous voulez voir ce que je vous ferai si vous reculez ? »

Ils parvinrent à mettre en place plusieurs de ces échelles. Trop courtes, beaucoup trop courtes. Erreur fatale. Quand ils lèveraient les bras pour tenter de se hisser jusqu'à l'ouverture, personne n'hésiterait à saisir une chaîne tendue en travers de la tour. Telle quelle, elle leur permettrait d'envahir la ville et Acre connaîtrait alors le destin de Jaffa. Mais quand la chaîne serait électrisée…

Les Turcs les plus valeureux se penchèrent pour tirer ou lancer des pierres. Mais furent rapidement décimés par les Français postés de l'autre côté de la douve. Un homme tomba en hurlant, du haut de la brèche. Je tirai moi-même au mousquet, une seule fois, en maudissant son inexactitude.

Quelques Ottomans battirent en retraite, abandonnant leurs armes. Les marins britanniques essayèrent de les arrêter, mais ils étaient en pleine panique. Djezzar descendit alors de son perchoir pour les empêcher de fuir, le vieux sabre prussien brandi au-dessus de sa tête.

« Vous avez peur de quoi ? Regardez-les ! Leurs échelles sont bien trop courtes ! Ils ne pourront pas entrer ! »

Penché au-dehors, il déchargea ses deux pistolets, puis les tendit à un Turc.

« Fais au moins quelque chose, femmelette ! Recharge-les ! »

Ses hommes, honteux, se remirent à tirer. Bien que terrorisés par ces formidables soldats français, ils avaient encore plus peur de leur maître.

Du haut de la tour, tomba enfin une sorte de météore enflammé qui rebondit sur le sol avant d'exploser. Une déflagration cataclysmique, dans un jaillissement meurtrier, en tous sens, de mille éclats de bois et de métal. Le tonneau de poudre dont j'avais suggéré l'emploi.

L'explosion projeta au sol les plus proches grenadiers mis en pièces, en blessa de nombreux autres. Les hommes de Djezzar s'étaient remis à canarder, de plus belle, les assaillants encore valides. L'assaut se terminait avant d'avoir vraiment commencé. Avec leurs canons rendus inefficaces par la proximité même de leurs objectifs, leurs échelles trop courtes, la brèche trop haute et trop étroite, notre opposition énergique était venue à bout de ces magnifiques soldats français. Elle avait brisé leur élan et les rares survivants battaient en retraite.

« Voyez comme ils cavalent ! »

En réponse à l'enthousiasme de Djezzar, les Turcs l'acclamèrent. Ils avaient bel et bien repoussé l'assaut, et mis les assaillants en déroute. Ces terribles Francs n'étaient pas invincibles, après tout ! Une foi nouvelle était née, qui soutiendrait la garnison pour les semaines à venir. La tour d'Acre serait le symbole de la résurrection de l'Empire ottoman tout entier.

Quand le soleil, à son zénith, éclaira pleinement le champ de bataille, l'hécatombe apparut dans toute son horreur. Deux cents des grenadiers de Bonaparte gisaient morts ou blessés, et Djezzar refusa de cesser le feu pour permettre à l'ennemi d'évacuer ceux qui auraient pu être encore sauvés. Beaucoup moururent en appelant à l'aide avant que quelques-uns pussent être ramassés, la nuit suivante.

« On leur a montré, aux Francs, jubilait Djezzar, ce qu'était l'hospitalité d'Acre ! »

Phélippeaux était moins enthousiaste.

« Je connais le Corse. Ce n'était qu'un coup de sonde. La prochaine fois, ce sera beaucoup plus sérieux. »

Et se retournant vers moi :

« Puisse votre petite expérience se révéler positive ! »

*
* *

L'échec de Napoléon avait produit un curieux effet sur l'ensemble de la garnison. Les soldats ottomans étaient fiers de leur action décisive et, pour la première fois, vaquaient à leurs tâches avec plus de détermination, moins de fatalisme résigné. Ils avaient battu les Francs ! Djezzar était invincible ! Allah avait répondu à leurs prières !

Les marins britanniques, en revanche, faisaient grise mine. Une longue suite de victoires navales leur avait dicté une attitude méprisante à l'égard des « bouffeurs de grenouilles », mais le courage des soldats français les avait fortement impressionnés. Bonaparte était toujours là. Ses tranchées se creusaient plus vigoureusement que jamais. Les marins se sentaient bloqués sur la terre ferme. Les Français dressaient des épouvantails pour disperser nos tirs et déterraient nos boulets de canon qu'ils nous retournaient sans vergogne !

Bien que les maudits Français eussent mené une révolution sanglante contre la noblesse et l'Église, Djezzar, de surcroît, croyait en une conspiration ourdie par les chrétiens d'Acre contre son autorité. Il en fit jeter plusieurs douzaines, plus deux prisonniers français, dans des sacs qui furent balancés à la mer. Smith et Phélippeaux n'avaient pas plus de pouvoir pour endiguer les atrocités du pacha que Bonaparte n'en avait eu pour empêcher le pillage de Jaffa, et la plupart des Anglais considéraient Djezzar comme un dément dont il était impossible de maîtriser les actes.

L'impopularité de Djezzar ne se limitait pas à la croix et à la Couronne. Salih Bey, un vieil alchimiste mamelouk du Caire, avait fui en Égypte après la victoire de Napoléon et fait cause commune avec le Boucher contre la France. Djezzar l'accueillit chaleureusement, lui servit une tasse de café empoisonné et jeta son cadavre dans la mer, moins d'une heure après son arrivée.

Gros Ned recommandait à ses camarades de faire confiance au « magicien », c'est-à-dire à moi. Le même stratagème qui m'avait permis de le terrasser, leur promettait-il, vaincrait Napoléon, et, sous ma direction, les marins bâtirent deux grossiers cabestans de bois, un de chaque côté de la tour. La chaîne pendrait en travers de l'édifice, et les cabestans permettraient de la hisser au niveau convenable. Puis je fis transporter mes bouteilles de Leyde dans un local sis à mi-hauteur de la tour auquel donnait accès la porte d'où j'avais défié Gros Ned. Une chaîne plus légère terminée par un crochet commanderait la manœuvre de la plus lourde. Cette chaîne serait elle-même reliée à la barre de cuivre connectée à mes bouteilles de Leyde.

« Quand ils reviendront, Ned, il va falloir que tu tournes la manivelle comme Belzébuth en personne.

— On va leur foutre le feu au cul comme s'ils grillaient déjà en enfer, cap'taine ! »

Miriam avait largement participé au montage, l'adresse de ses mains féminines contribuant plus d'une fois à la solidité de l'ensemble. Les anciens Égyptiens avaient-ils disposé de cette magie, longtemps avant que le génial Franklin ne s'en avisât ?

« J'aimerais que ce vieux Ben soit là pour le voir, avouai-je, dans la tour, un soir où le couchant illuminait, par les fentes des meurtrières, notre encombrante accumulation de sorcellerie scientifique.

— Qui est ce vieux Ben ? » voulut savoir Miriam.

Nous étions assis par terre, l'un contre l'autre. Une manifestation de cette intimité physique que je rêvais toujours de pousser plus loin.

« Un savant américain qui a fait beaucoup pour notre prestige. Franc-maçon, incollable sur l'histoire des Templiers. Certains pensent qu'il avait leurs idées en tête quand il a fait les États-Unis d'Amérique.

— Quelles idées ?

— Je ne sais pas exactement. Qu'un pays doit promouvoir certaines conceptions. Croire en quelque chose.

— Et que croyez-vous personnellement, Ethan Gage ?

— La même question que me posait Astiza. Est-ce que toutes les femmes la posent ? Dès que j'ai commencé à croire en elle, je l'ai perdue. »

Elle me regardait tristement.

« Vous la regrettez beaucoup, n'est-ce pas ?

— Comme vous regrettez votre fiancé mort à la guerre. Comme Jéricho regrette son épouse, Gros Ned son copain Petit Tom et Phélippeaux la monarchie.

— Tous plus ou moins en deuil. »

Il y eut un court silence.

« Savez-vous en quoi je crois, Ethan ?

— En l'Église ?

— En ce qu'elle représente.

— Dieu ?

— Je crois qu'il y a plus, dans la folie de la vie, que la folie de la vie. Je crois qu'il y a des moments, dans toutes les vies, où l'on sent qu'il y a autre chose. La plupart du temps, on se sent aveugle et solitaire, comme un poussin dans son œuf, mais, de temps à autre, on casse la coquille pour jeter un coup d'œil au-dehors. Ceux qui sont bénis connaissent souvent de tels instants, ceux qui sont foncièrement mauvais, jamais ! Toutefois, quand vous sentez que ce cauchemar de l'existence n'est pas la seule route possible, tout devient supportable. Et je crois que lorsqu'on trouve quelqu'un qui croit en vous, qui veut sortir de sa coquille, oui, je crois qu'à deux, on peut briser totalement cette coquille. Et c'est le plus que nous puissions espérer en ce monde. »

J'en frémissais intérieurement. Cette guerre monstrueuse qui m'emprisonnait depuis plus d'un an pouvait-elle n'être qu'un long cauchemar ? Les Anciens savaient-ils comment briser la coquille ?

« Je ne pense pas avoir réellement connu un seul de ces instants privilégiés. Vous me croyez foncièrement mauvais ?

— Ceux qui le sont ne l'admettent pas, ils ne se l'avouent même pas à eux-mêmes. »

Sa main effleura mon menton mal rasé. Ses yeux bleus brillaient comme l'eau de la mer à Jaffa.

« Mais quand vient le moment, vous devez le saisir et laisser entrer la lumière. »

Ce fut elle qui m'embrassa. Un vrai baiser, cette fois. Elle haletait un peu, son corps se pressait contre le mien, ses seins s'écrasaient contre ma poitrine. Elle tremblait des pieds à la tête.

J'étais profondément amoureux, non seulement de Miriam, mais du monde entier. Était-ce incohérent ? À cet instant, je me sentais solidaire de toutes les âmes tourmentées de ce monde absurde. Un sentiment à la fois fragile et universel d'amour et de miséricorde. Je lui rendis son baiser, avec fougue. Astiza n'était plus, au fond de mon esprit, qu'un lointain souvenir.

« J'ai toujours tes séraphins en or, Ethan. »

Elle me tendait un petit sac pendu jusque-là entre ses seins.

« Maintenant, tu peux les reprendre.

— Garde-les en cadeau. »

Je me moquais bien de mes séraphins en or !

Puis il y eut un grondement, un souffle torride, et toute la tour tressaillit comme empoignée par la main d'un géant irascible. J'eus une seconde l'impression qu'elle allait s'écrouler, mais elle se stabilisa, nous laissant allongés sur un parquet légèrement oblique.

Des trompettes sonnaient.

« Ils ont fait exploser une mine. Ils reviennent ! »

C'était le moment d'essayer la chaîne.

# 14

Je découvris, par une des meurtrières, un épais nuage de poussière et de fumée.

« Reste là, Miriam. Je vais aux nouvelles. »

Je montai les marches quatre à quatre. Phélippeaux était déjà là, penché par-dessus le parapet, sans se soucier des balles françaises.

« Leurs sapeurs ont creusé un tunnel sous la tour et l'ont bourré de poudre à canon. Je crois qu'ils ont sous-estimé la puissance nécessaire. La douve est à moitié comblée, mais ils n'ont fait qu'une nouvelle brèche. Je ne vois aucune lézarde nulle part. »

En se redressant, il me saisit par le bras.

« Votre diablerie est-elle prête ? La détermination de Bonaparte ne fait aucun doute. »

Comme la première fois, les troupes avançaient sous le vieil aqueduc, mais en plus grand nombre. Toute une brigade. Leurs échelles étaient plus longues, agitées par le rythme de leur course. Je me penchai au-dehors. Il y avait un plus large trou, à la base de la tour, et les gravats, les roches accumulées dans la douve offraient une voie d'accès plus facile.

Je dis à Phélippeaux de rassembler ses meilleurs hommes à l'endroit de la brèche élargie.

« Je vais retenir les Français avec ma chaîne. Quand ils retomberont, canardez-les d'en bas comme d'en haut, avec tout ce que vous avez sous la main. »

Puis, à Smith, qui venait de nous rejoindre :

« Sir Sidney, préparez vos bombes !

— Je leur réserve le feu de Zeus !

— N'hésitez pas. À un stade quelconque, je manquerai de courant et ils briseront la chaîne.

— Alors, on les achèvera ! »

Phélippeaux et moi, nous replongeâmes dans l'escalier. Lui à destination de la brèche, moi en direction de mon nouveau collaborateur.

« Maintenant, Ned, maintenant ! Monte en vitesse et tourne-moi cette grosse manivelle de toutes tes forces. Ils arrivent, et ma putain de batterie doit être chargée à bloc !

— Baisse la chaîne, cap'taine, et je vais fournir l'étincelle ! »

J'assignai quelques marins à chacun des cabestans, leur recommandant de rester à l'abri jusqu'à ce qu'il soit l'heure de régler la chaîne. Après l'explosion de la mine, s'était engagé un duel d'artillerie, et le vacarme était assourdissant. Des canons tiraient de partout, nous obligeant à hurler. Quand les boulets pénétraient dans la tour, des débris de toutes sortes emplissaient l'air. Parfois, on pouvait suivre leurs trajectoires au-dessus des têtes et, quand ils retombaient, d'autres geysers de poussière jaillissaient. Nos propres boulets soulevaient des éventails de sable au milieu des positions françaises, bousculant parfois une grosse pièce ou un chariot rempli de poudre. Les grenadiers de tête chargeaient à présent, pointant leurs échelles comme des lances.

Je gueulai de toutes mes forces :

« Abaissez la chaîne ! »

De part et d'autre de la tour, les deux cabestans commencèrent à dévider leurs câbles. La chaîne suspendue, comme une guirlande de fête, glissa lentement vers la brèche. S'arrêta juste au-dessus, sous les yeux des Français médusés qui devaient nous croire complètement fous. On se criblait de balles, d'un camp à l'autre, sans grande efficacité, mais pouvait-on faire autrement ? Le métal volait en sifflant. Les hommes touchés criaient à peu près de la même façon et le sang coulait sur les remparts.

Djezzar apparut dans son antique cotte de mailles, tel un vieux Sarrasin fou enjambant morts et blessés, houspillant les autres sans se soucier le moins du monde de la mitraille française.

« Tirez ! hurla-t-il, tirez ! Ils vont reculer en voyant qu'on ne se rend pas ! Leur mine n'a pas fonctionné ! La tour est toujours debout ! »

Je rejoignis mes compagnons de travail. Ned tournait furieusement la manivelle, torse nu ruisselant de sueur. Le disque de verre pivotait à grande vitesse et les coussinets de friction bourdonnaient comme les abeilles d'une ruche.

« Prêt, cap'taine ?

— On attend qu'ils se cramponnent à la chaîne.

— Ils ne vont pas tarder », annonça Miriam, l'œil collé à une meurtrière.

En dépit des tirs ininterrompus qui les décimaient, les grenadiers traversaient la douve à demi comblée et grimpaient vers le trou pratiqué par leur mine. L'un d'eux agitait un drapeau tricolore. J'entendis Phélippeaux lancer un ordre sec et la fusillade doubla de volume sonore, dans la partie inférieure de la tour. Les assaillants de tête basculèrent en arrière et le porteur d'étendard mordit la poussière. D'autres franchirent l'étalage de cadavres, tirant droit dans la brèche, et quelqu'un ramassa l'étendard. On percevait clairement le son familier des balles percutant la chair, et les râles des hommes touchés.

« On y est presque, Ned.

— Tous mes muscles sont dans ces récipients du diable ! »

De nombreux assaillants attrapèrent ma guirlande de métal et s'y cramponnèrent. Loin de constituer une barrière, elle leur permettait de tendre la main à ceux qui les suivaient afin de les hisser à leur niveau. Bientôt, la chaîne fut garnie, de bout en bout, d'un essaim d'hommes comparables à des guêpes engluées dans la mélasse.

« Exécution ! s'étrangla Miriam.

— À moi, Franklin ! »

Simultanément, je relevai le levier de bois qui poussait la barre de cuivre contre la petite chaîne connectée à la grosse.

Un éclair claqua. Et l'effet fut instantané. Des hurlements retentirent alors que jaillissaient des étincelles et que les grenadiers s'arrachaient à la chaîne, comme propulsés par autant de ruades chevalines. Certains ne parvinrent pas à s'en détacher et brûlèrent sur place, tous muscles tétanisés. C'était affreux. Je sentais une horrible odeur de viande cuite. Le chaos était à son comble.

« Feu ! » cria Phélippeaux.

Nouvelle fusillade. D'autres assaillants s'écrasèrent sur les décombres qui garnissaient la douve.

« Cette chaîne est bizarrement chaude ! » s'étonnaient les grenadiers.

Des hommes la touchèrent du bout de leur baïonnette et reculèrent. Certains essayaient encore de la saisir et repartaient en arrière comme des bœufs assommés.

La machine fonctionnait parfaitement. Combien de temps la charge durerait-elle ? Ned ahanait. Tôt ou tard, les attaquants verraient où elle était suspendue et la décrocheraient, mais, pour le moment, ils se bousculaient sans savoir que faire. Plus ils affluaient, plus ils retombaient en masse.

Soudain, je constatai une absence.

« Miriam !

— Elle est descendue porter de la poudre à Phélippeaux, s'étouffa Gros Ned.

— Mais j'ai besoin d'elle ici ! »

Bientôt, la brèche serait le théâtre d'une horrible boucherie. Je me ruai dans l'escalier en criant :

« Tourne toujours ! »

Il commençait à n'en plus pouvoir.

Deux étages plus bas, je me heurtai à Phélippeaux et à sa poignée de Turcs et de marins britanniques aux prises, à la baïonnette et au sabre d'abordage, avec des grenadiers qui avaient dû se débrouiller pour franchir la chaîne sans y toucher. Des deux côtés, avaient été lancées des grenades, et la moitié de nos hommes étaient à terre, tués ou provisoirement hors de combat. Chez les Français, l'hécatombe était effroyable. Vue du dehors, la brèche semblait probablement beaucoup plus vaste qu'elle n'était, et beaucoup plus accessible. Au plus fort de la mêlée, j'aperçus Miriam qui s'efforçait de tirer à l'écart un jeune blessé à la baïonnette.

« Miriam ! J'ai besoin de toi là-haut ! »

Elle me répondit d'un grand signe de tête, dans sa robe déchirée et tachée de sang. Là-dehors, quelques soldats accourus en renfort touchèrent la chaîne et rejaillirent, hurlant à pleine gorge. Je priai en silence : « Tourne la manivelle, Ned, tourne encore ! » Je savais que la charge serait bientôt épuisée.

Phélippeaux se battait comme un lion. Son sabre atteignit un lieutenant en pleine poitrine, et il dégagea son fer juste à temps pour en frapper un autre à la tête.

« Saloperies de républicains ! »

Tirée de près, une balle de pistolet le manqua de peu. Puis il y eut un cri de femme. Un des soldats français infiltrés entraînait vers la brèche une Miriam qui se débattait bec et ongles. Avait-il l'intention de se jeter avec elle sur ma chaîne ?

Je hurlai vers le bas :

« Arrête, Ned ! Tire la barre de cuivre ! »

Puis je fonçai dans le tas, ramassant un mousquet que j'utilisai comme une massue pour écarter ces hommes, amis ou ennemis, jusqu'à ce qu'il se casse en deux. Je parvins tout près de l'adversaire de Miriam et l'empoignai alors qu'elle lui labourait la joue de ses griffes. Étrange danse à trois partenaires à laquelle se mêlaient des mains tendues. Je reçus un coup sur la tête et vis Miriam basculer sur la chaîne. Je m'arc-boutai, attendant de voir mourir celle que j'aimais, victime de ma propre « magie ».

Rien ne se produisit.

La chaîne était morte.

Une clameur de joie accompagna la ruée des Français. Ils décrochèrent la chaîne, qui tomba et que d'autres emportèrent, avides de découvrir la source de ses pouvoirs mystérieux.

Miriam était tombée avec la chaîne. J'essayai de m'approcher d'elle, en rampant, mais fus carrément foulé aux pieds. Je pus saisir le bas de sa robe alors qu'une nouvelle vague de grenadiers nous piétinait. J'entendais des coups de feu et des cris dans au moins trois langues alors que d'autres hommes s'écroulaient encore.

Puis il y eut une nouvelle explosion plus forte que tout, parce qu'elle venait de se produire en plein air. Sidney Smith s'était enfin décidé à renouveler le lâchage du tonneau de poudre. Sans doute même de plusieurs tonneaux de poudre. Je m'enfonçai dans le tas de matériaux hachés alors que membres et têtes jaillissaient de toutes parts. Les hommes qui nous avaient sauvagement piétinés nous avaient servi de boucliers contre ce dernier cataclysme. J'étais quasiment indemne. Et complètement sourd.

Des mains qui n'étaient pas hostiles nous tirèrent de là tous les deux. Phélippeaux articulait une phrase que je ne pouvais entendre, en pointant du doigt alentour.

Une fois de plus, les Français battaient en retraite, laissant des centaines d'hommes sur le terrain.

Je me retournai en jetant un cri que je n'entendis pas non plus :

« Miriam ! Es-tu vivante ? »

Elle était inerte et silencieuse.

*

* *

Je la portai jusqu'aux jardins du harem. Mes oreilles recommençaient à fonctionner, lentement.

Derrière moi, Phélippeaux organisait, à grands coups de gueule, la réparation de la brèche. Les palmiers du jardin sentaient la fumée. L'air était saturé de cendre.

Je déposai mon précieux fardeau sur un banc, près d'une fontaine, et me penchai sur ses lèvres. Dieu merci, elle respirait ! Elle était sans connaissance, mais pas morte. Je trempai dans l'eau de la fontaine un mouchoir rose de sang et lui lavai le visage. Si doux, si tendre sous la suie. Enfin, la fraîcheur de l'eau la ranima. Elle battit des paupières, égarée. Puis se redressa brusquement, toute tremblante.

« Que s'est-il passé ?

— Ils sont repartis. »

Elle jeta ses deux bras autour de mon cou.

« Ethan, c'est tellement horrible.

— Ils ne reviendront peut-être pas. »

Elle secoua la tête.

« On m'a tellement répété que Bonaparte était invincible. »

Je savais qu'il faudrait beaucoup plus qu'une chaîne électrisée pour décourager Napoléon. Les yeux baissés sur elle-même, Miriam constata :

« J'ai l'air d'un boucher.

— Tu es très belle. Très belle et couverte de sang. Rentrons. »

Je la soutins par la taille tandis qu'elle passait son bras autour de mes épaules. Je ne savais trop où l'emmener, mais dans tous les cas loin de la forge de Jéricho et de la zone de combat. On rencontra Jéricho, flanqué d'un Gros Ned particulièrement anxieux.

« Dieu du ciel, que lui est-il arrivé ? s'informa le forgeron.

— Prise dans la bagarre, à la brèche. Elle s'est conduite comme une amazone.

— Je n'ai rien de grave, mon frère. »

Jéricho se fit accusateur.

« Vous aviez dit qu'elle vous donnerait seulement un petit coup de main. »

Elle intercéda en ma faveur.

« Les hommes avaient besoin de munitions, Jéricho.

— Mais j'aurais pu te perdre ! »

Il y eut un silence accru par la tension ouverte entre deux hommes qui voulaient la même femme, pour des raisons différentes. Ned se taisait, l'air coupable, comme si tout cela était de sa faute.

« Reviens à la fonderie, grogna Jéricho. Les boulets ne viendront pas nous chercher au sous-sol.

— J'accompagne Ethan.

— Tu l'accompagnes ? Où ça ? »

Ils me regardaient tous les trois comme si je pouvais le savoir.

« Quelque part où elle va pouvoir se reposer. Ta forge est beaucoup trop bruyante, Jéricho. Et pas assez confortable.

— Je ne veux pas que vous partiez ensemble.

— Je suis avec Ethan, mon frère. »

On s'en alla, laissant le forgeron désemparé, dont les mains s'ouvraient et se refermaient sur du vide. Derrière nous, les canons résonnaient encore.

Mon ami Mohammed avait loué une chambre au khan el-Omdan, l'auberge des Piliers. J'avais jeté un manteau sur les épaules de Miriam, mais, quand Mohammed nous ouvrit sa porte, on avait l'air de deux vagabonds.

« Mohammed, on a besoin d'un endroit où reprendre haleine.

— Effendi, toutes les chambres sont prises.

— Sûrement…

— On peut toujours trouver quelque chose, en y mettant le prix.

— Si on partageait simplement la tienne…

— Les murs sont minces et l'eau rare. Ce n'est pas un endroit pour une dame. Tu ne mérites pas mieux, mais elle, si. Donne-moi le reste de l'argent que tu as reçu de sir Sidney pour prix de ta médaille et des paris engagés sur ton duel. »

Il tendait une paume ouverte. J'hésitai. Il insista :

« Allons, tu sais que je te volerai pas. À quoi sert l'argent si on ne veut pas le dépenser ? »

Je lui remis ce qu'il demandait et il disparut. Une demi-heure plus tard, il revint avec mon escarcelle vide.

« Venez. Un marchand a fui la ville et un jeune médecin y dort actuellement. Il y va rarement, et il m'a loué sa clef. »

La maison était sombre, derrière ses stores baissés. Des housses recouvraient tous les meubles. Le jeune docteur levantin était un chrétien de Tyr nommé Zawani, qui se contentait de camper dans une des chambres. Il me serra la main en observant Miriam du coin de l'œil.

« Je vais me servir de votre argent pour acheter des bandages et des herbes médicinales. »

Nous étions assez loin de la forteresse pour ne plus entendre le bruit du canon.

« Il y a une baignoire, là-haut. Reposez-vous. Je ne rentrerai pas avant demain.

— La dame a besoin de repos…

— Inutile de me fournir des explications. Je suis médecin. »

On resta seul tous les deux. Au premier étage nous attendait en effet une alcôve avec un dôme de maçonnerie au-dessus d'une large baignoire. Les murs étaient percés de panneaux de verre multicolore. La lumière y entrait comme à travers les vitraux d'une église. Un réchaud à bois permettait de chauffer l'eau, et je me mis au travail pendant que Miriam dormait un peu.

Quand je la réveillai, la salle d'eau du premier étage était pleine de vapeur.

« Je t'ai préparé un bain. »

J'allais me retirer, mais elle me retint et nous déshabilla tous les deux. Ses seins étaient petits mais parfaits, leur pointe rose, son ventre plat orné d'une toison d'un blond pâle. C'était la madone virginale. Elle nous lava tous les deux de la crasse de la bataille jusqu'à ce qu'elle-même ne fût plus, de nouveau, que beauté sculpturale.

Le matelas du marchand s'élevait au niveau de ma ceinture, avec un bloc ouvragé de tiroirs par-dessous et un baldaquin par-dessus. Elle s'allongea la première et m'attendit. Rien ne saurait être plus beau qu'une femme nue prête à vous accueillir. Un spectacle aussi tentant que les eaux d'une mer ensoleillée. Son corps était un paysage accidenté, mystérieux et inexploré. Me rappelais-je encore comment faire ? J'avais mille ans. Le souvenir d'Astiza me tracassait inopportunément. Un coup de poignard au cœur. Et puis Miriam murmura :

« C'est un de ces instants dont je t'ai parlé, Ethan. »

Je la pris doucement, tout en tendresse. Elle pleura, la première fois, puis s'accrocha à moi, de toutes ses forces, et ne pleura pas la deuxième fois. Je m'accrochais à elle, en retour, et des larmes me vinrent quand je repensai à Astiza, puis à Bonaparte, puis à Miriam en me demandant combien de temps s'écoulerait avant le retour des Français, aussi cruels qu'ils l'avaient été à Jaffa. S'ils pénétraient dans la ville, ils nous tueraient tous.

Je me détournai pour lui cacher mes pleurs, mais elle avait déjà trouvé le sommeil et je m'endormis paisiblement auprès d'elle.

Un peu avant minuit, quelqu'un me réveilla en me secouant par l'épaule. Je braquai mon pistolet, mais ce n'était que Mohammed.

« Et alors ? Plus moyen d'être seuls ? »

Il posa un doigt sur ses lèvres et me fit signe de le suivre.

« Maintenant ? »

Sa mimique était éloquente. Je sortis doucement du lit et le rejoignis dans la pièce principale où je me drapai dans une couverture comme dans une toge.

« Qu'est-ce que tu fais ici ? » lui demandai-je.

La ville semblait dormir, elle aussi. Les canons se taisaient.

« Désolé, effendi, mais sir Sidney et Phélippeaux sont formels. Les Français se sont servis d'une flèche pour passer ce message par-dessus le mur. Avec ton nom écrit dessus : *Ethan Gage*, sur un petit sac de toile d'emballage. Franklin aurait apprécié la rapidité de la transmission.

— Une flèche ? En quel siècle sommes-nous donc ? Comment ont-ils su que j'étais ici ?

— Ta chaîne électrisée les en a informés. On ne parle que de ça dans toute la province. »

Admettons. Que pouvaient m'envoyer nos ennemis qui tienne aussi peu de place ?

J'ouvris le petit sac et fis rouler son contenu dans ma paume.

C'était une bague enchâssée d'un rubis gros comme une cerise, avec un autre message attaché par un cordon. Qui disait simplement :

« Elle a besoin des anges. Monge. »

Le sol tremblait sous mes pieds. La dernière fois que j'avais vu cette bague, elle était au doigt d'Astiza.

## 15

Mohammed m'observait attentivement.

« Cette bague signifie quelque chose pour toi, mon ami ?

— C'est ça le message ? Rien d'autre ? »

Monge ne pouvait être que Gaspard Monge, le mathématicien français que j'avais retrouvé à Jaffa.

« Il n'y a pas que la taille du rubis, n'est-ce pas ? » insista Mohammed.

Je m'assis lourdement.

« J'ai bien connu la femme qui la portait. »

Astiza était toujours en vie !

« Et pour quelle raison l'armée française te catapulte-t-elle sa bague de cette façon originale ? »

Pour quelle raison, en effet ? Je la tournais et la retournais, en me remémorant son origine. J'avais persuadé Astiza de la prélever dans le trésor souterrain que nous avions trouvé sous la Grande Pyramide, en dépit de sa conviction que ce genre de grappillage était maudit. Puis nous l'avions oubliée jusqu'à ce jour où précairement accrochée à l'amarre d'un ballon, avec le comte Silano cramponné à ses chevilles, elle s'était souvenue de la malédiction et m'avait supplié de lui ôter la bague, ce qui s'était révélé totalement impossible. Plutôt que de me voir retomber entre les mains de soldats français, elle avait alors lâché l'amarre pour tomber dans les eaux du Nil en compagnie d'un comte hurlant de terreur.

L'allègement soudain du ballon l'avait propulsé à une plus grande hauteur. J'avais essuyé une salve des Français et, le temps que je puisse regarder en arrière, il n'y avait plus rien à la surface du fleuve. C'était comme si elle avait disparu de la terre. Jusqu'à maintenant…

Les anges ? Ces deux séraphins que nous avions trouvés ensemble. Et que j'allais devoir reprendre à Miriam.

« Tout ce qu'ils veulent, c'est que j'y aille voir.

— Un piège, suggéra mon compagnon. Ils te craignent comme la peste, toi et ta sorcellerie électrique.

— Non, non, pas un piège. Du moins, je ne le pense pas. »

Je n'étais pas assez prétentieux pour imaginer qu'ils puissent vouloir m'attirer hors des murs afin de pouvoir me fusiller une bonne fois pour toutes. Ce que j'en déduisais, c'était qu'ils n'avaient pas renoncé à notre quête commune du Livre de Thot. S'il y avait une façon de m'enrôler une nouvelle fois, c'était bien en me rappelant l'existence d'Astiza.

« Ils savent seulement que je suis vivant, à cause de l'électricité, et ils ont appris quelque chose de neuf que je pourrai interpréter. C'est probablement au sujet de ce que j'ai cherché à Jérusalem. Ils savent aussi que la seule façon de me faire revenir, ce sont les dernières nouvelles d'Astiza.

— Effendi, vous ne pouvez pas quitter cette maison. » Je pivotai vers la chambre où Miriam dormait.

« Il va bien le falloir. »

Mohammed était sans voix.

« À cause d'une femme ? Tu en as une, sous ce même toit.

— Il y a là-bas quelque chose dont la découverte affectera le sort du monde, en bien ou en mal. Je veux aider les Français à le trouver. Pour le leur voler, ensuite. Et j'ai besoin de ton aide, Mohammed. Il faudra que je m'échappe de Palestine avec Astiza, quand j'aurai pu m'emparer de ce que je cherche. J'ai besoin de quelqu'un qui connaît le pays. »

Mohammed avait blêmi.

« J'ai tout juste pu sortir de Jaffa, effendi. Comment aller me risquer chez ces diables de Français ?

— Contre une part du plus grand trésor qui soit au monde ?

— Le plus grand trésor ?

— Sans aucune garantie, naturellement. »

Il examina consciencieusement le problème.

« Quelle part ?

— Cinq pour cent te paraîtrait raisonnable ?

— Pour te guider à travers le désert de Palestine ? Un cinquième, au moins.

— Nous serons nombreux lors du partage. Sept est le plus gros pourcentage que je puisse te promettre.

— Va pour un dixième. Plus un petit bonus si je dois me faire aider par mes cousins, mes frères ou mes oncles. Plus le coût des chameaux ou des chevaux. Des armes et de la nourriture. Logique s'il s'agit du plus grand trésor. »

Je soupirai :

« Voyons d'abord si on peut joindre Monge sans se faire trucider, d'accord ? »

Naturellement, quelque chose m'empêchait de tirer, en toute insouciance, des plans sur la comète. Je venais de faire l'amour avec la meilleure femme du monde, Miriam, et je m'apprêtais à lui reprendre mes séraphins avant de m'esquiver pour retrouver la trace d'Astiza sans même dire un mot à cette autre femme. Je me sentais dans la peau d'un goujat, et je ne me voyais pas du tout lui expliquer le problème.

Non que j'aie le sentiment d'être déloyal envers Miriam. J'étais simplement loyal envers le souvenir d'Astiza et je les aimais toutes les deux d'une façon différente. Astiza était pour moi l'essence même de l'Égypte et des mystères anciens, une beauté dont la quête des connaissances disparues était devenue mienne. On avait fait connaissance alors qu'elle envisageait de m'assassiner, avec Bonaparte lui-même à l'arrière-plan, qui tirait les fils. Puis elle m'avait sauvé la vie, plus d'une fois, avant de m'aider à devenir un homme digne de ce nom. Nous n'étions pas que des amants, mais des compagnons d'aventure dans cette quête qui nous était devenue commune, et nous avions failli mourir dans la Grande Pyramide. Il fallait absolument que je parte à la recherche d'Astiza, mais comment l'expliquer à Miriam ? Les femmes n'acceptent pas volontiers ce genre de situation hybride. J'irais donc interroger Astiza sur la signification de sa bague, je la sauverais, je les réunirais toutes les deux, et puis…

Quoi ? Selon la promesse de Sidney Smith, les choses s'arrangeraient bien d'elles-mêmes. « Il est si facile de se conduire en être raisonnable, disait Ben Franklin, c'est seulement ainsi qu'on peut réussir tout ce qu'on a décidé de faire. » Ce vieux Ben avait eu d'excellents rapports avec les femmes, pendant que sa propre épouse se morfondait en Pennsylvanie.

« On réveille la fille ? proposa Mohammed.

— Surtout pas ! »

*

* *

Quand je demandai à Ned de nous accompagner, il fut aussi difficile de l'en convaincre que de décider un chien qui dort à accompagner son maître. Ned était un de ces hommes qui ne font jamais rien à moitié. Naguère mon plus implacable ennemi, il était à présent mon allié et serviteur le plus fidèle. À ses yeux, j'étais un sorcier aux rares pouvoirs multiples, même si je passais le plus clair de mon temps à rechercher les trésors du roi Salomon.

Jéricho, à l'inverse, avait renoncé depuis belle lurette à tout espoir de trésor. C'est à peine s'il manifesta une légère surprise lorsque je le réveillai pour lui montrer la bague d'Astiza, mais seulement parce qu'il espérait que la réapparition de cette autre femme m'éloignerait définitivement de sa sœur.

« Je te charge de veiller sur Miriam pendant mon absence », lui glissai-je à l'oreille, dans l'espoir fallacieux de soulager ma conscience.

Ses traits exprimaient une telle satisfaction que je faillis me demander s'il ne m'avait pas envoyé le rubis lui-même.

Puis il cligna des yeux en secouant la tête.

« Je ne peux pas te laisser partir seul.

— Je ne suis pas seul. J'ai avec moi Gros Ned et Mohammed.

— Un hérétique et un British ! Ce sera à qui te conduira au désastre ! Non, tu as besoin de quelqu'un à la tête solide. Qui est cette Astiza, si elle vit encore ?

— Smith et Phélippeaux et le reste de la garnison ont plus besoin de toi que moi, Jéricho. Défends la ville et protège Miriam. Si je rapporte le trésor, tu en auras ta part. »

Toujours bon d'entretenir l'espoir d'un gain possible dans la tête d'un homme, si sceptique soit-il.

Du coup, il me regardait avec un intérêt redoublé.

« Il est extrêmement risqué de traverser les lignes françaises. Tu n'es peut-être pas si mauvais, après tout, Ethan Gage.

— Telle est aussi l'opinion de ta sœur. »

Avant qu'il puisse me chercher querelle, je quittai la ville en compagnie de Mohammed et de Ned. À pied, on eût risqué de se trouver pris, très vite, sous un feu croisé. On emprunta donc le bateau à bord duquel Mohammed et moi avions fui Jaffa. Acre était une silhouette sombre sur fond d'étoiles. Aucune lumière visible nulle part, pour éviter de fournir aux Français le moindre point de repère, la plus petite cible. Leurs feux de camp, en revanche, composaient une fausse aurore au-dessus des tranchées. La mer, dans notre sillage, avait l'éclat de l'argent. On débarqua sur la rive sablonneuse, au-delà du vaste demi-cercle des lignes françaises, et on aborda leur camp par l'arrière, en trébuchant à travers les récoltes piétinées.

Il est plus facile qu'on ne croit d'infiltrer une armée au bivouac par cette zone réservée aux cuisines roulantes, aux cantiniers, aux chapardeurs et autres parasites qui ne portent jamais les armes. Je dis à mes compagnons de m'attendre parmi les broussailles, sur la berge d'un ruisseau murmurant, et m'avançai en pleine lumière avec l'air supérieur d'un savant ou d'un technicien sûr de connaître toutes les réponses.

« J'ai un message pour Gaspard Monge, de la part de ses confrères scientifiques du Caire, dis-je à une sentinelle.

— Il aide à l'hôpital. »

L'homme pointa son fusil dans la direction adéquate :

« Là tout droit. À vos risques et périls. »

Avions-nous donc blessé tant de monde ?

Le ciel s'éclaircissait à l'est quand j'atteignis le groupe de tentes reliées entre elles par des toiles tendues. Monge dormait sur un matelas, à l'entrée de la première, pas très frais lui-même pour un scientifique d'âge moyen que les campagnes napoléoniennes vieillissaient avant l'heure. Il était pâle, amaigri par la fatigue et peut-être la maladie. J'hésitais à le réveiller.

Je jetai un coup d'œil à l'intérieur de la vaste tente. Des soldats, dont certains gémissaient en sourdine, dormaient sur des couchettes alignées en longues rangées parallèles. Ça me paraissait beaucoup, même compte tenu des morts et des blessés abandonnés, livrés à eux-mêmes sur le champ de bataille, avec si peu de chances de survie. Je me penchai pour examiner le plus proche qui s'agitait faiblement. Ni bandages ni blessures apparentes, mais de grosses pustules faciales et, sous le drap que je soulevai doucement, une enflure démesurée des organes génitaux.

La peste.

Je reculai précipitamment, baigné de sueur. Des rumeurs circulaient, mais cette confirmation brutale ramenait à de vieilles terreurs historiques. La maladie était la hantise des armées, le fléau des sièges prolongés, et rarement cantonnée dans un seul des camps en lice. D'un autre côté, l'apparition de cette horreur posait un ultimatum à Napoléon : gagner avant que son armée soit décimée. Pas étonnant qu'il ait voulu presser le mouvement !

« Ethan, c'est vous ? »

Je me retournai vivement. Monge se redressait, le cheveu hérissé, la paupière clignotante. Plus que jamais, sa tête me rappelait celle d'un bon vieux chien accueillant.

« Une fois de plus, je viens vous demander conseil, Gaspard. »

Il souriait.

« On vous a cru mort. Et puis on a tous deviné qui était l'électricien fou de la garnison d'Acre et vous voilà, sur un simple appel. Vous êtes sans doute un vrai magicien. Ou bien l'homme le plus perplexe des armées en présence, jamais sûr d'être du bon côté de la barricade !

— J'étais très heureux dans l'autre, Gaspard.

— Vraiment ? Entre un pacha despotique, un Anglais lunatique et un royaliste français jaloux ? Je n'y crois pas une seconde. Vous êtes plus rationaliste que vous ne le prétendez.

— Phélippeaux, lui, prétend que c'était Bonaparte qui le jalousait, à l'École militaire.

— Phélippeaux tourne le dos à l'histoire ! Comme tous ceux qui s'entassent derrière ces murs. La révolution est en passe de purger l'homme de bien des siècles de superstition et de tyrannie. Le rationalisme finit toujours par triompher de toutes les superstitions. Nos armées apportent la liberté.

— Avec la guillotine, les massacres et la peste ! »

Il fronça les sourcils, déçu, mais ses lèvres tremblaient aux commissures. Finalement, il se mit à rire.

« Quels philosophes on fait tous les deux, à l'autre bout du monde.

— Au centre de la terre, diraient les juifs !

— Oui, toutes les armées se croisent en Palestine. Le carrefour de trois continents.

— Gaspard, où avez-vous trouvé cette bague ? »

Sorti de ma poche, le rubis rougeoyait comme un caillot de sang, dans la pénombre de la tente.

« Astiza la portait au doigt quand elle est tombée dans le Nil, la dernière fois que je l'ai vue.

— C'est Bonaparte qui a fait tirer la flèche.

— Mais pour quelle raison ?

— Mon Dieu !… parce que cette personne est bien vivante, pour commencer. »

Mon cœur piquait un galop.

« Et dans quel état ?

— Je ne l'ai pas revue. J'ai eu seulement de ses nouvelles. Elle est restée dans le coma pendant tout un mois, sous la protection des hommes de Silano. Mais elle s'est remise plus vite que lui. Il aurait touché l'eau le premier, avec elle juste derrière, c'est donc lui qui aurait crevé la surface. D'où sa hanche brisée. Il boitera jusqu'à la fin de ses jours. »

Mon pouls battait comme un tambour jusque dans mes oreilles. Savoir enfin ! Tout savoir !

« Maintenant, c'est elle qui le soigne. »

L'effet d'une gifle.

« Vous plaisantez, Monge !

— Qui s'occupe de lui, si vous préférez. Elle n'a jamais renoncé à ces recherches particulières que vous aviez entreprises avec elle. Tous étaient furieux d'apprendre ce qu'on vous avait fait subir à Jaffa. L'œuvre de ce bouffon de Najac ! J'ignore pourquoi

Napoléon ne m'a pas écouté, et rien que cette idée qu'on ait pu vous exécuter… »

Il haussa les épaules et poursuivit :

« Vous savez quelque chose dont ils ont besoin. Quand le bruit a couru que vous aviez pu vous en tirer, elle a envoyé la bague. Puis on a vu votre trucage électrique. Les anges faisaient partie de mes instructions. Vous savez ce qu'ils signifient ? »

Une fois de plus, je sentais le contact des séraphins sur ma peau.

« Peut-être. Il faut que je la voie.

— Elle n'est pas ici. Elle et le comte sont au mont Nébo.

— Au mont quoi ?

— Nébo. À l'est de Jérusalem. L'endroit d'où Moïse a aperçu la Terre promise, mais il est mort avant de pouvoir y pénétrer. Pourquoi Moïse semble-t-il vous intéresser autant, Gage ? »

Il ne me quittait pas des yeux, attentif à ma moindre réaction. Ainsi, ni lui ni probablement Bonaparte ne savaient tout.

« Quel jeu jouent Astiza et Silano, d'après vous ?

— Aucune idée. »

Plutôt mentir que développer ce point essentiel.

« Et que savez-vous de ces anges qu'ils semblent tout aussi impatients de retrouver que vous paraissez l'être ?

— Rien de plus. »

Et, là, ce n'était qu'un demi-mensonge.

« Vous êtes venu seul ?

— Des amis m'attendent en lieu sûr.

— Aucun lieu n'est réellement sûr en Palestine. C'est le secteur le plus pestilentiel de la planète. Silano a conçu des chariots élaborés pour transporter de l'artillerie lourde depuis l'Égypte… compte tenu du fait que la perfide Albion a capturé nos canons en mer depuis l'Égypte. Mais que d'escarmouches en perspective avant d'arriver ici ! Ces peuples ne savent jamais quand ils sont battus. »

Si Napoléon attendait vraiment des canons de plus fort calibre, le sort d'Acre était en train de se jouer.

« Qu'est-ce qui se trame sur le mont Nébo ?

— Si vous faites confiance à vos collègues scientifiques, Gage, vous pouvez repenser votre avenir à la lumière de la raison. Faites-en toujours à votre tête et vos ennuis vont se multiplier. C'est comme votre controverse au sujet du nombre de Pascal sur votre médaillon. Vous êtes-vous finalement débarrassé de ce colifichet absurde ?

— Oh oui ! »

Monge avait toujours été persuadé que mon médaillon égyptien antique n'était rien de plus qu'une contrefaçon moderne. Hors de portée de ses oreilles, Astiza l'avait qualifié d'imbécile. Il n'était rien de tel, mais obnubilé par les certitudes qui viennent avec trop d'études. La corrélation entre études et sens commun n'est pas toujours évidente.

« Ma confiance n'entre pas en jeu. Je faisais simplement des expériences d'électricité quand vous m'avez envoyé cette bague par-dessus le mur.

— Des expériences qui ont coûté la vie à pas mal de mes hommes ! »

La voix me cloua sur place. Celle d'un Bonaparte surgi des ombres de la tente. Ce type était toujours partout où on ne l'attendait pas. Lui arrivait-il de dormir ? Il avait mauvaise mine et semblait très nerveux, le regard plus froid, plus incisif que jamais, ce regard qui impressionnait tant de gens, à travers le monde. Son talent pour paraître plus grand qu'il n'était m'avait toujours frappé, ainsi que toute cette énergie charismatique qui se dégageait de sa personne.

« Monge est dans le vrai, Gage. Votre place est du côté de la raison et de la science. C'est-à-dire de la révolution. »

Je me remémorai que nous étions ennemis.

« Vous allez encore essayer de me faire tuer ?

— C'était l'objectif de mes armées, entre autres. Et votre sorcellerie électrique leur a infligé des pertes sévères.

— Après que vous m'avez offert au peloton d'exécution et à la noyade, sous le contrôle de cette crapule de Najac ! J'étais là-bas, au seuil de l'éternité, pendant que vous lisiez des romans à deux sous.

— Mes romans ne sont jamais à deux sous, comme vous dites, Gage. Je m'intéresse à la littérature autant qu'à la science. J'ai même écrit de la fiction, étant jeune. Je rêvais qu'elle soit publiée. »

Et moi, j'étais curieux d'en entendre davantage.

— Guerre ou amour ?

— Guerre et passion. L'un de mes préférés s'intitulait *Le Prophète fou*. Il parlait d'un fanatique musulman du VIIIe siècle qui se prenait pour le mahdi et faisait la guerre au calife. Prophétique dans ce décor, n'est-ce pas ?

— Et que se passait-il ?

— Il perdait ses rêves en perdant la vue, mais, pour garder le secret de sa cécité, il cachait son visage sous un masque d'argent. En racontant à ses hommes qu'il se voilait ainsi la face pour que le rayonnement du madhi ne les aveugle pas. Ses hommes le croyaient, mais il ne pouvait pas gagner, et son orgueil lui interdisait de se rendre. Il ordonnait donc à ses hommes de creuser une tranchée très profonde pour absorber la charge de ses ennemis. Puis il invitait ses partisans à une grande fête et les empoisonnait tous. Enfin, il traînait les corps dans la tranchée, il les incendiait et se jetait lui-même dans les flammes. Mélodramatique, je l'avoue. Imagination morbide de l'adolescence. »

Une imagination toujours à l'œuvre en Terre sainte ?

« Si je puis me permettre, général, quelle était exactement votre thèse ?

— Ces outrances auxquelles la passion de la gloire peut pousser un homme, telle était ma conclusion ultime. »

Il souriait.

« Prophétique, ça aussi, général !

— Vous pensez que mon histoire était autobiographique ? Je ne suis pas aveugle, Ethan Gage. J'y vois même un peu trop bien, ce qui serait plutôt une malédiction. Mais ce que je vois, c'est que vous êtes enfin à votre vraie place, du côté de la science que vous n'auriez jamais dû quitter. Vous vous croyez différent du comte Silano, et, pourtant, que cherchez-vous tous les deux, sinon la connaissance ? Ce qui vous rend strictement identiques. Ainsi que la femme qui vous attire l'un et l'autre. Curieux, tous les trois, comme des chats. Je pourrais vous faire fusiller, mais ce sera plus intéressant de vous voir résoudre, en étroite collaboration, tous ces mystères ! »

Je soupirai :

« Au moins, je vous trouve beaucoup plus rassurant qu'à notre dernière rencontre !

— J'ai surtout une vision plus claire de mon propre personnage et je n'ai pas perdu l'espoir de vous séduire, l'Américain ! J'espère toujours également refaire le monde. Pour le meilleur et non pour le pire.

— Comme le massacre de Jaffa ?

— La mort de quelques-uns peut en sauver des millions, Gage. Afin de terminer cette guerre au plus tôt, j'ai démontré aux Ottomans les risques inhérents à leur volonté de résistance. Sans des fanatiques tels que Smith et Phélippeaux, traître à sa propre nation, ils se seraient rendus sans effusion de sang. Ne vous laissez pas enfermer dans Acre par leur folie. Reprenez votre quête avec Astiza et décidez, en toute connaissance de cause, de ce que vous devrez faire du fruit de vos recherches. Si vous réussissez. Je suis membre moi-même de l'Institut, vous vous souvenez ? Nous resterons tous des scientifiques, n'est-ce pas, Gaspard ? »

Le mathématicien ébaucha un mince sourire.

« Nul n'a plus fait que vous pour marier science et politique à la technologie militaire, général.

— Et nul n'a travaillé plus dur pour la France que le docteur Gaspard Monge, qu'il m'est arrivé de soigner moi-même. Il est constant dans ses idées. Prenez modèle sur lui, Gage. Compte tenu de votre étrange histoire, vous comprendrez que je doive vous assigner une escorte. Vous aurez tout intérêt à bien vous entendre et à vous surveiller de très près l'un l'autre. »

Sur ces propos sibyllins, Najac fit son entrée, plus affreux et plus dangereux que jamais.

« Vous voulez rire !

— Au contraire. Vous servir sera son châtiment pour n'avoir pas su vous apprécier plus tôt. D'accord, Pierre ?

— Je vais le conduire auprès de Silano. »

Comment aurais-je pu oublier les tortures et les punitions subies ?

« Ce tortionnaire n'est rien de plus qu'un voleur et un criminel. Je n'ai nul besoin de son escorte.

— Moi si, trancha Bonaparte. Je suis las de vos escapades en tous sens. Vous partirez avec Najac ou vous ne partirez pas du tout. C'est votre sauf-conduit pour retrouver la femme. »

Najac cracha par terre.

« Ne vous en faites pas. Après que vous aurez trouvé ce que vous cherchez, vous aurez l'occasion de me tuer. À moins que je ne vous tue *avant !*

— Pas avec mon rifle ! »

Je désignais l'arme accrochée à son épaule.

« Votre rifle ! releva Napoléon, étonné.

— C'est moi qui l'ai fabriqué en partie, à Jérusalem. Ce bandit me l'a volé.

— Je vous l'ai confisqué. Vous étiez prisonnier.

— Et redevenu votre allié, que je le veuille ou non. Vous allez me le rendre.

— Que je sois pendu si…

— Ne tentez pas le diable. Si vous prétendez le garder, je ne marche pas. »

Bonaparte semblait s'amuser ferme.

« Oh si, vous marcherez, Gage ! Pour les beaux yeux de la femme et parce que résoudre ce mystère est aussi important pour vous qu'une bonne partie de cartes ! Najac vous a capturé, votre arme lui revient. C'est une prise de guerre.

— Même pas fiable ! affirma Najac. Il tire comme un lance-pierres !

— La précision d'une arme dépend du tireur, Najac. Qu'est-ce que vous pensez de son viseur télescopique ?

— Un accessoire ridicule. Je l'ai démonté.

— C'était un cadeau. Si je dois chercher un trésor, j'aurai besoin de ma longue-vue. »

J'étais à peu près certain qu'il l'avait gardée sur lui.

« Logique ! estima Bonaparte. Rendez-la-lui. »

À contrecœur, Najac s'exécuta.

« Et aussi mon tomahawk. »

Encore plus sûr de le trouver en sa possession ! Il protesta :

« C'est une arme dangereuse, entre les mains de l'Américain.

— Ce n'est pas une arme, c'est un outil.

— Rendez-le-lui également, Najac. Si vous ne vous sentez pas capable de faire marcher un Américain armé d'une hachette avec une douzaine d'hommes sous vos ordres, je ferais peut-être bien de vous rétrograder ! »

Non sans une sale grimace, la fripouille sortit brièvement et revint porteur de mon bien, que je soupesai avec un plaisir ostensible.

« C'est un accessoire de sauvage, indigne d'un savant. Vous aurez l'air d'un cul-terreux, avec ça au poing.

— Et vous du voleur que vous êtes, avec mon fusil à la main.

— Dès qu'on aura éclairci vos putains de secrets, Gage, on réglera ça face à face.

— Plutôt deux fois qu'une ! »

Mon rifle portait déjà de nombreuses marques, Najac n'était pas plus soigneux avec un fusil qu'avec ses vêtements sales et déchirés, mais il me tardait de récupérer mon arme toujours aussi séduisante, à mes yeux, qu'une belle jambe féminine.

« Rendez-moi service, Najac. Escortez-moi à distance, que je n'aie pas à respirer votre odeur.

— À portée de mousquet, je vous le promets.

— Les alliances ne sont jamais faciles, s'esclaffa Bonaparte. Mais Najac a le fusil et Gage le télescope. Vous n'aurez qu'à viser ensemble. »

Sa plaisanterie de mauvais goût m'avait tellement irrité que je ne résistai pas à l'envie de lui rendre la pareille. Je désignai les malades :

« Je suppose que je vais devoir faire très vite ?

— Parce que ?

— À cause de la peste. Vos troupes ne commencent-elles pas à paniquer ? »

Mais impossible de le désarçonner.

« Ils y puisent, eux aussi, la volonté d'aller vite. Vous avez raison, Gage, ne traînez pas en route. Mais ne vous inquiétez pas non plus pour le moral de mes troupes. De grandes choses sont en jeu. Vous n'allez pas travailler pour la Syrie, mais pour l'Europe. Et la France m'attend. »

# 16

J'avais pensé qu'on piquerait droit sur le mont Nébo, mais, quand je posai la question, Najac s'étrangla de rigolade.

« En coupant à travers une bonne moitié de l'armée ottomane ? »

Depuis que Napoléon avait envahi la Palestine, la Sublime Porte de Constantinople avait mobilisé un nombre croissant de soldats pour barrer la route à ce Français trop présomptueux. La Galilée, m'informa Najac, grouillait de cavaliers turcs et mamelouks. Libérer cette région n'était pas une tâche envisagée depuis la Terre sainte avec plus d'enthousiasme qu'en Égypte. Le général Jean-Baptiste Kléber, qui avait débarqué sur la plage d'Alexandrie, près d'un an plus tôt, balaierait ces musulmans avec sa division réputée. Mon escorte et moi-même accompagnerions ses troupes à l'est du Jourdain qui coule vers le sud depuis la mer de Galilée et la mer Morte. Puis on continuerait sans Kléber jusqu'au Jourdain dont on longerait la rive jusqu'au pied du mont Nébo.

Mohammed et Ned n'étaient pas ravis d'avoir à marcher avec les Français. Et Kléber était un général très populaire, mais notoirement enclin aux décisions impulsives. Toutefois, nous n'avions pas le choix. Les Ottomans étaient devant nous et peu disposés à faire la différence entre un groupe d'Européens et celui d'à côté.

« Le mont Nébo ? s'exclama Mohammed. C'est juste bon pour les chèvres et les fantômes !

— Et les trésors, je suppose ? compléta Ned avec une certaine clairvoyance. Autrement, pourquoi notre magicien irait-il encore s'acoquiner avec les bouffeurs de grenouilles ? Sus au trésor de Moïse, hein, cap'taine ! »

Pas si loin du compte, après tout.

« Il s'agit d'une réunion de spécialistes du monde ancien. Une femme que j'ai connue en Égypte et qui espère ma visite. Elle va nous aider à résoudre le mystère qu'on a seulement effleuré dans les tunnels de Jérusalem.

— Sûr, et j'ai ouï dire que vous aviez déjà touché un échantillon. »

Je regardai de travers Mohammed qui haussa les épaules.

« Le marin a voulu savoir ce qui motivait notre expédition, effendi. »

Je sortis la bague de ma poche.

« Alors vous devez savoir que ce n'est pas un porte-veine. Elle provient du tombeau d'un pharaon, et ce genre de chapardage est toujours maudit.

— Maudit ? s'étonna Gros Ned. Ça représente au moins une année de solde !

— Mais tu ne me vois pas la porter au doigt.

— Elle n'irait pas avec les nippes. Trop voyante, c'est ça ?

— Alors, on marche avec les Français jusqu'à ce qu'on puisse les laisser en rade. Il y aura peut-être un accrochage ou deux. Vous n'êtes pas contre ?

— Sans une arme à part ce hachoir à viande, cap'taine ? Et avec cette triste escorte ! Ce Najac est un pur fumier qui cuirait ses propres enfants, s'il pouvait les vendre sur le marché. À part ça, je serai content d'être en plein air plutôt que bouclé quelque part.

— Maintenant, promit Mohammed, on va voir la vraie Palestine. La province que le monde entier nous envie. »

Exactement. Tout le problème était là.

Étions-nous réellement alliés ? Ou seulement prisonniers ? Tomahawk mis à part, on ne disposait d'aucune arme et d'aucune liberté de mouvement. Mais Kléber nous offrait parfois une bonne bouteille, on avait d'excellentes montures et on marchait en tête, à l'abri du plus gros de la poussière. Comme des chiens de race très précieux, très coûteux, donc fermement tenus en laisse.

Ned et Najac s'étaient détestés au premier coup d'œil. Le marin se souvenait des tirs qui avaient tué Tentwhistle, et Najac était jaloux de la force du colosse. Quand il s'approchait de nous, c'était en écartant les pans de son manteau pour exhiber les deux pistolets glissés sous sa ceinture et nous mettre en garde contre toute action irréfléchie. En retour, Ned proclamait qu'il n'avait jamais vu aucun bouffeur de grenouilles aussi moche depuis ce crapaud qui hantait l'étang privé, derrière le bordel de Portsmouth.

« Si ton cerveau était gros comme la moitié de tes biceps, gouaillait Najac, je m'intéresserais peut-être à ce que tu dégoises !

— Et si ta bite était grosse comme la moitié de ta langue de vipère, contre-attaquait Ned, t'aurais pas autant de mal à la trouver chaque fois que tu baisses tes braies ! »

En dépit de l'atmosphère tendue, j'étais heureux d'avoir laissé Acre loin en arrière. La Terre sainte possède le don des passions que même les pluies du nord, sur la riche verdure printanière, ne parviennent pas à refréner. Le seigle et le froment y poussent comme des mauvaises herbes, cloutés de rouge par les coquelicots et de jaune par la fleur de moutarde. Chrysanthèmes dorés en bouquets naturels aux tiges tordues, grands lys de Pâques et petites fleurs de lin rivalisent de couleurs et d'abondance. Était-ce le jardin de Dieu ? Loin de la mer, le ciel était du bleu de l'écharpe de la Vierge et la lumière allumait des étincelles dans les micas et les quartz pareils à de minuscules joyaux.

« Regardez ! Un bruant jaune ! s'extasiait Mohammed. Il nous dit que l'été n'est pas loin. »

Notre division était un long serpent bleu parcourant l'Éden, le drapeau français tricolore précédant notre improbable pénétration dans l'Empire ottoman. Les troupeaux de moutons se séparaient en deux files pour nous livrer passage. Le soleil rebondissait sur les petits canons de campagne, et les chariots bâchés de toile blanche se balançaient sur les bosses de routes parfois escarpées.

Quelque part au nord-est, il y avait Damas. Au sud, Jérusalem. Les soldats étaient de bonne humeur, heureux d'échapper à l'ennui de quelque siège fastidieux, et la division était assez riche, grâce à l'argent saisi à Jaffa, pour bien manger sans avoir à voler. Au soir du deuxième jour, on escalada un versant abrupt et je pus enfin découvrir, très loin en contrebas, la mer de Galilée, soupe bleue dans son bol vert et brun, tel un énorme lac enfoui, scintillant et brumeux, au-dessous du niveau de la Méditerranée. Au lieu de descendre jusque-là, on obliqua vers le sud, en suivant les crêtes dans la direction de Nazareth.

Le village natal du Sauveur était un endroit gris, dispersé, dont la rue principale fourmillait de chèvres dérangées, de temps à autre, par d'occasionnels chars à bœufs. Une mosquée et un monastère franciscain se dressaient presque face à face, comme pour se surveiller mutuellement. On tira de l'eau au puits de Marie et on visita l'église de l'Annonciation, grotte orthodoxe pourvue de toutes ces fanfreluches qui excitent la verve et coupent la digestion des protestants. Puis on gagna la plaine de Jezréel, le grenier à pain du vieil Israël, artère où se sont croisées, en trente siècles, toutes les armées du continent. Le bétail paissait sur des pentes herbeuses, lieux bucoliques d'importantes forteresses disparues. Des charrettes grinçaient sur des chemins que les légions romaines avaient foulés jadis.

Tous ces méandres agaçaient les soldats dont ils ralentissaient l'avance, mais je savais que c'étaient là des instants que peu d'Américains auraient l'occasion de vivre. La Terre sainte ! Ici, selon toutes les chroniques, l'homme se rapprochait de Dieu. Certains des soldats se signaient ou, malgré l'athéisme officiel, murmuraient des prières aux endroits les plus sacrés. Ce qui ne les empêchait pas, le soir, d'affûter leurs baïonnettes tandis qu'on s'endormait, bercé par le va-et-vient des lames sur les pierres.

Si impatient que je sois de revoir Astiza, je me sentais toujours mal à l'aise. Que faisait-elle, encore une fois, auprès de l'enquêteur occulte Alessandro Silano ? Mes alliances politiques étaient plus confuses que jamais, et Miriam m'attendait à Acre.

Mohammed, lui, craignait que les trois mille soldats de Kléber ne fussent insuffisants.

« Dans chaque village, règne le bruit que les Turcs s'amassent en nombre sur notre route. Ils reçoivent des troupes de Damas et de Constantinople et le renfort des mamelouks survivants d'Ibrahim Bey, et des francs-tireurs venus des collines de Samarie. Chiites et sunnites les rejoignent. Leurs mercenaires vont du Maroc à l'Arménie. C'est une folie de rester avec les Français. Ils sont foutus d'avance. »

Je lui montrai discrètement, du pouce, la clique de Najac.

« On n'a pas le choix. »

Le général Kléber, évidemment, ne partageait pas ces inquiétudes. Il essayait de trouver les Turcs au lieu de les éviter, espérant les surprendre en redescendant des hauteurs nazaréennes. « La passion est souveraine, disait ce vieux Ben, et règne bien rarement pour le meilleur. » Quoique aussi compétent que l'élite des généraux, Kléber, depuis un an, regimbait sous la férule de Napoléon. Il était plus vieux, plus grand, plus fort, plus expérimenté, et toute la gloire de la campagne d'Égypte était revenue au Corse : c'était lui qui apparaissait dans les bulletins sur cette campagne envoyés au pays. Lui qui s'enrichissait des prises de guerre et faisait vraisemblablement des découvertes archéologiques qui légueraient son nom à la postérité. Lui, de surcroît, qui conditionnait le moral de l'armée.

Pis encore, à la bataille d'El-Arich, au début de la campagne de Palestine, la division de Kléber avait tenu sa place, mais c'était son rival Reynier qui avait bénéficié des louanges de Napoléon. Peu importait que Kléber possédât la stature, l'envergure, la prestance militaire manquant à Bonaparte et fût meilleur tireur, meilleur cavalier, meilleur en tout, les autres généraux n'en référaient jamais qu'à l'arriviste venu de Corse.

Nul ne voulait l'admettre, mais Bonaparte était leur supérieur intellectuel, le soleil autour duquel ils tournaient instinctivement. Cet affrontement souhaité avec les renforts ottomans était la chance de Kléber. Tout comme Bonaparte avait décidé de fondre sur les mamelouks en pleine nuit, aux pyramides, Kléber décida de passer à l'attaque dans le noir, pour surprendre les Turcs.

« Folie ! jugea Mohammed. On est trop loin pour les surprendre. On va leur tomber dessus au lever du jour, avec le soleil en plein dans les yeux. »

En effet, le sentier circulaire, autour du mont Tabor, était beaucoup plus long que Kléber ne l'avait estimé. Au lieu d'attaquer à deux heures du matin, comme il l'avait prévu, les Français rencontrèrent les premiers éléments turcs à l'aube naissante. Le temps de resserrer les rangs pour lancer l'attaque, l'ennemi avait même eu le loisir de déjeuner. Bientôt, des piquets de cavalerie ottomane harcelèrent de toutes parts les hommes de Kléber. Et la montée du soleil révéla qu'il avait attaqué vingt-cinq mille soldats avec une armée de trois mille hommes. Toujours mon talent inné pour me trouver au mauvais endroit, au mauvais moment !

« La bague porte vraiment malheur, conclut Mohammed. On dirait que Bonaparte essaie toujours de te faire exécuter, effendi, mais d'une façon encore plus compliquée. »

On contempla, bouche ouverte, les évolutions meurtrières de la cavalerie ennemie, partiellement dissimulée par les grands épis de blé alors que les cavaliers tiraient sans discontinuer sur les assaillants assaillis. Seule la confusion qui régnait chez les Turcs nous évita d'être balayés dès les premières vagues. Personne n'avait vraiment l'air d'assumer le commandement, là-bas en face, et leur armée provenait de trop de régions disparates de l'empire. On pouvait distinguer, d'où nous étions terrés, les couleurs des diverses unités ottomanes, avec leurs chariots derrière elles et leurs tentes multicolores. Si vous voulez voir de belles images militaires, venez les admirer avant le commencement d'une bataille.

« Pourquoi seraient-ils plus disciplinés, nom de Dieu ? jurait Ned. Tout ce qu'ils savent, c'est foncer dans le tas. Bon sang ! ce que j'aimerais retrouver ma frégate. Au moins, tout y était plus clair. Et plus propre, aussi. »

Même si Kléber avait fait preuve de légèreté en sous-estimant l'adversaire, c'était tout de même un habile tacticien. Il se replia sur le djebel el-Dahy, un haut plateau nous donnant l'avantage de la position supérieure. Les ruines d'un ancien château des croisés, Le Faba, en occupaient le sommet. Elles dominaient la vallée et le général français disposa sur les remparts une centaine de ses hommes. Les autres formèrent deux carrés d'infanterie, l'un sous le commandement de Kléber, l'autre sous les ordres du général Jean-Andoche Junot. Ces carrés étaient comme des forts sans murailles composés d'hommes prêts à tirer vers les quatre points cardinaux.

Vétérans et sergents occupaient le centre des deux formations afin d'empêcher le gros de la troupe de fléchir et de reculer en menaçant la compacité géométrique des deux carrés constitués. Cette tactique avait dupé les mamelouks, en Égypte, et ferait le même effet contre les Ottomans. Dans quelque direction qu'ils chargent, ils rencontreraient une haie de mousquets et de baïonnettes. Les chariots de matériel étaient également au centre, ainsi que nous-mêmes et l'équipe de Najac.

Les Turcs avaient commis l'erreur de donner à Kléber le temps de mettre au point son double dispositif. Quand ils en eurent assez de tourner autour des Français en hurlant et brandissant leurs sabres, ils chargèrent. Un grand silence les accueillit. Puis retentit l'ordre attendu :

« Ouvrez le feu ! »

Au tonnerre des détonations s'associèrent deux grands éclairs aveuglants, un grand jaillissement de fumée blanche et, foudroyés de près, les plus proches cavaliers tombèrent de leur cheval. Les autres tournèrent bride dans un désordre indescriptible.

« Incroyable ! commenta Ned. Ils ont plus de cran que de bon sens ! »

Le soleil poursuivait son ascension. D'autres cavaliers affluaient dans la vallée, au-dessous de nous, agitant des lances et hurlant comme des fauves. Une seconde fois, puis une troisième et une quatrième, quelques centaines d'entre eux revinrent à l'attaque. Et subirent le même sort. Tous les mousquets, entre-temps, avaient été rechargés. Bientôt, il y eut autour de nous un cercle de cadavres brillamment vêtus de soies aux couleurs éclatantes.

« Qu'est-ce qu'ils font ? murmurait Gros Ned. Alors qu'il leur suffirait d'y mettre tout le paquet…

— Ou d'attendre qu'on n'ait plus d'eau ni de munitions, appuya Mohammed.

— En nous les faisant gaspiller jusqu'au bout ? »

Je crois qu'ils espéraient, plutôt, que les carrés se rompent et que les Français cherchent à détaler, sous l'empire de la panique. Mais les hommes de Kléber ne bronchaient pas. Et les Ottomans hésitaient.

Toujours sur son cheval en dépit des balles ennemies, le général encourageait ses troupes :

« Tenez bon ! Tenez bon ! Des renforts vont arriver. »

Des renforts ? Acre était loin. Bonaparte également. Les Ottomans jouaient-ils avec nos nerfs ? En nous laissant tranquilles jusqu'à pouvoir enfoncer nos défenses ?

En les observant, toutefois, à la longue-vue, je me demandai s'ils iraient jusque-là. De nombreux Turcs avaient des velléités d'évacuer le théâtre de la rencontre. D'autres les haranguaient. D'autres encore s'étaient assis dans l'herbe et mangeaient. Quelques-uns dormaient. Au cœur d'une bataille !

Au fil des heures, toutefois, notre endurance faiblissait, et leur confiance revenait. Nos réserves de poudre s'amenuisaient. On commença à retenir nos salves jusqu'à la dernière seconde. Ils sentirent notre fléchissement. Une nouvelle clameur s'éleva, les éperons mordirent les flancs des chevaux et la même scène se reproduisit.

« Attendez… Attendez… Laissez-les venir… ouvrez le feu ! Deuxième rang, à vous ! »

Les chevaux culbutaient en hennissant, les hommes tombaient comme des mouches, se relevant parfois pour recevoir d'autres balles ou rencontrer une baïonnette. On avait aussi quelques victimes touchées par des balles ou entraînées dans cette étrange mêlée périphérique. Mais le carnage était infiniment plus terrible de leur côté, et les cadavres des chevaux rendaient toute charge de plus en plus difficile. Ned, Mohammed et moi aidions à transporter les blessés au centre de la formation.

Midi. L'eau commençait à manquer. Les blessés en souffraient, la soif se généralisait. Notre colline était aussi sèche qu'un tombeau égyptien, sous le soleil implacable. Près d'une centaine de Français étaient tombés, et les Turcs ne bougeaient plus. Kléber donna l'ordre de réunir les deux carrés et, du haut de son cheval, organisa la manœuvre. Le monde musulman tout entier semblait ligué contre nous. Les champs environnants n'étaient plus que terre écrasée, et la poussière s'élevait en épais nuages. Les Turcs montèrent jusqu'au sommet du djebel el-Dahy pour tenter de nous submerger sur l'élan de la descente, mais chasseurs et carabiniers retranchés dans les ruines du château en éliminèrent quelques-uns qui, lancés au galop sur la pente, vinrent s'offrir doublement à nos tirs de barrage.

« Feu ! »

Une nouvelle salve fracassa un air de plus en plus chaud, une fumée âcre acheva de nous brûler les yeux, la bourre vola une fois de plus comme neige d'été tandis que les chevaux sans cavalier fuyaient à corps perdu loin du bruit et des hommes. À l'intérieur du carré agrandi, les dents mordaient les cartouches, les mains versaient la précieuse poudre, le sol était jonché de petits bouts de papier blanc. Mais, graduellement, ma langue de cuir ne trouvait plus la moindre trace d'humidité dans ma bouche cotonneuse. Des essaims de mouches volaient sur les cadavres, des soldats perdaient connaissance alors que, même en nous bloquant ainsi, les Ottomans ne savaient plus que tenter. Étions-nous condamnés à mourir de soif ?

« Mohammed, s'ils décident de nous écraser, coûte que coûte, fais le mort. En tant que musulman, tu pourras t'en sortir. Inutile de partager le sort de nous autres Européens.

— Allah ne conseille pas à un homme d'abandonner ses amis », déclara-t-il avec une dignité résignée de grande classe.

Je n'eus pas le temps de l'en féliciter, car une voix enrouée prétendait distinguer, vers l'ouest, l'éclat de baïonnettes en mouvement.

« Voilà le petit caporal ! »

Même Kléber ne voulait pas y croire.

« Comment pourrait-il être déjà là ? »

Il m'invitait, du geste, à le rejoindre.

« Passez-moi votre longue-vue de marine ! »

Le cadeau de Sidney Smith s'était révélé très supérieur à tous les modèles militaires.

Je suivis le général hors de la sécurité relative du carré, et, sur la pente exposée de la colline, on enjamba des corps dont certains râlaient doucement, parmi les grands épis couchés, rouges du sang répandu. Les ruines du château nous procuraient une vue panoramique. Provisoirement incapables de prendre une décision, les Turcs paraissaient de plus en plus nombreux, malgré les centaines de cadavres étalés en pleine vue.

Au loin, on pouvait apercevoir leurs tentes, leurs chariots de provisions et de matériel et même quelques silhouettes qui s'agitaient. On était cruellement isolés, îlot bleu au milieu d'une mer blanche, verte et rouge. Une dernière charge et notre carré s'ouvrirait de part en part, nos hommes prendraient la fuite et ce serait la fin.

Les hautes herbes bougeaient effectivement, vers l'ouest, mais était-ce le vent ou une troupe en marche ?

« C'est sûrement une colonne de renfort, conclut le général Kléber. On va mourir de soif si on reste inactifs. Ou alors les hommes vont paniquer et se faire couper la gorge. Je ne sais pas si ce sont des renforts ou non… mais on va le savoir ! »

Il se lança en terrain découvert. Moi sur les talons.

« Junot, formez-les en colonnes. On va aller à la rencontre de nos sauveurs ! »

Les hommes en riaient de soulagement, espérant contre tout espoir qu'il ne s'agissait pas d'une hallucination engendrée par la menace croissante d'une ultime charge ottomane. Le carré se répartit en deux colonnes. Les Turcs hésitaient toujours. Allaient-ils courir le risque d'attaquer encore ?

« En avan-an-ant. »

La double colonne s'ébranla. Les Turcs dansaient sur place en agitant des lances. Puis il y eut un premier coup de canon, vers l'ouest. Le calibre était si modeste que la détonation sèche me rappela quelque commande impérieuse criée dans un restaurant parisien. Une fumée s'éleva, dans la direction repérée. Les hommes en pleuraient de joie. Ce n'était pas une illusion. Les renforts arrivaient. Certains se mirent à chanter.

La cavalerie turque ne parvenait pas à se décider. Les drapeaux tricolores apparurent alors qu'on atteignait, comme à la parade, le bas du djebel el-Dahy. Le canon tonna de nouveau. De la fumée monta du camp ennemi. Puis se déclencha la fusillade, accompagnée de nombreux cris et du son triomphant des clairons français. La cavalerie de Napoléon avait pris à revers le camp ennemi et la panique s'installait chez les Turcs. Leurs précieuses réserves partaient en flammes. Puis il y eut l'explosion de leur provision de poudre.

« Doucement ! répétait Kléber. Restez en rang !

— S'ils chargent, renchérit Junot, tout le monde genou à terre et attendez l'ordre de tirer ! »

Il y avait un petit lac, auprès du village de Fula. La surexcitation générale touchait au paroxysme. Un régiment ennemi se préparait à l'attaque. Mais nos officiers à cheval galopaient le long des colonnes et c'est chez nous que retentit l'ordre vociféré à pleine gorge :

« Chargez ! »

Non sans cris et sans vivats, les Français exténués, sanglants, fondirent sur le village. Il y eut des coups de feu, des plongeons de baïonnettes dans de la chair tendre, des moulinets de mousquets frappant de la crosse des têtes épouvantées. Les Ottomans fuyaient dans toutes les directions. Miraculeusement, moins de cinq mille Français avaient écrasé, réduit à la déroute une armée de vingt-cinq mille hommes. La cavalerie de Bonaparte les poursuivit, multipliant les morts, jusqu'à la rive du Jourdain.

On plongea dans le lac de Fula, on étancha notre soif et puis on se tint debout, trempés comme des ivrognes, avec nos poches à cartouches vides. Napoléon arriva, couvert de poussière grise, rayonnant comme le sauveur qu'il était.

« Je savais que vous vous mettriez dans un mauvais cas, Kléber. Je me suis mis en route dès réception du rapport. »

Il souriait aux anges.

« La débandade des Ottomans a commencé au premier coup de canon ! »

# 17

Avec son sens inné de la propagande, Napoléon baptisa le désastre évité de « bataille du mont Tabor », appellation beaucoup plus prestigieuse et sonore que djebel el-Dahy. Peu importait que le lieu exact eût été à plusieurs kilomètres de là. En outre, celui qu'on surnommait « le petit caporal » décrivit l'événement comme la « victoire la plus boiteuse » dans les annales de la guerre.

« Je veux, ajouta-t-il, que tous les détails soient communiqués à Paris aussi vite que possible. »

S'était-il autant soucié de transmettre les nouvelles du massacre de Jaffa ?

« Quelques divisions de plus, commenta Kléber, et on poussait jusqu'à Damas. »

Grisé par sa victoire improbable, ébloui par la décision opportune de son supérieur, il avait cessé de le jalouser et l'admirait sans réserve. Bonaparte était capable de tous les miracles.

« Quelques divisions de plus, rectifia celui-ci, et on poussait jusqu'à Bagdad et Constantinople ! Maudit soit Nelson ! S'il n'avait pas détruit ma flotte, je serais déjà maître de l'Asie ! »

Kléber riposta :

« Et si Alexandre n'était pas mort à Babylone, si César n'avait pas été assassiné, si Roland n'avait pas été trop loin en arrière… »

J'apportai mon grain de sel :

« Faute d'un clou, on perd une bataille !

— Quoi ?

— Juste un des dictons de mon ami Ben Franklin. Ce sont les toutes petites choses qui nous font trébucher. Il croyait au soin méticuleux de tous les détails.

— Franklin était un homme avisé, reconnut Napoléon. Cette attention scrupuleuse au moindre détail est primordiale en temps de guerre. Et votre mentor, Gage, était un véritable homme de science. Il partagerait votre acharnement à résoudre les mystères du passé. Non pour lui-même, mais pour la science. C'est bien pourquoi vous voulez rejoindre Silano, monsieur Gage ?

— Vous avez éliminé les obstacles qui pouvaient m'en empêcher, général. »

Un peu de lèche n'est jamais inutile, et Bonaparte avait écarté les armées ennemies comme Moïse les eaux du Jourdain. Je poursuivis sans le moindre esprit de provocation :

« Pourtant, nous ne sommes parvenus qu'à l'orée de l'Asie. À des milliers de kilomètres de l'Inde et de votre allié, Tippoo Sahib. Vous n'avez même pas pris Acre. Comment, avec si peu d'hommes, pourriez-vous imiter l'exemple d'Alexandre ? »

Il fronçait les sourcils. Il détestait les doutes.

« Les Macédoniens n'étaient pas beaucoup plus nombreux. Et Alexandre a subi son propre siège, à Tyr. Mais notre monde est plus immense que ne l'était le leur. Et les événements se précipitent en France. J'en ai beaucoup sur les bras, il se peut que l'importance de vos futures découvertes soit plus significative à Paris qu'en Égypte.

— La France, grogna Kléber. Vous pensez à Paris alors qu'on se bat dans cette fosse à purin ?

— J'essaie simplement de penser à tout, Kléber ! Voilà comment j'ai su que vous auriez besoin de renfort avant même que la nécessité ne se soit concrétisée. »

Il tapa sur l'épaule de ce général qui avait une tête de plus que lui, couronnée d'une véritable crinière de lion.

« Sachez simplement que tout ce que nous faisons possède un but précis. Faites votre devoir et nous grandirons ensemble !

— Notre devoir est ici, pas en France, non ?

— Et le devoir de cet Américain est d'atteindre le but de sa présence ici : la résolution du mystère des pyramides et des Anciens, avec l'aide du comte Silano. Faites vite, Gage, car le temps presse.

— Il me tarde autant qu'à n'importe qui de rentrer chez moi.

— Alors, trouvez votre livre, c'est un ordre ! »

Avant de s'éloigner avec son état-major, un index ponctuant tous les autres ordres qu'il leur prodiguait. Celui que j'avais reçu moi-même me glaçait le sang dans les veines. C'était la première fois qu'il parlait clairement d'un livre. Les Français en savaient plus que je ne l'imaginais.

Astiza leur en avait-elle dit plus que je ne l'eusse souhaité ?

Mais on était dans le bain jusqu'au cou, maintenant. De simples outils dans les mains de Silano et de son rite égyptien discrédité de la franc-maçonnerie. Les Templiers avaient fait une découverte et fini sur le bûcher par la grâce de tortionnaires avides de s'en emparer. J'espérais que nous n'irions pas jusque-là. Ni moi ni ceux que j'entraînais dans mon sillage.

On dîna de viandes et de pâtisseries ravies aux Turcs, en essayant d'oublier la puanteur qui montait déjà du champ de bataille.

« Alors, ça y est, bougonnait Gros Ned. Si une horde pareille s'est disloquée devant quelques bouffeurs de grenouilles, quelle chance ont mes compatriotes, entre les murs d'Acre ? Ça va finir par un massacre, comme à Jaffa.

— Sauf que, là-bas, il y a le Boucher. Personne ne se rendra tant qu'il sera là.

— Sans oublier, ajouta Mohammed, la grosse artillerie, Phélippeaux et Sidney Smith. Pas de souci, marin ! Ils tiendront jusqu'à notre retour.

— Juste à temps pour le sac final ? »

Il ne releva pas mon allusion. Je savais ce que pensait le marin. Trouver le trésor et filer à l'autre bout du monde. Je n'étais pas en total désaccord avec lui.

*
* *

La cavalerie française traquait toujours les restes de l'armée ottomane en déroute quand on repartit sur la piste vers la vallée du Jourdain. On avait dépassé la zone labourée, c'était à présent le pays des chèvres, pauvre en eau potable, à l'exception des prés et des mangroves de la rive. Combien de saints hommes, dont saint Jean-Baptiste, avaient suivi les rives sacrées que nous arpentions maintenant comme une bande de hors-la-loi ? Les hommes de Najac, Français ou Arabes, ne manquaient pas d'armes, mousquets, pistolets et sabres. Plus mon propre rifle. Il rôdait également d'authentiques bandits, dissuadés de nous attaquer par l'abondance de notre arsenal complaisamment exhibé. On apercevait aussi de nombreux cadavres d'Ottomans gonflés comme des outres. On passait au large, pour fuir leur puanteur, et on ne puisait de l'eau qu'aux sources rencontrées.

À mesure qu'on chevauchait vers le sud, le pays devenait de plus en plus aride. De plus en plus éloigné, aussi, des navires anglais que Gros Ned regrettait tant. Une nuit, il s'approcha de moi en rampant et me glissa à l'oreille :

« Laissons tomber ces salopards et barrons-nous, cap'taine. Ce Najac te surveille comme un corbeau qui attend les yeux d'un cadavre. Tu pourrais déguiser ces sagouins en enfants de chœur qu'ils seraient toujours aussi moches !

— Ils ont des moralités d'usuriers et une hygiène de galériens, mais on a besoin d'eux pour nous conduire auprès de la femme qui portait cette bague, tu te rappelles ? Ne crois pas que j'aie perdu mes pouvoirs électriques. On va trouver ce qu'on cherche et on leur rendra ce qu'ils nous font subir. Au centuple !

— J'en meurs d'impatience, cap'taine. J'aime pas les bouffeurs de grenouilles. Les Arabes non plus, d'ailleurs. Excepté Mohammed.

— On va y arriver, Ned, on va y arriver. »

On emprunta un sentier qui, d'après Najac, menait au village de Jéricho. Tout était si pauvre et recuit par le soleil qu'on ne pouvait croire qu'une ville entourée de murailles eût existé jadis à cet endroit. Je pensai au forgeron et naturellement à Miriam que j'avais quittée de si odieuse manière. Elle méritait beaucoup mieux.

La mer Morte, elle, méritait son nom. Une rive incrustée de sel et une eau d'un bleu aveuglant qui s'étendait jusqu'à l'horizon. Aucun oiseau ne survolait cette eau et aucun poisson n'en crevait la surface. L'air du désert était épais, brumeux et rance, comme si la saison avait changé au cours de la nuit. Je partageais l'inquiétude de Najac. C'était une contrée de cauchemar, mère de tant de despotes et de prophètes fous.

« Jérusalem, c'est par là », rappela Mohammed, le doigt pointé vers l'ouest.

Puis, montrant la direction opposée :

« Là, le mont Nébo. »

Les montagnes s'élevaient juste au-delà de la mer Morte, comme pressées d'oublier son relent saumâtre. La plus haute se présentait à la fois comme une chaîne et comme un pic hérissé de conifères nains, au sein des broussailles. Dans des ravins qui à la saison des pluies se transformeraient en torrents, fleurissait le laurier-rose. Najac, toujours aussi taciturne, multiplia les signaux à l'aide d'un miroir, sans obtenir de réponse.

« Ce maudit bon à rien nous a perdus ! lança Ned à haute et intelligible voix.

— La ferme, gros lard ! » riposta le Français.

Il renouvela ses signaux.

Puis une mince colonne de fumée monta vers le ciel.

« Voilà ! C'est bien le mont Nébo. La dernière demeure de Moïse. »

On éperonna nos montures et on entama la montée.

C'était un soulagement de quitter la vallée du Jourdain et de progresser dans un air moins chaud, moins étouffant. On se rafraîchit et, progressivement, l'odeur des pins supplanta toutes les autres. Des tentes bédouines occupaient les corniches, et des Arabes drapés de noir gardaient de petits troupeaux de chèvres. On suivit un sentier de caravane, les sabots des chevaux marquant leurs empreintes dans la terre amollie par les excréments des chameaux.

Il nous fallut quatre heures pour atteindre la crête. Par-dessus le cours du Jourdain, on découvrait à l'ouest la Terre promise, couleur de miel et de lait, sous le soleil. La mer Morte, vue d'en haut, était un grand miroir bleu. Je n'apercevais nulle part aucune entrée de caverne susceptible de renfermer un trésor, mais une vaste tente occupait un creux garni d'une herbe verte indiquant la présence d'une source. Les ruines d'un ancien édifice, une église, sans doute, se dressaient non loin de là. Quelques hommes nous attendaient autour d'un petit feu de camp, origine du signal de fumée. Silano était-il parmi eux ?

Puis je découvris la personne assise sur une pierre auprès des ruines de l'église, à l'écart des hommes, guidai mon cheval jusque-là et mis pied à terre devant une femme vêtue de blanc qui avait guetté notre approche.

Elle se releva en m'apercevant. Je revis ces tresses noires s'échappant de l'écharpe blanche qui la protégeait du soleil. Les cheveux et l'étoffe se soulevaient légèrement dans la brise soufflant à travers la montagne. Elle était encore plus belle que je ne m'y attendais. Le fantôme inscrit dans ma mémoire avait repris chair. Pas trace de déception : tout ce que j'avais aimé était toujours là, sa ferme sveltesse, ses lèvres et ses pommettes dignes d'une Cléopâtre, ses yeux noirs d'un éclat sans pareil. Si les femmes sont des fleurs qui embellissent le monde, Astiza était un lotus.

Elle avait un peu vieilli. Mais c'est une erreur de croire que l'âge insulte les femmes, il leur donne simplement plus de personnalité. Ses orbites s'étaient imperceptiblement creusées, comme si elle avait vécu des heures et ressenti des choses qu'elle eût préféré ne pas connaître. Je me demandai si j'avais beaucoup plus changé qu'elle et portai ma main à ma barbe de plusieurs jours. Dans mes vêtements salis par le voyage, je ne devais guère avoir fière allure. Sa propre robe avait également connu de meilleurs jours, ainsi que ses bottes de cavalerie peut-être empruntées à un joueur de tambour. Sa minceur était celle d'une danseuse, mais n'avions-nous pas tous fondu ? Une dague et une bourse de cuir pendaient au bout du cordon de soie qui lui entourait la taille. Auprès d'elle, sur la roche voisine, reposait une outre d'eau fraîche.

J'hésitais, tous mes discours oubliés. C'était comme si je la voyais ressurgir d'entre les morts. Finalement, je réussis à bégayer :

« Je n'ai jamais cessé de te rechercher. Personne ne retrouvait ta trace. »

Cela dut sonner comme une excuse et c'en était une. Je me souvenais trop bien d'être resté dans cette nacelle alors qu'elle tombait dans le Nil.

« Tu as ma bague ? »

La brutalité de cette entrée en matière me blessa. Je sortis le rubis et le lui tendis. Elle le glissa rapidement dans la bourse de cuir, sans le regarder. Pensait-elle toujours que s'y attachait une malédiction ?

« Elle servira d'offrande, expliqua-t-elle.

— À Isis ?

— À tous. Thot compris.

— Je t'ai crue morte. C'est comme un miracle. Tu as l'air d'un esprit. Ou bien d'un ange.

— Tu as les séraphins ? »

Sa froideur était déconcertante.

« J'ai pris tous les risques pour te rejoindre. Et tout ce que tu désirais, c'était de la joaillerie ?

— Nous en aurons besoin.

— Nous ?

— Ethan, Alessandro m'a sauvé la vie. »

Un coup de poignard au cœur. Accrochée à l'amarre du ballon, avec Silano cramponné à ses chevilles, elle avait dû se résoudre à trancher la corde à l'aide de mon tomahawk, afin que le ballon puisse sortir de la portée des mousquets. Je n'avais pu ni la ramener dans la nacelle ni la débarrasser du gentilhomme sorcier qui avait été son amant. Étaient-ils de nouveau un couple ? Mais pourquoi, dans ces conditions, m'auraient-ils envoyé ce message ? S'ils ne voulaient que des pièces d'orfèvrerie, j'aurais pu me débrouiller pour les leur faire parvenir.

« Ce salaud a failli te faire mourir ! À cause de lui tu n'as pas pu remonter dans la nacelle. »

Elle se détourna, le regard perdu dans les profondeurs de la vallée.

« Je ne me souviens de rien, sinon de ma chute. Et de ton visage penché vers moi, par-dessus le rebord de la nacelle. La chose la plus terrible que j'aie vue de toute ma vie. En coupant la corde, j'ai lu mille émotions dans ton regard.

— De l'horreur.

— Et puis de la crainte, de la honte, du regret, de la colère, du désir… et du soulagement. »

J'ouvris la bouche pour protester et m'en abstins. Parce que tout était vrai.

« Quand j'ai abattu ce tomahawk, je t'ai libéré, Ethan. Du Livre de Thot et de moi. Pourquoi n'es-tu pas rentré en Amérique ?

— Le lien qui nous unit ne sera pas tranché d'un simple coup de hache, Astiza. »

Elle ramena son regard sur moi, les yeux brillants, secouée, des pieds à la tête, de tremblements irrépressibles. Je savais qu'elle devait lutter contre elle-même pour ne pas se jeter dans mes bras. Pourquoi hésitait-elle ? Une fois de plus, je n'y comprenais rien. Et je ne pouvais pas, moi non plus, la serrer contre moi parce qu'il y avait, entre nous, ce mur invisible de devoir et de regret qu'il faudrait d'abord abattre. On ne savait par où commencer, car il y avait trop à dire.

« Quand je suis ressortie du coma, un mois s'était écoulé et j'étais chez Silano, qui m'avait soignée en secret. Les savants lui avaient attribué un lieu où il pouvait poursuivre ses recherches, au Caire. Tandis que sa hanche brisée se ressoudait, il examinait de près tous les documents qui lui étaient soumis. Il remplissait de livres des malles et des malles. Je l'ai même vu se pencher sur des grimoires noircis provenant sans doute de la bibliothèque incendiée d'Énoch. Il n'avait pas abandonné une seule seconde. Il savait que nous avions quitté la pyramide sans rien emporter de réellement utile, et il pensait que le livre avait été transporté ailleurs. Alors, je suis redevenue son alliée, pour être sûre de te retrouver un jour. J'espérais que tu étais resté en Égypte…

— Tu viens de me dire que tu espérais mon retour en Amérique !

— Je ne savais plus trop ce que je souhaitais. Je savais aussi qu'ils te recherchaient. Puis j'ai entendu dire qu'on avait peut-être retrouvé ta trace et j'ai senti mon cœur exploser de joie. Silano avait fait arrêter par Bonaparte l'homme qui se renseignait pour ton compte, et envoyé un de ses séides à Jérusalem, afin de te décourager. Et puis, quand j'ai su que Najac était affecté à ta surveillance, j'ai compris que le destin allait nous réunir. Nous allons résoudre tous ces mystères, Ethan, et découvrir enfin le livre.

— Pourquoi ? Tu ne veux pas l'enterrer à nouveau ?

— Pour servir la cause du bien. L'ancienne Égypte était un paradis de paix et de science. C'est ce que le monde entier doit devenir.

— Astiza, regarde à quoi ressemble notre monde. Ou la chute t'a-t-elle privée de tout sens commun ?

— Il y a les restes d'une église, juste un peu plus haut. C'est peut-être de là que le prophète a contemplé sa Terre promise, sachant que, en dépit de toutes ses souffrances, il n'y entrerait jamais. Le Dieu de ta vieille culture était un dieu cruel. La bâtisse remonte à l'époque byzantine. Nous y avons trouvé la tombe d'un templier, et, dans cette tombe, subsistait un squelette. D'un fémur, on a extrait une carte médiévale.

— Vous avez brisé les os d'un mort ?

— Silano avait lu quelque chose à ce sujet, à Constantinople. Les Templiers sont passés par ici, après l'exécution de leurs chefs et leur persécution dans toute l'Europe. Ils ont caché dans une ville étrangère quelque chose qu'ils avaient trouvé à Jérusalem. Silano a découvert encore autre chose qui pourrait être en rapport avec ton Benjamin Franklin et le phénomène de l'électricité. Puis le bruit a couru que tu avais été exécuté à Jaffa et j'ai confié la bague à Monge, dans l'espoir qu'il saurait te joindre. À présent…

— As-tu jamais aimé Alessandro Silano ? »

Elle n'hésita qu'une seconde avant de répondre :

« Non. »

J'attendis, le souffle coupé, avant de lui poser une autre question encore plus logique.

« Je n'en suis pas fière, Ethan. Lui m'a aimée. Il m'aime toujours. Les hommes tombent si facilement amoureux, mais les femmes doivent être plus circonspectes. Nous avons été amants, mais je ne pourrai jamais *l'aimer*, au plein sens du terme.

— Astiza, tu n'avais pas besoin de moi pour t'apporter ces deux anges d'or.

— M'aimes-tu encore, Ethan, comme tu me l'as crié au-dessus du Nil ? »

Évidemment que je l'aimais encore. Mais j'avais peur d'elle, aussi. Comment le pauvre Talma l'avait-il appelée ? La sorcière. J'avais peur du pouvoir qu'elle avait exercé sur moi quand je lui avais avoué mon amour. Et que devenait cette pauvre Miriam, assiégée dans les murs d'Acre ?

Peu importait pour le moment. Toutes les vieilles émotions me retombaient, intactes, sur les épaules.

« Je t'aime depuis le jour où je t'ai tirée des décombres d'Alexandrie. Je t'aime comme je t'ai aimée dans le chebek naviguant sur le Nil et dans la maison d'Énoch, et même quand j'ai cru à ta trahison, au temple de Dendérah. Je t'aime comme je t'ai aimée lorsque j'ai cru que nous étions perdus, dans la Grande Pyramide. Je t'aime au point d'être passé du côté de ces maudits Britanniques dans l'espoir de te retrouver, et de repasser, apparemment, du côté de ces maudits Français. Au point d'avoir fait ce long voyage sans savoir ce que je te dirais ni qui je retrouverais et dans quelle disposition d'esprit ! »

Je n'avais plus aucune retenue. Les femmes peuvent priver un homme de toute maîtrise morale et physique plus vite et plus complètement qu'une pinte de whisky des Appalaches. Et maintenant, hors d'haleine et malade d'espérance, j'appréhendais que sa réponse achevât de m'assassiner. J'offrais ma poitrine aux mousquets, ma tête au couperet de la guillotine.

Elle souriait tristement.

« Je n'aimerai jamais Alessandro, mais il m'a été facile de t'aimer, toi, Ethan. »

Je trébuchais sur place, fou de joie.

« Alors, partons maintenant. Dès cette nuit. »

Elle secoua la tête, les yeux humides.

« Non, Ethan. Silano sait trop de choses que nous ignorons. Impossible de le laisser continuer de son côté. On doit aller jusqu'au bout. Et nous emparer du livre, le moment venu. Travailler avec lui pour mieux le trahir. Tel a été mon destin depuis que je l'ai rencontré au Caire, et depuis que tu as gagné le médaillon, à Paris. Tout s'est ligué pour nous amener à cette montagne, et à d'autres montagnes au-delà. Nous trouverons le livre et, seulement après, nous partirons.

— De quelles montagnes parles-tu ?

— La Cité des Fantômes.

— Quoi ?

— Un lieu sacré, un endroit mythique. Aucun Européen n'y a accédé, je crois, depuis les Templiers. Notre voyage ne fait que commencer. »

Je m'entendis gémir.

« Pour l'amour du ciel…

— Pas d'amour entre nous, Ethan, afin de mieux le duper. Tu es en colère parce que j'ai collaboré avec Alessandro, et nos rapports, en sa présence, seront ceux d'anciens amants. Tout le monde doit nous croire ennemis jusqu'au bout.

— Ennemis ? »

Et puis elle me gifla, de toutes ses forces.

La gifle fit autant de bruit qu'un coup de pistolet. Je profitai de la secousse pour regarder autour de moi.

Plusieurs personnes nous observaient, du haut de la pente. Alessandro Silano, grand, aristocratique, avec une attention plus concentrée que les autres.

*

* *

Silano n'était plus l'escrimeur agile d'antan. Il boitait, et la souffrance avait creusé ses traits naguère harmonieux, transformé son charme de faune débonnaire en la disgrâce d'un satyre aux ambitions frustrées. Les suites de sa chute dans le Nil l'avaient laissé anormalement rigide, et son regard n'exprimait plus aucune émotion. Rien qu'une volonté forcenée, dictée par une idée fixe. Il grimaçait en descendant un sentier de chèvres, depuis l'église byzantine, afin de nous rejoindre. Il n'offrit pas sa main à serrer. À quoi bon ? Nous étions rivaux, ma joue flambait de la gifle reçue, et je soupçonnais Monge ou d'autres médecins de lui avoir donné quelque antidouleur efficace.

« Alors ? jappa-t-il. Est-ce qu'il les a ?

— Il ne me l'a pas dit. Il n'est pas très chaud pour travailler avec nous.

— Et c'est en le giflant que tu le feras changer d'avis ? »

Elle haussa les épaules.

« Ça, c'est une autre affaire. »

Silano me fit face.

« Il semble qu'on ne puisse se passer l'un de l'autre, hein, Gage ?

— Vous ne me manquiez pas jusqu'à ce que je reçoive la bague d'Astiza.

— Et vous êtes venu à son appel. J'espère qu'elle l'appréciera avant que vous y renonciez. Ce n'est pas une femme facile à aimer, monsieur l'Américain. »

Il releva les yeux vers elle, pas plus sûr que moi de pouvoir lui faire confiance. Ils étaient alliés, pas amants. Ce n'est pas facile de vivre avec une femme qui se refuse, et Silano n'était pas homme à tolérer la frustration. Il allait falloir qu'on se surveille étroitement, lui et moi.

« Elle m'a dit que vous apporteriez deux petits anges trouvés dans la Grande Pyramide. Vous les avez apportés ? »

Je différai ma réponse, rien que pour le contrarier. Et puis :

« Oui, je les ai apportés. Ce qui ne veut pas dire que je vais vous les remettre… surtout s'ils doivent vous aider. »

Simple coup de sonde pour tester ses intentions. Il était chez lui. Il pouvait décider de me faire tuer.

« Ils sont en lieu sûr, jusqu'à ce que nous soyons d'accord, précisai-je. Compte tenu de ce que vous êtes, vous me pardonnerez de ne pas vous faire entièrement confiance. »

Il s'inclina.

« Même chose de mon côté, bien sûr. Mais des associés n'ont pas besoin d'être des amis. En fait, il vaut mieux que nous ne le soyons pas. Plus honnête comme ça, non ? Venez, je suis sûr que vous avez faim, après ce long voyage. En mangeant, je vais vous raconter une histoire. Vous déciderez ensuite de marcher avec nous ou pas.

— Et si c'est non ?

— Vous rentrerez à Acre. Avec ou sans Astiza, à sa guise. »

Il entreprit de remonter le sentier, clopin-clopant. Puis il se retourna.

« Mais je sais déjà ce que vous allez décider, tous les deux. »

Je regardai Astiza, cherchant à m'assurer qu'elle méprisait vraiment cet homme, ce diplomate, ce duelliste, cet érudit, cet illusionniste. Mais son regard exprimait de la tristesse, pas du mépris. Elle sentait à quel point nous étions prisonniers du désir et de notre renoncement volontaire. Deux rêveurs plongés de leur plein gré dans un cauchemar.

Nous pénétrâmes dans l'église sans toit. Il y avait de nombreuses excavations d'où l'on avait retiré des tas de terre. Astiza me montra le sarcophage de pierre qui avait renfermé les os du Templier, caché sous un reste de plancher.

« Silano avait déniché la référence à cette tombe au Vatican et dans les bibliothèques de Constantinople. Ce chevalier s'appelait Michel de Troyes. Il avait pu échapper à l'arrestation des Templiers, dans la capitale française, et s'était réfugié en Terre sainte.

— Une lettre disait qu'il avait consacré ses os à Moïse, enchaîna Silano, et qu'il avait fait enterrer le secret avec lui. Établir que la référence faisait allusion au mont Tabor, même si la tombe de Moïse n'a jamais été retrouvée, a demandé un bout de temps. Je pensais découvrir le document dans la tombe du Templier. Il n'y était pas.

— Et c'est en cognant sur ses os avec impatience…

— Oui, admit-il de mauvais gré, agacé de devoir admettre cette réaction nerveuse. Un peu d'or brillait à l'intérieur du fémur brisé. Il recelait un mince cube métallique évidemment inséré après sa mort. Le tube contenait une fine carte médiévale, avec tous les noms en latin. Elle indique la démarche suivante. C'est alors que nous vous avons convoqué.

— Pourquoi ?

— Parce que vous êtes un proche de Franklin. Un électricien.

— Quel rapport avec l'électricité ?

— C'est la clef, je vous l'expliquerai après le repas. »

Nous étions une vingtaine divisée en trois groupes, les hommes de Najac, mes deux compagnons et moi, Silano, Astiza, et quelques gardes du corps au service du comte, qui allumèrent un feu de bois, dans un coin de l'église, et s'occupèrent du dîner. À mon profond écœurement, Najac avait insisté pour faire partie de notre groupe. J'exigeai d'y incorporer Ned et Mohammed. Un genou à terre, Astiza faisait preuve d'un calme qui ne lui ressemblait pas, et Silano trônait au centre. Nous étions tous assis sur les vieilles mosaïques représentant des scènes de chasse à l'ancienne, au poignard et à la lance, partiellement recouvertes de sable.

« Nous voilà donc réunis… »

Silano se montra de bonne compagnie, dans la chaleur du feu qui formait un cocon protecteur contre le froid nocturne du désert. Du feu jaillissaient des étincelles qui se mêlaient aux étoiles.

« Est-il possible que Thot ait pensé à des réunions de cette sorte pour élucider les énigmes qu'il nous a laissées ? demanda Silano. Avons-nous suivi les dieux, tout au long de notre quête ?

— Je ne crois qu'en un seul vrai Dieu », dit Mohammed.

Ned renchérit, truculent :

« Un bon point pour toi, frangin. Moi aussi, même si c'en est un autre ! Sans provocation de ma part.

— L'essentiel, conclut Silano, n'est-il pas de croire en un seul, les êtres, les choses, les diverses croyances n'étant que des manifestations de son mystère ? J'ai suivi des centaines de pistes dans des bibliothèques, des monastères, des tombeaux, et tout converge vers un centre commun. Le centre que nous cherchons, mes chers associés !

— Quel centre, maître ? »

Demande automatique de Najac, le chien dressé. Silano lui présenta un grain de sable.

« Si je disais que ceci représente l'Univers ?

— Je vous dirais : "Gardez-le", plaisanta Ned, "et faites-nous cadeau du reste !" »

Le comte sourit poliment, jeta le grain de sable en l'air et le rattrapa dans sa paume.

« Et si je vous disais que le monde qui nous entoure n'est qu'un léger tissu, aussi peu matériel que les espaces qui séparent les fils d'une toile d'araignée ? Et que tout ce qui entretient l'illusion n'est qu'une mystérieuse énergie que nous avons peine à concevoir, la pensée humaine, dans une certaine mesure ? Et qui sait… l'électricité ? »

Cette fois, je savais quoi répondre :

« Je vous dirais que le Nil dans lequel vous êtes tombé était assez tangible pour vous briser la hanche !

— Illusion sur illusion. C'est ce que prétendent les grimoires sacrés, tous inspirés par Thot.

— L'or est toile d'araignée ? Le pouvoir ne déplace que de l'air ?

— Oh non ! Même si tout n'est que songe, ce songe est notre réalité. Là réside le secret. Supposons que les choses les plus tangibles, comme les pierres de cette église, ne soient que matrices de néant. Que la chute d'un quartier de roche ou d'une étoile ne soit qu'une simple règle mathématique. Qu'un édifice puisse contenir la divinité, qu'une forme puisse être sacrée, et que l'esprit humain soit en mesure de distinguer des énergies invisibles. Que deviennent les êtres capables d'y parvenir ? Si les montagnes ne sont que des tissus d'illusions, qu'est-ce qui empêche de les déplacer ? Le Nil pourrait-il se remplir de sang ? Ou des milliers de grenouilles risquaient-elles de nous envahir ? Abattre les murs de Jéricho n'était pas un grand exploit, s'ils n'étaient que canevas intangibles. Quoi d'extraordinaire à changer le plomb en or, si les deux ne sont que poussière ?

— Vous êtes fou, opina Mohammed. Vous tenez des propos sataniques.

— Non. Je suis un savant ! »

Il se releva. Najac l'aida en lui tendant une main qu'il repoussa dès qu'il fut sur pied.

« Vous m'avez dénié ce titre, Ethan Gage, lors d'un banquet, en présence de Napoléon. Vous avez attaqué ma réputation en me ridiculisant un peu. »

Je me sentais rougir. Ce type n'oubliait absolument rien.

« Mais je sonde ces mystères depuis plus de vingt ans. Je suis venu au Caire alors qu'il était toujours occupé par les mamelouks. J'y ai exploré les vieux mystères pendant que vous gaspilliez votre vie en futilités de toutes sortes. J'ai suivi la piste des Anciens tandis que vous mettiez votre opportunisme au service des Français. J'ai essayé de comprendre les indices épars autour de nous alors que tout le reste de l'humanité s'agitait dans la boue. »

Il n'avait pas perdu, en tout cas, la haute opinion qu'il avait de lui-même !

« Aujourd'hui, j'ai compris ce que nous cherchions et je sais quelle force nous devons maîtriser pour y accéder. Il va nous falloir capturer la foudre.

— Capturer quoi ? »

Najac, une fois de plus.

« Gage, j'ai cru comprendre que vous aviez utilisé l'électricité contre les troupes de Napoléon.

— Comme un mal nécessaire.

— Il nous faudrait un expert tel que Franklin, lorsque nous approcherons du Livre de Thot. Êtes-vous un tel expert en électricité ?

— Je suis un homme de science, mais je ne comprends pas un mot de ce que vous dites. »

Astiza intervint posément :

« C'est pourquoi nous avons besoin des séraphins. Nous pensons que, d'une façon ou d'une autre, ils peuvent nous conduire à l'ultime refuge des chevaliers du Temple, après la destruction de leur ordre. Ils ont emporté dans le désert ce qu'ils avaient trouvé au-dessous du temple de Salomon pour le cacher dans la Cité des Fantômes. Leurs documents sont énigmatiques, mais Alessandro et moi sommes persuadés que Thot, lui aussi, connaissait l'électricité, et que c'était l'épreuve ultime pour trouver le livre. Nous avons besoin de détourner la foudre comme Ben Franklin l'a fait.

— Je suis d'accord avec Mohammed. Tous les deux, vous êtes complètement fous.

— Vous avez découvert un curieux plancher, avec un motif en forme d'éclair, dans les sous-sols de Jérusalem, insista Silano. Ainsi qu'une porte non moins étrange. Je me trompe ?

— Comment le savez-vous ? »

Najac, j'en étais sûr, n'était jamais entré dans les locaux souterrains que nous avions explorés. Il n'avait pas pu voir non plus la porte au système d'ouverture si complexe.

« J'ai beaucoup étudié, je vous l'ai dit. Et, sur cette porte conçue par les Templiers, vous avez vu un motif hébraïque, n'est-ce pas ? Les dix *sephiroth* de la Kabbale ?

— Quel rapport avec la foudre ?

— Regardez. »

Dans la poussière du carrelage, il dessina deux cercles dont les circonférences se touchaient.

« Toute chose est double, murmura Astiza, et le souvenir de Miriam, une fois de plus, me serra le cœur.

— Double, et cependant unique. »

Il traça un autre cercle qui englobait les deux premiers. Et d'autres encore, compliquant son croquis à l'infini.

« Les prophètes le savaient, Jésus aussi, sans aucun doute. Et les Templiers l'avaient redécouvert. »

Sous ses doigts, apparurent, parmi les cercles, deux schémas d'étoiles. Une à cinq branches, l'autre à six.

« L'une est égyptienne, l'autre juive, toutes deux également sacrées. Vous utilisez l'égyptienne sur votre drapeau national. Savez-vous que c'est une initiative des francs-maçons qui ont contribué à la découverte de votre pays ? »

Et finalement, dans les espaces libres, il inséra dix points représentant le même motif que nous avions vu sous le temple du Rocher. Les *sephiroth*, d'après Haïm Farhi. Une fois de plus, tout le monde semblait parler dans des langues anciennes que je ne connaissais pas, et prêter des significations à ce que j'avais pris pour de simples ornements.

« Vous le reconnaissez ?

— Quoi donc ?

— Les Templiers ont ajouté un autre détail à ce motif. »

De point en point, il dessina une ligne en zigzag.

« Et voilà ! Bizarre, pas vrai ?

— Peut-être.

— Non, pas “peut-être”. Ces indices nous conseillent de nous adresser au ciel si nous voulons trouver le livre. Le symbole de l’éclair figure sur la carte. Et puis il y a le poème.

— Le poème ?

— Deux couplets très éloquents. »

Il récita :

*Aether cum radiis solis fulgore relucet*
*Angelus et pinnis indicat ore Dei,*
*Cum regio deserta bibens ex murice torto*
*Siccatis labris arida sorbet aquas*

*Tum demum partem quandam lux clara revelat*
*Quae prius ignota est nec repute tibi*
*Opperiens cunctatur cum dea candida Veri*
*Floribus insanum qui furit acque fide.*

« Pour moi, c’est du grec, Silano.

— Erreur, du latin. On ne vous enseigne pas les classiques, dans la zone frontière, monsieur Gage ?

— Dans la zone frontière, les classiques font de bons allume-feu de camp.

— La traduction de ce document, que j’ai découvert au cours de mes voyages, explique pourquoi je brûlais de faire votre connaissance. »

Il récita à nouveau :

*Quand le ciel resplendit des éclairs du soleil*
*Et qu'avec ses plumes l'ange montre la volonté*
*[de Dieu*
*Quand le désert, buvant dans la coquille spiralée*
*[de l'escargot,*
*Absorbe goulûment l'eau de ses lèvres sèches*

*Alors la lumière éclatante révèle enfin*
*[une certaine partie*
*Inconnue jusque-là, étrangère à notre estimation,*
*Errante, Vérité divine évidente qui l'attendait*
*Lui, l'être fou de fleurs, également confiant en la foi.*

Que pouvait signifier ce charabia ? Le monde éviterait bien des malentendus si chacun s'exprimait simplement, mais ce n'est pas une habitude tellement répandue ! Et, cependant, un détail de cette phraséologie me rappelait quelque chose que je n'avais jamais partagé ni avec Astiza ni avec Silano. J'éprouvais de curieux picotements au niveau du front.

« Nous devons nous rendre à un endroit spécial de la Cité des Fantômes, résuma Silano. Capter la foudre comme l'a fait votre mentor Ben Franklin à Philadelphie. Consulter les séraphins et voir quel endroit précis ils indiquent.

— Un endroit où ça ?

— Bâtiment ou caverne, je ne sais pas encore. Cette œuvre nous guidera.

— Le désert qui boit dans une coquille d'escargot ?

— La pluie de l'orage. Une allusion à quelque vase sacré, je pense. »

Ou à quoi que ce soit d'autre ?

« Et les fleurs et la foi ?

— Une référence aux Templiers eux-mêmes et à l'ordre de la Rose-Croix. Les théories sur l'origine de la Rose-Croix varient, mais l'une d'elles veut que le sage d'Alexandrie Ormus fut converti au christianisme par l'apôtre Marc en 46 avant Jésus-Christ et que ses enseignements, avec ceux de l'Égypte ancienne, créèrent une foi gnostique tournée vers la connaissance. »

Il me regardait intensément pour s'assurer que j'établissais bien le rapport avec le Livre de Thot.

« Les croyances évoluent au cours de l'histoire, mais le symbole de la croix et de la rose est très ancien. Il représente la vie et la mort, ou l'espoir et le désespoir. La résurrection, si vous préférez.

— Ainsi que le mâle et la femelle, précisa Astiza. La croix phallique et la rose ionique.

— Fleur et foi, répéta Silano, symbolisent aussi le caractère requis pour parvenir au secret.

— Une femme ?

— Peut-être, ce qui est une excellente raison pour en emmener une. »

Je décidai de remettre à plus tard mes nombreuses incertitudes.

« Vous voudriez donc attirer la foudre sur mes séraphins et voir ce qui se passe ?

— D'après les documents évoqués, c'est tout à fait ça.

— Il faudra donc une tige de métal ou plutôt deux, puisque nous avons deux séraphins. Beaucoup de métal, en effet, pour mettre la foudre en terre.

— C'est pourquoi nos poteaux de tente seront métalliques, pour y monter vos séraphins. Vous avez besoin de nous pour trouver la cité, et nous avons besoin de vous pour y trouver la cachette du livre.

— Et ensuite ? On le coupera en deux ?

— Non. Nous n'aurons pas besoin de Salomon pour régler notre rivalité. Nous l'utiliserons ensemble, à l'instar des Anciens, pour le bien de l'humanité.

— Ensemble !

— Pourquoi pas, si nous avons les moyens de faire un bien universel ? Si l'Univers n'est rien de plus qu'un tissu léger, il peut être modifié, amélioré. C'est ce que ce livre nous dira certainement de faire. Quand tout est possible, on peut déplacer la roche, prolonger la vie, réconcilier les ennemis et soigner toutes les blessures. »

Ses yeux lançaient des étincelles. Je désignai sa hanche. « Vous rendre votre jeunesse.

— Exactement. Dans un monde enfin gouverné par la raison.

— Celle de Bonaparte ? »

Silano regarda Najac.

« Ma loyauté va au gouvernement qui m'a confié cette mission. Les généraux et les politiciens ne comprennent qu'assez peu de chose. Ce sont les savants qui régiront le monde de demain. Les vrais scientifiques. Quand la raison rejoindra l'occulte, commencera un âge d'or. Les prêtres ont joué ce rôle en Égypte. Nous serons les prêtres de l'avenir.

— Mais nous appartenons à deux camps opposés. »

Son sourire visait à séduire.

« Pas du tout. Toute chose est double. Et nous sommes liés par Astiza. »

Quelle trinité profane ! Mais comment pourrais-je arriver quelque part sans rester dans la course ? Je regardai Astiza. Elle était assise à côté de lui, pas de moi.

« Elle ne m'a même pas pardonné ! » dis-je.

C'était un mensonge, mais il ne pouvait pas le savoir.

« Je pardonnerai si vous nous aidez, Ethan, dit-elle. Nous avons besoin de vous pour capter la foudre. Nous avons besoin de vous pour apprivoiser le feu du ciel, comme votre Benjamin Franklin. »

# 18

L'accès à la Cité des Fantômes était une simple fente dans un canyon de pierre siliceuse, étroite et rose comme le sexe d'une vierge. Le passage exigu n'était pas plus large, à sa base, qu'une pièce d'habitation, le ciel une ligne bleue, loin au-dessus de nos têtes. Les parois s'élevaient, toutes droites, sur près de deux cents mètres, avec de nombreuses saillies qui les rapprochaient par endroits, comme sous l'effet d'un tremblement de terre. Le silence était total tandis que nous avancions, chargés de nos sacs, dans le couloir ténébreux. Si la roche peut être érotique, ce corridor rose et bleu était une galerie de chair sculptée par le ruissellement des eaux, aux formes sensuelles aussi agréables à regarder que celles de la favorite du sultan. Les parois étaient formées de couches blanches, roses et bleu lavande. Ici, la roche ondulait comme un sirop figé, là, c'était une corniche couleur de corail, ailleurs, un rideau de dentelle. Le tout d'une infinie diversité.

Sous nos pieds, le sol descendait en pente douce vers notre destination, telle une voie privée conduisant à un rêve de poète. Et la nature n'avait pas été la seule ouvrière. Lorsque j'y regardai de plus près, je constatai que ce couloir avait été façonné jadis par les caravaniers, car un conduit régulier courait le long d'une des parois et le calcaire déposé au cours des siècles démontrait que cette rigole avait été un aqueduc chargé d'abreuver la cité antique.

Nous parvînmes en vue d'une arche romane qui marquait l'autre extrémité du canyon, et nous longeâmes les niches creusées dans les deux parois qui abritaient des dieux et des sculptures géométriques. De grands chameaux de pierre, deux fois la taille des vrais, nous accompagnaient en bas-reliefs, étrange caravane pétrifiée qui préparait un autre spectacle dont la splendeur minérale nous coupa le souffle.

« Voyez ! triompha Silano. Tout est possible quand on rêve… »

Oui, le livre devait se trouver ici.

La route à parcourir, depuis le mont Nébo, nous avait pris plusieurs jours. Nous avions suivi les crêtes jordaniennes et longé les ruines d'autres châteaux de croisés érigés par les Templiers. De loin en loin, on franchissait les cols qui perçaient les déserts jaunis de l'ouest. De petits cours d'eau les avaient sillonnés, naguère, aujourd'hui absorbés par la sécheresse. Puis on repiquait vers le sud, sous le vol des vautours et l'œil attentif des Bédouins qui nous observaient à distance respectueuse, en poussant leurs troupeaux de chèvres dans les lits asséchés des rivières disparues. Le siège d'Acre me paraissait infiniment lointain. À l'autre bout du monde.

J'avais tout le temps de réfléchir au poème en latin de Silano. Quels mots avaient vaguement titillé ma mémoire, sinon « fleur » et « coquille d'escargot » ? Cette même imagerie, mon ami Edme François Jomard, éminent savant français, l'avait employée alors qu'on escaladait le Grande Pyramide. Il affirmait que les dimensions de cette pyramide correspondaient à un code numérique ou « nombre d'or » égal à 1,618, représentation géométrique d'une suite de chiffres connue sous le nom de « séquence de Fibonacci ». Cette progression mathématique pouvait se concrétiser sous la forme d'une suite de carrés interconnectés de surface croissante. La réunion par un trait continu des coins de ces carrés produisait une spirale conforme à celle d'une coquille d'escargot ou, selon Jomard, de la répartition des pétales d'une fleur. Mon autre excellent ami Talma avait estimé cette explication quelque peu confuse, mais j'étais intrigué. Les pyramides représentaient-elles vraiment quelque vérité fondamentale de l'Univers ? Et quel rapport avec nos activités présentes ?

J'essayai de raisonner comme Jomard et Monge, les mathématiciens : « Ainsi surgissent finalement en pleine lumière certaines vérités qui avaient toujours été là, mais que notre esprit n'avait pas encore détectées », avaient écrit les Templiers. Une sorte d'évidence, mais qui me donnait une idée. Étais-je en possession de quelque indice supplémentaire qui pût me permettre de souffler le Livre de Thot sous le nez du comte Silano ?

On campait aux endroits les plus faciles à défendre et même, un soir, on passa la nuit dans un ancien château des croisés aux ruines envahies par les hirondelles. Les tours éventrées étaient jaunes dans le soleil couchant, et l'herbe poussait entre les pierres. Des fleurs sauvages croissaient alentour, et leurs étendues multicolores ondulant dans le vent du soir me murmuraient à l'oreille : « Fibonacci… Fibonacci… »

Alors que nous conduisions nos chevaux dans la cour abandonnée, je me débrouillai pour murmurer à l'intention d'Astiza :

« Retrouvons-nous sous la lune, près du portail, aussi loin que possible de l'endroit où tout le monde dort. »

Elle accepta d'un signe de tête presque imperceptible, en feignant d'être énervée au point de pousser son cheval en avant du mien. Aux yeux des autres, nous étions un couple d'anciens amants plus ou moins fâchés à mort.

Avec Ned et Mohammed, on avait pris l'habitude de dormir légèrement à l'écart de Najac et de sa bande d'assassins. Sitôt que Ned se mit à ronfler, je rampai doucement et me préparai à une longue attente. Astiza me rejoignit plus vite que je ne l'espérais, habillée de blanc, tel un fantôme lumineux au cœur de la nuit. Je l'entraînai, encore un peu plus loin des autres, jusqu'à un poste de guet où personne ne pourrait nous voir. La lune filtrait à travers une étroite meurtrière. J'embrassai mon aimée pour la première fois depuis que nous nous étions retrouvés. Ses lèvres étaient aussi froides que la nuit et ses mains avaient peine à empêcher les miennes de précipiter les choses.

« Pas le temps, Ethan ! chuchotait-elle. Najac est réveillé. Il doit penser à un besoin pressant. Il va compter les minutes. »

Mes mains la suppliaient de me céder.

« Qu'il compte ! Ce n'est qu'une ordure !

— Ethan ! On est allés trop loin pour tout gâcher maintenant.

— Je crois que je vais exploser !

— Non. »

Elle me repoussa vigoureusement.

« Patience ! On y est presque ! »

Enfer et damnation ! Je n'avais pas été gâté, depuis Paris. Trop d'exercice physique et pas assez de femmes.

« D'accord. Si cette histoire de foudre marche vraiment, il faudra que tu m'aides à semer Silano. J'ai besoin de temps pour essayer quelque chose…

— Quelque chose que tu sais et que tu ne nous as pas dit ?

— Peut-être. Une sorte de pari.

— Et tu es un joueur ! Écoute. Après la capture de la foudre, déclare-toi prêt à échanger ta part du livre contre ma personne. Je ferai mine de te trahir et je partirai avec lui. On t'abandonnera, et tu joueras la déception.

— Ce ne sera pas difficile. Puis-je te faire confiance pour revenir à moi, ensuite ? »

Elle sourit.

« À toi de le savoir. »

Et, là-dessus, elle s'esquiva. On prit soin, le lendemain, de s'entendre encore plus comme chien et chat. Dieu du ciel, pourvu que ce ne soit qu'une ruse !

On reprit la vieille route des caravanes. Je craignais la rencontre de patrouilles ottomanes, mais le sanglant affrontement du djebel el-Dahy semblait les avoir provisoirement découragées. Nous ne croisions que des tribus locales, petits hommes coriaces que notre formation, botte contre botte, et notre armement dissuadaient de venir s'y frotter. Parfois, Najac leur parlait, flanqué de son équipe de durs à cuire, et la cause était rapidement entendue.

Quand on atteignit la cité mentionnée sur la carte du Templier, personne ne nous suivait plus, pas même des yeux.

Il nous restait un désert à traverser, riche en créations géologiques de dame Nature telles que je n'en avais jamais vu. Au pied d'une chaîne de montagnes lunaires, s'étendait, à perte de vue, un espace semblable à un immense plat de ragoût gelé, ou à un pain trop cuit avec trop de levain. Aucun moyen apparent d'en éviter la traversée, mais, quand on approcha de sa lisière, on constata que le terrain était hérissé de crevasses, tel un monstre aux cent yeux. Des restes de piliers ou d'escaliers en émaillaient également la surface. On campa dans un oued asséché, sous les étoiles glacées.

Silano décida, le lendemain matin, que les sentiers erratiques qu'il allait falloir négocier, vaille que vaille, étaient trop étroits et trop accidentés pour des chevaux de selle. On les laisserait donc en arrière, sous la garde de quelques-uns des Arabes de Najac. Très nerveuses, les bêtes hennissaient et tapaient du sabot, visiblement effrayées par un chariot apparu au cours de la nuit, endommagé mais néanmoins bâché. Silano en conclut qu'il devait transporter de la viande que les animaux sentaient à distance. Je proposai d'aller voir, mais le soleil se levait, révélant le début du canyon avec son entrée en forme d'arche. On y pénétra à pied et, très vite, le monde cessa d'exister derrière nous. Plus aucun son perceptible, en dehors du piétinement de nos pieds dans la terre meuble.

« Les tempêtes ont recouvert ce qui était jadis une route caravanière, dit Silano. Les orages sont plus fréquents à cette époque de l'année. Éclairs et tonnerre les accompagnent. Les Templiers le savaient et s'en servaient. C'est ce que nous ferons également ! »

Et puis, comme je l'ai dit, on atteignit l'autre extrémité du canyon, et nous restâmes bouche bée. Devant nous, s'amorçait un autre canyon perpendiculaire au premier et tout aussi imposant. Mais telle n'était pas la cause de notre stupéfaction. Juste en face de nous, s'élevait le monument le plus inattendu. À peine moins impressionnant que l'immensité des pyramides.

Un temple. Sculpté à même la roche.

Comment imaginer plus extraordinaire que cette étrange bâtisse, rose comme les joues d'une fille, taillée directement dans cette falaise verticale ? Toute une architecture de piliers et de coupoles s'élevant plus haut qu'un clocher de Philadelphie. Sur ses corniches supérieures siégeaient des aigles gros comme des buffles, et les niches ménagées entre les piliers abritaient des silhouettes aux ailes d'angelots. Chérubins ou démons, ce n'étaient pas eux qui retenaient mon regard, mais la figure centrale debout sur le portail monumental.

Une femme aux seins nus mangés par l'érosion, hanches drapées dans les plis d'une toge romaine, la tête haute et sur le qui-vive. J'avais déjà vu cette silhouette dans les lieux sacrés de l'Égypte ancienne. Elle avait sous son bras une corne d'abondance, et sur la tête les restes d'une couronne faite d'un disque solaire entre deux cornes de taureau. Je frémissais devant cette bizarre répétition d'une rencontre dont le souvenir me hantait depuis Paris où les Romains avaient dressé, sur l'emplacement de Notre-Dame, un temple disparu dédié à la gloire de cette même déesse.

« Isis ! s'écria Astiza. C'est l'étoile qui va nous guider jusqu'au livre ! »

Silano avait le sourire.

« Les Arabes appellent cet endroit le Khazneh, le trésor. Parce que, d'après leurs légendes, c'est ici que le pharaon dissimulait ses richesses.

— Le livre y serait donc aussi ?

— Non. Les lieux sont nus et sans fondation. Mais il n'est sans doute pas loin. »

Nous nous rapprochâmes de l'entrée du Khazneh en clapotant dans le petit ruisseau qui nous en séparait. Le nouveau canyon s'amorçait à notre droite. Un large escalier menait à l'entrée du temple encadrée de colonnes sculptées dans la pierre. On attendit un instant au sein de la fraîcheur du portique, les yeux fixés sur la roche rouge, puis on pénétra dans la petite salle.

Ainsi que l'avait annoncé Silano, elle était peu profonde, entre ses murs aussi nus que l'avaient été ceux de la salle au sarcophage vide découvert dans la Grande Pyramide. La falaise avait été creusée juste assez pour constituer ce local sans autre porte que celle de devant, désert comme un entrepôt abandonné.

« À moins qu'il n'y ait davantage, là-dedans, qu'il n'apparaît au premier regard, comme ses dimensions mathématiques, à quoi pouvait servir ce placard ? »

Il semblait trop exigu pour que l'on puisse y vivre, et trop peu éclairé pour une entrée de temple.

Silano répondit à ma question par un haussement d'épaules.

« Ce n'est pas l'utilité qui importait ici. Ce qu'il faut trouver, maintenant, c'est le lieu du Grand Sacrifice. Si l'on en juge d'après ce que nous voyons, cet espace n'a rien de solennel.

— Il est tout de même majestueux, murmura Astiza.

— Illusion, comme tout le reste ! Seul l'esprit est réel. C'est pourquoi même la cruauté n'est pas un péché. »

On ressortit lentement. La moitié du canyon baignait dans une lumière crue, l'autre dans une ombre dense.

« On a de la chance, ajouta Silano. L'air est lourd et sent l'orage. On n'aura pas besoin d'attendre, mais tout doit être prêt si l'orage éclate. »

Le canyon perpendiculaire s'élargissait à mesure qu'on s'y enfonçait, nous accordant une meilleure vision des montagnes environnantes. La roche se dressait vers le ciel comme une pile de pain, de gâteaux et autres masses multiformes. Dans le moindre interstice, poussait des lauriers-roses. Les grottes innombrables qui perçaient les parois n'étaient pas d'origine naturelle. Leur forme rectangulaire était celle de portes creusées par les hommes, pour les hommes, dans une cité qui n'avait pas été bâtie sur la planète, mais dedans…

Au-delà d'un vaste théâtre romain semi-circulaire aux sièges également sculptés dans la pierre, nous parvînmes finalement à un autre local circulaire aménagé au plus profond des montagnes comme une sorte de cour entourée de grands murs. L'emplacement idéal pour une cité protégée par l'étroitesse de ses voies d'accès faciles à défendre en cas d'attaque. Une cité pourtant aussi étendue que Boston. Çà et là, surgissaient des colonnes qui ne supportaient plus rien. Des temples sans toit meublaient la pierraille éparse.

« Par la grâce d'Isis, soupirait Astiza, qui a rêvé ce royaume ? »

Sur un autre mur, s'étalait un tableau fabuleux d'escaliers, de piliers, de plate-formes, de portes et de fenêtres ciselées par centaines dans la masse de la montagne.

« Un royaume gigantesque ! m'exclamai-je. C'est ici qu'on trouvera le livre ! Les pyramides, à côté, sont des niches à chien !

— C'est vous qui allez le trouver, avec l'aide de vos séraphins. »

Silano avait déroulé la carte du Templier et l'étudiait de nouveau. Puis il pointa le doigt dans une direction bien déterminée.

« Là-haut. »

La montagne qui dominait le théâtre de pierre comportait des sortes de créneaux, mais paraissait plate au sommet. « Où ça, là-haut ?

— Le lieu du Grand Sacrifice. »

Un escalier grossier, raide et dangereux, permettait l'ascension. Mais, à mesure qu'on grimpait, la vue s'élargissait autour de nous, découvrant d'autres falaises largement creusées de main d'homme. Personne nulle part. Le silence régnait dans la ville abandonnée. Sans aucune trace de fantômes, pour le moment. À l'approche du couchant, la lumière virait au pourpre.

On déboucha sur un plateau de grès d'où l'on disposait d'une vue magnifique sur le panorama. Autour de nous s'étendaient des versants escarpés sans une trace de verdure, aussi dépouillés qu'un squelette. Le soleil réchauffait encore des crêtes noires qui convergeaient vers nous comme des navires de guerre. Une bise humide soulevait des nuages de poussière qu'elle transformait, très vite, en tourbillons. Le plateau lui-même avait été aplani par des pelles ou des pioches laborieuses. Au centre, s'inscrivait un rectangle grand comme une salle de bal, semblable à un étang peu profond et sans eau.

Concentré, Silano avait sorti une boussole.

« Orientation nord-sud. Parfait ! »

À l'ouest, d'où viendraient les tempêtes, quatre marches menaient à une plate-forme surélevée qui évoquait une sorte d'autel pourvu d'un creux en forme de cuvette d'où partait une rigole.

« Pour recueillir le sang, dit le comte dont le manteau flottait au vent.

— Je ne vois aucun endroit où cacher un livre », déclarai-je.

Silano désigna, d'un geste large, la cité aux mille fenêtres.

« Et moi, je vois l'infini. Il est temps d'utiliser vos séraphins, Ethan Gage. Ils sont faits d'un métal plus noble que l'or.

— Quel métal ?

— Les Égyptiens l'appelaient Raz-ezhri. "Les larmes du soleil". Le doigt de Dieu va les toucher et ils nous indiqueront quelle direction prendre. Qu'allons-nous faire du doigt de Thot ? Comment la quintessence de l'Univers va-t-elle daigner nous faire signe ? »

Il était fou à lier, mais pas plus que ce vieux Ben avec son cerf-volant lâché dans la tempête. Les savants sont tous un peu fous.

« Attendez. Que va-t-il se passer quand nous aurons trouvé le livre ?

— Nous l'étudierons.

— On ne sait pas encore si nous pourrons le déchiffrer », intervint Astiza.

J'appuyai lourdement :

« Ce que je veux dire, c'est : qui va le garder ? Il va bien falloir que quelqu'un s'en charge. Il semble que mes séraphins soient indispensables, ainsi que mon expérience de l'électricité. Et je ne suis ni pour les Anglais ni pour les Français, je suis neutre. Vous devriez me le confier.

— Vous n'auriez pas trouvé cet endroit tout seul en cent ans, lança Najac, venimeux. Alors, cette discussion… »

Je le coupai, sec :

« Et vous, vous ne trouveriez pas votre oreille droite, même si elle était reliée à vos couilles par un cordon de soie !

— Monsieur Gage, s'impatienta Silano, à son tour, vous restez avec moi ou vous rejoignez le rite égyptien de la franc-maçonnerie, afin de partager ma gloire ?

— La gloire d'un homme qui m'a envoyé la tête de mon meilleur ami dans une jarre d'huile ? »

Plus fort que moi, mais Silano n'avait pas bronché.

« Vous pouvez aussi vous retirer dès maintenant, sans rien dans les mains, rien dans les poches !

— Puis-je savoir d'où vous vient votre titre de propriété ? »

Autant jouer mon rôle jusqu'au bout. Silano jeta autour de lui un coup d'œil amusé.

« Mon Dieu ! j'ai à ma disposition les armes, le personnel et la seule chance de trouver ce que nous cherchons… »

Sur un simple signe, les hommes de Najac avaient braqué leurs mousquets vers moi, mais j'étais surtout agacé de voir mon propre rifle pointé dans ma direction par les sales pattes couvertes de graisse de Najac.

« Je ne vois vraiment pas ce que Benjamin Franklin appréciait chez vous, Ethan. Il vous en faut, du temps, pour vous rendre à l'évidence ! »

Je désignai les nuages qui s'amoncelaient.

« Ça ne marchera pas sans moi, Silano.

— Si vous refusez de participer, on ne trouvera pas le livre et vous n'aurez rien. Qui plus est, vous êtes encore plus curieux que moi.

— La belle affaire ! Je vous aide avec mes séraphins, et si ça marche, vous gardez le livre ? Prenez-le donc et finissons-en !

— Cap'taine ! protesta Gros Ned, consterné.

— Mais à la place, je vous demande Astiza !

— Ethan ! Je n'en suis pas *propriétaire !*

— Vous nous laissez simplement partir tous les deux, sans obstacles et sans controverses ! »

Il se tourna vers elle dont le regard passait incessamment de l'un à l'autre.

« Vous nous aidez si je suis d'accord ? »

J'acquiesçai.

« Mais c'est elle qui choisira, le moment venu. Pas moi, précisa-t-il.

— C'est tout ce que je demande.

— Entendu. »

Il souriait toujours, plus à l'aise qu'un castor dans une crique canadienne.

« Achevons nos préparatifs. »

Je respirais à petits coups précipités. Pouvais-je avoir confiance en Astiza ? Ce que nous avions décidé ensemble, elle et moi, marcherait-il jusqu'au bout ? Je jouais ce pari sur un poème latin. Les yeux de l'infâme sorcier scintillaient de plaisir lorsqu'il cueillit les deux séraphins, dans ma paume.

« Pour les monter sur vos tiges métalliques, servez-vous des agrafes qui les fixaient au bâton de Moïse. On va réaliser une expérience digne de Franklin. »

J'avais remarqué les deux trous ronds percés dans le sol du plateau, et Silano me confirma qu'ils étaient cités dans les documents des chevaliers du Temple. On y enfonça les deux tiges. Sans les relier entre elles pour l'instant.

Je me penchai vers le sol rocheux. Il était marqué de rainures peu profondes dont l'ensemble formait une étoile à six branches. Les trous dans le sol correspondaient à deux pointes opposées.

« Il faut raccorder les pôles. Avec des bouts de fil métallique pour conduire l'électricité. Vous en avez sous la main ? »

Non, bien sûr. Autant pour les recherches de Silano ! Le jour baissait, l'orage grondait dans les cumulus qui s'enflaient là-haut. En bas, dans la vallée, tourbillonnaient des nuées capricieuses.

« À quoi bon deux tiges si elles sont indépendantes ? dis-je.

— Les Templiers affirment que ça marche. Mes études sont infaillibles. »

La vanité de l'animal était sans limites. Je réfléchis à ce qui pourrait remplacer les bouts de fil de fer. Parce qu'il avait raison, Silano : ma curiosité valait largement la sienne.

« Najac, remuez-vous au lieu de faire la gueule ! Prenez votre outre et versez de l'eau dans ces rainures, avec un peu de sel.

— De l'eau ?

— Salée. Qui transmettra l'électricité, d'après Benjamin Franklin. »

Ma peau flambait, des pieds à la tête, et, bientôt, les premières gouttes de pluie tombèrent comme des plumes, vaporisées avant de toucher terre. La foudre frappa vers l'ouest. Je reculai jusqu'au bord du plateau. Ned et Mohammed m'y escortèrent. Personne d'autre ne semblait s'inquiéter. Même Astiza, les yeux au ciel, jamais sur moi, ne manifestait aucune appréhension.

La tempête s'abattit comme une charge de cavalerie, dans une trombe d'eau et de sable, et les nuages nous submergèrent, ballons gigantesques de pluie et de foudre. Des éclairs frappaient les pics d'alentour. Plus près, encore plus près. Comme une artillerie en cours de réglage. D'énormes gouttes s'écrasèrent au sol.

Torrides et lourdes, plomb fondu plutôt que pluie. La violence du vent nous frigorifiait, en dépit de la chaleur. Puis il y eut un éclair aveuglant, et la montagne trembla. Une des deux tiges avait été touchée, des éclairs jaillirent, une lueur bleue parcourut lentement les six branches de l'étoile, y compris celle qui connectait les deux pôles.

Les séraphins rougirent à blanc, pivotèrent vers le nord-est avec leurs ailes déployées, de telle sorte qu'une ligne fictive issue de l'un d'eux rejoindrait l'autre à une vingtaine de mètres. L'éclair avait frappé, et les deux tiges métalliques, chargées, brillaient d'un éclat pourpre assez semblable à celui qu'on avait rencontré sous le mont du Temple, à Jérusalem. Puis des rayons lumineux jaillirent des ailes de chaque séraphin et se rencontrèrent à mi-chemin, composant un rayon unique qui, telle une balle de fusil, atteignit le grand portail d'un autre temple, foré dans la roche, à près de trois kilomètres de là. Des étincelles jaillirent en gerbe.

« C'est là-bas ! » hurlèrent les acolytes de Silano.

Le rayon subsista un long moment, comme ceux du soleil égarés dans une caverne obscure, puis s'estompa. Le plateau s'assombrit. Étonné, j'examinai nos deux tiges métalliques. Les séraphins avaient complètement fondu, les deux piquets de tente étaient aplatis comme des champignons dans leur partie supérieure. Silano levait les deux bras, dans un élan triomphal. Astiza était rigide, trempée jusqu'aux os, ses longues tresses noires plaquées en travers des joues.

L'orage s'éloignait vers l'est, mais, dans son sillage, accouraient d'autres ondées nettement plus fraîches, comme pour nettoyer l'air. Il pleuvait à verse. On sentait dans l'air cette électricité induite qui nous hérissait les cheveux. Le déluge emportait tout ce qui n'avait pas été fermement fixé au sommet des crêtes.

« Tout le monde a bien repéré l'endroit ? demanda Silano.

— J'irais les yeux fermés ! s'empressa de répondre Najac, avec une bonne touche de rapacité.

— L'œuvre du diable ! murmura Gros Ned.

— Non, l'œuvre de Moïse, contra Silano. Et de tous les chevaliers du Temple qui ont cherché la vérité. L'œuvre d'Allah ou de Jéhovah et, pourquoi pas ? de Thot. »

Ses yeux lançaient littéralement des éclairs, comme s'il avait emmagasiné de l'électricité.

Je ne repousse pas la connaissance. J'avais la réputation d'un savant, après tout, mais ses propos ne m'en troublaient pas moins. Je me souvenais des sermons entendus dans ma prime jeunesse et des promesses faites à Adam et Ève par le serpent. Avec quel feu jouions-nous ? Et pourtant comment auraient-ils pu refuser une pomme aussi tentante ?

Je cherchai le regard d'Astiza, ma boussole morale. Mais n'était-il pas normal qu'elle évitât de me regarder ? Ce qui venait de se passer l'avait bouleversée. Et profondément angoissée.

« Messieurs, annonça Silano, je crois que nous allons vivre des moments historiques. Hâtons-nous avant la nuit noire. Campons devant le temple désigné et visitons-le à la première lueur de l'aube.

— Ou même cette nuit, avec des torches, proposa Najac, impatient.

— J'apprécie votre zèle, Pierre, s'esclaffa Silano. Mais après mille ans, je ne pense pas que nous dussions nous presser à ce point. Monsieur Gage, comme toujours, votre compagnie a été très intéressante et nous regretterons votre départ, mais vous avez fait votre choix. Adieu, homme de la frontière ! »

Il s'inclina bien bas.

Je regardais Astiza, le sourire aux lèvres.

« Tout est dit. Partons tous les deux. »

Le silence s'éternisa. Elle réagit enfin :

« Je ne peux pas partir avec toi, Ethan.

— Quoi ?

— Je pars avec Alessandro.

— Mais je ne suis venu que pour toi. J'ai quitté Acre pour toi. »

Je me sentais plus à contre-emploi qu'un séducteur professionnel engagé pour jouer un affreux criminel, ou l'inverse.

« Ethan ! Je ne peux pas laisser Alessandro monopoliser le livre. Je ne peux pas lâcher le livre après tant de souffrances acceptées. Il m'a conduite jusqu'ici pour que je puisse finir ce que j'ai commencé.

— Mais il est fou ! Et ses acolytes autant que lui. La lie de la société. Viens avec moi. Partons tous les deux pour l'Amérique. »

Elle secoua la tête.

« Au revoir, Ethan. »

Silano riait en silence. Il avait toujours prévu que ça se terminerait ainsi.

« Non !

— Elle a choisi, monsieur.

— Je ne les ai aidés à maîtriser la foudre que pour te reprendre, Astiza.

— Je regrette, Ethan. Le livre est plus important que toi. Plus important que nous. Je pars avec Alessandro. Retourne chez les Anglais.

— Tu t'es servie de moi.

— Afin de trouver le livre pour le meilleur… j'espère. »

Mimant la fureur et la frustration, j'arrachai un des poteaux de tente et le brandis comme une arme, mais plusieurs mousquets m'ajustèrent. Astiza fuyait mon regard. Silano lui renoua sur la tête le fichu qu'elle avait porté et l'éloigna du groupe

Non sans me jeter par-dessus son épaule :

« Un jour, vous comprendrez tout ce que vous avez perdu, Gage. Tout ce que le rite égyptien aurait fait pour vous. Et vous regretterez votre décision. »

Je rejetai mon arme improvisée qui toucha terre avec un grand bruit métallique. Notre comédie avait remporté un plein succès. Si toutefois Astiza n'avait fait que jouer la comédie.

« C'est ça, fichez le camp d'ici ! » lançai-je.

Mais ma voix tremblait. En ricanant, ils disparurent dans la descente, me laissant les deux tiges et leurs angelots fondus, méconnaissables. Astiza ne s'était retournée qu'une seule fois.

Ils étaient hors de portée d'oreille quand Gros Ned éclata :

« Au nom de tous les saints, cap'taine, on va laisser cette canaille de papiste nous voler notre bien légitime ? Je vous croyais sacrément plus costaud !

— Je le suis, Ned. Mais de la tête plus que des bras. As-tu oublié comment je t'ai battu en duel ? »

Il accusa le coup.

« C'est ma tête qui t'a terrassé, au sabre ! Pas mes muscles ! Silano en sait beaucoup moins qu'il ne croit savoir. Nous avons toujours notre chance. On va trouver une autre sortie, par-derrière, et poursuivre nos recherches sans cette bande d'égorgeurs !

— Par-derrière ? Mais ils savent où est le livre !

— Ils savent où la foudre a projeté sa lumière. Mais je doute que les Templiers aient été aussi naïfs. J'espère qu'ils ont fait leur apprentissage à la Grande Pyramide. »

Ned roulait des yeux effarés.

« Qu'est-ce que vous voulez dire par là, cap'taine ?

— Je parierais que ce n'est pas la dernière ligne droite. La Grande Pyramide recelait une suite de chiffres connue sous le nom de séquence de Fibonacci. Tu en as entendu parler, sûrement ?

— Foutre non !

— Les savants français m'en ont expliqué le sens, en Égypte. Cette séquence correspond à des phénomènes naturels. Elle est sainte, si vous préférez. Juste le genre de chose qui ne pouvait que plaire aux Templiers.

— Désolé. Je croyais qu'il s'agissait de trésors et de pouvoirs mystérieux. Pas de chiffres et de Templiers.

— C'est à peu près la même chose. Il existe un rapport géométrique lié à toute application de la séquence, une proportion agréable à l'œil qui est de 1,618 et quelques. Grecs anciens, bâtisseurs de cathédrales et peintres de la Renaissance le connaissaient déjà et l'appelaient le “nombre d'or”.

— Un nombre en or ? »

Ned m'observait étroitement comme si j'étais fou et peut-être l'étais-je ?

Je dénichai une flaque de boue sablonneuse.

« Ce qui veut dire que le livre n'est sans doute pas vraiment là. Du moins, c'est là-dessus que je parie. Suppose que le rayon qui est allé frapper ce temple indique la base d'une pyramide. »

Je traçai de l'index une ligne pointant vers les ruines, objectif actuel de Silano et de sa bande.

« Trace une perpendiculaire vers l'ouest. Quelque part sur cette ligne se trouve le point où elle couperait en triangle le chemin suivi par ces imbéciles.

— Un point ?

— D'intersection. Avec une proportion approximative de 1,618, séquence de Fibonacci et degré d'inclinaison de la Grande Pyramide. La proportion inscrite dans la spirale des coquilles d'escargot et dans les fleurs. Difficile d'estimer la distance, mais si le temple repéré est à trois kilomètres de nous… »

Il louchait à force d'essayer de comprendre et je conclus en achevant mon croquis :

« La rencontre avec ma ligne imaginaire nous conduirait à peu près à cet autre temple en ruines, là-bas vers l'ouest. »

Un temple détruit jusqu'à ressembler à la cible d'une canonnade prolongée à travers le temps depuis des siècles. Il n'en restait vraiment pas grand-chose et, pourtant, le temple disparu persistait à se dresser parmi les décombres. Un alignement de colonnes tronquées évoquant encore, vaguement, l'architecture originale.

« D'où tirez-vous ces lignes et ces angles, effendi ? voulut savoir Mohammed, soucieux d'éclaircir les choses.

— Des versants de la Grande Pyramide. Mon ami Jomard m'a tout expliqué… même si je n'ai pas tout compris !

— Vous voulez dire que ce comte du diable ne marche pas vers le bon monument ?

— Ce n'est qu'une déduction peut-être hasardeuse, mais c'est notre seule chance, les amis. Êtes-vous prêts à la vérifier, en espérant que les Templiers se souciaient autant de ces chiffres que les Égyptiens de l'Antiquité ?

— J'ai appris à vous faire confiance, effendi.

— Et quelle bonne blague on lui jouerait en parvenant au livre avant lui ! souligna Gros Ned. Avec pas mal d'or en plus ! »

Son sourire exprimait un ravissement anticipé autant qu'une promesse de représailles.

# 19

On redescendit comme si notre intention était de quitter au plus vite la Cité des Fantômes. Mais par un itinéraire fantaisiste, hors de vue du comte et des siens, on suivit un chemin détourné à l'ouest de la montagne. Par monts et par vaux noyés de pluie, on regagna le sol de la cité, interposant toujours maints contreforts rocheux entre nous et les autres, jusqu'à parvenir au grand temple, but de mes calculs. La nuit achevait de tomber, les ténèbres s'épaississaient, le temps était frais après l'orage et les étoiles luisaient dans le ciel.

Ces ruines étaient encore plus morcelées que celles du temple de Dendérah, en Égypte, inscrites dans ma mémoire, et beaucoup moins impressionnantes. Plus trace de toit et pas grand-chose d'identifiable dans ces décombres. C'était vaste, c'était grand, haut, probablement plus de trente mètres, avec une arche assez élevée pour laisser passer une frégate, toutes voiles dehors, et ce n'était pas très encourageant.

Nous découvrîmes facilement un boyau menant au sous-sol. Il y béait une sorte de cratère visiblement creusé par quelqu'un d'autre, en des temps reculés. Peut-être à la recherche d'un trésor ? Tout au fond, s'étalaient de vieilles planches lestées de quartiers de roche.

« On y est ! » exulta Gros Ned.

Le temps d'alléger et d'écarter les planches, nous mîmes au jour l'amorce d'un escalier grossièrement taillé dans les entrailles de la terre. Nous improvisâmes des torches allumées à la pierre et au silex, puis nous descendîmes tous les trois, à la queue leu leu. Pour être bientôt déçus. Au bout d'une trentaine de marches, le boyau se terminait en cul-de-sac, auprès d'un vieux puits. J'y jetai une pierre. Plusieurs secondes avant de percevoir le son d'un contact avec l'eau.

« Un très vieux puits. Les Bédouins ont dû boucler l'entrée de l'escalier pour que leurs enfants n'aillent pas tomber dedans. »

Dépités, nous remontâmes explorer les ruines, sans y découvrir quoi que ce soit d'intéressant. Colonnes et vestiges de constructions anciennes ne contenaient rien de plus que des fragments de poterie sans valeur. Telle est la sanction de l'histoire. Même si un million d'habitants avaient vécu dans cette ville au cours des siècles, convaincus de leur propre importance, il n'en restait que poussière. *Idem* dans toutes les cavernes avoisinantes. Épuisés, nous finîmes par renoncer. Nous prîmes place sur des quartiers de roche.

« M'est avis que ta théorie a foiré, cap'taine.

— Pas encore, Ned, pas encore.

— Où sont les fantômes ?

— Trop préoccupés par leurs propres affaires pour se manifester… j'espère ! Tu y crois ?

— J'en ai vu. Des marins perdus qui errent sur le pont des frégates quand on est de quart. Des naufragés, par gros temps. Ça fait froid dans le dos, je te jure. Un bébé était mort dans la maison que je louais à Portsmouth et, la nuit, on l'entendait crier quand…

— Propos de Satan, l'interrompit Mohammed. Il ne faut pas s'attarder avec les morts.

— Alors, revenons à nos moutons, messieurs. Il existe forcément d'autres boyaux souterrains. La chasse au trésor conduit fatalement sous terre.

— Si encore on gagnait la paie d'un mineur…

— Demain matin, Silano va pénétrer dans ce temple indiqué par la foudre et trouver quelque chose ou pas. Je parie pour la négative. On doit plus que jamais le battre de vitesse.

— Et la fille ? rappela Ned. Tu la lui laisses aussi, cap'taine ?

— Elle est censée nous revenir.

— Et tu lui fais confiance ? On parie toujours à tort sur les femmes. »

Je haussai les épaules.

« La vie elle-même est un pari incertain !

— J'aime bien le murmure de la rivière, dit Mohammed, sans autre raison probable que de changer de sujet. Un bruit qu'on entend rarement dans le désert. »

Nous écoutâmes un instant. En effet, un ruisseau coulait quelque part à proximité.

« C'est la tempête, diagnostiqua Ned. La plupart du temps, ces ruines doivent être plus sèches que le gosier d'un ivrogne.

— Je me demande où va cette eau, poursuivit Mohammed. On est dans une espèce de cuvette. »

Je me relevai d'un bond et tendis l'oreille. Où allait cette eau ? Bonne question. Le désert avait bu plus qu'à plus soif. Je redescendis vers le fond de la cuvette et suivis la petite rivière provisoire, argentée sous les étoiles, qui coulait vers l'ouest, vers les montagnes. Et disparaissait.

Une vieille colonne renversée jetait un pont, tel un arbre abattu, en travers du ruisseau. D'un côté, la rive murmurante, et, de l'autre côté, le sable et la caillasse. Je me mouillai les pieds pour y regarder de plus près. Il y avait là une fente horizontale, comme la paupière d'un géant somnolent, et, dans cette ouverture, l'eau s'engouffrait à flots. Je percevais le bruit d'une cascade souterraine. Pas un œil de géant, non, plutôt sa bouche. Le désert buvait à sa soif.

« Rappliquez par ici. Je crois que j'ai trouvé notre trou. »

Ned me rejoignit en trois bonds.

« Glisse-toi là-dedans, cap'taine, et tu vas boire la tasse ! »

Un risque à courir. Mais si j'avais deviné juste, avec mes raisonnements boiteux ? Si les Templiers avaient réellement caché dans ces ruines leur secret de Jérusalem ? Je *sentais* que j'étais dans le vrai. Je ressortis du ruisseau et jetai un coup d'œil alentour. Cette colonne était la seule jetée par les intempéries en travers du cours d'eau. Quelles étaient les chances que sa chute indiquât une caverne de plus ? Une caverne, de surcroît, dont seule une tempête exceptionnelle avait eu le pouvoir de révéler la présence ?

J'allai y voir de plus près encore. La colonne était tombée de telle manière que son autre extrémité saillait hors de l'ouverture comme une dent cassée. Les abords de l'ouverture étaient curieusement dégagés. Plus exempts de pierraille que le reste de l'environnement. Quelqu'un, dans la nuit des temps, avait-il nettoyé ces abords ? Quelqu'un qui avait déposé, pour agir, sa cotte de mailles médiévale et sa tunique blanche ornée d'une croix ?

« Ned, aide-moi à creuser. Mohammed, prépare-nous d'autres tresses de broussaille, pour faire des torches. »

Ned maugréait :

« On continue, cap'taine ?

— Chasse au trésor, tu te rappelles ? »

Une petite plate-forme de marbre en assez mauvais état se matérialisa bientôt sous nos efforts de terrassement. L'espace d'un instant, j'imaginai quelle apparence devait posséder cette ville quand piliers, arches et colonnes composaient un véritable décor urbain, avec des boutiques animées, des tavernes, des fontaines, des arbres fruitiers et des chameaux d'Arabie chargés de marchandises négociables, avançant d'un pas paisible et lent. Bannières au vent et trompettes en tête…

Là ! Un motif encore lisible sur le marbre. Une série de triangles qui avaient orné cette assise de marbre répartie sur deux épaisseurs, l'une mordant sur l'autre de quelques centimètres. La figure géométrique représentée était celle-ci :

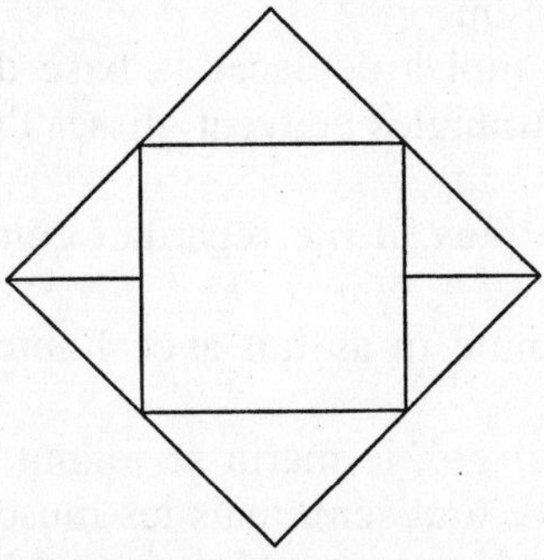

« Un symbole. Comme l'emblème maçonnique du carré et du compas. »

Nous poursuivîmes nos travaux de déblaiement.

« Propre comme les seins d'une vierge », annonça Ned.

Les croisés étaient des moines guerriers, pas des tailleurs de pierre.

« Ni croix ni épées. Ni *sephiroth* !

— Effendi, ce n'est qu'une colonne brisée.

— Non, il y a quelque chose ici. Une voie souterraine vers *la fleur et la foi*, comme dit le poème. C'est une porte fermée dont la clef est un carré plus un carré. Quatre coins plus quatre coins. Quatre et quatre font huit. Un nombre sacré. Qui est dans la séquence de Fibonacci. »

Les deux autres me contemplaient, bouche ouverte.

« Mais aussi deux triangles, trois et trois : six. Et huit : quatorze. Ça ne colle pas, nom d'un chien ! »

Étais-je complètement perdu ? J'essayais de mon mieux, mais trop fort, sans doute. J'aurais eu besoin de Monge. Ou d'Astiza.

« Si on pouvait superposer les triangles, effendi, on obtiendrait une étoile juive. »

Aussi simple que ça ?

« Ned, aide-moi à déplacer la base de la colonne. Voyons si les triangles peuvent glisser l'un sur l'autre.

— Quoi ? »

Une fois de plus, il me regardait comme si j'avais perdu l'esprit.

« Tire ! Comme tu as fait avec l'autel de pierre, à Jérusalem. »

Bon gré, mal gré, le marin se joignit à moi. Je n'y serais pas arrivé tout seul, mais les muscles de Ned se gonflèrent jusqu'à craquer. Mohammed tirait, lui aussi. Doucement, les deux carrés de marbre se superposèrent, formant peu à peu une étoile de David.

« Tire encore, Ned, tire !

— Tu vas attirer la foudre, capitaine. »

Il se trompait. Plus les triangles se superposaient, plus l'ensemble glissait facilement. Une fois l'étoile achevée, la base du pilier tourna sur un pivot invisible situé dans un coin du motif. La structure donnait maintenant un étonnant sentiment de légèreté. Puis l'étoile à six branches commença à s'enfoncer dans le sol.

« Tous dessus, avant que ça se bloque ! »

Je sautai sur la partie mobile. Après une courte hésitation, Ned et Mohammed en firent autant, munis des tresses de broussaille qu'ils avaient préparées. Un mécanisme ancien grinçait quelque part tandis que nous descendions sous terre.

« On va en enfer ! répéta Mohammed.

— Mais non, les amis. Plutôt à la rencontre du livre… et peut-être d'un trésor ! »

L'eau chantait plus fort à mesure qu'on s'éloignait de la surface. La plate-forme qui nous portait avait la forme d'une étoile à six branches. Un choc nous signala son arrivée au fond. Je levai les yeux. Nous étions dans un puits vertical, trop profond pour nous permettre de remonter par nos propres moyens.

« Comment on va ressortir ? s'inquiétait déjà Ned.

— L'un de nous aurait peut-être dû rester là-haut. Trop tard pour le regretter. Le livre nous dira comment ressortir. »

Une fois de plus, j'affectais une assurance de façade. Un couloir bas de plafond s'éloignait, horizontalement, de notre point d'arrivée. Quelque part à courte distance, chantait la rivière. On marcha jusqu'à l'entrée d'une grotte où elle grondait de plus en plus fort.

« Allumons une torche. Une seule. On aura peut-être besoin des autres. »

Pierre et silex enflammèrent l'une des torches et je réprimai un hoquet de stupéfaction. Le ruisseau créé par la tempête tombait en cascade et poursuivait son cours souterrain. Mais ce n'était pas ça qui m'avait stupéfié. Creusée ou agrandie de main d'homme, la grotte donnait accès à un passage en pente douce dont la largeur diminuait en cours de descente. On s'y engagea. Il progressait en spirale, toujours dans le même sens, me rappelant la coquille de nautile que Jomard avait trouvée dans la Grande Pyramide, conforme à la séquence de Fibonacci. Au bout de la spirale, la rivière se transformait en une large mare dont la turbulence engendrait une autre spirale.

« Un tourbillon, constata Ned. Pas le genre de truc dont on peut ressortir.

— Ce n'est qu'un autre symbole, Ned. L'Univers est fait de nombres, et les Templiers, ou les gens qui ont construit cette ville, ont tenté de les inscrire dans la pierre. Tout comme les Égyptiens. C'est probablement de cela que parle le livre que nous cherchons.

— Des grottes aménagées par des fous ?

— Tout ce qui échappe à notre expérience quotidienne.

— C'est un égout, cap'taine !

— Non. Un portail.

— Bon sang, comment j'ai pu me mêler à tout ça ?

— Nous sommes vraiment dans un lieu maléfique, effendi.

— Non. Plutôt dans un lieu sacré. Attendez ici, si vous préférez. Je parierais qu'ils n'auraient pas fait tout ça s'il n'y avait rien de plus en bas. »

Et toujours ces regards de commisération qu'on réserve aux déments ! Il fallait qu'on le soit tous pour rechercher un raccourci vers le bonheur. Mais je savais que je ne me trompais pas et que les Templiers fous avaient enfoui des trésors dans ces profondeurs grâce à leur maîtrise de la foudre. Mais pas où Silano les cherchait. Et quand on se rejoindrait, comme Astiza me l'avait promis, j'aurais tout, finalement, la connaissance, le trésor et la femme. En réalité, deux femmes plutôt qu'une, mais la question se réglerait d'elle-même, le moment venu. Le souvenir de Miriam était tout aussi poignant, ainsi que la vision rétrospective de son corps et du mal que j'avais dû lui faire en me défilant ainsi, sans un au revoir. Le genre de pensée qui revient aux moments les plus inattendus, et les plus délicats.

J'allumai une autre torche pour pouvoir continuer à ramper dans la spirale toujours plus étroite. Les deux autres s'étaient arrêtés, et me suivaient du regard. À quelle profondeur étions-nous ? Trop loin sous terre pour récupérer ce que les Templiers avaient pu enterrer ici ? J'étais toujours persuadé qu'ils y avaient enfoui les trésors ramenés de Jérusalem, sûrs que, tôt ou tard, un de leurs survivants les retrouverait et recréerait leur ordre aboli.

Je pris mon courage à deux mains. L'eau de l'étang était d'un noir d'encre, avec une écume verte flottant à sa surface comme des aliments vomis. L'odeur était celle d'un vieux cercueil fraîchement exhumé. On ne pourrait ressortir, pourtant, par où on était entrés, c'était une quasi-certitude. Je posai ma torche auprès de moi, respirai profondément et… plongeai.

L'eau n'était pas froide. Seulement fraîche. Je me laissai couler dans l'encre noire. De minces lambeaux fibreux d'algues diverses m'effleuraient. Y avait-il également des créatures vivantes dans toute cette noirceur ? Je les imaginais blanches et agitées, mais je me propulsai jusqu'au fond, que j'explorai de mes mains tendues. J'avais deux minutes pour trouver ce que je cherchais. Ou périr noyé.

Un courant se faisait sentir. Je commençais à paniquer parce que j'étais sûr que, de là non plus, je ne pourrais ressortir par où j'étais entré. Le temps me manquerait. Et l'air. Mais le courant m'attirait de plus en plus fort.

Droit devant moi, je repérai une lueur étrange. Bienvenue après ces longues secondes d'obscurité absolue. Je distinguais un fond uniformément blanc, rassurant. Apparemment sablonneux. Puis j'identifiai la cause de sa blancheur et, selon l'expression de Gros Ned, faillis boire la tasse. Ce n'était pas du sable, mais de l'os.

Je me souvenais de la frise de crânes, à Jérusalem. Mais, cette fois, c'était cent fois pis : un ossuaire des damnés. De vrais crânes, parfaitement identifiables, mêlés à des tibias, des cubitus et des côtes. Une couche d'os variés, blanchis par leur séjour dans cette eau, avec les mâchoires pleines de dents longues comme des petits doigts et ces orbites effroyablement vides.

Cet étang avait-il été jadis une fosse commune ou une chambre d'exécution ?

Le courant me poussait vers la lueur croissante. Était-ce une hallucination de mon cerveau graduellement privé d'oxygène ? Non, il s'agissait d'une vraie lumière. Je donnai un grand coup de talon et jaillis du fond de l'eau juste à temps pour ne pas suffoquer.

Tous ces ossements ! Je surgis à l'air libre dans une trombe d'eau et remplis mes poumons avant de me redresser pour reconnaître le terrain. J'étais au fond d'un autre puits éclairé par une lumière lointaine. La rivière souterraine poursuivait sa course derrière moi.

Était-elle également tapissée de squelettes, dans l'attente du mien ?

J'étudiai brièvement la pâle lumière de la lune et des étoiles, qui éclairaient suffisamment les parois du puits, lisses et sans creux ni bosses susceptibles de m'aider à regagner la surface. Aucune chance de sortir, non plus, par ici. Et quoi encore ?

Des hommes aux aguets.

Je pivotai sur moi-même dans le local circulaire. J'étais entouré d'hommes sur le qui-vive, en armures médiévales. Avec heaumes et boucliers. Pas réels, bien sûr, mais sculptés dans la roche pour former un cercle de sentinelles attentives, éternelles. Des Templiers. Représentations, peut-être, de grands maîtres oubliés ? Plus grands que nature, près de deux mètres cinquante, et le regard flamboyant dans la lumière venue d'en haut. Bizarrement réconfortants par leur présence muette comme pour monter une garde silencieuse écartant toute menace sur leurs trésors cachés.

Et puis, en marge de l'espace circulaire, quel était ce sarcophage de pierre au couvercle fermé, contrairement à celui que j'avais vu dans la chambre du roi, à la Grande Pyramide ? Celui-ci était dans le style des églises européennes pourvu d'un couvercle sculpté à l'effigie d'un chevalier. Le sarcophage était en pierre calcaire, peut-être celui du chevalier fondateur, André de Montbard, oncle de saint Bernard. Un bon gardien pour l'éternité.

Le couvercle était lourd, fermement en place. Mais quand je le poussai, il se déplaça latéralement en grinçant un peu. De la poussière tomba de son périmètre. Je poussai encore, jusqu'à pouvoir risquer un œil à l'intérieur. Une boîte à l'intérieur d'une boîte.

Le cercueil était en bois d'acacia, remarquablement conservé. J'étais allé trop loin pour m'arrêter en route. Je soulevai le couvercle du cercueil et entrevis un squelette qui n'avait rien d'effrayant. Petit et nu dans son ultime posture. La rouille avait mangé son épée, mais sa main tout en os tenait un objet de métal brillant orné de multiples ciselures. Il s'agissait d'un étui en or gros comme un carquois d'arbalétrier, long comme un rouleau de papyrus. Parmi les ciselures, figuraient des taureaux, des poissons, des scarabées et des créatures étranges que je ne saurais décrire, tant elles différaient des animaux de la terre. Il y avait aussi des étoiles et des arabesques, et l'or scintillait sous mes doigts qui en appréciaient la douceur sensuelle. Le métal semblait chaud. Tout cet or valait une fortune et sa valeur artistique était certainement considérable.

Le Livre de Thot pouvait-il être à l'intérieur ? Quand je voulus sortir l'étui, le squelette tira dans l'autre sens.

J'en fus tellement surpris que je lâchai prise, et l'étui retomba entre les doigts osseux du gisant. Puis je me rendis compte que j'avais été mystifié par le poids de l'objet. Je récidivai et, cette fois, il vint facilement. Sans éclair et sans tonnerre. Avais-je découvert ce qui empêchait tant d'hommes de dormir et pour quoi tant d'autres étaient morts au fil des millénaires ? Ou ne serait-ce qu'un simple guide vers d'autres découvertes ?

Et comment l'ouvrir ?

En l'examinant, je reconnus la plupart des symboles. Quelques-uns avaient décoré les plafonds du temple de Dendérah, d'autres le calendrier que j'avais étudié dans la timonerie de l'*Orient* avant qu'il ne fût détruit par les Anglais, lors de la bataille du Nil. À la réflexion, ils étaient tous là, les animaux, les étoiles, une pyramide,

Taurus le taureau, les signes du zodiaque qui avaient présidé à la construction de la Grande Pyramide. Plus la représentation miniature d'un temple à colonnes. Quant au cylindre, il était fait de telle sorte qu'on pouvait manœuvrer ses deux parties afin de rapprocher certains symboles, comme sur le calendrier précité. J'essayai donc ce que je connaissais déjà : le taureau, l'étoile à cinq branches et le symbole du solstice d'été, exactement comme je l'avais fait à bord du navire. Ce n'était pas suffisant. Alors, j'ajoutai le Temple et la pyramide.

Preuve de mon intelligence ou seulement de ma chance proverbiale, ou peut-être parce qu'il existait des centaines de combinaisons capables d'ouvrir cet étui, je perçus un déclic et le cylindre s'ouvrit entre pyramide et temple, comme une saucisse coupée en deux dans le sens de la longueur. Et quand je séparai les deux moitiés, l'une d'elles contenait ce que je m'étais attendu à y découvrir : un rouleau de parchemin.

Je le déroulai, d'une main tremblante d'excitation. Je n'avais jamais vu de parchemin ou de papyrus de cette sorte. Plus résistant et bizarrement luisant. Un matériau qui n'était ni papier, ni cuir, ni métal. L'écriture était encore plus étrange. Au lieu des lettres manuscrites ou même de hiéroglyphes comme j'en avais vu en Égypte, elle était plus abstraite, anguleuse et vaguement géométrique, une suite de pleins, de déliés, de boucles et de caractères inextricables. Si je pouvais en croire la manière dont je venais de m'en emparer, j'avais découvert le secret de la vie de l'Univers ou de l'immortalité. Et j'étais incapable d'en déchiffrer la moindre bribe.

Quelque part, Thot devait rire comme un simple mortel.

Bon, j'en avais déchiffré d'autres, et même si le rouleau ne pouvait être lu, rien que l'étui faisait de moi un homme riche.

À condition de sortir de ce trou à rats.

J'y réfléchis longuement. Remonter le courant ne me paraissait guère possible et même si j'y parvenais, ni mes deux compagnons ni moi ne pourrions remonter par où nous étions descendus.

Comment emprunter, d'autre part, le reste du ruisseau, au risque de me trouver projeté dans quelque dérivation où je mourrais asphyxié, comme j'avais failli l'être, de justesse, sous la Grande Pyramide ? Que ferait Ben Franklin dans une situation semblable ?

J'en avais assez à ma disposition, de ses aphorismes que j'entendais pratiquement chaque jour, mais, là, combien aurais-je voulu l'avoir à mon côté ! « Les sages n'ont pas besoin de conseils. Les imbéciles n'en suivent aucun. » Aussi intelligent que paradoxal, mais sans utilité pratique en l'occurrence. « Énergie et constance viennent à bout de toutes les difficultés. » Constance ? Pour percer une nouvelle issue, comme un mineur ? J'inspectai le local plus attentivement. Les silhouettes des Templiers sculptées dans la roche ne pouvaient m'être d'aucun secours, et les murs de la caverne ne portaient aucune indication, ne comportaient aucune porte, aucune fente, aucun trou, dans lesquels glisser le cylindre d'or avec l'espoir de déclencher quelque nouveau mécanisme. Je sondai la paroi du puits, sans découvrir le moindre creux. Je criai sans susciter le plus petit écho. Cognai dans tous les murs sans provoquer l'apparition de quelque compartiment secret. Comment diable les Templiers avaient-ils pu entrer et sortir de cette tombe ? Le ruisseau lui-même ne devait pas exister, en dehors des fortes tempêtes.

Attendre la suivante ? Dans quel espoir ? « Ne pas confondre action et agitation », disait aussi Ben Franklin.

Que disait-il encore ? « Bien faire vaut mieux que bien parler. » Pas très applicable, non plus, dans ma situation actuelle. « Chacun espère vivre vieux, mais n'aime pas vieillir. » Pour l'heure, vieillir me semblait bien préférable à mourir. « Dans les fleuves comme sous les mauvais gouvernements, les choses les plus légères montent à la surface. » Au moins, cet aphorisme-là contenait le mot « fleuve ».

Nager jusque là-haut ?

Je levai les yeux. Si la lumière en descendait, de là-haut, il devait exister un moyen d'y monter, mais pas sans échelle, pas sans corde et sans aucune prise pour les mains, sans aucun point d'appui pour les pieds. Si seulement j'avais eu un des ballons-sondes de Conté… *nager jusque là-haut ?*

Ce que Ben préconisait, mais que peu d'hommes font, c'était « réfléchir d'abord, agir ensuite ». Était-ce si difficile ? J'avais l'ombre d'une idée, plutôt désespérée puisque sans possibilité plausible d'application. Mais avais-je le choix ?

J'empoignai le couvercle de pierre du sarcophage, le traînai, au prix d'efforts titanesques, jusqu'à l'endroit d'où s'écoulait la rivière. Je parvins à le dresser sur une de ses extrémités, de manière à barrer la rivière, à l'endroit où elle disparaissait à ma vue. Dans un dernier effort, je parvins à le pousser dans l'eau, devant le trou noir qui l'engloutit comme une bouche vorace. La force du courant le plaqua contre l'embouchure du tunnel, scellant l'orifice de sortie du ruisseau souterrain.

Instantanément, l'eau entama sa montée, recouvrant les bottes des Templiers gravés dans la pierre. « Désolé, Montbard ou qui que tu sois ! » J'amenai le cercueil d'acacia sur le rebord du sarcophage et le retournai. Les os tombèrent dans un méli-mélo sacrilège, le crâne me regardant avec une réprobation évidente. J'étais déjà plus ou moins maudit, non ? Alors quelle importance ? Je fis basculer le cercueil sur le sol, glissai le cylindre d'or sous ma chemise et m'installai comme dans une baignoire. Le niveau de l'eau s'élevait très vite, à raison d'un mètre toutes les trois ou quatre minutes. Elle dépassa rapidement les genoux des Templiers, remplit le sarcophage et mit à flot mon esquif improvisé. Je priai tous les dieux que je connaissais, tant chrétiens que juifs ou égyptiens. Et vogue la galère !

À mesure que l'eau montait, je savais que sa pression croissante risquait de repousser le couvercle du sarcophage que j'avais coincé tant bien que mal, en barrage contre le courant. Tiendrait-il jusqu'au bout ? « Qui vit d'espoir mourra de faim. » Ce dicton-là, je ne l'aimais pas. Je continuai à prier pour que mon dispositif restât ferme. Puis il me vint à l'esprit que l'eau qui inondait le sous-sol remonterait probablement par la spirale jusqu'au local où devaient se morfondre Ned et Mohammed.

Pourvu qu'ils aient appris à nager. Le marin, sans doute, mais mon guide arabe ?

L'eau montait toujours. Les étoiles s'y reflétaient. Je trouvai une côte ou deux oubliées au fond du cercueil et les jetai par-dessus bord. Le sort de mes os, après ma mort, ne m'inspirait qu'une souveraine indifférence. C'était long, très long, mais j'aperçus enfin le clair de lune et découvris, simultanément, l'amorce d'un escalier aboutissant au sommet du puits. Je me redressai dans mon embarcation instable et pris pied sur la première marche, fier et heureux de ma trouvaille.

Puis il y eut un fracas, dans les profondeurs, et le cercueil repartit en tourbillonnant vers le bas. Mon bouchon improvisé avait fini par céder. Pas le temps de me réjouir ni d'observer les événements. Je grimpai les marches en vitesse. Et débouchai dans le premier temple que nous avions exploré. Heureux de n'avoir pas remis en place les planches qu'on avait déblayées. Sinon, je n'aurais bénéficié, au fond de mon puits, d'aucune lumière. Je ne fis qu'un bond jusqu'à la base du pilier où nous avions opéré notre descente. Je me mis à crier :

« Ned ! Mohammed ! Vous êtes là ? Vous êtes vivants ?

— Par la peau de mes fesses, cap'taine, ce trou de malheur s'est rempli d'eau, et on a failli se noyer. Et puis l'eau est redescendue.

— Comment es-tu ressorti, effendi ? Qu'est-ce qui se passe ?

— Rien. Je voulais simplement vous faire prendre un bain.

— Mais comment es-tu sorti ?

— En bateau. »

Je distinguais leurs faces blafardes dans le fond du trou.

« Attendez, j'ai une idée pour vous rapatrier sur le plancher des vaches. Plantez-vous gentiment sur la plate-forme qui nous a descendus tous les trois. »

J'inversai le dispositif, il y eut ce même déclic et, bientôt, mes deux compagnons apparurent, fous de joie.

On replaça tout le matériel de manière à ne pas tenter d'autres visiteurs, et Ned me serra sur son cœur comme si j'étais sa mère.

« Par Davy Jones, t'es un vrai sorcier, cap'taine ! Jamais à court d'inspiration. Et tu as trouvé le trésor ?

— Pas exactement. »

Les deux visages s'assombrirent alors que j'enchaînais :

« Croyez-moi, j'ai cherché partout. Juste une tombe de Templier… et ça ! »

Comme un magicien, j'exhibai l'étui. Leurs yeux s'écarquillèrent.

« Soupesez-moi ce truc. Il y a assez d'or là-dedans pour faire de nous de vrais nababs.

— Mais, effendi, et le livre ? L'as-tu vu ? Est-il plein de secrets magiques ?

— Il est là-dedans, ou du moins une partie, mais écrit dans une langue que je ne connais pas. On rendra au monde un fier service en l'empêchant de tomber entre les mains de Silano. Peut-être quelque savant saura-t-il déchiffrer le grimoire.

— Mais il est là ?

— Finalement, oui, après les douze travaux d'Hercule. Et je n'en comprends pas une syllabe. »

Ils me regardaient, atterrés.

« Allons chercher Astiza. »

# 20

Sortir de la Cité des Fantômes par le même chemin nous aurait obligés à passer près du camp de Silano, perspective qui ne me souriait guère. Au lieu de l'affronter, on s'assura que pas un enfant ne risquerait de tomber dans le puits à la plate-forme mobile, et puis on rebroussa chemin par le lieu du Grand Sacrifice, en laissant à Ned le temps de déraciner un petit conifère.

« Au moins, j'aurai un bon gourdin. On est plus désarmés qu'un couvent de bonnes sœurs. »

Pendant qu'on refaisait la route en sens inverse, il tailla et rectifia son futur gourdin avec ses grosses mains puissantes, tel Samson préparant sa mâchoire d'âne contre les Philistins. Quand on atteignit le théâtre romain, je repérai la fumée du feu de camp à l'endroit où Silano s'était installé. Si Astiza l'avait déserté, quand remarquerait-on son absence ? À l'est, le soleil se levait et illuminait déjà les crêtes.

On refit le chemin en sens inverse jusqu'au premier grand temple où l'on s'était arrêtés, le Khazneh. Pendant que les deux autres buvaient au ruisseau, je me faufilai, d'un bond, dans son intérieur ténébreux.

« Astiza ! »

Silence. Était-ce bien là le lieu de notre rendez-vous ?

« Astiza ! »

Seul me répondit un écho moqueur. Avais-je encore mal compris les intentions d'une femme ? Ou Silano la gardait-il captive ? Était-elle simplement en retard ou s'était-elle égarée, seule dans ce labyrinthe ?

Je ressortis en courant. La voûte céleste repassait du gris au bleu, et le sommet des pics resplendissait à contre-ciel. Il importait de continuer avant que Silano se rendît compte que je l'avais envoyé dans une fausse direction. Mais je n'avais pas non plus l'intention d'échanger la femme que j'aimais contre un rouleau qu'il m'était impossible de lire. Si nous repartions sans elle, je ne connaîtrais plus de repos avant d'être édifié sur son sort. Et si nous restions trop longtemps, mes amis risqueraient de se faire tuer.

« Elle n'est pas là.

— Alors, il faut que nous partions, répondit Mohammed. Chaque kilomètre qu'on mettra entre nous et cette clique d'infidèles augmentera nos chances de salut.

— Je suis sûr qu'elle va venir.

— On ne peut pas l'attendre, cap'taine. »

Ned avait raison. Je percevais vaguement les voix issues du camp de Silano, sans pouvoir discerner si elles criaient de simple excitation ou de rage.

« Encore quelques minutes.

— Pas possible, elle t'a ensorcelé. Nous allons rester bloqués… et perdre le livre !

— Je le leur donnerai en échange, s'il le faut.

— Alors pourquoi diable est-on venus ici ? »

Elle apparut soudain au tournant du sentier, rasant la roche pour augmenter ses chances de passer inaperçue, les cheveux dans les yeux, très pâle, hors d'haleine d'avoir tant couru. Je me précipitai vers elle.

« Qu'est-ce qui t'a retenue si longtemps ?

— Ils étaient tellement excités qu'ils ne pouvaient pas dormir. Je m'étais couchée la première et j'ai attendu toute la nuit qu'ils se calment. Et puis il a fallu que je rampe sur près de cent mètres, à la barbe d'un des gardes. »

Sa robe était effectivement très sale.

« Je crois qu'ils ont déjà découvert mon départ.

— Tu peux encore courir ?

— Si tu n'as pas le livre, je n'en aurai pas la force. »

Ses yeux m'interrogeaient, sans qu'elle trouvât le courage de me poser la question.

« Je l'ai. »

Sa main se referma sur mon bras, comme celle d'un enfant qui espère un cadeau. Elle rêvait du livre depuis plus longtemps que moi. Je lui montrai le cylindre, dont la vision lui coupa le souffle.

« Sens un peu son poids. »

Ses doigts l'explorèrent à l'aveuglette.

« Il est vraiment dans cet étui ?

— Oui. Mais je suis incapable de le lire.

— Pour l'amour d'Allah, effendi, il faut partir. »

Sans regarder Mohammed, j'ouvris l'étui, en tirai le rouleau et le déroulai pour en montrer l'écriture à Astiza. L'étrangeté de cette écriture me frappa de nouveau. Elle contemplait avidement le texte incompréhensible, s'efforçant d'en percer le sens ou simplement désireuse de le garder un peu plus longtemps dans ses mains.

« Où était-il ?

— Dans le cercueil d'un Templier. J'ai repensé aux indices dont on disposait, ainsi qu'aux paroles de mathématiciens que j'ai connus.

— Ce livre va changer le monde, Ethan.

— Pour le meilleur, j'espère. De toute façon, il ne peut pas être pire.

— Cap'taine ! »

La voix de Ned fracassa notre transe commune. Il avait une main sur l'oreille et pointait l'autre dans la direction du coup de feu qui venait de rompre le silence.

Je remis le rouleau dans son étui, l'étui sous ma chemise et rejoignis le marin anglais. Le soleil illuminait la façade du théâtre romain, mais Ned désignait autre chose : la danse des reflets d'un miroir, vers le camp de Silano.

« Ils adressent des signaux à quelqu'un. Un type qui doit être là-haut, juste au-dessus de nous, prêt à pousser un quartier de roche pour déclencher une avalanche. »

Et Mohammed :

« Les hommes de Silano arrivent, effendi.

— Alors, il faut qu'on aille récupérer nos chevaux, à l'entrée du canyon. Prêts à l'action, messieurs ?

— Vive l'Angleterre ! » dit Gros Ned.

Nous courûmes vers le canyon d'accès à la Cité des Fantômes, dérobés aux regards par ses nombreux méandres. Le gourdin de Ned s'agitait au rythme de sa ruée sur la pente de la colline. Les cheveux d'Astiza, dénoués, flottaient dans son dos.

Il y eut des cris, au-dessus de nous. Puis des coups de feu. On leva les yeux. Un rocher gros comme un baril de poudre bondissait et rebondissait sur le versant accidenté, arrachant des éclats de silex.

« Vite ! »

Nous nous écartâmes de sa trajectoire avant qu'il pût nous atteindre. Des voix arabes descendaient de là-haut, enragées. À mi-hauteur du sommet, retentit une explosion. Ce salaud d'Italien avait fait miner la colline. Une seconde avalanche de caillasse passa non loin de nous alors que je poussais ma petite troupe sous une corniche en surplomb. Une fusillade se fit alors entendre qui cessa très vite, car nous n'étions plus visibles de nulle part.

« Dépêchons-nous avant qu'ils allument une nouvelle charge. »

Cette dernière avalanche, maladroitement interposée entre nous et nos poursuivants, les retarda eux-mêmes sans nous inquiéter, au contraire. Nous étions sur le bon chemin, et si tous les Arabes étaient assignés aux avalanches, bien peu devaient garder les chevaux. On n'aurait qu'à sauter en selle et…

Un chariot nous barrait la route. Un gros véhicule équipé d'une de ces vastes cages dans lesquelles les esclavagistes transportaient leurs victimes. Je me rappelais l'avoir aperçu la veille, près du théâtre romain. Un unique Arabe le gardait, qui pointait un mousquet dans notre direction.

« Je m'en occupe ! hurla Ned en brandissant son gourdin.

— Ned ! Ne lui fournis pas une cible facile ! »

Mais tandis que le marin se ruait dans la descente, quelque chose nous siffla aux oreilles. Une pierre qui toucha l'Arabe en plein front alors qu'il pressait la détente. Sa balle se perdit dans les airs. Je regardai en arrière. Mohammed avait ôté son turban et le tenait encore à bout de bras, comme une fronde.

« Quand j'étais jeune, on me chargeait de tenir les chacals et les chiens sauvages loin du troupeau. »

On dégringola vers l'Arabe aux trois quarts assommé. Avant de glisser à terre, toutefois, il empoigna le levier qui ouvrait la porte de la cage. Quelque chose d'énorme, couleur fauve, s'en échappa. Je hurlai :

« Ned ! »

Alors que la chose se catapultait vers le marin. J'entrevis, au vol, une crinière abondante, une gueule ouverte garnie de crocs énormes, horribles de blancheur. Astiza cria, alors que Ned et la bête rugissaient à l'unisson. Homme et lion se heurtèrent avec une violence inouïe, et le gourdin de Ned s'abattit sur la gueule ouverte, sans toutefois l'empêcher de lui attraper le bras gauche. Ils roulèrent enlacés dans la poussière sablonneuse, Ned frappant à coups redoublés, sous les griffes meurtrières qui lacéraient ses vêtements. Et sa chair.

J'en aurais vomi.

Je me ruai à la rescousse, avec mon tomahawk. Une arme ridicule, contre un tel adversaire, mais je n'étais pas en état de réfléchir.

« Ethan ! Non ! » criait Astiza.

Une autre pierre me siffla à l'oreille et vint frapper le lion en pleine tête. Je cognai de toutes mes forces alors qu'il se rejetait en arrière et mon tomahawk lui creva un œil. L'animal rugit de douleur et de rage, sa longue queue soulevant un épais nuage de poussière. Astiza fonçait à son tour. Le gros caillou qu'elle brandissait plus haut que sa tête s'abattit sur l'œil ensanglanté du fauve qui rugit de plus belle.

Notre assaut chaotique l'avait déconcerté. Contre toute attente, il cessa d'attaquer et s'enfuit, courant droit sur les Arabes de Najac qui s'apprêtaient à nous couper la retraite. Le lion borgne renversa l'un d'eux, l'égorgea d'un coup de sa patte griffue, puis entreprit de pourchasser les autres qui se dispersèrent en tous sens dans les collines avoisinantes.

Les chevaux hurlaient de terreur. On était tous épuisés, à bout de forces. La tranche de mon tomahawk était rouge du sang de la bête. Astiza pleurait, la poitrine soulevée par tant d'émotions violentes. Chose incroyable, en dehors de Ned, on était tous indemnes. Je sentais encore la puanteur fétide du lion, sang, viande et pisse mêlés, et je tremblais comme une feuille en m'agenouillant auprès du marin. Sa ruée au-devant du fauve était l'acte le plus héroïque dont il m'eût été donné d'être le témoin avant d'y participer dans une faible mesure.

« Ned ! Ned ! Silano rapplique ! Il faut qu'on y aille ! Le lion nous a dégagé le passage...

— Bien peur de pas pouvoir, cap'taine. »

Il parlait à grand-peine, mâchoires serrées, comme un homme victime d'un tremblement de terre. Mohammed enroulait l'étoffe de son turban autour du bras à demi dévoré par le monstre, mais c'était visiblement peine perdue. Le membre blessé était littéralement déchiqueté, comme par l'explosion de quelque machine infernale.

« Va falloir que vous partiez sans moi...

— On va te porter. »

Il émit un rire effroyable, à lèvres serrées, le regard voilé par la claire prescience de son proche destin.

« M'étonnerait, cap'taine. »

On essaya quand même, mais il rugit de souffrance, aussi fort que le lion, en nous repoussant avec une sorte de rage.

« Laissez tomber, les amis ! Je sais que je ne reverrai pas l'Angleterre. »

Il se tut un instant, les joues ruisselantes de larmes.

« Cette saloperie m'a enfoncé les côtes, j'ai une patte cassée et je pèse plus lourd que le roi George avec sa baignoire. Filez comme le vent, que ça en vaille la peine ! »

La main qui s'était crispée autour du gourdin était toujours blanche à l'endroit des phalanges.

« Ned, que je sois pendu si on t'abandonne ! Pas après tout ce qu'on a vécu ensemble.

— Vous voulez crever, tous autant que vous êtes ? Pour que le livre tombe dans les pattes de cette ordure et de ses minables lèche-bottes ? Par Lucifer, essayez de donner un sens à ma mort ! Foutez le camp que je puisse me traîner là-bas derrière et les massacrer au passage !

— Ils te logeraient une balle dans la tête.

— Ce sera une délivrance, cap'taine, ce sera une délivrance ! »

Non sans une dernière grimace :

« Je savais que je reverrais pas le pays si je venais avec toi. Mais t'as été un compagnon intéressant, Ethan Gage. Bien mieux qu'un tricheur aux cartes ! »

Pourquoi faut-il que nos pires ennemis deviennent nos meilleurs amis ?

« Ned…

— Barrez-vous, bordel ! Et si vous rencontrez ma mère, refilez-lui un peu de cet or ! »

Nous ayant tous repoussés, il se releva sur les genoux, puis se redressa, le flanc inondé de sang. Il avança, laborieusement, sur la piste qui nous avait amenés.

« Christ, que j'ai soif ! »

J'étais pétrifié, mais Mohammed me secoua.

« Effendi, il faut y aller. Tout de suite ! »

On repartit en courant. Je n'en suis pas fier, mais si nous tentions de combattre les séides de Silano, nous y resterions tous et pour quoi faire ? On enjamba l'Arabe du sinistre chariot, puis celui que le lion avait égorgé. Et nous fonçâmes droit sur la sortie du canyon, le cœur en débandade dans l'attente d'un retour offensif du fauve. Une éventualité qui, Dieu merci ! n'eut pas lieu.

À l'approche de la sortie, nous parvinrent de nouveaux hurlements, suivis de coups de feu, loin derrière nous, et l'ultime rugissement d'un homme fort soumis à une souffrance intolérable. Ned avait trouvé le moyen de retarder un peu plus nos poursuivants.

Attachés à l'endroit où on les avait laissés la veille, les chevaux tapaient du sabot en hennissant et roulant les yeux. On sella les trois meilleurs, on saisit les brides de tous les autres et on se lança au galop dans la direction d'où nous étions venus. Quelques coups de feu retentirent encore alors que nous étions déjà hors de portée.

Avant de reprendre la route du haut plateau, nous nous retournâmes brièvement. Silano et sa suite étaient sortis du canyon et couraient comme des dératés, en rase campagne. À pied. On ne pourrait pas tenir toutes ces brides sur une longue distance, alors on les lâcha purement et simplement. Silano et les autres n'étaient pas près de les rattraper.

Épuisés, les yeux toujours pleins de larmes, nous prîmes la direction d'Acre.

À la tombée de la nuit, nous atteignîmes les ruines du château bâti par les croisés où nous avions campé à l'aller. Sans doute n'aurions-nous pas dû nous arrêter si tôt, mais, ayant perdu une nuit de sommeil à dénicher le livre et retraverser le canyon, Mohammed et moi dormions en selle. Astiza résistait un peu mieux. Jouant sur la probabilité que Silano ne récupérerait pas de sitôt les chevaux dispersés, nous fîmes une halte dans les ruines dorées par le soleil couchant. Nous partageâmes le pain dur et les dattes retrouvées dans les fontes des selles. Pas question d'allumer un feu…

« Dormez les premiers, dit Mohammed. Je vais monter la garde. Même si les Français et les Arabes sont à pied, les bandits ne manquent pas dans le voisinage.

— Tu es aussi épuisé que nous, Mohammed.

— C'est pourquoi il faudra me relever dans quelques heures. Il y a de l'herbe épaisse, dans ce coin, et les pierres sont encore chaudes du soleil de la journée. Je serai dans la tour écroulée. »

Il disparut, guide et gardien plus que jamais.

« Tout ça pour nous laisser seuls, déduisit Astiza.

— Naturellement.

— Viens. Je suis gelée. »

L'herbe épaisse offrait un certain confort, à cette époque de l'année. Un lézard rentra dans son trou alors que les ombres s'épaississaient. Notre première occasion de solitude à deux, depuis qu'elle m'avait giflé en présence de Silano. Astiza se pelotonna dans mes bras, à la recherche de ma chaleur. Elle tremblait convulsivement, les joues couvertes de larmes.

« Pourquoi est-ce toujours si difficile ?

— Ned était un sacré bonhomme. C'est moi qui l'ai conduit à sa perte.

— C'est Najac, pas toi, qui a fait venir ce lion ! »

Mais c'était bien moi qui avais fait venir Ned. Et Astiza qui portait la bague. Je m'en souvins brusquement, et la sortis de son petit sac.

« Tu l'avais gardée, même en la croyant maudite.

— C'était tout ce qui me restait de toi, Ethan. J'avais l'intention de te la rendre.

— Les dieux ont-ils un but, pour nous avoir aidés à la trouver ?

— Je ne sais pas. Je ne sais pas… »

Elle se pressait encore plus fort contre moi.

« Ou bien avons-nous eu simplement de la chance ? ajoutai-je. Après tout, on a le livre. Et on est de nouveau ensemble.

— De la chance ? Pourchassés, incapables de le déchiffrer, un compagnon mort… »

Astiza tendit la main.

« Donne-moi cette bague. »

Elle la jeta dans les ruines de ce qui avait été la cour intérieure du château. Je l'entendis rebondir parmi les pierres. Un rubis assez gros pour rapporter une fortune. Mais porteur d'une malédiction ? Peut-être… Elle ajouta :

« Le livre, c'est assez. Rien de plus, rien de plus… »

Et puis elle m'embrassa, les prunelles en feu. Je ressentis comme une décharge électrique.

Un jour, sans doute, on retrouverait un vrai lit, mais, pas plus qu'en Égypte, on n'avait le choix du lieu et des circonstances. Ce fut une étreinte insensée, à tâtons, dans des vêtements écartés tant bien que mal, conséquence d'un désir réciproque de corps qui recherchaient moins son accomplissement frénétique que la revanche de l'amour sur ce monde glacé, perfide et sans âme. Un accouplement animal qui nous annihila sans nous satisfaire. Finalement, Astiza eut une sorte de râle, puis on sombra tous les deux dans une inconscience presque immédiate, avec notre linge emmêlé ramené sur nous comme une coquille protectrice.

Je m'étais juré de relever Mohammed, comme promis, mais c'est lui qui me réveilla, à l'aube.

« Mohammed. Je suis désolé. »

Nous nous rhabillâmes, tout décorum banni par les circonstances exceptionnelles.

« Pas de quoi, effendi. Je me suis endormi peu de temps après vous avoir quittés. Je viens de faire un petit tour d'horizon. Personne en vue, mais il faut qu'on reparte. Qui sait combien de temps ils auront mis à rattraper les chevaux ?

— Et avec les Français en Palestine, on n'a qu'un lieu de repli possible : Acre. Et ils le savent.

— Comment va-t-on esquiver l'armée de Bonaparte ? » demanda Astiza.

Plus résolue que soucieuse. Elle semblait rajeunie, dans la lumière du matin, les yeux vifs, la chevelure glorieusement en désordre. Je ressuscitais, moi aussi. Adieu, bague maudite du pharaon !

« On va gagner la côte, trouver un bateau et hisser la voile… » annonçai-je, ragaillardi. J'avais le livre. J'avais Astiza. Bien sûr, j'avais aussi Miriam, un problème que je n'avais pas abordé avec ma bien-aimée retrouvée. Mon Dieu… les choses urgentes d'abord !

Nous nous remîmes en selle et descendîmes au galop la colline du château.

Renonçant à s'arrêter la nuit suivante, nous poussâmes nos montures au maximum jusqu'au mont Nébo, jusqu'à la mer Morte et jusqu'à la rive du Jourdain, ne laissant derrière nous qu'un sillage de poussière prompt à se dissiper. Les hauteurs de Jérusalem regorgeaient toujours, sans nul doute, de bandes de francs-tireurs qui pourraient voir en nous des ennemis, alors nous continuâmes vers le nord, le long du Jourdain, jusqu'à la vallée de Jezréel, en décrivant un large crochet autour du champ de bataille de Kléber. Des vautours survolaient la colline où les Français avaient défait les Ottomans. Nous étions toujours sans armes, à l'exception de mon tomahawk. On aperçut une patrouille de cavalerie française juste à temps pour nous engouffrer dans une orangeraie afin de la laisser passer, à près de deux kilomètres de distance. Par deux fois, nous croisâmes, d'aussi loin, des cavaliers ottomans que nous évitâmes de la même manière.

« On va rallier la côte à Haïfa. Il n'y a là-bas qu'une petite garnison française. Le temps de voler un bateau et de rejoindre les Britanniques, on se retrouvera en sécurité... »

Moïse, la Cité des Fantômes et la mort cruelle de Ned n'étaient plus, déjà, qu'un cauchemar incompréhensible. Astiza et moi étions en train de reconstituer cette précieuse relation d'un couple amoureux, et Mohammed veillait sur nous. Jamais, depuis notre sortie du canyon, il n'avait reparlé d'argent. Nous avions tous beaucoup changé.

Tout semblait se passer pour le mieux, mais sur le mont Carmel, en vue d'Haïfa, on découvrit, droit devant nous, un groupe de cavaliers.

J'escaladai un grand conifère pour les observer à la longue-vue, et faillis tomber de mon perchoir. Comment était-ce possible ?

Silano et Najac. Non seulement ils nous avaient rattrapés, mais précédés sur notre itinéraire probable. Que faire contre ça ?

Les contourner discrètement, si possible.

Non, il y avait d'immenses espaces découverts, entre nous et la côte. Ils nous repérèrent aussitôt et s'empressèrent de nous barrer de loin la seule direction possible.

« Pourquoi ne s'approchent-ils pas ? s'inquiétait Astiza.

— Ils nous rabattent sur l'armée de Bonaparte. »

La nuit suivante, on tenta de bifurquer vers la Méditerranée. Une volée de balles nous en dissuada. Les Arabes de Najac étaient sûrement des pisteurs d'élite. Ils devinaient nos intentions. Et pas moyen de les semer. On se déplaçait assez vite pour les maintenir à distance, mais sans une seule arme à notre disposition, c'était perdu d'avance. Ils ne se pressaient pas, ils savaient qu'ils nous tenaient.

« On pourrait revenir en arrière, effendi. Vers Nazareth ou la mer de Galilée. Ou même chercher refuge auprès de l'armée turque, à Damas.

— Et perdre tout ce qu'on a gagné ? Les Ottomans nous confisqueraient le cylindre d'or, sans hésiter une seconde ! »

Je regardai par-dessus mon épaule.

« Voilà le seul plan praticable : on fonce sur les lignes françaises, comme pour se rendre à Napoléon. Mais on continue, à travers leur camp, et on galope vers la vallée d'Acre. Si Alessandro Silano ou les Français nous poursuivent, ils se jetteront sous le feu des Anglais et de Djezzar-le-Boucher.

— Et ensuite, effendi ?

— Souhaitons que nos propres amis ne nous confondent pas avec le gros de la troupe ! »

Et nous piquâmes des deux pour un ultime galop.

# 21

Le lever du soleil nous trouva sur la plaine côtière. La Méditerranée se présentait comme un plat d'argent chargé de toutes les tentations, mais dont nos ennemis nous barraient toujours la route. J'avais examiné leurs chevaux, du haut de mon arbre, et reconnu ceux qu'ils avaient rattrapés. Mais ils en avaient plusieurs autres. L'avantage d'être en pays conquis. Silano avait dû les pousser sans relâche. Et notre repos au château des croisés nous avait coûté très cher.

Notre seule chance était la surprise.

« Astiza, quand on arrivera à proximité du camp français, brandis ton écharpe comme un drapeau blanc. Qu'ils ne sachent plus très bien sur quel pied danser ! »

Elle acquiesça d'un signe, penchée sur l'encolure de son cheval lancé à bride abattue.

Coups de feu derrière nous. Je me retournai sur ma selle. On était hors de portée, mais ils voulaient alerter les sentinelles françaises. Leur intimer l'ordre de nous arrêter. J'espérais encore que les Français n'en feraient rien, dans la confusion du moment. Surtout en découvrant une femme avec nous.

Les deux derniers kilomètres filèrent sous les sabots de nos montures aux flancs couverts d'écume. Derrière nous, ils tiraient toujours et les sentinelles françaises nous attendaient, mousquets pointés, baïonnette au canon.

« Vas-y ! Agite ton écharpe ! »

Astiza obéit. Redressée sur sa selle afin de mettre sa poitrine en évidence sous sa robe qui moulait son corps, elle brandit son écharpe blanche flottant au vent. Prises au dépourvu, les sentinelles abaissèrent leurs armes.

On s'engouffra dans l'enceinte du camp. Je leur criai au passage :

« Bandits ! Francs-tireurs ! »

Les hommes de Najac n'étaient pas seulement de vrais rufians, ils en possédaient l'allure. Les sentinelles avaient relevé leurs armes. Je criai à mes deux compagnons :

« Ne ralentissez pas ! »

On dépassa l'hôpital. On sauta de menus obstacles entre tentes et chariots. Étaient-ce bien Monge et Berthollet, le chimiste ? Et Bonaparte jailli de sa tente ? On dépassa un groupe de soldats très occupés à déjeuner autour d'un feu de camp. Ils n'avaient pas encore commencé leur journée et les mousquets se dressaient, maintenus en petites pyramides harmonieuses par les baïonnettes entrecroisées. Là-bas, loin derrière nous, une violente explication opposait Silano et sa troupe aux sentinelles déconcertées.

Peut-être allait-on pouvoir s'en tirer, après tout ?

Un sergent pointait son pistolet. Je fis décrire à mon cheval un écart qui projeta l'imbécile dans les décors alors que le coup partait. Mohammed, sublime d'astuce, s'était emparé, au vol, d'un drapeau tricolore qu'il agitait au-dessus de sa tête, comme si nous comptions attaquer, à nous trois, la ville d'Acre. Malheureusement, une haie de soldats se formait, mousquets en batterie, et s'interposait devant nous. Ils commençaient même à tirer, leurs balles nous sifflaient aux oreilles. Et l'enceinte assiégée était encore à plus d'un kilomètre.

Sur les murs d'Acre, sonnaient des cornes. Comment Smith allait-il réagir, dans la mesure où j'étais parti sans un mot, à la suite du message d'Astiza ?

Devant moi, une cuisine roulante, avec son personnel désarmé, plus soucieuse de mangeaille que du sort de la guerre. Fonçant toujours, je les dispersai, eux aussi. Ils offraient une couverture idéale contre d'autres tirs. Et puis une première tranchée, un dernier galop sous le vieil aqueduc…

Et je m'envolai.

Comment était-ce arrivé ? Mon cheval avait-il été touché ? J'atterris dans une boue molle et glissai sur mon élan. Je m'aperçus alors que Mohammed et Astiza avaient connu le même sort. À cause d'une corde hâtivement tendue pour nous arrêter, sans aucun égard pour les pattes fragiles de ces pauvres chevaux, dont plus d'une avait dû se briser sous le choc.

Désarçonnés à deux pas du but !

On se releva, on se rejoignit tous les trois. D'autres balles sifflaient.

« L'aqueduc, effendi ! Il nous couvrira. »

J'entraînai Astiza, plus en force qu'en douceur.

Elle s'était tordu la cheville, mais faisait de son mieux pour me suivre.

Des échelles d'assaut s'empilaient à portée de main. J'en attrapai une, Mohammed une autre, on les dressa contre un des piliers de l'antique conduite d'eau romaine. Je poussai Astiza par-derrière. Elle roula dans le canal à sec où l'eau avait circulé, jadis. Je l'imitai, ainsi que Mohammed. D'autres balles ricochaient sur notre couvert précaire.

« Restez pliés en deux, et tout droit jusqu'à ce qu'on soit sous la protection des canons anglais. Astiza, passe devant. Montre bien ton écharpe. »

Elle avait eu la présence d'esprit de ne pas la lâcher quand nos chevaux s'étaient cassé les pattes. Mais elle me la tendit.

« C'est toi qu'ils connaissent. Vas-y. Je te suis aussi vite que je peux.

— Je resterai avec elle », promit Mohammed.

Au-dessous de nous, tout le camp français était en effervescence. Silano avait dû se montrer fort éloquent car il était là, braquant un mousquet. Et, sauf erreur de ma part, Najac rechargeait mon long rifle.

Pas le temps de tergiverser. Je courus dans la conduite désaffectée dont les parois hautes de moins d'un mètre n'arrêtaient qu'une partie des balles. Astiza et Mohammed me suivaient, pliés en deux. Heureusement que ces mousquets, neuf fois sur dix, n'auraient pas touché une vache dans un couloir ! Mais, dans les tranchées avancées, combien d'autres étaient prêts à tirer ?

Puis un canon anglais se fit entendre, le boulet souleva une gerbe de terre et les Français replongèrent dans leurs trous. Autre boulet, suivi d'un troisième. Les défenseurs d'Acre ne devaient pas trop savoir à quel saint se vouer, mais semblaient avoir décidé que tout ennemi des Français ne pouvait être qu'un ami.

Nouveau tir, nouveau choc d'un boulet. Mais tiré, cette fois, du côté français. Sur les piliers de l'aqueduc ! Toute la structure frémit d'un bout à l'autre.

« Dépêchez-vous ! »

J'agitais mon drapeau blanc comme un vrai parlementaire confiant dans le respect des règlements internationaux. L'artillerie tonnait à présent des deux côtés, les boulets se croisant au-dessus de nos têtes. Puis un autre toucha l'aqueduc, et encore un autre, ébranlant tout l'édifice. Un coup au but m'aspergea de débris de bois et de pierre. Je me retournai une fois de plus. Astiza progressait obstinément, avec Mohammed juste derrière elle. Plus que quelques dizaines de mètres et on y serait. Le duel d'artillerie faisait rage autour de notre malheureux petit trio !

Astiza cria. Je me retournai. Mohammed s'était redressé, mais s'écroulait comme une masse, la poitrine ensanglantée. Je baissai les yeux. Najac abaissait mon rifle !

Et ne pas pouvoir revenir sur mes pas pour tuer cette ordure…

« Laisse-le, Astiza ! Vite ! »

C'est alors qu'un nouveau coup au but toucha l'aqueduc. Les Français devaient avoir reçu d'autres canons lourds, en remplacement de ceux qu'ils avaient perdus en mer. Il y avait un trou béant dans l'ancienne rigole : un abîme qui me séparait d'Astiza.

« Saute ! Je vais t'attraper !

— Non, va jusqu'au bout ! Il ne me tuera pas. Je te ferai gagner du temps ! »

Elle déchira un pan de sa robe et repartit dans la direction opposée, en l'agitant au-dessus de sa tête. Les Français cessèrent de tirer.

Je lâchai un juron, mais comment la retenir ? Malade de chagrin, je fonçai vers Acre, debout de toute ma hauteur, espérant que ma course ferait de moi une cible difficile. Si le rechargement du long rifle avait été plus rapide, je me serais peut-être fait descendre, mais l'opération prenait une bonne minute et les mousquets tiraient toujours aussi mal. J'avais dépassé, maintenant, le bout de la dernière tranchée, et courais sur la partie encore praticable de l'aqueduc. Les boulets suivaient ma progression. Je me laissai choir sur le sol inégal, soulevant un nuage de poussière.

Des sabots se firent entendre. Les Arabes de Najac approchaient au galop, penchés sur l'encolure de leurs bêtes, sans souci du feu anglais.

Je courus vers la douve. Moins de vingt mètres à franchir, avec en point de mire l'énorme tour monolithique. Depuis les remparts d'Acre, des soldats braquaient leurs fusils dans ma direction. J'essayai de courir encore plus vite, l'écharpe d'Astiza bien en évidence. Ce serait trop stupide de me faire descendre par un Anglais qui n'aurait rien compris ! La garnison d'Acre tirait maintenant, et, le ciel en soit loué, pas sur moi. J'entendis, sans me retourner, deux ou trois cavaliers mordre la poussière.

Du bord de la douve, je glissai comme une loutre du Maine jusqu'aux décombres qui la comblaient à moitié. La puanteur était suffocante. Il y avait là des échelles brisées, des corps en putréfaction, des armes abandonnées, tout ce que laisse sur le champ de bataille le cours monstrueusement normal d'une guerre. Plus de brèche béante et pas de corde lancée à ma rencontre. Les soldats qui m'observaient, de là-haut, ne m'avaient sans doute pas reconnu et se demandaient encore qui j'étais. Je biaisai vers la Méditerranée, aperçus les mâts des navires britanniques au mouillage alors que les boulets me survolaient toujours, de part et d'autre. Smith n'avait-il pas dit qu'ils construisaient un réservoir d'eau de mer à l'extrémité des douves ?

Toujours des hurlements. Certains des maudits Arabes de Najac étaient parvenus aux douves, dans leur partie non comblée, et se lançaient vers moi en dépit des soldats qui tiraient des remparts. Silano avait dû leur promettre une bonne récompense. Ils me voulaient mort ou vif, avec ce que je pouvais avoir sur moi de précieux. Monsieur le comte devait se douter que j'avais trouvé quelque chose.

Au bout des douves, se dressait, effectivement, la paroi noire et moite de condensation du nouveau réservoir. Plus d'accès direct à la porte Territoriale. Coincé, Ethan !

Et puis encore une explosion, droit devant moi. Le mur noir vola en éclats. Le souffle m'avait jeté au sol et je regardai, stupéfait, une vague d'eau verdâtre se couvrir d'écume en se ruant vers moi et vers mes poursuivants. Je tombai à genoux juste avant d'être balayé comme une feuille emportée par la marée.

Je culbutai dans une mousse épaisse, incapable de reprendre ma respiration, précipité cul par-dessus tête à la rencontre de mes persécuteurs. Quelque chose de gros me frappa de plein fouet, probablement un cheval dont la masse me renvoya à la surface. On était tous projetés, en vrac, vers le pied de la tour, mêlés à des cadavres et à toutes ces saletés qui flottent dans les baies en temps de guerre.

Je luttais comme un beau diable et, brusquement, le miracle : je vis ma chaîne ! Le temps de l'agripper, au passage, elle me souleva comme une plume. Les murs de la tour étaient rugueux, mais j'étais presque au bout de mes peines.

« Cramponne-toi, Gage ! Tu seras bientôt chez toi ! »

La voix de Jéricho.

Mais des balles ricochaient tout autour de moi et je me rendais compte, soudainement, que j'occupais la meilleure position concevable pour servir de cible à toute l'armée française. Un mousquet plus précis que les autres ou un tireur plus adroit, et je retomberais dans la douve.

J'essayai de me rouler en boule. Si j'avais pu me dégonfler comme un ballon, je n'aurais pas hésité une seconde. La canonnade avait repris. Un boulet frappa la maçonnerie à quelques mètres de moi, dispersant des éclats dans toutes les directions. Pas dans la mienne cette fois, mais ce n'était pas fini. À chaque nouvel impact, la tour accusait le choc et je ballottais au bout de ma chaîne comme les grains d'un chapelet entre les mains d'une grande dévote. Tout cela aurait-il une fin ? Si possible sans provoquer la mienne ?

Au-dessous de moi, la douve s'était remplie. Plus trace des cavaliers arabes entraînés au loin par la force de l'eau. Un homme flottait le ventre en l'air, comme un poisson rejeté par le pêcheur.

« Ho hisse ! » criait Jéricho.

Des bras puissants me soulevèrent, me halèrent par un des créneaux. On me laissa choir sans ménagement sur le rempart d'Acre, à demi noyé, brûlé, contusionné, en deuil de mon amour et de mes compagnons perdus. Mais autre miracle, sans un gramme de plomb dans le corps. Avais-je les neuf vies, en plus de l'allure, d'un chat écorché ?

Je roulai sur le dos, pantelant, incapable de me tenir debout. Des tas de gens me contemplaient avec une sorte d'émerveillement incrédule. Jéricho, Djezzar, Smith, Phélippeaux.

« Bon sang, Gage, s'effarait sir Sidney, de quel côté êtes-vous, maintenant ? »

Mais je n'avais d'yeux que pour la personne qui, d'emblée, avait capté toute mon attention. Cheveux blonds, expression incrédule, robe tachée de suie et de poudre.

« Bonjour, Miriam ! »

Et les canons français ouvrirent le feu de plus belle.

Selon ma propre expérience, c'est quand on veut vraiment réfléchir et mettre les choses au point que les causes de distraction se multiplient, en l'occurrence une canonnade plus nourrie que jamais, comme pour se venger de ma survie scandaleuse. J'avais fini par me relever et regardais ce qui se passait chez l'ennemi, à savoir la préparation d'une nouvelle offensive. Des unités se formaient et gagnaient les tranchées. Apparemment, je possédais quelque chose que Bonaparte entendait récupérer. Coûte que coûte.

Le mur tremblait sous nos pieds. Miriam me contemplait avec un mélange de soulagement et d'indignation, de compassion et d'incompréhension totale. Pimenté d'une bonne dose de suspicion.

« Tu es parti sans un mot ! »

C'était pis que ce que j'avais craint.

« Je n'ai pas eu le temps de t'expliquer pourquoi, Miriam. »

Le souci de Djezzar était d'une tout autre nature :

« Que fuyait le chrétien ?

— Apparemment toute l'armée française, résuma Phélippeaux d'une voix douce. Monsieur Gage, ils n'ont pas l'air de vous aimer beaucoup. Alors que nous comptions vous fusiller nous-mêmes, pour désertion et trahison.

— C'est cette femme, n'est-ce pas ? Elle est vivante, et elle t'a appelé ! »

J'encaissai durement la question de Miriam. Astiza était-elle encore vivante ? J'avais vu mourir mon ami musulman, tué par mon propre fusil, et Astiza retourner vers cette canaille de Silano.

« Il y avait quelque chose que je devais trouver avant Napoléon.

— Et vous avez réussi ? » s'informa Smith.

Je désignai les troupes en cours de rassemblement.

« Il en est persuadé, et il va venir le reprendre. »

Devant l'imminence probable de l'attaque, nos chefs de garnison lançaient des ordres brefs, et les clairons s'efforçaient de dominer le vacarme des canons.

Je profitai de notre premier instant de solitude pour m'adresser directement à Miriam :

« Les Français m'avaient envoyé un signe de sa survie. Je ne pouvais pas me dérober, mais je ne savais pas comment te le dire. Pas après ce que tu sais. Et elle était bien vivante. On est revenus ici ensemble, pour tout expliquer, mais je crois qu'elle a été reprise.

— Je n'ai jamais rien signifié à tes yeux, c'est ça ?

— Miriam ! Je suis tombé amoureux de toi. C'est juste que…

— Juste quoi ?

— Je suis toujours amoureux d'elle.

— Le diable t'emporte ! »

La première malédiction que j'entendais, de la bouche de Miriam, et elle me fit plus d'effet qu'une bordée de grossièretés dans celle de Djezzar. Je voulais tout expliquer, tout rendre clair, mais, chaque fois que je prononçais une parole, elle sonnait creux et intéressé. L'émotion nous avait poussés l'un vers l'autre. Puis le destin et une bague ornée d'un rubis m'avaient appelé ailleurs d'une façon que je ne pouvais prévoir. Où étaient les torts ? De surcroît, j'avais sous ma chemise un cylindre d'or contenant un livre d'une valeur encore inestimable. Rien de facile à expliquer, toutefois, surtout sous la menace d'une nouvelle attaque de l'armée française.

« Miriam, il y a beaucoup plus en jeu que nos existences personnelles, tu ne l'ignores pas. »

Rien à voir. Certaines décisions font très mal. C'est aussi simple que ça.

« J'ai à nouveau perdu Astiza.

— Et tu m'as perdue moi aussi. »

Mais je saurais la reconquérir. Oui, les hommes sont des chiens mais les femmes tirent une certaine satisfaction, voire un plaisir pervers, à nous fustiger avec des mots et des larmes. J'accepterais son mépris, et si l'on survivait l'un et l'autre, j'inventerais une stratégie pour gommer le passé et la reprendre.

« Ils attaquent ! »

Heureux de n'avoir plus en face de moi que les divisions de Napoléon au lieu de la détresse de Miriam, je rejoignis tous les autres au dernier étage de la tour. La tactique se développait à l'extérieur. Chaque tranchée était une chenille qui avançait sous la protection de la fumée dense engendrée par une canonnade incessante. D'autres troupes amenaient des canons plus légers pour agrandir toute brèche amorcée. Des grenadiers porteurs d'échelles traversaient en courant le terrain raviné, tandis que d'autres apportaient boulets et poudre aux batteries mobiles. Un groupe d'hommes en vêtements arabes se réunissait près de l'aqueduc aux trois quarts détruit.

Je braquai mon télescope. C'étaient les survivants des hommes de Najac. Ni Astiza ni Silano n'étaient en vue.

Smith me frappa sur l'épaule.

« Qu'est-ce que c'est que cet engin ? »

Je pointai ma longue-vue dans la direction qu'il indiquait. Une énorme bûche roulait vers nous, pointée à l'horizontale, un tronc de cèdre, imposant, porté par six roues massives. Des soldats marchaient de chaque côté ainsi qu'à sa suite. L'extrémité de la bûche était renflée comme un gigantesque phallus, et protégée par une sorte d'armure. Curieux engin, effectivement. Rappelant un peu ces béliers du Moyen Âge qui enfonçaient les portes des châteaux. Napoléon s'imaginait-il pouvoir fracasser nos murs avec cet accessoire archaïque ? Ceux qui le poussaient de plus en plus vite ne paraissaient pas en douter.

Bonaparte était-il devenu fou ?

Ce jouet hypertrophié aurait peut-être enchanté Ben Franklin ou mon collègue américain Robert Fulton, qui promenait dans Paris des idées folles nommées bateau à vapeur et même sous-marin. Quel autre incorrigible bricoleur connaissais-je encore ? Nicolas Jacques Conté, bien sûr, l'homme à qui nous avions volé ce ballon, Astiza et moi, pour nous évader du Caire. Monge, lui aussi, n'avait-il pas prétendu construire un chariot spécialement adapté au transport des charges lourdes afin d'amener aux portes de cette ville des canons de fort calibre ? Cette bûche roulante portait la marque de son esprit fécond. Mais un bélier ? Plutôt périmé, pour un homme moderne comme M. Conté. À moins que…

« C'est une bombe ! Visez sa tête, visez sa tête ! »

La torpille mobile, si c'en était une, avait atteint le plan incliné descendant qui menait à la douve, et sa vitesse augmentait encore.

« Quoi ? demanda Phélippeaux.

— Il y a des explosifs au bout de cette bûche ! Il faut les arrêter ! »

J'empoignai un mousquet. Visai brièvement. Fis feu. Même si je touchais ma cible, son capuchon métallique la protégerait efficacement. D'autres mousquets tiraient, mais nos hommes visaient les servants de la bûche plutôt que la bûche elle-même. Un ou deux tombèrent, et les six roues leur passèrent dessus sans perdre une fraction de leur vitesse.

« Il faudrait la toucher avec un boulet.

— Trop tard, Gage, dit calmement sir Sidney. Nos pièces n'ont plus assez de recul. »

J'attrapai Miriam, sous les yeux étonnés de son frère, et l'entraînai vers l'arrière de la tour sans lui laisser le temps de protester.

« Reste là au cas où ce truc marcherait ! »

Smith reculait lui aussi, et Djezzar était parti houspiller ses hommes. Mais Phélippeaux ne bougeait pas. Il tira même une balle de pistolet vers la tête blindée de la bûche. C'était de la démence.

Le bélier roulant atteignit la lisière de la douve et continua sur son élan, heurtant la base de la tour. Les soldats qui l'avaient poussé le suivirent et l'un d'eux ralentit sa course, le temps de tirer sur un cordon et de lancer une sorte de fusée.

Quelques secondes plus tard, la tête de la bûche explosa, dans un roulement de tonnerre si violent qu'il m'assourdit une fois de plus. L'air s'emplit de fumée et de flammes, et des débris de roche volèrent vers le ciel.

Déjà ébranlée par l'attaque précédente, la tour vacilla comme un homme ivre. Je tombai avec Miriam tandis que j'essayais de la retenir. Adossé au mur du fond, sir Sidney resta debout tandis que la façade de la tour, près de nous, se désintégrait sous nos yeux, croulant et coulant dans un abîme d'enfer. Avec elle, Jéricho et Phélippeaux disparurent.

« Mon frère ! »

Je n'entendis pas le cri de Miriam. Je le devinai sur ses lèvres.

Elle se précipita vers le gouffre, mais je la rattrapai au vol.

Rampant sur son corps, qui se débattait furieusement, je plongeai mon regard dans cette géhenne de feu et de fumée, telle l'image vue d'en haut d'une éruption volcanique. La moitié supérieure de la forteresse réputée indestructible s'était épluchée comme un fruit, exposant ses étages à demi dévastés. C'était comme si nos vêtements avaient été lacérés, nous laissant pitoyablement nus. En bas s'étendait un magma de pierres et de corps qui achevait de remplir la douve. Un son nouveau parvenait à mon ouïe toujours défaillante et, soudain, je me rendis compte qu'il s'agissait d'un chœur de milliers de voix exprimant une jubilation intense. Les Français se ruaient, en hurlant, vers la brèche qu'ils avaient pratiquée.

J'aurais parié que Najac était du nombre, lancé à ma seule recherche.

Ayant recouvré son équilibre, Smith dégainait son sabre d'abordage. Il vociférait des mots que je ne pouvais entendre, appelant probablement ses hommes sur la brèche ouverte. Je partis à reculons, entraînant Miriam.

« Le reste du plancher risque de s'effondrer.

— Quoi ?

— Il faut quitter cette tour ! »

Mais elle non plus ne pouvait m'entendre. Retournée d'un bond vers les assaillants, elle se lança, plus vite que la pensée, vers le vide béant. Je tentai de la retenir encore, ratai mon coup et glissai à sa suite. Elle avait sauté comme un chat sur les poutres proéminentes de l'étage au-dessous. Jurant dans ma barbe, j'entrepris de l'y suivre, sûr que le reste de l'édifice allait s'effondrer d'un instant à l'autre et nous enterrer au fond de la douve, sous des tonnes de pierres. Et, tandis que des balles ricochaient en tous sens et que des boulets frappaient au hasard, des échelles se tendaient vers nous comme des griffes.

Dans le même temps, Smith et ses hommes s'étaient engouffrés, au galop, dans ce qui subsistait des escaliers, pour aller défendre la brèche. Ils s'étaient heurtés aux Français déchaînés, et j'assistai à la fusillade qui les opposait, presque à bout portant. De chaque côté, des hommes tombaient.

Puis ce fut un corps à corps sauvage, inhumain. À la baïonnette, au sabre, à la crosse de mousquet. Le commandant de division Louis Bon s'abattit, touché à mort. L'aide de camp Croisier, humilié par Napoléon, l'année précédente, pour avoir laissé fuir des émeutiers, plongea à son secours. Miriam, elle, explorait cet enfer en appelant Jéricho. Je l'y rejoignis, noir de suie, presque sans arme, face aux Français.

Tous semblaient de haute taille, avec leurs grands chapeaux et leurs baudriers en croix. Leur fureur était celle d'hommes condamnés depuis des semaines à l'attente passive des sièges prolongés. C'était leur chance d'en finir vite. Comme à Jaffa. Leurs hurlements continus faisaient songer au grondement du tonnerre. Ils se jetaient avec fureur au milieu du carnage, de part et d'autre du tronc de cèdre ouvert, à son extrémité, comme une énorme fleur. Ils ne craignaient guère de s'exposer dans ce déluge de fer, de pierres et même de grenades lâchées d'en haut par les Ottomans de Djezzar.

Si les Français étaient déchaînés, nous, en face d'eux, nous baignions dans le désespoir. Qu'ils passent, la ville serait perdue. Et nous serions tous morts. Les marins de la Couronne couraient à leur rencontre, tirant et frappant au petit bonheur, uniformes bleus et rouges confondus en une mosaïque infernale. Ce fut le combat le plus féroce auquel j'aie jamais participé. De part et d'autre, les hommes hachaient, tranchaient, embrochaient, s'arrachaient mutuellement les yeux en mordant, même, comme des chiens.

Au cœur de la mêlée, Croisier tirait et sabrait, en proie à une mâle rage. On ne voyait rien du tableau général de la bataille, seulement ces rencontres, homme contre homme, au pied d'un édifice prêt à nous écraser sans discrimination de nationalité ou de race. J'aperçus Phélippeaux aux trois quarts enterré dans les décombres de la douve, qui ressortait un pistolet d'on ne sait où pour abattre un nouvel adversaire. Une demi-douzaine de baïonnettes se bousculèrent pour lui trouer la poitrine.

Jéricho n'avait pas seulement survécu à sa chute. Il avait pu se traîner à l'écart de la mêlée. À demi nu dans ses vêtements déchiquetés et la peau brûlée, grain de poussière minérale, il avait ramassé une barre de fer et cognait comme Samson sur les rangs ennemis. Les hommes reculaient devant son énergie démentielle.

Un fusilier s'approcha de lui par-derrière, le mousquet pointé. Mais Miriam avait trouvé, quelque part, le pistolet qu'elle braquait des deux mains. Elle tira de si près que la tête du fusilier explosa d'un côté, éclaboussant les combattants les plus proches.

Un grenadier surgit derrière Miriam. Je lançai mon tomahawk qui se ficha dans son cou. Il tomba comme un arbre sous la hache du bûcheron, et je récupérai mon arme. Puis Miriam et moi empoignâmes Jéricho pour le soustraire à ces baïonnettes sur lesquelles il paraissait vouloir s'embrocher. Alors que Djezzar se ruait à la rescousse, à la tête de quelques Ottomans avides de hacher du Français.

Les cadavres s'amoncelaient. Smith, sans chapeau, le front sanglant, sabrait autour de lui comme un possédé. Les balles qui sifflaient de toutes parts ricochaient ou faisaient mouche, avec ce son particulier des impacts en pleine chair.

Mes oreilles s'éclaircissaient vaguement. Je criai à Miriam et à Jéricho :

« Il faut reculer derrière nos lignes ! On fera du meilleur travail, de là-haut. »

C'est alors que je repérai mon pire ennemi, Najac, qui jurait auprès de mon rifle planté dans les gravats, par la crosse, afin de pouvoir le recharger plus commodément. Ses chiens dressés se tenaient à l'écart du gros de la bataille et tiraient par-dessus les têtes des grenadiers. Je savais que la prochaine balle de mon propre fusil serait pour moi. Ils étaient tous là dans l'espoir de récupérer ce qu'ils étaient à peu près certains de trouver sur ma personne.

C'est ainsi que m'envahit ma propre démence meurtrière, une fureur, une soif de vengeance qui me procuraient l'illusion de sentir mes muscles se gonfler démesurément, mes veines se gorger de sang en même temps que mes yeux enregistraient des détails que je n'aurais jamais discernés auparavant. Entre autres, l'éclair rouge au doigt de ce pourri de Najac. L'ordure osait porter la bague d'Astiza !

Dans la seconde, je compris ce qui s'était passé. Mohammed n'avait pu résister à la tentation d'aller ramasser la bague maudite jetée par Astiza dans la cour du château des croisés. Il l'avait empochée, durant notre sommeil, et, depuis cette nuit-là, ne m'avait plus jamais parlé d'argent. Ce n'était pas par hasard que Najac l'avait descendu à ma place, s'assurant ensuite que le musulman était bien mort avant de le fouiller et de reprendre cette bague dont il ignorait l'histoire. La crapule avait signé son meurtre !

Muni de la barre de fer de Jéricho, je m'avançai vers Najac en comptant les secondes. Il lui en fallait soixante, au minimum, pour recharger mon long rifle américain. Dix s'étaient déjà écoulées, et ses sbires me séparaient encore de lui.

La barre se dressa dans les airs, décrivant un grand arc, telle l'épée d'un Templier pour la défense du Christ. Moi, c'était en souvenir de Ned et de Mohammed. Je me sentais invulnérable aux balles et à la peur. Le temps stagnait, les bruits s'estompaient, les images se précisaient. Je ne voyais plus que Najac dont les mains malhabiles versaient une mesure de poudre dans le canon de mon rifle.

Vingt secondes passées.

Mon arme écarta les baïonnettes comme une faux écarte les grands épis de maïs. Métal contre métal, les hommes reculant devant ma rage démentielle.

Trente secondes.

La balle tomba de la bourre dans le canon de mon fusil où l'écouvillon se chargea de la pousser. Les hommes de Najac tiraient en hurlant, mais je ne sentais que du vent. Je distinguais les éclairs dans la fumée, les regards exorbités par la terreur, la blancheur des dents entre les lèvres retroussées sur d'ignobles rictus. La barre fracassa les côtes d'un jeune officier qui se plia en deux.

Quarante secondes.

Aussi assuré qu'une araignée dans sa toile, je franchis morts et mourants, utilisant les corps comme des marchepieds. Ma barre tourbillonnait. Smith, auprès de moi, sabrait d'estoc et de taille, en compagnie de deux de ses marins décidés à venger l'un des leurs couché non loin d'eux. D'en haut, pleuvaient toujours des morceaux de murs et de plancher, et derrière Najac, au-delà de ses gestes trop pressés pour être précis, les explosions s'épanouissaient et disparaissaient, sinistres fleurs éphémères, toujours recommencées.

Cinquante secondes.

La courte baguette métallique achevait de tasser balle et poudre au fond du canon. Najac bâcla les derniers préparatifs et ne prit même pas le temps d'ôter l'écouvillon pour empoigner l'arme à deux mains. Il y avait de la peur dans ses yeux, mais aussi de la haine. J'étais presque sur lui quand un de ses hommes s'interposa, cimeterre levé, face convulsée, juste à temps pour encaisser le choc de ma barre qui fit exploser son crâne. Sang et cervelle jaillirent dans toutes les directions. J'en perçus le goût infect dans ma bouche large ouverte.

J'étais fin prêt pour estourbir Najac, lorsque celui-ci, malade de terreur, déchargea mon propre rifle en pleine poitrine.

Rejeté en arrière, je m'assis sur un corps inerte. Mais avant de mourir, je frappai le salopard aux chevilles de toutes mes forces. Il s'écroula, lui aussi, et, constatant que je n'étais pas mort, je rampai sur son corps pour le prendre à la gorge. Je serrai si fort que les tendons de mon propre cou se durcirent. Ses yeux écarquillés me regardaient fixement, haineux et sans espoir. Il tirait la langue comme un pendu.

Pour Ned, pour Mohammed, pour Jéricho et pour tous ceux que tu as dépouillés et assassinés, ordure malfaisante ! Ses yeux allaient-ils carrément jaillir de leurs orbites ? Je serrais, je serrais, sa sale gueule virait au pourpre et mon sang l'arrosait, goutte à goutte, mais il se débattait encore et je découvris, enfin, l'écouvillon logé dans ma poitrine.

Najac réussit à s'emparer de mon tomahawk. M'ayant partiellement raté avec mon propre fusil, il voulait courir sa dernière chance à l'aide de mon arme secondaire.

Incapable de penser clairement, j'appliquai au niveau de son cœur l'autre extrémité de la baguette métallique, pointue comme une aiguille à coudre. L'écouvillon avait dû m'atteindre pile à l'endroit où cylindre d'or et Livre de Thot pouvaient d'autant plus m'épargner une blessure grave que ce bout-là, opposé à la décharge, n'était pas devenu aiguille comme l'autre. Alors qu'il tentait de lever mon tomahawk, je poussai violemment sur la baguette métallique qui pénétra dans sa poitrine comme une fourchette dans un gâteau. Elle glissa sur son sternum et lui perça le cœur.

Le sang jaillit comme d'une fontaine et se répandit en flaque. Sifflant comme la vipère qu'il était, la crapule acheva de crever en essayant d'articuler mon nom, à travers une bulle rouge. Heureux, enfin, je criai de joie, dans ma langue. L'assaut des Français était en passe d'échouer pour la seconde fois.

J'arrachai l'écouvillon dont la traversée du cylindre d'or, à l'opposé de son bout pointu, avait considérablement atténué la puissance de pénétration. Et je récupérai enfin mon arme chérie. Je me trouvais au centre du pire charnier qu'il m'ait été donné de voir. Des centaines de corps s'amoncelaient dans la brèche, et bien d'autres dans les douves partiellement inondées, avec les échelles abandonnées par les pierres arrachées aux fortifications. Mais, de nouveau, les Français se retiraient. Les Turcs criaient, eux aussi, leur allégresse, et nos canons lâchaient leurs derniers boulets pour dire au revoir aux Français en déroute.

Ni les hommes de Smith ni ceux de Djezzar ne décidèrent de les poursuivre. Étonnés par leur propre prouesse, tous se hâtèrent de recharger leurs armes en prévision d'un retour offensif de l'ennemi. Les sergents commandaient, à grands coups de gueule, la construction d'une grossière barricade au pied de la tour.

Smith me rejoignit, ensanglanté, mais sans blessure grave. Je l'avais vu à l'œuvre. C'était un sacré combattant.

« Gage ! Jamais rien connu de pire. Bon Dieu, cette tour aurait pu totalement s'écrouler… et peut le faire encore !

— C'est ce que doit penser Bonaparte, sir Sidney. »

Tous mes muscles tremblaient. Je n'avais jamais été aussi épuisé de toute mon existence. Il devait y avoir des heures que je n'avais pas respiré. Et des siècles que je n'avais pas dormi.

« Il va assister à sa reconstruction rapide, si le génie britannique n'est pas un vain mot, se vanta l'officier naval. Bon Dieu, on l'a torché une fois de plus, Ethan, et comment ! Il va récidiver avec tout ce que son armée a dans le ventre, mais il ne prendra jamais Acre ! Ses hommes vont finir par se révolter. »

Je n'en étais pas aussi sûr que lui. Et, pourtant, l'avenir devait lui donner raison.

« Où est Phélippeaux ? Je l'ai vu conduire la contre-offensive. Quel courage a ce royaliste !

— J'ai bien peur qu'il ne compte au nombre des victimes, Sidney. »

Il fallut écarter deux cadavres pour parvenir à Phélippeaux. Et miracle des miracles, le royaliste respirait encore, même si plusieurs baïonnettes s'étaient disputé l'honneur de l'embrocher. Smith s'assit par terre afin de pouvoir poser sur ses genoux la tête du mourant.

« On les a repoussés, Edmond. Le Corse est foutu !

— Quoi ? Repoussés ? »

Bien que ses yeux fussent grands ouverts, il était aveugle.

« Il doit contempler actuellement, du haut de sa colline, ses meilleures troupes mortes et vaincues. Votre nom restera dans l'histoire, mon vieux, parce qu'ils ne prendront pas cette ville. Le tyran républicain a été stoppé, et les généraux politiques comme lui ne survivent pas à une telle défaite. »

Il releva la tête vers moi, les yeux brillants.

« Retenez bien ce que je vous dis, Gage. Le monde n'entendra plus jamais personne parler glorieusement de Napoléon Bonaparte. »

# 22

Le colonel Phélippeaux eut-il le temps de comprendre, avant de mourir, l'importance de sa victoire ? Je n'en sais rien. Mais peut-être emporta-t-il dans l'autre monde la sensation que tout ça n'avait pas été vain, et que, dans la folie débridée de cette journée, quelque chose de fondamental avait été gagné.

Je retournai auprès du corps de Najac, repris mon rifle, mon tomahawk et la bague au rubis. Puis je réintégrai la tour à moitié détruite. Des hommes du génie ordonnaient à leurs hommes de réunir pierres et madriers disponibles. Et de malaxer du mortier. La tour serait reconstruite.

Je me mis en quête de Miriam et de Jéricho. Par bonheur, je n'avais pas découvert le corps du forgeron parmi les morts disposés en rangées provisoires, avant leur repos éternel. Je levai les yeux. Les oiseaux avaient disparu dans la cacophonie, mais je devinais les femmes de Djezzar toujours aux aguets derrière leurs fenêtres grillagées. Des éclats étaient apparus dans les boiseries, mais le pacha se pavanait encore sur ses remparts en tapant sur l'épaule de ses hommes épuisés ou lançant des injures aux Français :

« Alors, elle ne vous plaît pas, mon hospitalité ? Revenez que je vous la fasse encore apprécier ! »

Je bus de l'eau à la fontaine de la mosquée et traînai dans la ville, souillé de sang et de cendre, parmi des civils pleins de méfiance qui me suivaient des yeux. Les miens devaient briller dans ma face noire, mais mon regard portait à des milliers de kilomètres. Je marchai jusqu'à la jetée avec son phare braqué sur la Méditerranée, plus propre que le champ de bataille des jours passés. Le canon tonnait encore, de temps en temps. La seule façon, pour chacun des adversaires en présence, de rappeler qu'ils étaient toujours là ?

Comment tout cela finirait-il ? Je ressortis la bague qui avait porté malheur à ses possesseurs successifs. Existait-il vraiment des malédictions ? Ben Franklin le rationaliste en douterait. Mais je ne la portais pas au doigt lorsque je pénétrai dans la mer jusqu'aux genoux puis jusqu'à la taille. La fraîcheur de l'eau sur mon bas-ventre me fit frissonner. Enfin, je nageai un peu vers le large et, contenant mon souffle jusqu'à n'en plus pouvoir, je me laissai couler, paupières bien ouvertes dans l'immensité glauque. Une fois remonté à la surface, les cheveux trempés, je pliai mon bras droit et… lançai vers le soleil une sorte de météore rougeoyant qui s'engloutit dans les eaux, profondes à cet endroit, de la Méditerranée. Aussi simple que ça. Plus de bague maudite.

J'en tremblais de soulagement.

*

* *

Je retrouvai Miriam à l'hôpital, bondé de blessés plus ou moins graves. Les draps étaient rouges et les cuvettes garnies d'eau rosâtre. D'autres cuvettes contenaient des lambeaux de chair amputée. Des mouches volaient et la seule odeur n'était pas celle du sang, mais aussi de la gangrène et du charbon de bois des brasiers où chauffaient les scies avant de resservir. Parfois, jaillissait un cri de souffrance.

Le bâtiment vibrait sous l'incessante canonnade. Selon la prédiction de Smith, Napoléon semblait se concentrer pour quelque ultime expression de son orgueil offensé. Ou bien renoncerait-il en fin de compte ? Des instruments chirurgicaux encombraient les tables. De la poussière filtrait du toit de tuiles jusque dans les yeux des blessés.

Miriam s'occupait, parmi d'autres éclopés, de son frère toujours en vie, Dieu merci ! Jéricho était pâle, les cheveux gras, sans chemise, le torse enveloppé de bandages encore tachés de sang. Mais il était lucide et me toisa d'un œil sceptique lorsque je me dressai à son chevet.

« Personne ne peut venir à bout de toi ?

— J'ai eu l'homme qui t'a logé une balle dans le corps, Jéricho. On a tenu la brèche. Toi, moi, Miriam, tous les autres, on a tenu la brèche.

— Où es-tu allé, quand tu as quitté Acre ?

— C'est une longue histoire. Ce qu'on a cherché à Jérusalem… je l'ai trouvé. »

Frère et sœur ne me quittaient pas des yeux.

« Le trésor ?

— Plus ou moins. »

Je plongeai la main sous ma chemise et leur montrai le cylindre d'or. Légèrement endommagé par le passage de l'écouvillon, mais non moins impressionnant. J'avais à la poitrine une meurtrissure de la taille d'une assiette, mais ni l'étui de métal mou ni moi-même n'avions beaucoup souffert. Leurs yeux s'écarquillèrent au spectacle de l'or que je prenais soin de cacher aux autres pensionnaires de l'hôpital.

« Il est d'un bon poids. Il y a là assez d'or pour rebâtir la maison et la forge que tu as laissées à Jérusalem. À la fin de la guerre, tu seras un homme riche.

— Moi ?

— Je te le donne. Les trésors ne me valent rien. Mais je garderai le livre qu'il renferme. Incapable d'en lire un mot. Par sentimentalité pure et simple.

— Tu vas me donner l'or ?

— À toi et à Miriam. »

Il fronçait les sourcils.

« Tu crois que tu peux nous rembourser ?

— Vous rembourser quoi ?

— Tu as bouleversé nos vies et pas seulement. Tu as pris aussi la vertu de ma sœur.

— Mais il ne s'agit pas d'un paiement, seigneur Dieu ! Miriam n'a pas… »

Je m'arrêtai net. Prudemment, je pense.

« Il ne s'agit pas de paiement, Jéricho, mais simplement de justice. C'est vous qui me ferez une faveur en acceptant.

— Tu la séduis, tu la déshonores, tu la quittes sans un mot et maintenant… ça ! »

Loin de se calmer, il se montrait de plus en plus furieux. « Je crache sur ton cadeau ! »

Visiblement, il ne comprenait pas.

« Alors, tu craches sur les humbles excuses de ton propre beau-frère.

— Quoi ? » s'exclamèrent en chœur le frère et la sœur.

Et Miriam me mangeait des yeux, incrédule.

« Je regrette d'avoir dû partir sans m'expliquer et de vous avoir laissés sans nouvelles pendant tout ce temps. Je sais que j'ai dû vous faire l'effet d'un serpent dans un bourbier. Mais j'avais une chance de parachever nos recherches, et je l'ai saisie, pour que le livre ne tombe pas dans des mains qui ne l'utiliseraient que pour le pire. Les Français ne l'auront pas, maintenant. Même s'ils prennent la ville, j'enverrai le livre loin d'ici, sur un navire de Sidney Smith. J'ai fini ce qu'on avait commencé, et j'irai jusqu'au bout. Je veux épouser Miriam, Jéricho. Avec ton autorisation. »

Ses traits exprimaient toujours le même scepticisme.

« Tu es complètement fou !

— Mon esprit n'a jamais été aussi clair. »

La réponse à mon problème m'avait crevé les yeux. Tel ou tel dieu me montrait la marche à suivre. J'avais fait ce qu'il fallait en ôtant Astiza des pattes de Silano. Mais nous étions un poison l'un pour l'autre, un couple de glace et de feu qui recréait le danger chaque fois qu'il se reformait. La pauvre Astiza vivrait mieux loin de moi et je savais que je ne pouvais me permettre de la perdre à nouveau. Or, aujourd'hui, j'avais Miriam, une femme douce, capable d'exploser la tête d'un homme à bout portant, à l'aide d'un pistolet, mais qui saurait mener une vie droite et pure. C'est ce que j'avais trouvé en Terre sainte, pas ce grimoire indéchiffrable ! J'allais épouser Miriam, oublier Astiza, et la guerre, et Bonaparte jusqu'à la fin de mes jours. Il en était plus que temps.

« Et Astiza ? demanda Miriam, désarçonnée.

— Je ne vais pas te mentir. Je l'ai aimée. Je l'aime encore. Mais c'est fini, Miriam. Je l'ai sauvée, comme je l'avais déjà fait, et je l'ai reperdue… comme je l'avais déjà fait ! Je ne sais pas pourquoi, mais nous ne sommes pas destinés l'un à l'autre. Ces derniers jours m'ont ouvert les yeux sur des tas de choses. L'une, c'est combien je t'aime, combien tu seras merveilleuse pour moi et combien je le serai pour toi, j'en suis sûr. Je veux faire de nous deux un couple honnête. C'est pourquoi j'espère ta bénédiction, Jéricho. »

Il demeura longtemps silencieux, l'expression impénétrable. Puis son visage se crispa d'étrange manière.

« Jéricho ? »

Il éclata de rire. Il en pleurait à grosses larmes et, finalement, Miriam l'imita, avec une expression semblable qui me parut dangereusement proche de la compassion.

Que se passait-il ?

« Ma bénédiction ! » Il en suffoquait. « Comme si je pouvais te donner ma bénédiction ! »

Il fit une grimace, car sa blessure se rappelait à son souvenir.

« Mais j'ai changé, et…

— Ethan. »

Miriam allongea la main pour toucher la mienne.

« Tu crois que le monde s'arrête de tourner quand tu vas courir l'aventure ?

— Non, mais… »

Jéricho était parvenu à reprendre son sang-froid.

« Gage, tu es aussi à l'heure qu'une horloge sans aiguilles.

— Qu'est-ce que tu racontes ? Pas besoin d'attendre la fin de la guerre pour…

— Ethan, soupira Miriam. Tu te rappelles où tu m'as laissée, quand tu es parti retrouver Astiza ?

— Dans une maison d'Acre.

— Celle d'un docteur. Médecin dans cet hôpital. Un homme qui m'a trouvée en larmes, honteuse et désespérée, quand il est rentré chez lui pour quelques heures. »

Elle regardait par-dessus mon épaule. Je me retournai. Derrière moi, se tenait le chirurgien levantin. Brun, jeune et beau. Et, malgré ses mains couvertes de sang, il avait plus belle allure qu'un joueur et un propre-à-rien de mon espèce. Par John Adams, je venais de me conduire, une fois de plus, comme un imbécile. Lorsque Sarylla la gitane m'avait attribué la carte du bouffon, au tarot, elle avait su ce qu'elle faisait.

« Ethan, je te présente mon fiancé.

— Docteur Hiram Zawani, à votre service, monsieur Gage. »

Avec cette sorte d'éducation que j'ai toujours enviée, et qui rend les gens trois fois plus intelligents, même s'ils n'ont pas plus de jugeote qu'un cheval de labour.

« Haïm Farhi m'a dit que vous n'étiez pas tout à fait l'aventurier dont vous avez le physique.

— Le docteur Zawani a fait de moi une honnête femme, Ethan. Je ne savais pas moi-même ce que je désirais ni ce qui était bon pour moi.

— Exactement, souligna Jéricho, le genre d'homme dont ma sœur a besoin, comme tu devrais le savoir aussi bien que nous. Tu es un être superficiel et fantasque, Ethan Gage, mais, pour une fois, tu as fait quelque chose de bien. »

Il souriait, et je me demandais s'il me faisait un compliment ou bien s'il m'insultait.

« Mais… »

J'aurais voulu leur dire qu'elle était amoureuse de moi et qu'elle pouvait certainement attendre que je démêle l'imbroglio qui me liait aux deux femmes qui m'aimaient.

En une demi-journée, j'étais bel et bien passé de deux femmes à aucune. Et j'avais renoncé à deux sources de fortune. Le cylindre d'or et la bague au rubis gros comme une cerise.

Hé, merde !

Et, pourtant, c'était comme une libération. Je n'étais pas entré dans un bon bordel depuis Paris, mais j'avais maintenant une chance de me retrouver dans la peau d'un authentique célibataire. Humiliant ? D'accord. Mais un vrai soulagement ? Plutôt deux fois qu'une. J'étais surpris, moi-même, de prendre les choses à la légère. « Formidable comme tout s'arrange ! » avait dit Sidney Smith. Un retour à la solitude ? Quelquefois. Mais beaucoup moins de responsabilités, aussi.

J'allais rentrer chez moi, offrir le livre à la bibliothèque de Philadelphie, histoire de donner aux têtes d'œuf un os à ronger, et reprendre le cours de mon existence. Peut-être Astor aurait-il besoin d'aide dans la fourrure ? Un nouveau capital se préparait, en outre, dans les marécages de Virginie, loin de la vue de tout honnête Américain. Juste ce qu'il fallait pour les petits talents d'un opportuniste de mon acabit.

Je m'entendis bégayer :

« Félicitations.

— Je devrais toujours te casser en deux, conclut aimablement Jéricho. Mais, compte tenu de ce qui s'est passé, je vais t'aider à bazarder ce truc-là. »

Sur quoi il invita Zawani à jeter un œil au cylindre d'or.

*

* *

Le surlendemain, les Français, à court de munitions, au terme d'une ultime canonnade qui ne changea rien au *statu quo*, amorcèrent leur retraite. Bonaparte était un fanatique du mouvement. Puisqu'il ne pouvait plus avancer afin de placer ses ennemis en déséquilibre, il se trouvait dans une position d'infériorité numérique des plus périlleuses. Acre l'avait stoppé. Sa seule alternative était de rentrer en Égypte et d'y chanter victoire, en racontant ses succès et en oubliant ses défaites.

Je suivis leur départ à la longue-vue. Des centaines d'hommes, plus de nombreux malades et blessés dans des chariots ou précairement juchés à dos de cheval. S'ils les laissaient en arrière, leur compte serait bon, et j'admirai le sens théâtral de Bonaparte à pied, conduisant par la bride une monture au cavalier couvert de bandages. Ils incendièrent tout ce qu'ils ne voulaient ou ne pouvaient emporter, viciant l'air du mois de mai de nuages de cendres, et firent sauter les ponts de Kishon et de Na'aman. Ils étaient tellement à court de chariots qu'ils laissèrent sur place une grande quantité de fourrage et deux douzaines de canons. Restèrent sur place également des cohortes de juifs et de chrétiens qui avaient espéré se libérer du joug islamique grâce aux Français. Ils pleuraient comme des enfants perdus, car ils pouvaient s'attendre aux cruelles représailles de Djezzar.

Sur la route côtière, les Français incendièrent de nombreuses bourgades et fermes isolées, sous prétexte de ralentir des poursuites qui n'auraient pas lieu. Notre garnison durement éprouvée n'était pas en état de leur donner la chasse. Le siège avait duré soixante-deux jours, du 19 mars au 21 mai, avec des pertes très lourdes de part et d'autre, et la peste qui avait coûté si cher à Bonaparte s'était également glissée dans les murs de la cité. Le plus gros problème et le plus urgent, c'était l'évacuation des morts.

Je marquais le pas en attendant la suite. De nouveau, Astiza manquait à l'appel. Morte ou captive. Je rangeai le livre dans une sacoche de cuir que je dissimulai dans ma chambre de l'auberge des Marchands, khan el-Shawarda, mais j'aurais pu tout aussi bien le laisser à la vue de tous, dans la mesure où cette écriture étrange n'intéressait personne. Lentement, nous parvenaient les nouvelles du parcours de Napoléon. Il avait abandonné Jaffa – conquise à quel prix ? – une semaine après s'être éloigné d'Acre. Les pires pestiférés français étaient soignés à l'opium et autres poisons qui hâtaient leur mort, les empêchant de tomber entre les mains des Samaritains nomades de Naplouse. Parvenus le 2 juin à El-Arich, en Égypte, les vestiges de cette armée en renforcèrent brièvement la garnison avant de repartir pour Le Caire. La température des déserts traversés se chiffrait en dizaines de degrés centigrades.

Quand ils firent une pause sur la rive du Nil, pour une courte période de repos nécessaire, Napoléon comprit qu'il ne pouvait pas rentrer au Caire à la tête d'une armée vaincue. Cette entrée différée eut lieu le 14 juin, en grand apparat, sous une forêt de bannières saisies, mais les souvenirs n'en étaient pas moins cuisants. J'appris que le général d'artillerie unijambiste Caffarelli, privé d'un bras par un boulet turc, était mort en chemin d'une grave infection ; que le physicien Étienne Louis Malus avait contracté la peste, à Jaffa ; enfin que Monge et son ami chimiste Berthollet, victimes de la dysenterie, étaient en instance d'évacuation par transport spécial. L'aventure de Bonaparte tournait au désastre pour tous ceux que j'avais connus.

Smith, pendant ce temps, s'efforçait de parfaire la déconfiture de son pire ennemi. Les renforts turcs partis de Constantinople n'étaient pas arrivés à temps pour aider la cité d'Acre, mais, au début de juillet, une flotte y amena douze mille Ottomans prêts à mettre le cap sur la baie d'Aboukir et à reconquérir l'Égypte. Je n'avais aucun intérêt à joindre cette expédition dont je doutais qu'elle pût vaincre l'armée française. J'escomptais toujours rentrer en Amérique. Mais, le 7 juillet, un navire de commerce me délivra une lettre du Caire, scellée par un cachet de cire à l'effigie du dieu Thot. L'enveloppe portant mon nom trahissait l'intervention d'une main féminine, et les battements de mon cœur s'accélérèrent.

Quand je l'ouvris, toutefois, le message n'était pas d'Astiza, mais avait été griffonné, visiblement, par une lourde main d'homme. Il était très court.

« Je peux le déchiffrer, et elle t'attend.

La clef se trouve à Rosette.

Silano. »

# TROISIÈME PARTIE

# 23

Je rentrai en Égypte le 14 juillet 1799, un an et deux semaines après mon débarquement sous la conduite de Napoléon. Cette fois, je n'accompagnais pas une armée française, mais turque. Smith bouillait d'enthousiasme au sujet de cette contre-offensive qui, d'après lui, achèverait Bonaparte, mais je remarquai tout de même qu'il restait à bord de son navire avec ses marins. Et pas facile de décider qui faisait le moins confiance au succès de cette expédition, moi ou le vieux commandant Mustapha Pacha, qui limitait son avance à l'occupation de la petite péninsule formant l'un des côtés de la baie d'Aboukir.

Les troupes de Mustapha débarquèrent, prirent une redoute française à l'est du village d'Aboukir, en massacrèrent les trois cents défenseurs avant de contraindre à la reddition un autre avant-poste français, au bout de la péninsule. Là, elles s'arrêtèrent. À l'endroit où la péninsule rejoignait le continent, Mustapha fit ériger trois lignes de fortifications, en prévision de la contre-attaque française inévitable.

En dépit de la résistance victorieuse d'Acre, les Ottomans n'avaient toujours aucune envie de rencontrer Bonaparte en rase campagne. Après l'étrange victoire de ce dernier au mont Tabor, les pachas considéraient toute éventualité de ce type comme autant de désastres consommés d'avance. Mieux valait envahir d'abord et creuser la terre, en espérant que les Français viendraient mourir devant leurs tranchées. On pouvait voir les premiers éclaireurs de Bonaparte rassembler des forces dans les dunes qui dominaient la péninsule.

Sans y être invité, je suggérai poliment à Mustapha d'essayer d'établir la liaison avec la résistance mamelouke de mon ami Ashraf et la cavalerie mobile de Murad Bey. La rumeur courait que Murad avait osé pousser une pointe jusqu'à la Grande Pyramide et grimper à son sommet pour émettre, à l'aide d'un miroir, des signaux destinés à son épouse retenue au Caire, en captivité. C'était le geste d'un chef audacieux, et je pensais que les Turcs feraient mieux sous son commandement que sous la prudente égide de Mustapha. Mais le pacha, qui n'avait aucune confiance en ces arrogants mamelouks, ne désirait ni partager le commandement ni même se risquer hors la protection de ses travaux de terrassement et des navires anglais. Tout comme Bonaparte s'était trop pressé d'assiéger Acre, les Ottomans avaient débarqué en Égypte trop tôt et trop vite, avec des forces trop réduites.

Tout était une question de stratégie. Oui, le plan original du général français avait marché du tonnerre. Mais sa flotte avait été détruite par l'amiral Nelson, un an auparavant, son avance en Asie s'était arrêtée à Acre, et Smith avait reçu une dépêche l'informant que le sultan indien Tippoo Sahib, allié potentiel de Napoléon, venait d'être tué à Seringapatam, en Inde, par le général anglais Wellesley. Au débarquement de Mustapha, toutefois, une flotte franco-espagnole était entrée en Méditerranée avec l'intention de contester la suprématie navale britannique. Les mesures pour et contre étaient de plus en plus complexes.

Je décidai que ma meilleure chance était encore de revoir aussitôt que possible Alessandro Silano à Rosette, port situé à l'embouchure du Nil. Puis je rejoindrais l'enclave occupée par les Turcs avant qu'ils y perdent leur tête de pont, et je verrais pour la suite. Si je réussissais, Astiza reviendrait peut-être avec moi. Et le livre ?

Bonaparte et Silano avaient raison. Je me sentais propriétaire de ce fameux livre et curieux d'apprendre ce que racontaient ses calligraphies mystérieuses. Mon vieux Ben lui-même aurait-il résisté ? « Ce qui rend une tentation persistante si difficile à repousser, avait-il écrit un jour, c'est qu'on ne peut ni ne veut jamais l'oublier complètement. » Il fallait que je m'empare de la « clef » de Silano, que je lui reprenne Astiza et que je décide moi-même ce qu'il convenait de faire du secret. Ma seule certitude, c'était que s'il était question d'immortalité, je ne serais pas partant. La vie était assez dure sans être obligé de la supporter éternellement.

Pendant que les Turcs se retranchaient, sous le soleil implacable, dans leurs tentes multicolores, je louai une felouque pour me rendre à Rosette. On y avait fait un saut, à la voile, lors de l'entrée en Égypte, et je me souvenais d'un endroit sans grand intérêt. Sa situation, dans la zone occidentale de l'embouchure du Nil, pouvait lui conférer quelque faible valeur stratégique, mais la raison pour laquelle Silano désirait m'y rencontrer m'échappait totalement. La meilleure explication ? Un nouveau piège qu'il me tendait, mais la tentation était assez forte, entre la femme et la traduction du livre, pour que je n'y résiste point.

J'avais avec moi mon nouveau guide, Abdul, que ma demande de modifier sa voile avait achevé de convaincre du dérèglement cérébral des gens de ma race. Je lui avais demandé, aussi, de garder le silence sur cette modification, au prix de quelques pièces supplémentaires. Puis nous étions passés de la mer bleue à l'eau d'un brun opaque du grand fleuve africain.

Une patrouille française nous interpella, mais Silano avait donné les instructions nécessaires pour qu'on me laissât entrer. Le lieutenant du chebek reconnut mon nom – mes allées et venues m'avaient procuré une certaine notoriété – et m'invita à son bord, mais je lui dis que je préférais le suivre dans ma propre embarcation.

Il consulta son papier.

« J'ai l'ordre, monsieur, de confisquer vos bagages jusqu'à votre rencontre avec le comte Silano. C'est nécessaire, m'a-t-il dit, pour la sécurité de l'État.

— Mes tribulations m'ayant laissé sans amis et sans un sou, mes bagages se réduisent à ce que j'ai sur moi. Vous ne voulez sûrement pas que j'arrive tout nu ?

— Il y a cette sacoche que vous portez sur l'épaule.

— Naturellement. »

Je la tins à bout de bras, par-dessus le bastingage.

« Elle est lourde parce que lestée d'une assez grosse pierre. Si vous tentez de saisir mon maigre bien, lieutenant, je le laisse tomber dans le Nil. Dans ce cas, je puis vous assurer que le comte Silano vous fera passer en cour martiale et jeter un sort particulièrement inconfortable. Je suis ici de ma propre volonté, citoyen américain dans une colonie française.

— Vous avez également un fusil.

— Qui ne tirera sur personne à moins qu'on n'essaie de me le prendre. Le dernier homme qui l'a tenté est mort. Faites-moi confiance, Silano approuvera. »

Il grommela en se reportant à son papier, mais comme j'avais le fusil d'une main, la sacoche de l'autre ostensiblement suspendue au-dessus de l'eau, toute confiscation par la force devenait hasardeuse. Finalement, l'un précédant l'autre comme un grand frère, on mit le cap sur Rosette, petite ville fermière entourée de palmiers du delta du Nil, tout en brique brune à l'exception de sa mosquée et de son minaret en pierre à chaux blanche.

Je laissai des instructions au capitaine de ma felouque et cheminai dans des rues sinueuses jusqu'à une bâtisse en cours de construction nommée fort Julien, sur laquelle flottait le drapeau tricolore. Une troupe de gosses curieux m'avait suivi jusque-là, qui furent arrêtés à l'entrée du fort par un factionnaire à grosse moustache, coiffé d'un bicorne. L'expression écœurée des soldats que je croisai me confirma que ma notoriété m'avait précédé dans la ville. L'inoffensif électricien était devenu une sorte de compromis entre nuisance et menace. Visiblement, ils avaient entendu parler de ma chaîne.

« Vous ne pouvez pas entrer avec un fusil.

— Alors, je n'entre pas. Je suis ici sur invitation, pas sur ordre.

— On va vous le garder.

— Hélas ! vous autres Français avez coutume d'emprunter sans jamais rendre.

— Le comte n'y verra aucune objection », intervint une voix féminine.

Surgie d'un renfoncement, Astiza portait une robe longue et l'écharpe qui recouvrait ses cheveux, nouée sous son menton, donnait à son joli visage l'apparence d'un radieux clair de lune.

« Ce monsieur qui vient en consultation est un savant, pas un espion ! »

Apparemment, elle aussi, comme Silano, disposait d'une certaine autorité. À contrecœur, les soldats m'ouvrirent la porte de la cour, qu'ils refermèrent aussitôt derrière nous. Des baraquements de bois, sur assise de pierre, s'alignaient le long des murs du fortin carré.

« Je lui avais dit que tu viendrais. »

Le soleil écrasait le terrain d'exercice et le parfum d'Astiza, épices et fleurs, m'étourdissait.

« Viendrait et repartirait avec toi !

— Pas d'illusions, Ethan, fusil ou pas, nous sommes tous les deux prisonniers. Une fois de plus, il faut que nous improvisions un compromis avec Alessandro. »

Elle désignait, d'un signe de tête, d'autres sentinelles sur le qui-vive.

« Il faut qu'on apprenne s'il y a quelque chose ou non dans ce livre, et qu'on agisse en conséquence.

— La consigne de Silano ? »

Elle semblait déçue.

« Pourquoi ne peux-tu pas croire que je t'aime ? Je t'ai suivi jusqu'aux murs d'Acre et c'est un boulet de canon qui nous a séparés, pas notre choix personnel. Aujourd'hui, c'est le destin qui nous réunit de nouveau. Garde pleine confiance.

— Tu parles comme Napoléon. Essayons de tout calculer, et laissons faire le destin. »

Le quartier général du fort était une structure d'un étage avec un toit de hangar et un porche recouvert de palmes. Il faisait frais à l'intérieur. Je découvris Silano, assis à une simple table de bois blanc, en compagnie de deux officiers. Je connaissais le premier depuis le débarquement français à Alexandrie. Le général

Jacques de Menou avait fait preuve d'une grande bravoure, ce jour-là, et, d'après un rapport ultérieur, s'était converti à l'islam. La culture égyptienne le fascinait, mais il n'avait pas spécialement l'allure militaire avec sa moustache filiforme, son visage de comptable et son début de calvitie. L'autre, un élégant capitaine, m'était inconnu. De chaque côté de la pièce, s'ouvraient des portes munies de serrures.

Silano se leva.

« Toujours occupé à me fuir, monsieur Gage ! Et voilà que nos chemins se croisent de nouveau. »

Il esquissa une courbette ironique :

« Peut-être sommes-nous destinés à devenir des amis ? Pas des ennemis ?

— Je m'en laisserai convaincre le jour où vos autres amis cesseront de me prendre pour cible.

— Même les meilleurs amis arrivent à se quereller. »

Il leva la main.

« Le général de Menou. Vous le connaissez ?

— Oui.

— Je ne m'attendais pas à vous revoir, l'Américain ! dit Menou. Vous avez bien fâché ce pauvre Nicolas, en lui volant son ballon.

— À cause des coups de feu, général.

— Et voilà le capitaine Pierre-François Bouchard. Il supervisait la construction du fort quand ses hommes ont mis à jour une pierre intéressante. Heureusement, le capitaine a tout de suite mesuré son importance. La pierre de Rosette va peut-être changer la face du monde.

— Une pierre ?

— Venez, je vais vous la montrer. »

À l'aide d'une clef tirée de sa poche, Silano alla ouvrir une des portes et nous introduisit dans la pièce voisine. Il y régnait un clair-obscur ménagé par le rideau qui voilait la fenêtre. Sur une table, reposait un cercueil orné de motifs remarquablement conservés décrivant peut-être le voyage d'une âme au pays des morts.

« Il y a quelqu'un là-dedans ?

— Omar, notre sentinelle, plaisanta Menou. Il est infatigable.

— Sentinelle ?

— C'est moi qui l'ai transporté ici, expliqua complaisamment Silano. Mais j'ai dit aux soldats qu'on l'avait découvert sur le site même du fort, au moment de sa construction. Les momies inspirent de la peur, et celle-ci est désormais censée provenir de Rosette. Rien de mieux pour interdire l'entrée de ce local ! »

Je touchai le couvercle du cercueil.

« Étonnant que les couleurs soient toujours aussi vives !

— Encore de la magie ! On ne sait plus fabriquer les mêmes, de nos jours. Comme s'est perdue la formule des vitraux au plomb de toutes les cathédrales du Moyen Âge. »

Il désigna les pots de peinture alignés dans un coin de la pièce.

« Je fais des essais. Omar me donnera bien un conseil, tôt ou tard !

— Vous ne croyez pas aux malédictions.

— J'espère être encore sur le pont pour les combattre. Avec ça ! »

Il montrait quelque chose d'assez volumineux, un mètre cinquante de haut pour moins d'un mètre de large, qui se dressait, invisible sous un carré de toile goudronnée. D'un geste dramatique, il rejeta la bâche. Je me penchai dans la lumière chiche. Plusieurs écritures se superposaient sur la partie supérieure du bloc rocheux. Je ne suis pas linguiste, mais un groupe de mots me fit l'effet d'être du grec ancien. Un autre ressemblait à des caractères que j'avais vus, à diverses reprises, dans les temples égyptiens. Je n'avais jamais rencontré le troisième, mais le quatrième, tout, en haut, me fit battre le cœur. C'étaient les mêmes curieux symboles figurant sur le rouleau que j'avais découvert dans la Cité des Fantômes. Tel était le sens du bref message de Silano. Il pourrait comparer les mots grecs à ceux du Livre de Thot et déchiffrer ainsi les textes mystérieux.

« Vous connaissez ceux-là ? »

Je pointais l'index vers ces étranges caractères bizarrement géométriques que je n'avais jamais vus.

« C'est du démotique, le langage égyptien qui a succédé aux vieux hiéroglyphes. Je crois que ces textes sont classés dans l'ordre chronologique. Tout en haut, le plus vieux langage, celui de Thot, et le plus récent, le grec, en dernier.

— Quand Alessandro a trouvé cette pierre, intervint Astiza, j'ai reconnu ce que j'avais vu sur le rouleau. Regarde, Ethan. Il voulait alors me reprendre.

— Et vous voulez maintenant que je vous aide à le déchiffrer ?

— Vous devez nous remettre le livre, monsieur Gage. Pour que nous vous aidions à le déchiffrer.

— En échange de quoi ?

— Mon offre reste la même. »

Il me parlait comme à un enfant débile.

« Une association sincère, le pouvoir, l'immortalité, si vous le souhaitez, bien sûr. Et aussi les secrets de l'Univers, la raison de l'existence, le visage de Dieu et le monde dans votre main. Ou bien le néant, rien du tout si vous refusez de coopérer.

— Mais si je refuse, le livre vous échappe. »

Je remarquai que Menou esquissait un geste. Et Bouchard se posta derrière moi. Il avait un pistolet à la ceinture. « Au contraire, monsieur ! »

Sur un signe de Silano, ils m'arrachèrent ma sacoche et l'ouvrirent avidement.

« Merde ! » pesta le capitaine.

De la sacoche retournée, n'était tombé qu'un gros bloc de bois cylindrique dont le poids avait imprimé une marque dans le sol de terre compressée.

Général et capitaine se regardaient, médusés, alors que, de la gorge d'Astiza, jaillissait un rire de dérision.

L'expression de Silano virait à l'orage.

« Vous ne pensiez tout de même pas que j'allais vous le livrer à domicile ?

— Fouillez-le ! »

Ils allèrent jusqu'à examiner mon fusil, comme si j'avais pu y cacher le rouleau. Ils écartèrent les semelles de mes bottes et me palpèrent à des endroits qui suscitèrent mon indignation.

« Vous allez me sonder les oreilles, aussi ?

— Où est-il ? »

La déception, la frustration de Silano faisaient peine à voir !

« Bien caché. Jusqu'à ce que nous soyons d'accord. Si nous autres Américains et Français représentons la liberté et la raison, alors la traduction appartiendra à l'ensemble de l'humanité. Pas uniquement au rite égyptien des francs-maçons renégats. Ou à des généraux ambitieux comme Napoléon Bonaparte. Je veux qu'elle soit transmise à l'Institut des sciences du Caire, ainsi qu'à l'Académie britannique et autres pépinières de savants. Et puis je veux Astiza, une bonne fois pour toutes. Quel que soit le pouvoir dont vous disposez sur nous, je veux que vous la libériez, Silano. Je veux qu'elle promette de partir avec moi. Maintenant et pour toujours. Je veux que Bonaparte sache qu'on travaille ensemble, pour que personne ne disparaisse opportunément, du jour au lendemain. Je veux que le sang cesse de couler. Nous sommes d'anciens ennemis réconciliés, non ? Jurez-moi tout ça et vous aurez le livre. J'irai vous le chercher. À chacun son rêve !

— Le chercher où ? Dans Acre ?

— Vous l'aurez dans l'heure. »

Silano se mordait furieusement la lèvre.

« J'ai fait fouiller votre felouque et son capitaine. Le bateau a même été hissé au sec pour en examiner la quille. Et rien ! »

Il maîtrisait difficilement cette impatience virulente dont je l'avais déjà vu faire preuve, l'année précédente, et qui annihilait, en lui, tout réflexe civilisé.

« Quelle confiance, monsieur le comte ! »

Silano se retourna vers Astiza.

« Tu souscris à toutes ses conditions ? »

Ma seconde proposition en moins d'un mois. Ni elle ni moi ne nous étions montrés tellement romantiques, et cependant… N'étais-je venu que pour attendre l'engagement d'une femme ?

« Oui », dit-elle enfin, le regard nostalgique.

Mon bonheur était intense. Ma panique encore davantage. Silano écumait.

« Alors, Gage, où est-il ?

— Vous acceptez toutes mes conditions ?

— Oui, oui. »

Il s'en tordait les mains.

« Vous le jurez sur votre honneur de savant et de gentilhomme ? En présence de ces messieurs qui en seront les témoins ?

— Je donne ma parole ! À un Américain qui a plus d'un tour dans son sac ! Tout pour déchiffrer ce livre et pouvoir le traduire. Nous illuminerons le monde. Mais l'avez-vous vraiment ?

— Il est sur mon bateau.

— Impossible ! s'emporta Bouchard. Mes hommes en ont fouillé chaque centimètre !

— Mais sans hisser la voile ? »

Je les précédai hors du fortin, jusqu'au Nil. Le soleil mûrissait les dattes des palmeraies qui ondulaient dans la brise torride. L'eau brunâtre imitait une soupe épaisse, entre les bancs de sable peuplés d'aigrettes.

Abdul s'était réfugié dans un coin de sa felouque posée sur le quai, terrorisé comme s'il s'attendait à périr exécuté d'un instant à l'autre. Comment aurais-je pu l'en blâmer ? J'étais toujours aussi doué pour placer mes compagnons dans des situations impossibles.

J'adressai le signe convenu au batelier arabe et la voile se tendit, tout doucement, entre vergue haute et vergue basse.

« Là ! Vous l'apercevez, maintenant ? »

Ils se rapprochèrent. Presque invisibles dans la lumière éclatante, se distinguaient, vaguement, d'étranges caractères.

« Il l'a cousu à l'intérieur du coton », exhala Menou, admiratif.

Je conclus, triomphant :

« Au vu de tous quand on a remonté le fleuve. Personne n'a rien remarqué ! »

# 24

Notre tâche était double. D'abord utiliser la pierre de Rosette pour décrypter les symboles de Thot. Et puis, encore plus ardu, traduire le livre en français afin d'en percer le sens.

En possession du rouleau qu'il cherchait depuis des années, Silano recouvra ce charme paisible qui avait séduit les dames de Paris. Ses rides s'effacèrent, sa claudication s'atténua, il vivait intensément et ne ménageait ni son temps ni ses forces pour comparer les caractères entre eux, découvrir des rapports constants. C'était un authentique charmeur et j'en venais presque à comprendre ce qu'Astiza avait pu voir en lui, à une certaine époque. Mieux encore, il semblait approuver la décision de la jeune femme, même si je le surprenais, de temps à autre, à la dévorer du regard.

Elle aussi paraissait pleinement satisfaite. Quel étrange trio de chercheurs nous étions devenus ! Je n'oubliais pas la mort de mes amis, dont Silano était seul responsable, mais j'admirais son acharnement au travail. Il avait fait apporter des malles de livres moisis et l'un ou l'autre d'entre nous se chargeait d'y rechercher les références nécessaires. La probabilité d'une règle grammaticale ou le sens exact d'une phrase hermétique. Lentement s'éclaircissait la préhistoire de l'époque reculée où ce livre avait été probablement conçu. Laborieusement se reconstituaient les titres ésotériques du vieux rouleau de parchemin ou de papyrus.

« De la nature diaphane de la réalité et des moyens de la soumettre à sa volonté. » Une promesse qui m'excitait malgré moi.

« De la liberté et du destin. » Vaste sujet qu'il me tardait de pouvoir creuser.

« De l'union du corps, de l'esprit et de l'âme. » Vaste programme.

« De l'obtention d'une manne céleste. » Moïse avait-il lu ce chapitre ? Rien, en revanche, sur la séparation des eaux.

« De la vie éternelle dans toutes ses formes. » Comment se faisait-il que ça n'ait pas marché pour Moïse ?

« Du monde d'en bas et du monde d'en haut. » Le ciel et l'enfer ?

« De la maîtrise des désirs des hommes en fonction de sa propre volonté. » Un chapitre qui plairait à Bonaparte !

« De l'élimination des maladies et de la souffrance. »

« De la conquête du cœur de l'être aimé. » Celui-là se vendrait à plus d'exemplaires que l'almanach de Benjamin Franklin.

« Des quarante-deux rouleaux sacrés. »

Le dernier titre m'arracha un grognement de détresse. Apparemment, ce livre n'était que le premier de quarante et un autres qui, d'après moi, n'étaient qu'un échantillon des 36 535 rouleaux, cent pour chaque jour de l'année, disséminés sur toute la planète. À l'intention des plus valeureux, quand sonnerait l'heure. Devais-je remercier les saints de n'être pas spécialement valeureux ? Rien que la découverte du tout premier avait presque causé ma mort. Silano, toutefois, rêvait déjà d'autres recherches.

« C'est stupéfiant. Ce livre ne serait qu'une sorte de sommaire, une liste de sujets et de principes fondamentaux, le mystère et la connaissance augmentant avec chaque volume. Pouvez-vous imaginer les posséder tous ?

— Les pharaons pensaient que même celui-là devait être tenu secret.

— Les pharaons étaient des primitifs qui ignoraient la science moderne et l'alchimie. Tout progrès humain vient de la connaissance, Gage. Depuis la découverte du feu et l'invention de la roue, notre monde est la somme d'un million d'idées partagées et enregistrées. Nous avons ici mille ans de progrès scientifique légué par quelqu'un, un dieu ou un magicien, ou quelque personnage issu d'on ne sait où, l'Atlantide ou la Lune, qui a créé la civilisation et qui entend la rétablir. Depuis cinq millénaires, la grande bibliothèque était perdue, mais nous allons la reconstituer. Ce rouleau va nous mener aux autres. Et puis les sages, tels que moi, régneront et remettront tout en place. Contrairement aux rois et aux tyrans, je gouvernerai en pleine connaissance. »

Nul, jamais, n'accuserait le comte Silano d'humilité. Dépouillé de sa fortune à la Révolution, contraint de regagner la faveur des grands en courtisant des démocrates qui n'avaient été que d'obscurs hommes de loi et autres pamphlétaires, le comte redressait l'échine. Occultisme et sorcellerie lui rendraient tout ce que la doctrine républicaine lui avait volé.

Bien que nous disposions des titres, le contenu de chacun d'eux restait une énigme. La logique exposée demeurait mystérieuse et la simple identification des mots ne l'éclaircissait guère.

« C'est le travail d'universités entières, fis-je valoir au comte. Nous passerions le reste de notre vie à en trouver le sens, ici, à Rosette. Transmettons-le à l'Institut national de l'Académie britannique.

— Êtes-vous complètement stupide, Gage ? Livrer ceci à de simples savants équivaudrait à emmagasiner de la poudre dans une fabrique de chandelles. Je croyais que vous appréhendiez plus que tout sa mauvaise utilisation ? J'étudie depuis des décennies les traditions de notre monde. Astiza et moi avons œuvré assez longtemps et assez dur pour en être dignes.

— Et moi ?

— Vous étiez indispensable à la résurrection du livre, Thot seul sait pourquoi !

— Une gitane m'a dit un jour que j'étais un bateleur. Le bateleur qui a découvert le bateleur.

— C'eût été bien la première fois qu'une de ces commères aurait su ce qu'elle disait ! »

Et comme pour prouver son point de vue, la nuit suivante, il me fit empoisonner.

*

* *

Je n'ai jamais été du genre contemplatif. En général, je n'accorde que peu d'attention aux créatures du bon Dieu, sauf pour les chasser, les pêcher ou les monter, comme les chevaux. Ça ne m'empêche pas d'aimer les chiens et aussi les chats qui nous débarrassent des souris, et jusqu'aux oiseaux dont le plumage me plaît. Raison pour laquelle je nourris exceptionnellement, cette nuit-là, une souris que je connaissais de vue.

J'étais resté éveillé bien après Astiza et Silano, à réfléchir au rapport de certains mots entre eux et plus particulièrement de la drôle de phrase suivante : « Dans notre monde, le hasard est la clé de voûte d'une certaine prédétermination de la destinée. » Je discernais mal un sens caché sous cette évidence, et, comme j'avais faim, je réclamai, à la cuisine, une assiette de n'importe quoi, ce qu'il y avait de disponible. Je l'attendis longtemps, sous le porche, dans la moiteur de la nuit étoilée, mais quelqu'un me l'apporta, finalement, et je m'attaquais à la purée de fèves, de tomates et d'oignons quand je repérai, dans un coin, cette visiteuse qui m'avait amusé, déjà, plus d'une fois au cours de mes veillées. Une « souris épineuse », ainsi nommée à cause des durs poils hérissés qui piquent la bouche de tout prédateur trop vorace et, parfois, lui sauvent la vie.

Comme j'étais en veine de compagnie, je lui jetai une grosse cuillerée de purée, même si la présence de tels rongeurs nous obligeait à enfermer les livres dans des malles.

Et puis je me remis au boulot. Tant et tant de symboles ! D'autant plus durs à déchiffrer qu'ils me dansaient devant les yeux au point de tourner sur place, comme des toupies. J'étais décidément plus fatigué que je ne l'avais cru. Mais si je pouvais déterminer le sens de la phrase ou même si Thot composait des phrases au sens le plus moderne…

À présent, le rouleau tanguait de côté et d'autre. Que m'arrivait-il ? Je regardai autour de moi. La souris, dans son coin, était tombée sur le flanc et tremblait de toutes ses pattes, les yeux exorbités. Une écume verdâtre sortait de sa bouche.

Je repoussai assiette et rouleau, le cœur en débandade.

« Astiza ! »

J'avais essayé de crier, mais je n'avais plus de voix et ma langue enflait de seconde en seconde. Je parvins à me lever, en trébuchant. Ce salaud de Silano ! Il estimait n'avoir plus besoin de moi et je me souvenais de la menace de ce plat de porc empoisonné, l'année dernière. Je tombai si brutalement que je faillis perdre connaissance. Les lumières se bousculaient devant mes yeux. À travers un brouillard, j'assistai, de très près, à la mort de la souris.

Des hommes vinrent me ramasser. Comment Silano expliquerait-il à Astiza ma disparition inopinée ? Ou s'apprêtait-il à l'assassiner, elle aussi ? Non, il la désirait toujours. Ils me soulevèrent comme un sac, en bougonnant. Ma tête tournait, mais j'étais toujours conscient, sans doute parce que je n'avais mangé qu'une partie de la purée. Ils devaient me croire déjà mort.

Ils sortirent par une porte latérale et descendirent vers l'eau courante du canal où se soulageaient les membres de la garnison. Le canal communiquait avec un petit lagon adjacent au fleuve qui sentait autant la merde que la fleur de lotus. Le temps de me balancer d'arrière en avant et plouf ! Je coulai à pic. Avaient-ils l'intention de présenter ma mort comme une simple noyade ?

Le choc de l'eau froide m'avait légèrement requinqué et, la panique aidant, je remontai emplir mes poumons à la surface. La dose de poison, insuffisante, perdait peu à peu son effet. Mes exécuteurs m'observaient, de la rive, encore peu inquiets par ma résistance. N'avaient-ils pas remarqué que j'avais laissé trop de purée dans l'assiette ? Ils ne portaient sans doute ni pistolet pour me donner le coup de grâce ni sabre pour venir m'achever en se mouillant les pieds. Avais-je une chance de nager et de trouver de l'aide ?

Et puis cet autre plouf, énorme, derrière moi.

Je me retournai. Il y avait un petit hangar, sur la rive du lagon, et j'entendais se dérouler une chaîne. Quelle pouvait être cette nouvelle diablerie ?

Les deux salopards rigolaient de bon cœur.

Nageant dans ma direction, approchaient les naseaux proéminents et les yeux reptiliens de la créature la plus hideuse et la plus haïssable de toutes les inventions divines, le crocodile du Nil, cauchemar jailli de la préhistoire, bardé d'écailles, épais comme un tronc, torpille de muscles étonnamment rapide dans l'eau, vieille comme les dragons, implacable comme une machine.

Même dans mon état pitoyable, mon esprit reconstituait leur complot. Les sbires de Silano s'étaient chargés d'enchaîner le monstrueux prédateur dans ce lagon pour qu'il puisse me bouffer. J'entendais d'avance l'histoire que raconterait M. le comte. « L'Américain est allé pisser, se laver ou simplement contempler les étoiles, et le crocodile a surgi du fond de la nuit... C'était arrivé des centaines de fois en Égypte, et cric-crac ! plus d'Ethan. » Silano aurait la pierre, le rouleau et la femme. Échec et mat !

J'en étais là, terrassé par la perfide ingéniosité du projet ourdi, quand l'animal passa aux choses sérieuses. Il me captura par une jambe, sans la mâcher encore, et plongea vers le fond dans l'intention héréditaire de son espèce d'entraîner toute proie en profondeur afin de l'y noyer à loisir.

En dépit de la puanteur, de la douleur et du poison, l'image horrible de cette gueule effroyablement longue, de cet affreux étau garni de longs crocs recourbés me rendit, avec ma lucidité, une partie de ma force. J'arrachai mon tomahawk à ma ceinture, en poussai le tranchant dans les naseaux du crocodile dont les mâchoires s'écartèrent, sous l'effet d'une surprise certainement moins violente que celle qu'il m'avait infligée. J'enfonçai le tomahawk dans cette ouverture monstrueuse où il se coinça, en pleine viande.

Remontée à la surface, la bête fouettait de la queue et tournoyait sur elle-même. Sa chaîne me toucha alors que j'inhalais un peu de l'air nocturne, et le crocodile replongea. Il essayait de me mordre, mais, à chaque tentative, le tomahawk devait s'enfoncer de plus belle dans la chair de sa mâchoire supérieure. Cramponné à la chaîne, je me laissais propulser par ses mouvements désordonnés. Quand elle s'enroula autour du monstre, juste en deçà de ses pattes de devant, je luttai pour ne pas lâcher prise. Malgré ses rotations folles, il n'avait plus aucune possibilité de me mordre.

Nouveau plongeon. Tout juste si je pouvais tenir encore. Je respirais à la surface, et puis il repartait vers le bas, on se roulait dans la vase et ça recommençait. J'entendais le quai de bois craquer sous la tension intermittente de la chaîne. Mes bourreaux ne riaient plus, ma jambe saignait et le goût du sang excitait l'animal. J'étais toujours en vie, mais ne disposais d'aucun moyen de le tuer.

Quand notre bagarre aquatique nous amena à proximité du quai, je lâchai tout et fis les quelques brasses nécessaires. Jamais aucun homme n'aura repris pied aussi vite sur un quai !

Le crocodile, lui, n'avait pas encore renoncé. Sa dernière charge me rata sans doute d'assez peu, mais il ne mordit que les planches qui se brisèrent. Sous la violence du choc, tout le quai s'inclina vers la gueule du monstre rendu fou de rage par la blessure du tomahawk. Je reculai d'un bond. J'entendais crier les deux hommes qui m'avaient jeté à l'eau. Passée en boucle autour d'une courte bitte d'amarrage, la chaîne ne fit aucune difficulté pour prendre le chemin du lagon. J'espérais que l'animal ne se ferait pas prier, lui, pour réintégrer les eaux du Nil.

Au lieu de l'occasion offerte, toutefois, l'animal libéré chargea derechef vers le quai. Mais pas dans ma direction. Dans celle de mes bourreaux affolés qui prirent la fuite en hurlant. À terre, un crocodile peut se déplacer aussi vite qu'un cheval, sur une courte distance. Il rattrapa l'un des deux fuyards et le cassa littéralement en deux d'un coup de pattes, puis l'abandonna pour prendre en chasse l'autre type qui détalait à toutes jambes, en hurlant au secours.

Je n'avais pas beaucoup de temps devant moi.

Pas question de tout laisser à Silano. Je le tuerais si je le pouvais, ou lui enfoncerais le fer dans la plaie. Je reprendrais le livre et l'immergerais au plus profond de la Méditerranée. Blessé par le crocodile et perdant du sang à chaque pas, je suivis la piste laissée par les pattes aux griffes déployées et la queue battante de l'animal. Prudemment, je repassai la porte par laquelle nous étions sortis. Le crocodile l'avait carrément enfoncée et se démenait dans la cour, sous le feu de plusieurs soldats. Un canon donna l'alarme. Rasant les murs, je regagnai discrètement mes quartiers provisoires, me saisis de mon long rifle et jetai un œil à l'extérieur. Le crocodile ne bougeait plus, un autre corps humain déchiqueté en travers de la gueule toujours entrebâillée par mon tomahawk. Des douzaines d'hommes le canardaient encore, inutilement. Je visai longuement. Non pas le monstre, mais plutôt la lanterne accrochée dans les écuries, à l'autre bout de la cour, à deux enjambées de la réserve de poudre.

Je retenais mon souffle, l'index sur la détente. Je voulais flanquer le feu au fort.

Ce fut l'un de mes plus beaux tirs et des plus précis. À l'autre bout de la cour, à travers une étroite fenêtre, il s'agissait de descendre la lanterne sans éteindre sa mèche. Elle tomba et le foin des écuries s'enflamma instantanément, éclairant les dents de sabre désormais inactives du crocodile. Des voix crièrent au feu. Les chevaux hennissaient, déjà, à qui mieux mieux.

Aucun regard n'était sur moi. Je regagnai, en boitant, la pièce où j'avais été empoisonné. En chemin, je m'emparai d'une des pioches qui avaient servi à la construction du fort.

Le rouleau n'était plus là.

Je regardai au-dehors. Le feu gagnait du terrain, les chevaux affolés galopaient dans la cour, ajoutant au chaos sonore leur concert de hennissements. L'un des officiers vociférait :

« Le magasin ! Arrosez le magasin à poudre ! »

Je rechargeai et tirai de nouveau, blessant quelqu'un qui tentait d'organiser une chaîne de seaux d'incendie. Quand il s'effondra, la chaîne se disloqua. Personne ne comprenait ce qui se passait. Les sentinelles tiraient au hasard.

Astiza fit une entrée en fanfare, dans ses vêtements de nuit, les cheveux défaits, les yeux égarés. Elle repéra tout de suite ma jambe sanglante, mes frusques trempées et l'absence du livre, sur la table.

« Ethan, qu'est-ce que tu as fait ?

— Qu'a fait ton ancien amant, veux-tu dire ! Il m'a empoisonné et fait jeter à la merci de ce reptile que tu vois dans la cour. Et ne crois pas qu'il t'épargnera, quand il sera fatigué de ta compagnie. Il veut ce livre pour lui tout seul. Pas pour la science ni pour Bonaparte et certainement pas pour nous. Il est devenu fou !

— Je l'ai vu courir vers la tour de guet avec Bouchard. Ils ont claqué la porte et se sont retranchés là-bas.

— Il va attendre que les hommes de la garnison me descende. Et peut-être toi aussi. »

Des balles commençaient à exploser les fenêtres derrière lesquelles ils soupçonnaient notre présence.

« On ne peut pas le laisser disparaître avec le livre ! s'écria-t-elle.

— Pourquoi l'a-t-on trouvé surtout !

— Pourquoi les gens veulent-ils toujours en savoir davantage ? C'est notre nature !

— Pas la mienne ! Tu es avec moi ?

— Naturellement.

— Alors, puisqu'on ne peut pas avoir le rouleau, cassons la clef qui peut en éclaircir le sens.

— Y a-t-il un moyen de quitter ce trou à rats sans être vus ?

— Il y a l'armurerie des officiers derrière cette autre porte, avec un tonnelet de poudre.

— Tu veux qu'on se batte à deux contre tous ?

— Non, mais qu'on ouvre une brèche dans le mur de derrière. »

Je lui souris.

« Dieu, que tu es belle quand tu es sous pression ! »

La porte était solide et bien bouclée, mais je tirai dans la serrure et terminai à la pioche. L'armurerie des officiers ne renfermait pas un, mais deux tonnelets de poudre. Je débouchai l'un d'eux, traçai une ligne de poudre jusqu'à la pièce voisine et déposai les deux tonnelets contre le mur du fond.

« À défaut du livre, on emporte la pierre.

— Tu es fou. Elle est trop lourde. »

Je sortis le cylindre de bois que j'avais emporté dans ma sacoche en guise de trompe-l'œil.

« Ben Franklin affirme qu'on peut ! »

L'édition m'a toujours paru relever d'une technique très complexe, mais Franklin assurait que ce n'était pas plus difficile que d'imprimer des billets de banque. L'incendie éclairait le local où se trouvait la pierre. Les soldats avaient fini par organiser une chaîne qui descendait jusqu'au canal et le va-et-vient des seaux s'accélérait. Rares étaient à présent les coups de feu.

J'enduisis mon rouleau de bois d'une des peintures expérimentales de Silano. Puis je le roulai sur la partie haute de la pierre, ne laissant à nu que les caractères ciselés en creux. J'opérai de même pour le texte grec.

« Déshabille-toi jusqu'à la ceinture, s'il te plaît.

— Par la grâce d'Isis, mâle insensé ! Tu n'as rien d'autre en tête à un moment pareil ?… »

J'attrapai sa chemise de nuit par les épaulettes et tirai. Elle poussa un cri de douleur et de surprise.

« Excuse-moi, tu as la peau plus lisse que la mienne. »

Je l'embrassai alors qu'elle ramenait la chemise déchirée sur ses seins. Je la pressai contre la pierre.

« Qu'est-ce que tu fais ?

— Je te transforme en bibliothèque. »

Ce n'était pas parfait. On perdait un symbole ou deux sur sa colonne vertébrale, mais une image inversée du texte décorait son dos. Je récidivai avec le texte grec, qui descendit jusqu'à ses fesses. C'était nettement érotique, les femmes ont de si jolis dos et j'aimais la courbe de ses hanches, sous le tissu froissé.

Tandis qu'elle se tenait immobile, trop choquée pour exprimer de la colère, j'attaquai le monument à la pioche, au niveau des hiéroglyphes, en souhaitant qu'un savant frustré ne me lance pas une nouvelle malédiction, dans quelques années. Un coup, deux coups, trois coups et la pierre commença à s'effriter. Sous un nouveau choc encore plus violent, le granit se fendit, le quart supérieur de la pierre de Rosette se détacha, porteur du texte de Thot et d'une partie des hiéroglyphes.

Le fragment toucha le sol.

« Aide-moi à porter ce morceau.

— Tu es fou !

— Tu as les clefs sur toi. On va détruire cette partie de la pierre. On ne peut pas déplacer en entier, mais on peut porter ce morceau-là jusqu'à l'armurerie.

— Et alors ?

— On va le faire sauter en même temps que le mur. Ça privera le livre de toute valeur jusqu'à ce qu'on puisse le reprendre. »

Le morceau de roche était lourd, mais on le poussa, on le traîna jusqu'aux deux tonnelets où je l'interposai entre eux et le mur, espérant augmenter ainsi la force de l'explosion.

Puis je rejoignis, à côté, une Astiza silencieuse qui regardait par la fenêtre. L'incendie ne donnait aucun signe d'apaisement, au contraire.

« Ethan ! »

Et puis le monde explosa.

Le magasin de fort Julien se disloca en premier lieu, lançant des tonnes de débris vers le ciel. Même où nous étions, le souffle nous projeta à terre. Un instant plus tard, les tonnelets de l'armurerie firent écho, avec sensiblement les mêmes résultats. Des morceaux de la pierre de Rosette retombèrent en grêle. Le joli dos d'Astiza était tout ce qu'il en restait.

Je la touchai du bout d'un doigt.

« La peinture est sèche, mon ange. Tu es un livre, le secret de la vie !

— Alors, trouve-lui une couverture. Je ne peux pas me promener toute nue ! »

Je lui trouvai une capote d'officier. Mon tomahawk était resté dans le crocodile mort. Rifle au poing, j'entraînai Astiza parmi les décombres de l'armurerie, vers la brèche pratiquée dans le mur.

On l'escalada aussi vite que possible afin de pouvoir nous risquer dans les rues de Rosette. Au bout de la première, une lessive séchait auprès d'un âne attelé, malade de frayeur.

## 25

Fuir à bord d'une charrette tirée par un âne n'est pas le mode de locomotion le plus rapide pour semer ses ennemis. Mais il avait l'avantage d'être tellement ridicule qu'il n'attirait l'attention de personne. La lessive étendue nous avait permis de compléter nos tenues respectives. Bien que provisoirement revêtue d'un bandage improvisé, la morsure infligée par le crocodile m'élançait avec persistance. J'espérais que dans la pagaille engendrée par ce crocodile, les chevaux affolés, deux explosions violentes et autant d'incendies, nous pourrions sortir de ce quartier pourri. Peut-être Silano me croyait-il bien au chaud dans l'estomac d'un reptile, à moins que quelqu'un ne l'eût éventré pour s'en rendre compte ? Sinon, il déduirait que nous tenterions sans doute de regagner le camp ottoman, à la barbe des patrouilles navales françaises, puis de rejoindre Sidney Smith, au large, afin de négocier sa complicité. Nous n'avions plus de livre, mais Silano n'avait plus de pierre de Rosette pour continuer à le déchiffrer. *Statu quo*, une fois encore.

Les chances de succès de ce plan sommaire diminuèrent avec la montée du soleil au zénith. Alors que nous quittions les plaines inondables du Nil pour le désert rouge d'Aboukir, un grondement se fit entendre qui n'était pas celui du tonnerre, mais plutôt d'une canonnade. Ce qui signifiait que, à moins d'une victoire improbable des Turcs, toute l'armée de Napoléon nous barrait le passage. C'était le 25 juillet 1799.

« Pas moyen de reculer, soupirait Astiza. Silano nous repérerait.

— Les batailles sont toujours un peu confuses. On va peut-être trouver un moyen. »

Nous parquâmes la charrette et l'âne derrière une dune que nous escaladâmes pour aller voir la baie, de là-haut. Le tableau d'ensemble nous fit déchanter. Une fois de plus, la modestie des armes ottomanes sautait aux yeux. Les hommes de Mustapha ne manquaient pas de courage, mais leur puissance de feu était aussi pauvre que leur stratégie. Ils attendirent, comme un troupeau de moutons paralysés, que les Français les criblent de boulets avant de lancer leur cavalerie. On regarda, de notre perchoir, les troupes de Joachim Murat crever la première ligne ottomane, puis la seconde et puis la troisième. Un vrai désastre. La cavalerie fonça tout au long de la péninsule d'Aboukir, refoulant les Turcs dans leurs tranchées. On apprit plus tard que Murat en personne avait capturé le pacha au cours d'un furieux corps à corps, le général français récoltant une cicatrice à la joue tracée par la balle du pistolet de Mustapha, juste avant qu'il ne lui tranchât deux doigts en réponse, d'un large coup de sabre. La rumeur voulut que Bonaparte eût bandé la main du blessé avec son propre mouchoir. On était encore chevaleresque, en 1799.

Tout le reste, bien sûr, n'avait été que massacre. Plus de deux mille musulmans étaient restés sur le champ de bataille, et près de deux fois ce chiffre s'étaient noyés en tentant de rejoindre leurs bateaux à la nage. La garnison d'un petit fort, au bout de la péninsule, avait résisté vaillamment, puis dû capituler sous les bombardements, réduite à la famine. Pour une perte d'un millier d'hommes, dont trois quarts seulement blessés, Bonaparte avait détruit une autre armée ottomane, à court de nourriture. Exactement le triomphe dont il avait besoin pour rétablir sa réputation après la débâcle d'Acre. À l'un de ses correspondants, il écrivit que c'était « la plus belle bataille à laquelle il eût jamais assisté ». Au Directoire, à Paris, il la décrivit comme « l'une des plus terribles ». C'était vrai, doublement. Napoléon venait de ressusciter dans le sang.

Astiza et moi étions donc coincés par tous ces bouillants soldats français et leur armée gonflée de ses succès sur nos propres alliés. Je ne m'étais soustrait aux mâchoires d'un crocodile que pour me fourvoyer au centre d'une armée totalement hostile.

« Ethan, qu'est-ce qu'on va faire, d'après toi ? »

Il est toujours flatteur qu'une femme s'en remette à vous pour décider de son sort, mais je n'aurais vu aucun inconvénient à ce qu'elle tranchât la question elle-même, de temps à autre.

« Continuer à détaler, je pense. Sans trop savoir où. »

Astiza, toujours réfléchie, avait une suggestion.

« Tu te souviens de l'oasis de Siwa, où Alexandre le Grand a été déclaré fils de Zeus et d'Amon ? Il n'est pas sous contrôle français. Si on y allait ?

— Il n'est pas à près de deux cents kilomètres en plein désert ?

— Si. Alors, autant partir tout de suite. »

On risquait d'être transformés en momies par la chaleur et la soif, mais où aller sinon ? Silano nous tuerait. Bonaparte aussi. Peut-être.

« Je regrette simplement de ne pouvoir changer d'âne. Avec un peu de temps, j'en aurais déniché un meilleur. »

Détail sans importance. Une patrouille française nous attendait, quand on redescendit de la dune.

*

* *

Comme c'était prévisible, Bonaparte était d'excellente humeur. Il n'y avait rien de mieux qu'une bonne victoire pour lui rendre tout son optimisme. Des bulletins seraient envoyés en France, qui décriraient ce nouveau triomphe en termes dithyrambiques. Les nombreux étendards saisis étaient déjà embarqués sur un navire en partance pour Paris. Et moi, son ennuyeux moustique, j'étais pieds et poings liés, avec une jambe à moitié bouffée par un crocodile, mon amour ligoté, mon fusil confisqué et mon âne renvoyé à ses légitimes propriétaires.

« Je m'efforçais de vous protéger de la sorcellerie, général. »

Fiasco sans nuances, mais ça valait la peine d'essayer.

Il avait débouché une bouteille du bordeaux apporté pour lui par son propre frère.

« Vraiment ? Avec l'aide de votre ravissante vipère ?

— Silano recherche des pouvoirs occultes susceptibles de vous abattre.

— Alors, je dois vous remercier d'avoir fait sauter mon fort de Rosette ? »

Il s'octroya une gorgée de vin. La conversation était mal engagée.

« J'avais besoin de la diversion pour sauver ma peau et pouvoir vous parler. »

Pas très glorieux, mais j'essayais de rester en vie.

Le comte en personne était arrivé bouche bée, comme si je rentrais du royaume des morts.

« Je suis fatigué d'essayer de vous tuer, Gage.

— J'en suis plutôt las, moi aussi.

— La pierre que vous avez détruite, voulut savoir Bonaparte, était bien une sorte de clef pour traduire un livre ancien ? »

Personne, heureusement, n'avait été assez sauvage pour déshabiller Astiza.

« Oui, général.

— Et que nous dirait ce livre, exactement.

— Magie, dit Silano.

— La magie existerait donc toujours ?

— On peut faire qu'elle existe. La magie n'est que de la science avancée. La magie et l'immortalité.

— L'immortalité ? »

Bonaparte riait de bon cœur.

« L'évasion infinie du sort ultime ? J'ai vu trop de morts sur les champs de bataille pour y croire. Le souvenir est la seule véritable immortalité, dans la mémoire de ceux qui vous ont aimé.

— Nous croyons que le livre pourra vous aider à acquérir une autre sorte d'immortalité plus tangible. Vous et précisément tous ceux qui vous aiment et rêvent de s'élever en même temps que vous.

— Tel que vous, je suppose ? Le meilleur motif qui soit ! »

Bonaparte passa la bouteille en se retournant vers moi.

« Il est fâcheux que vous ayez détruit cette pierre, Gage, mais Silano avait déjà déchiffré quelques-uns des symboles. Peut-être parviendra-t-il à traduire le reste ? Et ce qui reste de la pierre va au moins permettre aux savants de se pencher sur les hiéroglyphes. Selon qui sera vainqueur en Égypte, cette pierre finira sans doute à Paris ou à Londres. Des foules se presseront pour l'admirer, sans savoir qu'il n'en reste qu'une partie.

— Je pourrais les renseigner.

— J'ai bien peur que non. »

Du sac de cuir posé près de lui, Napoléon sortit une liasse de journaux.

« Smith m'a envoyé ceci en cadeau quand j'ai laissé les Turcs ramasser leurs blessés. Il semble que, tandis que nous trouvions la gloire en Égypte, d'autres événements se développaient en Europe. Une fois de plus, la France est en péril. »

Il se confirmait que Bonaparte avait abandonné son projet de conquérir l'Asie et préparait son retour en France. Il avait gagné chaque fois qu'il avait pu, et nous avions découvert ce qui lui tenait le plus à cœur. L'accession au pouvoir, par tous les moyens.

« La France et l'Autriche sont en guerre depuis le mois de mars, et nous avons été refoulés hors d'Allemagne et d'Italie. Tippoo Sahib est mort en Inde, le jour où nous avons quitté Acre. Le Directoire s'écroule, et mon frère Lucien s'efforce, à Paris, de réformer une Assemblée d'imbéciles. La flotte britannique va devoir prochainement lever le blocus pour réapprovisionner Chypre. Il est temps que je rentre pour remettre tout en ordre. Le devoir m'appelle.

— Le devoir ? Quitter vos hommes ?

— Afin de préparer le chemin. Kléber rêve de commander depuis le débarquement en Égypte. Il va l'avoir, son commandement. Je vais l'en informer par lettre. Pendant ce temps, je vais prendre le risque d'échapper à la flotte anglaise. »

Le risque ? Le seul risque était de laisser une armée naufragée en Égypte. Le salopard allait abandonner ses hommes pour s'occuper de politique à Paris. Bien que, en réalité, j'aie une sorte d'admiration réticente pour ce type sans scrupule. On se ressemblait d'une certaine façon : joueurs, opportunistes et capables de survivre à tout. Fatalistes, avec ça, au gré du hasard et de la chance. On aimait autant les femmes. Et l'aventure, qui seule permet d'échapper à l'ennui.

Il parut avoir deviné mes pensées. Lu dans mon esprit à livre ouvert.

« La guerre et la politique ont chacune leurs nécessités. Dommage que nous dussions vous tuer, mais c'est ainsi.

— Quoi ? Qu'est-ce qui est ainsi ?

— Je me sens poussé vers un but que je ne connais pas encore, Ethan Gage ! Vous êtes aussi dangereux, aujourd'hui, que vous avez été utile en Égypte. Aucun de nous ne pouvait prévoir que vous finiriez sous la coupe de ce maudit Anglais, mais votre électricité a joué son rôle dans la résistance d'Acre. Et, maintenant, vous vous en êtes pris à Rosette.

— Seulement à cause de Silano, avec son poison et son crocodile. »

Bonaparte tendit la main.

« Au revoir, monsieur Gage ! En d'autres circonstances, nous aurions pu faire de bons associés. Les choses étant ce qu'elles sont, vous venez de trahir la France pour la dernière fois. Vous vous êtes révélé un véritable fléau et un ennemi dangereux. Mais même les chats n'ont que neuf vies. Vous avez sûrement épuisé toutes les vôtres.

— Pas si vous me mettez à l'épreuve.

— Je vais confier à Silano le soin de s'occuper de vous et de cette femme. Celle qui m'a tiré dessus il y a si longtemps, à Alexandrie.

— Elle a également tiré sur moi, général.

— Je sais. Vous êtes aussi beaux que vous êtes mauvais, tous les deux. Au revoir. Le destin nous attend. »

Ayant disposé de nous, il s'en alla, l'esprit débordant d'autres projets d'avenir.

*

* *

Un honnête homme nous aurait simplement logé une balle dans la tête, mais Silano était un scientifique. Astiza et moi l'avions suffisamment contrarié pour qu'il envisageât des châtiments plus raffinés.

« Vous savez que le sable seul peut momifier une carcasse ?

— Quelle érudition ! »

On fut donc enterrés à plus de minuit, mais seulement jusqu'au cou.

« Ce que j'aime dans cette opération, c'est que vous pouvez vous regarder pleurer », dit-il alors que ses acolytes tassaient le sable autour de nous.

Ils nous avaient attaché les chevilles et les mains derrière le dos. On était sans chapeau, et déjà morts de soif.

« Vous souffrirez davantage après le lever du soleil. Votre peau va cuire, et peut-être se craqueler. Poussière et lumière réfléchie vous aveugleront lentement. Mais, avant cela, vous vous serez regardés mourir, et cela aura provoqué chez vous la folie. Le soleil brûlant va vous soutirer tous les liquides que vous pouvez contenir et votre langue s'enflera tellement que vous aurez des difficultés à respirer. Vous prierez que serpents ou scorpions vous délivrent de vos souffrances. »

Il mit un genou en terre pour me caresser la tête, comme un enfant caresse un chien.

« Les scorpions aiment s'en prendre aux yeux, et les fourmis montent dans les narines en quête de nourriture. Les vautours s'attaqueront à vous avant que vous ne soyez complètement dévorés. Mais ce sont les serpents qui font le plus mal.

— Vous en savez long sur le sujet.

— Je suis naturaliste. J'étudie la torture depuis des années. C'est une science exquise, et un grand plaisir si l'on en comprend les raffinements. Ce n'est pas si facile de faire souffrir atrocement un homme tout en le gardant assez lucide pour lui faire dire ce qu'on voudrait savoir. Le plus intéressant, dans cette expérience, c'est que votre corps, au-dessous du cou, aura subi une totale dessiccation. Je me demande si les Égyptiens n'ont pas employé ce procédé pour conserver certaines de leurs momies. Savez-vous que Cambyse, roi de Perse, a perdu toute une armée dans une tempête de sable ?

— Je ne peux pas dire que ça me passionne.

— J'étudie l'histoire afin de ne pas commettre les mêmes erreurs. »

Il se tourna vers Astiza dont les cheveux noirs s'étalaient sur le sable, autour de sa tête.

« Tu sais que je t'ai aimée.

— Tu n'as jamais aimé que toi-même. »

J'intervins :

« Ben Franklin dit que l'homme qui s'aime lui-même n'aura pas de rivaux.

— Ah ! l'amusant M. Franklin. Je suis plus fidèle envers moi-même, il est vrai, que vous ne l'avez jamais été envers moi ! Combien d'occasions de devenir mon partenaire ne vous ai-je pas données, Gage ? Combien d'avertissements ? Pourtant, vous m'avez trahi, encore et encore.

— Je me demande vraiment pourquoi.

— J'aimerais vous entendre supplier avant la fin. »

Je l'aurais fait si j'avais cru que ça puisse servir à quelque chose.

« Mais j'ai bien peur que le destin ne m'appelle, moi aussi. Bonaparte va rentrer en France, où je vais pouvoir étudier le livre tout mon soûl, et ce n'est pas un homme à rester en place. J'ai bien peur que nous ne nous revoyions plus jamais, monsieur Gage.

— Croyez-vous aux fantômes, Silano ?

— Mon intérêt pour le surnaturel ne va pas jusqu'à la superstition.

— Vous y croirez, quand je vous tomberai dessus.

— Et quand vous m'aurez fait peur, on jouera aux cartes ! Dans l'intervalle, je vais vous laisser vous transformer en spectre. Ou en momie. D'ici à quelques semaines, je vous ferai sans doute exhumer pour vous ranger dans un coin, comme Omar.

— Alessandro, on n'a pas mérité ça ! »

Un cri d'Astiza. Auquel il ne répondit pas tout de suite. Avant de lâcher finalement :

« Si, tu le mérites amplement. Tu m'as brisé le cœur. »

Et, là-dessus, il s'éloigna sans se retourner.

Astiza et moi étions seuls. Moi tourné vers le sud, elle vers le nord, face à face, pour que nous puissions nous regarder rôtir sous tous les angles.

Les nuits sont froides dans le désert mais, juste après le lever du soleil, la chaleur n'était pas déplaisante. Puis la température monta rapidement, aidée par la réverbération du sable. Mon oreille commençait à brûler. Je percevais, furtifs, les premiers crissements d'insectes.

« Ethan, j'ai peur. »

Elle était à moins de deux mètres de moi.

« On ne va pas tarder à perdre connaissance, promis-je, sans trop y croire.

— Isis, envoie-nous nos amis ! Viens à notre secours ! »

Isis ne répondit pas.

« Ce sera moins pénible, d'ici quelque temps… »

Mais, en dépit de ma prédiction, la douleur s'accroissait. Mon mal de crâne s'aggravait. Ma langue enflait rapidement. Astiza gémissait en sourdine. Même en temps ordinaire, le soleil d'Égypte tape très fort. Je me souvenais trop bien de la fuite à travers le désert qui nous avait réunis, Ashraf et moi, moins d'un an auparavant. Mais on était à cheval et mon ami mamelouk savait comment trouver de l'eau.

La température du sable montait très vite. Chaque centimètre de peau commençait à me démanger, et pas moyen de se gratter. Quelque chose me piquait, me rongeait comme autant de morsures, sans que je puisse discerner si ces piqûres, ces morsures, étaient réelles ou seulement un effet de la chaleur. Chaque cerveau possède sa propre recette pour ajouter la peur à la souffrance.

Ai-je dit quelque part que le jeu était un vice ?

La sueur me coulait dans les yeux, incandescente. Très vite, sa composante liquide s'évapora, ne laissant que le sel. Ma tête entière paraissait s'enfler, pas seulement ma langue. À peine apercevais-je encore le visage d'Astiza transformé, au sein d'une brume opaque, en un masque de moins en moins identifiable.

Était-elle déjà morte ? Je ne le pensais pas. J'entendais une sorte de grondement. Peut-être allait-il pleuvoir, comme à la Cité des Fantômes ?

Non, la température continuait à s'élever, en vagues chatoyantes. Astiza sanglotait. Puis ce fut le silence. Si seulement elle pouvait sombrer dans l'inconscience… Je priai Dieu dans ce sens. Pour elle et pour moi. Mais la chaleur ne cessait de croître et ma peau flambait, mes dents rôtissaient dans leurs alvéoles, mes paupières gonflées commençaient à obstruer mon regard.

Puis je vis passer quelque chose. C'était rapide, c'était noir et je me lamentai intérieurement. Des soldats m'avaient dit que la piqûre du scorpion était extrêmement douloureuse. « Comme cent abeilles en même temps », d'après l'un. « Comme un tison ardent pressé contre la peau », d'après l'autre. « Comme de l'acide dans l'œil », d'après un troisième, « Comme un coup de marteau sur le doigt… »

Une autre arrivée noire… Les scorpions affluaient, tout autour de nous. Je ne les entendais pas s'appeler à la curée, mais ils se réunissaient pour attaquer en bande, comme des loups.

Je priai pour que leur assaut ne ranimât pas Astiza. Je m'arc-boutai dans ma tête pour ne pas crier et risquer de la réveiller. Le grondement s'accentuait.

L'un des arthropodes était tout proche. Aussi gros qu'un crocodile, dans cette perspective. J'aurais juré qu'il me contemplait, avec la persistance alléchée de son minuscule cerveau. Sa queue dressée frémit, comme s'il me visait. Et soudain…

Bing ! Je tressautai autant que c'était possible dans mon cercueil de sable. Une lourde botte poussiéreuse s'était abattue sur le monstre et la semelle tournait de droite et de gauche, pour être sûre de l'écraser complètement. Et puis j'entendis une voix familière :

« Par la barbe du Prophète, toujours incapable de veiller sur toi-même, hein, Ethan ?

— Ashraf ! murmurai-je dans un vague bruit de gorge, à peine audible.

— J'ai attendu que tes tortionnaires soient assez loin. Pas très confortable d'attendre en plein désert. Et je vous retrouve tous les deux en piteux état, pis qu'à l'automne dernier ! Tu n'apprendras jamais rien, le Yankee ! »

Incroyable ! Ashraf le mamelouk avait été mon prisonnier, puis mon compagnon alors que nous quittions Le Caire pour voler au secours d'Astiza. Il nous avait tirés d'affaire, sur la rive d'un fleuve, fourni des chevaux et souhaité bonne route pour rejoindre les forces rebelles de Murad Bey. Et le voilà qui réapparaissait contre toute possibilité, contre toute vraisemblance ? Le travail de Thot ?

« Je te suis à la trace depuis des jours. Jusqu'à Rosette et puis de retour dans cette fournaise. Incapable de comprendre pourquoi vous étiez déguisés en Arabes, dans une charrette tirée par un âne minable ! Et je vous retrouve enterrés vivants par les Français ! Tu as besoin de meilleurs amis, Ethan.

— Allah t'entende ! »

Moi, j'entendais, déjà, le son béni d'une bêche attaquant ma gangue de sable…

*

* *

À peine si je me souviens de la suite… nous fûmes entourés d'une meute de mamelouks bien armés, d'où le grondement que j'avais perçu, abreuvés, douloureusement arrosés et juchés sur des chameaux… Puis une longue route sous le soleil déclinant, suivi d'une nuit paisible à l'abri d'une tente, au cœur d'une oasis. Nos têtes étaient rouges et pleines d'ampoules, nos lèvres craquelées, nos yeux réduits à l'état de fentes. Astiza et moi étions incapables de faire la moindre chose par nous-mêmes, mais nous étions *vivants*.

Le lendemain, on nous rattacha sur nos chameaux et on s'enfonça encore davantage dans le décor torride, au sud et à l'ouest et finalement à l'est jusqu'à l'un des camps secrets de Murad Bey. Des femmes nous enduisirent la peau de quelque pommade, et la nourriture nous rendit nos forces. En grimpant au sommet d'une dune proche, j'apercevais au loin le haut des pyramides, avec la ville du Caire invisible au-delà.

« Comment m'as-tu retrouvé, Ashraf ? »

Il m'avait déjà raconté ses raids et ses batailles de harcèlement contre des Français démoralisés.

« D'abord, j'ai eu vent de l'enquête d'un forgeron de Jérusalem qui recherchait Astiza. L'information me parut bizarre, mais je me suis douté que tu étais derrière. Puis Ibrahim Bey m'a fait savoir que le comte Silano, parti à cheval vers le nord, avait disparu en Syrie. Que se passait-il ? Bonaparte chassé d'Acre, et toujours pas d'Ethan Gage accroché à ses basques. J'ai pensé que tu avais rejoint les Anglais, et j'ai guetté ta réapparition parmi les forces d'invasion ottomanes. Puis il y a eu ces explosions et ces incendies, à Rosette, et je vous ai vus, de loin, partir avec votre âne ! J'ai observé les Français vous enterrer jusqu'au cou et j'ai attendu qu'ils se retirent. Il fallait bien que je te sorte encore d'un sacré mauvais pas, ami d'Amérique !

— Je serai toujours ton débiteur.

— Pas si tu fais ce que je te soupçonne d'avoir à faire encore.

— C'est-à-dire ?

— Je viens juste de recevoir la nouvelle du départ de Bonaparte, accompagné de ce comte Silano. Il va falloir les stopper en France, Ethan. Les femmes m'ont parlé de signes mystérieux dans le dos de ta compagne. De quoi s'agit-il ?

— D'écritures anciennes permettant de déchiffrer un livre que Silano m'a volé.

— La peinture s'estompe, mais je connais un moyen de la raviver. J'ai dit aux femmes de préparer plusieurs pots de henné. »

Le henné était une plante utilisée par les femmes arabes pour décorer leur peau de motifs compliqués d'une jolie teinte brune, semblables à des tatouages provisoires.

Quand elles eurent exécuté les ordres d'Ashraf, le dos d'Astiza offrait une beauté étrange.

« Faut-il vraiment que ce livre soit lu ? s'informa Ashraf alors que nous préparions notre départ.

— Oui, sinon ses secrets mourront avec moi, conclut Astiza. C'est moi qui suis désormais la seule pierre de Rosette. »

# 26

On prit pied, Astiza et moi, sur la côte sud de la France le 11 octobre 1799, deux jours après Napoléon Bonaparte et Alessandro Silano. Pour eux comme pour nous, le voyage avait été long. Après une dernière tape amicale sur la croupe de Pauline Fourès, un ultime message informant Kléber de sa montée en grade, mais qu'il ne tenait pas à revoir en personne, Bonaparte était rentré avec Monge, Berthollet et quelques savants tels que Silano, en longeant l'Afrique au plus près, afin d'éviter la flotte britannique. Un voyage de pure routine qui avait duré quarante-deux jours interminables. Au cours duquel la politique française s'était révélée encore plus incertaine à mesure que complots et contre-complots agitaient Paris. L'atmosphère idéale pour le retour d'un Napoléon précédé, trois jours plus tôt, du bulletin annonçant sa victoire triomphale d'Aboukir. Les vivats de foules enthousiasmées marquèrent sa remontée finale vers le nord.

Notre voyage avait été long, lui aussi, pour des raisons différentes. À l'instigation de Smith, nous nous étions embarqués, une semaine après son appareillage d'Égypte, sur une frégate anglaise chargée de l'intercepter. C'était sa propre lenteur qui avait sauvé

Napoléon. Nous étions au large de la Corse et de Toulon quinze jours avant son arrivée et, sans nouvelles de son périple, nous étions revenus en arrière. Même du haut d'un poste de vigie, toutefois, la vue ne porte guère à plus de quelques nœuds, et la Méditerranée est vaste. De combien de brasses l'avions-nous raté, je l'ignore. Finalement, un voilier rapide nous informa que le Corse avait débarqué dans son île natale, puis traversé la mer à destination de la métropole, et que nous n'avions plus aucune chance de le rattraper.

N'eût été la présence de Silano, j'aurais été heureux de l'oublier. Mon devoir n'était pas d'entraver les ambitions de généraux éblouis par leur propre gloire, mais j'avais un compte à régler avec M. le comte. Le livre était dangereux, dans ses mains, et potentiellement utile, dans les nôtres. Combien de lignes avait-il déjà lues ? Combien pourrions-nous en lire, avec la clef d'Astiza ?

Même si la longueur du voyage avait été fastidieuse, nous en avions bien profité d'une autre manière. La première fois où Astiza et moi pouvions respirer ensemble. Nous avions partagé des campagnes militaires, des chasses au trésor et de périlleuses évasions. Là, nous partagions la cabine d'un lieutenant, sous les yeux d'officiers solitaires, jaloux de notre intimité, et nous avions le temps de refaire connaissance à loisir, comme un homme et une femme. Assez de temps, en d'autres termes, pour effrayer un mâle jamais totalement converti à la vie conjugale.

Ce qui n'était pas mon cas. Nous avions été des partenaires pour l'aventure et aussi des amants. À présent, nous étions en outre des amis. Le repos et la bonne nourriture lui allaient bien, sa peau recouvrait sa splendeur et ses cheveux leur éclat. J'aimais l'admirer, en lisant dans notre cabine ou bien en contemplant la mer, accoudé près d'elle au plat-bord du bastingage. J'aimais la façon dont ses robes moulaient son corps et dont ses cheveux volaient dans la brise. J'aimais encore plus, sans doute, la regarder se déshabiller, mais toutes nos épreuves l'avaient désabusée, et sa beauté semblait douce-amère. Nous faisions l'amour dans notre cadre exigu, parfois avec fougue et parfois plus doucement, soucieux de ne pas faire trop de bruit dans ce royaume flottant aux minces cloisons. J'étais transporté. Émerveillé que moi, l'opportuniste américain sans véritable croyance, et elle, la mystique égyptienne convaincue, puissions ainsi nous entendre. Et pourtant nous étions si complémentaires, toujours à prévenir nos penchants réciproques. Je commençais à rêver d'une future vie paisible à deux. Et je me surprenais à souhaiter de ne jamais arriver en France et d'oublier Bonaparte.

Mais, parfois, elle portait sur moi un regard troublé par tout ce qu'elle voyait de maléfique, dans le passé et dans l'avenir. C'était alors que j'avais peur de la perdre à nouveau. Le destin la réclamait autant que moi.

« Pensons-y, Ethan. Napoléon avec le pouvoir de Moïse ? La France avec le savoir secret des chevaliers du Temple ? Silano immortel maîtrisant chaque année d'autres arcanes et rassemblant toujours plus de partisans zélés ? Notre tâche ne sera terminée que lorsque nous aurons repris ce livre. »

C'est dans cet esprit que nous débarquâmes en France. Pas à Toulon, impossible. Astiza conféra avec notre capitaine anglais, étudia les cartes et choisit une obscure calanque inhabitée, sinon par un troupeau de chèvres. Comment connaissait-elle si bien la côte française ? On nous déposa, à la rame, sur une petite plage de galets où on nous laissa seuls par une nuit sans lune. Plus tard, on perçut un coup de sifflet et Astiza alluma une chandelle dont elle protégea la lueur à l'aide de sa cape.

« Alors, le bateleur est revenu, dit une voix familière sortie des broussailles. Celui qui a touché le bateleur, au tarot, le père de toute pensée, le démiurge de la civilisation, bénédiction et malédiction des rois. »

Des hommes se matérialisèrent, en bottes et grand chapeau, ceinture de toile aux couleurs vives et couteau sur la hanche.

Leur chef s'inclina.

« Bienvenue à votre retour chez les Roms », articula Stéphane le gitan.

*

* *

Le groupe me surprit agréablement. Ces gitans ou ces bohémiens, comme certains Européens les appelaient parfois, nomades incorrigibles dont l'origine se perdait dans la nuit des temps, selon certaines opinions répandues, je les avais déjà croisés lorsque mon ami Talma et moi-même avions fui Paris pour rejoindre Bonaparte. Après que Najac et ses gibiers de potence nous eurent agressés, à Toulon, je m'étais réfugié dans les bois où j'étais tombé sur Stéphane et sa tribu. J'y avais également rencontré pour la première fois Sidney Smith et, plus agréablement, la belle Sarylla qui m'avait dit ma bonne fortune, en substance que j'étais un bouffon de chercher le Bouffon, autre nom de Thot, avant de m'enseigner les techniques amoureuses de ses ancêtres. Une façon merveilleuse de terminer mon voyage à Toulon, dissimulé dans une roulotte gitane, en échappant à ceux qui voulaient me reprendre mon médaillon. Aujourd'hui, tel un lapin de retour vers son terrier, je retrouvais mes sauveteurs gitans.

« Au nom du tarot, qu'est-ce que vous faites ici ?

— On t'attendait, naturellement.

— Je les avais fait prévenir par un cotre anglais », dit Astiza.

Ah ! Ces mêmes gitans l'avaient-ils prévenue, elle, de mon arrivée en Égypte avec le médaillon ? Ce qui m'avait valu l'antipathie de son ancien maître et sa tentative de me brûler la cervelle. Une introduction dont je me serais bien passé, à l'époque !

« Bonaparte est revenu avant vous, résuma Stéphane. Tout auréolé de ses dernières victoires. Son retour à Paris a été triomphal. Le peuple espère que le conquérant de l'Égypte sera aussi le sauveur de la France. Avec l'assistance de Silano, il atteindra peut-être tout ce qu'il désire et les désirs exaucés sont dangereux. Il faut séparer Napoléon du livre et remettre celui-ci en lieu sûr. La cachette des Templiers a duré près de cinq siècles. La vôtre durera peut-être des millénaires ou davantage.

— Avant ça, il faudra l'attraper.

— Oui, nous devons nous hâter. De grandes choses se préparent.

— Stéphane, je suis à la fois surpris et enchanté de te revoir. Mais se hâter est la dernière qualité, ou le dernier défaut, que je prêterais aux gitans. Nous sommes venus à Toulon, naguère, à la vitesse d'une vache dans un pâturage, et vos petits poneys ne peuvent pas tirer vos roulottes beaucoup plus vite.

— C'est vrai. Mais les Roms ont le don d'emprunter ce qui leur manque. On va te trouver un carrosse bien attelé, mon ami, et te conduire à un train d'enfer, tel un membre du Conseil des Cinq-Cents, jusqu'à la capitale. Je serai, disons… un capitaine de police, et André, là, sera ton cocher. Plus Carlo en tant que valet de pied, et la dame en tant que ta dame…

— Tout juste revenus en France, et déjà voleurs de carrosse ?

— Si tu sais te comporter comme un voyageur légitime, cela n'aura pas l'air d'un vol.

— Nous ne sommes même pas légalement présents en France. Et je suis toujours accusé d'avoir assassiné une prostituée. Mes ennemis pourront s'en servir contre moi.

— À moins qu'ils ne te tuent ?

— Mon Dieu… oui !

— Alors, qu'est-ce qui te préoccupe ? Mais viens avec moi. On va demander à Sarylla ce que nous devons faire. »

La diseuse de bonne aventure qui m'avait révélé beaucoup plus que l'avenir – Seigneur, je n'avais pas oublié ses râles de volupté ! – était aussi belle que dans mon souvenir, brune et mystérieuse avec ses bagues et ses boucles d'oreilles brillant dans l'obscurité. Je n'étais pas ravi de retrouver une ancienne maîtresse avec Astiza en remorque, et l'antagonisme des deux femmes se manifesta en silence comme savent si bien faire les chattes, à griffes rentrées. Astiza demeura paisiblement assise auprès de moi tandis que la gitane battait les cartes du tarot.

« La fortune t'ordonne de poursuivre ton chemin, sans attendre, dit-elle en abattant la carte du Chariot. Te fournir un moyen de transport rapide ne posera aucun problème.

— Tu vois ? » souligna Stéphane.

J'aime bien le tarot. Il peut vous dire tout ce que vous avez envie d'entendre.

Sarylla retourna d'autres cartes.

« Mais tu vas rencontrer une femme, dans d'étranges circonstances. Elle te détournera de ta route. »

Une autre femme ?

« Mais atteindrons-nous notre but ? »

Encore d'autres cartes. La Tour, le Magicien, le Bateleur et l'Empereur.

« Ce ne sera pas si facile. »

Nouvelle carte. Les Amants. Sarylla nous regarda.

« Vous devez travailler ensemble. »

Astiza me prit la main, souriante.

Autre carte. La Mort.

« J'ignore à qui elle s'intéresse. Le Magicien, le Bateleur, l'Empereur ou l'Amant. Mais tu courras un danger. »

La mort pour Silano, sûrement. Et devrais-je assassiner Bonaparte ?

Une autre carte. La Roue de la fortune.

« Tu es joueur, non ?

— Quand il le faut. »

Dernière carte. Le Monde.

« Tu n'as pas le choix. »

Elle me dévorait de ses grands yeux noirs.

« Tu vas avoir de curieux alliés, et des ennemis tout aussi étranges. »

Je fis la grimace.

« Rien que de très normal, en somme. »

Elle secouait la tête, incertaine.

« Attends de savoir qui est qui. »

Son regard remonta des cartes au visage d'Astiza.

« Il y a également danger pour ta nouvelle compagne, Ethan Gage. Grand danger, et quelque chose d'encore plus profond que tout ça. Du chagrin. »

On y était. L'expression ouverte d'une rivalité voilée !

« Qu'est-ce que tu veux dire ?

— Ce que disent les cartes. Rien de plus. »

Je me sentais troublé. Si les premières prédictions de Sarylla ne s'étaient pas avérées, j'aurais pu repousser sa nouvelle prestation. Après tout, je suis élève de Franklin, un savant. Mais si sceptique que je sois au sujet du tarot, il y avait quelque chose de bizarre dans la succession des cartes retournées. J'avais peur pour la femme assise à mon côté. À qui je murmurai :

« Il y aura peut-être de la bagarre, Astiza. Pourquoi ne pas m'attendre à bord du navire anglais ? Il n'est pas trop tard pour leur faire signe. »

Astiza regarda longuement la gitane et ses cartes, mais conclut :

« J'ai ma propre magie, et nous sommes bien arrivés jusque-là, non ? »

Elle ramena son manteau autour d'elle, dans la froidure européenne d'octobre, même au sud de la France.

« Notre véritable ennemi, c'est le temps qui passe. Nous devons nous hâter. »

Avec une sympathie inattendue, Sarylla lui tendit la carte du tarot représentant l'Étoile.

« Garde-la. Elle peut t'apporter méditation et révélation. Que la foi soit avec toi, madame. »

Astiza parut surprise et touchée.

« Avec toi aussi. »

On se rendit chez un magistrat afin d'« emprunter » son carrosse, et vogue la galère en direction de Paris ! Les paysages me coupaient le souffle, dorés et verdoyants, après l'Égypte et la Syrie. Les dernières grappes de raisin pendaient aux ceps, lourdes et mûres. Des charrettes s'écartaient en grinçant, chargées des fruits de l'automne, sous les cris et les claquements de fouet des hommes de Stéphane. Exactement comme si nous étions des représentants de la République en mission urgente. Même les filles de ferme étaient belles, à demi vêtues, semblait-il, après les amples robes du désert, les seins comme des melons, les hanches comme des amphores et les chevilles tachées par le jus de vin. Leurs lèvres étaient aussi rouges et charnues que les prunes qu'elles mangeaient.

« Est-ce que tout ça n'est pas beau, Astiza ? »

Le ciel nuageux et les premières atteintes de l'automne semblaient l'attrister hors de toute proportion.

« Je n'en vois pas grand-chose. »

On traversa plusieurs bourgades ornées de drapeaux tricolores. Les routes jonchées de pétales de fleurs et de bouteilles vides jetées dans les fossés témoignaient du récent passage de Bonaparte.

« Le petit général ? commenta un aubergiste. Un drôle de coq !

— Beau comme le diable, renchérit son épouse. Avec ses cheveux noirs bouclés et ses yeux gris flamboyants. On dit qu'il aurait conquis la moitié de l'Asie !

— Et que le trésor des Anciens arriverait derrière !

— Avec tous ses braves ! »

*

* *

On roula jusqu'au milieu de la nuit et on repartit avant l'aube, mais Paris ne s'atteint pas en un jour. Plus on progressait vers le nord, plus la saison s'avançait et plus le ciel se couvrait. Notre véhicule soulevait les premières feuilles tombées en queues de coq éphémères. Nos chevaux écumaient, quand on s'arrêtait aux fontaines. Au crépuscule du quatrième jour, à quatre heures de Paris, on galopait à bride abattue quand un équipage, jailli sur notre gauche, barra droit devant nous la chaussée inégale. Les deux cochers hurlèrent en tirant désespérément sur les rênes, les chevaux se heurtèrent en hennissant, notre voiture se pencha sur deux roues et bascula, lentement, dans le fossé. L'accident nous avait projetés l'un contre l'autre. Quant aux gitans, ils avaient tout de suite sauté à bas de leur siège.

« Imbéciles, criait une voix féminine. Mon mari vous fera tous fusiller ! »

Nous sortîmes péniblement de la voiture couchée sur le flanc. Notre essieu avant était cassé, ainsi que les pattes de deux de nos chevaux. Les cavaliers qui escortaient l'autre voiture avaient mis pied à terre et se précipitaient, pistolet au poing, pour achever les bêtes blessées et dételer les autres. La femme qui vociférait, les traits convulsés, par la fenêtre de son carrosse, était richement vêtue, à la mode de Paris. Son arrogance était évidente, mais je ne la reconnus pas tout de suite. J'étais un Américain illégalement présent sur le sol français, avec une accusation de meurtre résiduelle sur le dos, et qui n'avait même pas respecté la quarantaine imposée aux voyageurs en provenance d'Orient. Pas plus que Bonaparte, mais beaucoup plus susceptible d'avoir des ennuis, même si les torts étaient plutôt de l'autre côté. Être dans son droit ne nous servirait sûrement pas à grand-chose dans les circonstances présentes.

« Mon affaire, insistait la virago, est d'une importance cruciale pour l'État ! Dégagez vos chevaux des miens !

— Mais c'est vous qui vous êtes lancés devant nous ! repartit Astiza, avec son accent plus évident que jamais. Vous êtes aussi grossière que totalement incompétente ! »

Je la poussai du coude.

« Doucement. Regarde les soldats de son escorte. »

Trop tard.

« C'est vous qui êtes aussi impertinente que malavisée ! fulminait la femme. Vous savez qui je suis ? Je pourrais vous faire arrêter ! »

Je m'avançai avec le souci de prévenir une bataille de dames et faire une promesse fallacieuse de dédommagement ultérieur, n'importe quoi pour nous débarrasser de cette haridelle. Les gitans avaient intelligemment disparu entre les arbres. Deux coups de pistolet mirent fin aux hennissements plaintifs des chevaux blessés, puis les cavaliers nous firent face, la main sur le pommeau de leur sabre.

J'essayai de déployer tout mon charme et tout mon sens de la diplomatie.

« Pour l'amour du ciel, madame, c'est un simple accident. Nous avons souffert plus que vous qui allez pouvoir repartir d'ici quelques minutes. Où courez-vous donc ?

— Vers mon mari, si je peux le trouver. Oh, quel désastre ! On a pris le mauvais tournant, et je l'ai perdu sur la grand-route. Et maintenant ses frères vont le revoir les premiers et lui raconter des mensonges sur mon compte. Si vous m'avez trop retardée, vous en répondrez devant la justice ! »

Je pensais que la guillotine avait calmé cette sorte d'outrecuidance fréquente chez les aristocrates, mais apparemment elle en avait épargné quelques-uns. Et quelques-unes.

« Il fallait absolument que je le voie. Mais il nous a croisés et nous avons essayé de rebrousser chemin. Entre-temps, il sera rentré à la maison, et mon absence lui fera penser au pire !

— Quel genre de pire ?

— Que je lui suis infidèle ! »

Et, là-dessus, elle éclata en sanglots, sincèrement bouleversée.

Je la reconnaissais enfin, cette femme célèbre dans les milieux sociaux parisiens dont je ne fréquentais que la périphérie. Cette femme n'était autre que Joséphine, l'épouse de Napoléon ! Que faisait-elle sur cette route à la nuit tombante ? Et, bien sûr, ses larmes me touchaient. Je ne manque pas de galanterie, et voir pleurer une femme désarmera n'importe quel gentleman.

« C'est Mme Bonaparte, chuchotai-je à Astiza. Quand il l'a crue adultère, à la veille de la bataille des Pyramides, il est presque devenu fou.

— C'est pourquoi elle est effrayée ? »

Après un court instant de réflexion, Astiza s'approcha de l'autre voiture.

« Madame, nous connaissons votre époux.

— Quoi ? »

Je me rendais compte, après coup, qu'elle était de petite taille, mince, et portant bien la toilette, ni laide ni particulièrement belle, mais avec un joli teint clair, le nez droit, les lèvres pleines, de grands yeux noirs, et, même au fond de sa détresse, intelligents. Plus des cheveux bruns et des oreilles finement ciselées. Mais avoir pleuré ne l'avait pas embellie.

« Comment pourriez-vous le connaître ?

— Nous avons servi sous les ordres de Bonaparte en Égypte. Nous nous hâtions nous-mêmes pour l'avertir d'un terrible danger.

— Vous l'avez donc rencontré ! Quel danger ? Un attentat ?

— L'un de ses familiers, Alessandro Silano, s'apprête à le trahir.

— Le comte Silano ? Il est rentré de là-bas avec mon mari. Un confident et un conseiller.

— Il a jeté un sort à Napoléon, et tenté de l'indisposer contre nous. C'est pourquoi nous pouvons vous aider. Vous voulez vous réconcilier ? »

Elle acquiesça d'un signe de tête, les yeux humides.

« Ç'a été une telle surprise. Nous ne savions pas qu'il rentrait. Je me suis précipitée de chez mon meilleur ami pour le rencontrer. Mais ces imbéciles ont pris le mauvais tournant. »

Elle se pencha par la fenêtre de sa voiture pour agripper le bras d'Astiza.

« Il faut lui dire que, malgré tout le reste, je l'aime. S'il obtient un divorce, je suis sûre de tout perdre. Mes enfants seront sans un sou. Est-ce ma faute s'il part pendant des mois et même des années ?

— Alors, ce sont les dieux qui ont arrangé cet accident, vous ne croyez pas ? répondit Astiza triomphalement.

— Les dieux ? »

Je tirai Astiza en arrière.

« Qu'est-ce que tu crois être en train de faire ? »

Elle me souffla en réponse :

« C'est ta clef pour entrer chez Bonaparte. Il sera entouré de soldats. Comment allons-nous parvenir jusqu'à lui sinon par l'intermédiaire de sa femme ? Elle le trompe, c'est notoire, et s'alliera avec quiconque pourra servir sa cause. L'occasion est trop belle d'avoir Joséphine dans notre camp. Elle découvrira où est le rouleau, en couchant avec lui, à ce moment où les hommes perdent le peu d'esprit qu'ils peuvent avoir.

— Qu'est-ce que vous complotez, tous les deux ? »

Astiza se retourna vers Joséphine.

« S'il vous plaît, madame, notre voiture ne peut plus rouler, mais il est impératif que nous rencontrions votre époux. Je crois que nous pouvons nous entraider. Si nous rentrons avec vous, nous assurerons votre réconciliation.

— Comment ?

— Mon compagnon est un franc-maçon notoire. Nous connaissons la clef d'accès à un livre ancien qui donnerait à Napoléon un immense pouvoir.

— Franc-maçon ? »

Elle me jeta un regard en coin.

« L'abbé Barruel, dans son célèbre ouvrage, a dit qu'ils étaient à l'origine de la Révolution. Les Jacobins faisaient tous partie d'un complot maçonnique. Mais le *Journal des hommes libres* affirme que les francs-maçons seraient des royalistes avides de rétablir la monarchie. »

J'entrai dans le jeu, prudemment :

« L'avenir de votre mari est inscrit dans le livre sacré, madame. »

Mon intervention l'intrigua, la fit s'interroger :

« Un livre sacré ?

— En provenance d'Égypte, répondit Astiza. Si nous repartons tout de suite, nous serons à Paris au lever du jour. »

À ma grande surprise, Joséphine accepta. Elle avait été si fortement secouée par le retour de Napoléon, furieux d'apprendre le possible adultère de son épouse, que toute assistance, fût-elle improbable, la rassurait. On abandonna donc l'épave de notre voiture volée, ainsi que les gitans cachés entre les arbres, pour finir le voyage en compagnie de Mme Bonaparte.

« À présent, dites-moi tout ce que vous savez ou je vous fais jeter dehors. »

J'amorçai :

« J'ai trouvé un livre qui confère de grands pouvoirs.

— Quelle sorte de pouvoirs ?

— Celui de convaincre. D'enchanter. De vivre très longtemps, voire éternellement. D'agir sur les gens et sur le cours des choses. »

Ses yeux brillèrent de convoitise alors que j'enchaînais :

« Le comte Silano nous a volé ce livre et s'est attaché à Bonaparte comme une sangsue. Mais le livre n'a pas encore été traduit. Nous seuls pouvons le faire. Si la propre femme de Bonaparte peut lui en offrir la clef, alors votre mari vous reviendra, madame. Je vous propose une alliance. Avec notre secret, vous aurez la clef de la chambre conjugale. Avec votre influence, nous pourrons reprendre le livre, écarter Silano et puissamment aider Napoléon. »

Elle n'avait retenu qu'un mot, au passage :

« Quelle clef ?

— Celle d'un étrange langage ancien, perdu depuis longtemps. »

Astiza pivota sur le siège qu'elle occupait, et je délaçai doucement le dos de sa robe. Le tissu s'écarta, relevant les caractères renforcés par le henné.

La Française eut une sorte de hoquet.

« C'est l'écriture du diable ?

— Plutôt l'écriture de Dieu.

— Peu importe si nous gagnons, n'est-ce pas ? »

Thot avait-il enfin décidé de nous sourire ? On fila jusqu'au domicile de Bonaparte, à l'adresse nouvellement rebaptisée « rue de la Victoire », conséquence de ses premiers triomphes en Italie. Et sans plan préparé, sans complices et sans armes, nous entreprîmes de regagner la confiance du potentat aux ambitions démesurées.

Que savions-nous de Joséphine ? Juste les cancans dont Paris se régale. Née dans l'île de la Martinique, elle avait six ans de plus que Napoléon, cinq centimètres de moins et l'instinct de survie chevillé au corps. Elle avait épousé un jeune et riche officier nommé Alexandre de Beauharnais, mais il avait tellement honte de ses manières provinciales qu'il avait refusé de la présenter à la cour de Marie-Antoinette.

Bientôt séparée de Beauharnais et rapatriée aux Caraïbes, elle y avait fui une révolte des esclaves et réintégré Paris au plus fort de la Révolution. Tombée veuve en 1794, par la grâce de la guillotine, emprisonnée elle-même, elle avait dû son salut au putsch qui avait mis fin à la Terreur.

Quand un jeune officier du nom de Bonaparte l'avait complimentée sur le courage de son fils Eugène désireux de récupérer le sabre d'un père victime de la guillotine, elle l'avait promptement séduit. Il l'avait épousée, elle avait couché avec la moitié de Paris pendant qu'il était en Italie et en Égypte. On la disait nymphomane. Et, quand la nouvelle du retour de son mari l'avait surprise en ménage avec un ancien officier devenu businessman du nom d'Hippolyte Charles, elle s'était affolée. Maintenant que la Révolution avait institué le divorce, elle était en grand danger de tout perdre au moment où il briguait le pouvoir suprême. À trente-six ans, au terme de sa jeunesse, elle n'aurait jamais une autre chance.

Ses yeux s'écarquillèrent au récit d'Astiza sur les pouvoirs surnaturels. Fille des îles sucrières, les histoires de magie avaient bercé son enfance.

« Ce livre peut détruire ceux qui le possèdent, affirmait Astiza. Ainsi que les nations où ses pouvoirs se déchaîneront. Les Anciens le savaient et c'est pourquoi ils l'avaient caché. En nous le volant, le comte Silano a tenté le diable. Il a ensorcelé votre époux avec ses récits de pouvoirs illimités. Napoléon pourrait en perdre l'esprit. Vous devez nous aider à reprendre le livre.

— Mais comment ?

— Nous le protégerons si vous nous le rendez. Que vous soyez au courant vous procurera sur lui une grande influence.

— Qui êtes-vous donc ?

— Je m'appelle Astiza, je suis égyptienne et lui, c'est Ethan Gage, américain.

— Gage ? L'électricien ? Le disciple de Franklin ?

— Madame, je suis honoré d'avoir fait votre connaissance et flatté que vous ayez entendu parler de moi. »

Je lui pris la main et la baisai.

« J'espère que nous pourrons être alliés. »

Elle se dégagea.

« Mais vous êtes un meurtrier ? »

Puis, à Astiza :

« Et vous, peut-être rien de plus qu'une aventurière !

— Un parfait exemple des mensonges de Silano pour gagner la confiance de votre mari et détruire ses rêves. J'ai été victime d'une accusation infondée. Éloignons ce poison de votre mari, et votre bonheur conjugal reprendra comme avant.

— Oui, c'est la faute de Silano, pas la mienne. Vous dites que ce livre renferme de terribles pouvoirs ?

— De ceux qui peuvent enchaîner les âmes. »

Elle réfléchit longuement. Puis elle se redressa, s'adossa, souriante, contre le dossier du siège.

« Vous avez raison ? Dieu veille sur moi. »

*

* *

La maison des Bonaparte, louée par Joséphine avant leur mariage, était sise dans le quartier de Paris connu sous le nom de Chaussée d'Antin, une ancienne zone maraîchère où les riches avaient bâti, au siècle précédent, de charmantes demeures appelées « folies ». C'était une modeste résidence d'un étage avec une roseraie au bout de son terrain, et une vaste terrasse que Joséphine avait pourvue d'un toit d'ardoise et décorée de drapeaux et de tapisseries : un foyer idéal pour fonctionnaires en pleine ascension. Sa voiture se rangea sous les tilleuls, dans l'allée de gravillon. Elle en descendit, nerveuse, en se pinçant les joues et s'informant à mi-voix :

« De quoi j'ai l'air ?

— D'une femme qui porte un secret, la rassura Astiza. Et pleinement maîtresse d'elle-même. »

Joséphine eut un sourire légèrement incertain et respira profondément. Puis nous entrâmes.

Les pièces reflétaient un mélange singulier de goûts masculins et féminins, rideaux de dentelle et murs richement tapissés de papiers peints, mais partiellement recouverts de cartes et de plans de ville. Il y avait les fleurs de madame et les livres de monsieur, des monceaux de livres, dont certains fraîchement ramenés d'Égypte. Le soin de Joséphine était apparent, même si les bottes de Napoléon trônaient au milieu de la salle à manger et sa capote militaire sur un fauteuil.

« Il est dans sa chambre, susurra-t-elle.

— Allez le rejoindre.

— Ses frères ont dû déjà tout lui raconter. Il va me détester. Je suis une vilaine femme infidèle. C'est plus fort que moi. Je suis amoureuse de l'amour. J'avais cru qu'il se ferait tuer.

— Vous êtes humaine, tout comme lui… qui n'est pas un saint, non plus ! Allez, demandez-lui pardon et dites-lui que vous étiez en train de recruter des alliés. Expliquez-lui comment vous nous avez persuadés de lui apporter notre assistance, et que son avenir dépend aujourd'hui de nous trois. »

Je n'avais guère confiance en Joséphine, mais de quelle autre arme disposions-nous ? J'espérais que Silano ne rôdait pas dans le voisinage. Réunissant toutes ses forces défaillantes, elle monta les vingt marches qui conduisaient à l'étage supérieur. On l'entendit frapper, puis ouvrir la porte en s'écriant :

« Mon général bien-aimé ! »

Il y eut un long silence, suivi d'un martèlement prolongé et de sanglots déchirants, d'appels à l'indulgence du seigneur et maître. Bonaparte avait bouclé sa porte. Il était déterminé à divorcer. On percevait les supplications de Joséphine et je crus entendre, enfin, le bruit d'une clef dans la serrure. Puis un nouveau silence. Je poussai une pointe jusqu'à la cuisine où la servante nous trouva du pain et du fromage. L'état-major présent attendait, comme nous, le résultat de la tempête en cours au premier étage. On finit par s'endormir.

À l'aube, une autre servante nous réveilla.

« Ma maîtresse veut vous voir. »

On grimpa l'escalier, la servante frappa et la voix de Joséphine répondit, avec une légèreté que je percevais, chez elle, pour la première fois :

« Entrez ! »

Le vainqueur d'Aboukir et sa (nouvellement) fidèle épouse reposaient côte à côte dans leur lit, couverts jusqu'au menton, avec l'air satisfait de deux chats qui ont trouvé le bol de lait.

« Grand Dieu, Gage, me salua Napoléon, vous n'êtes pas encore mort ? Si mes soldats avaient la vie aussi dure que vous, je conquerrais le monde.

— Nous essayons seulement de le sauver, général.

— Silano m'avait dit qu'il vous avait laissés tous les deux en plein désert, enterrés jusqu'au cou. Et ma femme m'a raconté vos aventures.

— Nous ne voulons que le meilleur pour la France, général.

— Vous voulez surtout le livre. Tout le monde veut le livre. Et personne n'est capable de le lire.

— Nous, si.

— C'est ce qu'elle m'a dit. À l'aide d'une copie de la pierre que vous avez détruite. J'admire votre habileté. Soyez sûrs que votre longue nuit n'aura pas servi à rien. Vous m'avez aidé à me réconcilier avec mon épouse et, pour ça, je me sens en veine de générosité. »

J'arborai un grand sourire. Nous n'avions pas gâché notre nuit. Je jetai un regard circulaire, à la recherche du livre.

Puis il y eut des pas lourds, derrière nous. Une troupe de gendarmes montait l'escalier. Quand je me retournai, Napoléon braquait un pistolet.

« Elle m'a convaincu, au lieu de vous tuer purement et simplement, de vous incarcérer à la prison du Temple. L'exécution attendra votre jugement légal pour le meurtre de cette putain. Je dois dire que ma Joséphine s'est montrée infatigable en votre faveur. »

Il pointa l'index vers Astiza.

« Vous, allez dans la chambre de ma femme et commencez à vous déshabiller sous sa surveillance et celle de mes domestiques. J'ai convoqué des secrétaires qui vont recopier votre code secret. »

# 27

Comment apprécier l'ironie de me retrouver enfermé dans un « temple » bâti jadis pour abriter le quartier général des Templiers, puis transformé en prison pour le roi Louis et Marie-Antoinette jusqu'à leur exécution, et chargé finalement, sans succès, de garder sous les barreaux un certain Sidney Smith. Le capitaine anglais avait pu s'évader en attirant l'attention, par la fenêtre de sa cellule, d'une femme influente avec qui il couchait alors. Un procédé selon mon cœur, que j'admirais sans réserve.

Dix-huit mois après, Astiza et moi bénéficiions de la même hospitalité, sous l'égide du curieux geôlier obséquieux, adipeux et omniprésent Jacques Boniface, qui avait réjoui Sir Sidney avec ses légendes des chevaliers du Temple.

On nous y avait conduits dans un véhicule pénitentiaire dont les fenêtres grillagées nous avaient permis d'entrevoir Paris. La ville était sinistre en ce mois de décembre, les gens énervés, les nuages lourds. Plusieurs gardiens nous surveillaient à tour de rôle, comme des animaux. Un bien triste moyen de présenter à mon Astiza la belle cité française. Tout lui était étranger, les clochers de la grande cathédrale, les clameurs des marchés aux fruits et aux légumes, le concert de hennissements ininterrompus de la circulation urbaine et la hardiesse des femmes enveloppées de velours ou de fourrures stratégiquement écartées pour dévoiler le sein ou la jambe.

Humiliée d'avoir dû se montrer nue ou presque pour permettre aux secrétaires de copier la clef, Astiza se taisait. Quand on pénétra dans la cour de la prison, je remarquai les têtes qui guettaient l'arrivée de nouveaux pensionnaires. Dont celle d'une rousse incendiaire qu'un certain bail de location associait à des souvenirs moroses. Mon ancienne propriétaire ? Ça me paraissait impossible, et pourtant…

Datant du XIIIe siècle, cette prison du Temple était un étroit château, plutôt laid, dont le toit pyramidal s'élevait à une soixantaine de mètres. Les cellules s'ouvraient sur des galeries desservies par un escalier en colimaçon érigé au centre. Le fait qu'elle fût presque vide parlait en faveur de l'efficacité révolutionnaire. On avait infiniment moins incarcéré que guillotiné sous la Terreur.

Parlant de prisons, j'en avais vu de bien pires. Astiza et moi étions autorisés à faire le tour du parapet qui couronnait le toit, trop haut juché pour que l'on pût envisager de sauter sur le trottoir ou de descendre le long de la muraille extérieure. Et la nourriture était bien meilleure que dans certains des *khans* que j'avais parfois honorés de ma clientèle, à Jérusalem. On était en France, après tout, pays réputé pour sa gastronomie. En dehors du fait que nous ne pouvions pas sortir, et que Napoléon, avec l'aide de Silano, comptait certainement toujours dominer le monde, j'aurais presque apprécié la tranquillité du séjour. Il n'y a rien comme la chasse au trésor, les anciennes légendes et les batailles révolues pour vous faire apprécier une bonne petite sieste.

Mais le Livre de Thot, ou plus exactement son absence, nous attirait toujours, et Boniface était un bavard intarissable qui adorait commenter les machinations d'une cité sous pression, constamment sur le pied de guerre. Complots et conspirations se succédaient, d'après lui, toute cabale requérant son contingent de « muscle militaire » pour tenter de renverser le gouvernement. Le Directoire de cinq politiciens éminents était constamment remodelé par les deux Chambres législatives. Quant au Conseil des Anciens et au Conseil des Cinq-Cents, c'étaient de pompeuses assemblées qui portaient des manteaux romains, se livraient à des trafics éhontés et gardaient toujours un orchestre à portée de la main pour agrémenter leurs sessions de chants patriotiques. L'économie était un désastre, l'armée quémandait des subsides, la moitié de la France occidentale couvait une rébellion alimentée par l'or britannique et la plupart des généraux avaient un œil sur le champ de bataille, l'autre sur la capitale.

« On a besoin d'un chef, disait notre geôlier. Tout le monde en a soupé de la démocratie. Vous êtes chanceux d'être là, Gage, à l'abri du tintamarre. Quand je descends en ville, je ne suis jamais bien rassuré.

— Quel dommage !

— Et pourtant personne ne veut d'un dictateur. Peu souhaitent le retour du roi. On doit préserver la République, mais qui peut tenir les rênes de ces assemblées turbulentes ? C'est comme essayer de domestiquer les chats des rues. Il nous faudrait la sagesse d'un Salomon.

— Vraiment ? »

On soupait dans ma cellule. Boniface avait agi de même, au temps de Smith, parce qu'il s'ennuyait et n'avait pas d'amis. Je suppose que sa compagnie était considérée comme partie intégrante de la punition, mais je le trouvais plutôt sympathique. Il montrait plus de tolérance envers les prisonniers que certains hôtes envers leurs invités. Semblant apprécier, grandement, que la belle Astiza soit aussi agréable à regarder, et que je sois, pour ma part, d'aussi bonne compagnie.

« Bonaparte, discourait-il complaisamment, veut être un George Washington qui accepte sans grand enthousiasme de gouverner son pays, mais il n'en a ni le sérieux ni l'assurance. Oui, j'ai étudié Washington, et son stoïcisme empreint de modestie est un gros atout pour l'Amérique. Le Corse, lui, est arrivé certain d'être porté au Directoire par le populaire, mais ses supérieurs l'ont accueilli froidement. Qu'est-ce qu'il fait ici, rentré d'Égypte sans y être invité ? Vous avez lu *Le Messager ?*

— Puis-je vous rappeler, monsieur Boniface, dit gentiment Astiza, que nous sommes confinés à l'intérieur de ce donjon ?

— Oui, oui, bien sûr. Ce brave périodique a dénoncé la campagne d'Égypte ! L'a tournée en dérision ! Une armée abandonnée ! Des soldats lancés inutilement à l'assaut des fortifications d'Acre ! Bonaparte humilié par un homme qui fut prisonnier dans ces murs, sir Sidney Smith ! Les journaux ont voix au chapitre à l'Assemblée, vous savez. C'en est fini de Napoléon. »

Talma ne m'avait-il pas dit que Bonaparte craignait la presse hostile plus que la baïonnette ? Mais personne ne savait qu'il détenait le livre et que Silano disposait, de nouveau, du code permettant d'en venir à bout. Beau résultat de nos négociations avec Joséphine, cette hétaïre calculatrice capable de séduire le pape et de le réduire, en fin de compte, à la mendicité !

Quand j'interrogeais Boniface sur les chevaliers du Temple qui avaient édifié cette forteresse, c'était à peu près comme si j'actionnais le levier d'une pompe. Faits et théories jaillissaient à jet continu :

« Jacques de Molay lui-même a été grand maître ici, avant d'être torturé. Le Temple héberge des fantômes, des jeunes gens que j'entends se lamenter en hiver, au cœur des tempêtes. Les Templiers ont été frappés et brûlés jusqu'à ce qu'ils confessent les pires abominations et cérémonies diaboliques, et puis crac, direction le bûcher ! Mais où étaient leurs trésors ? Les pièces dans lesquelles vous vivez étaient censées en être bourrées, mais, quand le roi de France est arrivé pour les piller, elles étaient déjà vides ! Et où diable résidait la source de leurs fameux pouvoirs ? Molay n'a jamais parlé, sauf au moment de mourir. Sur le bûcher, il a prophétisé que le roi et le pape périraient dans l'année. Et ce fut vrai ! Ces Templiers n'étaient pas seulement des moines guerriers, mon ami, c'étaient des magiciens. Ils avaient découvert, à Jérusalem, quelque chose qui leur conférait d'étranges pouvoirs.

— Imaginez, murmura Astiza, que certains de ces pouvoirs puissent être redécouverts.

— Un homme tel que Bonaparte s'emparerait de l'État en un clin d'œil ! Puis entreprendrait de changer le monde, écoutez-moi bien, pour le meilleur et pour le pire !

— C'est alors qu'on passerait en jugement ?

— Non, directement à la guillotine ! »

Il haussa les épaules avec bonne humeur. Il aimait également écouter les récits qu'on censurait soigneusement avant de les lui prodiguer. Étions-nous entrés dans la Grande Pyramide ? Certes, mais sans rien y voir !

Et le mont du Temple, à Jérusalem ? Un site sacré islamique, interdit aux chrétiens.

Et ces rumeurs qui font mention de cités perdues en plein désert ? Si elles étaient perdues, comment aurait-on pu les retrouver ?

Les Anciens, s'obstinait Boniface, n'auraient pas pu édifier ces énormes monuments sans l'appoint de formidables secrets. La magie n'avait pas résisté à l'apparition des curés. Notre époque était pauvre, cynique et mécanique, à présent dépouillée de tout sens du merveilleux. Rien ne valait l'Égypte !

« Et si ces pouvoirs étaient redécouverts ?

— Tu sais quelque chose, pas vrai, l'Américain ? Non, ne secoue pas la tête ! Tu sais quelque chose et moi, Boniface, je finirai bien par te le faire cracher ! »

*
* *

Le 26 octobre, notre geôlier nous rapporta des nouvelles prodigieuses. Lucien Bonaparte, vingt-quatre ans, venait d'être élu président du Conseil des Cinq-Cents !

Je savais que Lucien avait œuvré dans l'intérêt de son frère, durant la présence de Napoléon en Égypte. C'était un politicien extrêmement doué, mais président, à son âge, de la chambre la plus puissante du pays ?

« Je croyais qu'il fallait trente ans minimum pour être élu à ce poste ?

— Voilà pourquoi Paris murmure. Lucien a menti sur son âge, et personne ne l'ignore. Grâce à Napoléon, d'une façon ou d'une autre. Les députés ont peur. Ou sont victimes d'un sort. »

D'autres nouvelles suivirent. Napoléon Bonaparte, écarté par le Directoire, donnait un banquet à son domicile. L'opinion publique serait-elle en train de virer de bord ? Le général avait-il rallié en sa faveur toute la classe politique ? Le 9 novembre 1799, ou le 18 Brumaire selon le calendrier de la Révolution, Boniface vint à nous, l'œil halluciné. Cet homme était un journal ambulant.

« Je n'y crois pas ! tonnait-il avec virulence. C'est comme si nos législateurs étaient tous sous la coupe de Mesmer ! À quatre heures et demie ce matin, tous les membres du Conseil des Anciens ont été rassemblés au manège équestre des Tuileries, et ils ont choisi, après un vote, de se déplacer hors de la cité, à Saint-Cloud, pour délibérer. Une décision insensée, qui les prive du soutien de la populace ! Mais ils l'ont fait volontairement, et les Cinq-Cents ont suivi ! Tout dans le calcul et la confusion ! Mais il y a encore mieux pour tenir Paris en haleine.

— Quoi donc ?

— Bonaparte a été promu au commandement de la garnison nationale, en remplacement du général Moreau. Des troupes ont été massivement transférées à Saint-Cloud, d'autres occupent des barricades. Et partout des baïonnettes…

— Commandant de la garnison ? Dix mille hommes au bas mot. C'est l'armée qui a toujours maintenu l'ordre à Paris. Même contre Napoléon !

— Exact ! Pourquoi les Chambres ont-elles autorisé ce chambardement ? Il se passe quelque chose d'étrange. Quelque chose qui orchestre des votes contraires à ce qui a été voté, très peu de temps auparavant. De quoi peut-il bien s'agir ? »

Je le savais, évidemment. Silano avait progressé dans le décryptage du Livre de Thot. Des sorts étaient jetés, des esprits embrumés. Toute la ville était ensorcelée. Il n'y avait plus une minute à perdre. J'amorçai, sans autre préambule :

« Mystères de l'Orient, déclarai-je.

— Quoi ?

— Boniface, vous avez entendu parler du Livre de Thot ? » intervint Astiza.

Il parut surpris, presque choqué.

« Naturellement, voyons ! Tous ceux qui ont étudié le passé ont entendu parler du Trois Fois Grand, ancêtre de Salomon, origine de toutes les connaissances. La Voie et le Verbe. »

Le geôlier ne tonnait plus, il chuchotait.

« Certains prétendent que Thot avait créé un paradis sur terre que l'homme n'a pas su préserver. Mais d'autres affirment que c'est l'archange noir lui-même, sous des millions de déguisements, Baal, Belzébuth, Baphomet…

— Le livre a été perdu voilà des millénaires, n'est-ce pas ?

— Certaines rumeurs disent que les Templiers… »

Ses traits composèrent une expression de ruse indicible.

« Jacques Boniface, ces rumeurs disent la vérité ! »

Je quittai, d'un bond, la grosse table de bois sur laquelle nous partagions une cruche de vin à bon marché.

« Quels sont les chefs d'accusation, contre Astiza et moi-même ?

— Aucun "chef d'accusation". Pas besoin de ça pour être enfermé à la prison du Temple !

— Et vous ne vous demandez pas pourquoi Bonaparte nous a bouclés ici ? Vous voyez bien qu'on est isolés, sans fortune et sans relations. Bouclés, mais pas exécutés, au cas où l'on pourrait être encore utiles. Que ferait à Paris un couple aussi déshérité ? Qui sommes-nous pour menacer la sécurité de l'État ? »

Il nous jeta un regard méfiant.

« Oui, je me suis déjà posé la question.

— Imaginez, Boniface, que nous connaissions l'existence d'un trésor. Le plus précieux qui soit au monde.

— Un trésor ? »

Il n'avait plus du tout de voix.

« Celui des chevaliers du Temple, caché depuis ce vendredi 13 octobre de l'an 1307, quand ils ont été arrêtés et torturés par le roi de France. Gardien de cette prison, vous êtes tout aussi piégé que nous le sommes. Combien de temps resterez-vous ici ?

— Aussi longtemps que me l'imposeront nos maîtres.

— Alors, soyez un maître vous-même, Boniface. Maître de Thot. Vous et nous, qui sommes les vrais étudiants du passé, nous ne livrerons pas, comme le comte Silano, des secrets sacrés à des tyrans tels que Bonaparte ! Nous les réserverons à toute l'humanité, n'est-ce pas ? »

Il se grattait la tête.

« Bien entendu !

— Mais pour agir ainsi, il faut pouvoir bouger. Très vite. Ce soir, Napoléon va lancer son putsch, je pense, et tout dépendra de qui détient un livre jadis perdu, aujourd'hui retrouvé. Les Templiers avaient caché leurs richesses en un lieu où, ils croyaient en être sûrs, personne n'oserait venir les chercher.

— Où, exactement ?

— Au-dessous du temple de la Raison. Où les anciens romains avaient bâti leur temple à Isis, déesse d'Égypte. Mais seul le Livre de Thot nous dira où est ce temple.

— À Notre-Dame ? »

Misère entraîne crédulité, et la paie d'un gardien de prison est infime.

« Il y faudra pioche et grand courage, monsieur Boniface. Le courage de devenir l'homme le plus riche et le plus puissant de toute la terre. Mais seulement si vous êtes bien résolu à creuser. Et le seul homme qui puisse nous y conduire est un ignoble rapace. Il va falloir capturer Silano et faire ce qu'il faut pour la franc-maçonnerie, l'amour des Templiers et les mystères anciens. Êtes-vous avec nous ?

— Ce sera dangereux ?

— Introduisez-nous chez Silano, et puis allez vous cacher dans les cryptes de Notre-Dame pendant qu'on dévoilera le secret. Ensemble, nous pouvons changer le cours de l'histoire. »

*

* *

En d'autres temps, je n'aurais pas réussi à le convaincre. Mais dans un Paris à la veille d'un coup de force, entre barricades élevées et occupées par la troupe sous le commandement de Napoléon, assemblées législatives réduites à l'impuissance, généraux paradant en grand uniforme au domicile de Bonaparte, dans le cadre d'une cité proche de l'explosion, rien n'était impossible.

Plus important encore, la Révolution et la Terreur avaient évincé la prêtrise catholique. Notre-Dame n'était plus qu'un gigantesque fantôme uniquement fréquenté par de vieilles dames pieuses et les balayeurs chargés de la garder propre à l'intention des visiteurs. Notre geôlier pourrait descendre dans ses cryptes.

Tandis que Bonaparte haranguait des milliers d'hommes, aux Tuileries, Boniface rassembla des outils de terrassement. Nous laisser sortir constituerait une violation flagrante de son office, mais je l'avais averti qu'il ne trouverait pas le livre sans notre participation et passerait le reste de sa vie dans la prison du Temple, à bavarder avec les prisonniers au lieu d'hériter des pouvoirs et de la fortune des Templiers.

Ce soir-là, Boniface nous rapporta que le Corse avait imposé sa présence au Conseil des Anciens. Ce même Conseil qui s'était tout d'abord dressé contre lui lorsqu'il lui avait demandé de dissoudre le Directoire et de le nommer lui-même Premier consul. Il leur avait tenu un discours volcanique, mais tellement dépourvu de sens commun que ses propres aides l'avaient entraîné de force. Il criait des mots sans suite ! Tout semblait perdu. Et pourtant les Anciens n'avaient ni réclamé son arrestation ni refusé de se réunir. Ce même soir, après que les troupes « mesmérisées » eurent débarrassé l'orangerie de Saint-Cloud du Conseil des Cinq-Cents, certains de ses membres sautant par les fenêtres pour n'être pas appréhendés, le Conseil des Anciens promulgua un nouveau décret stipulant qu'un « Comité exécutif provisoire » présidé par Bonaparte remplaçait désormais le Directoire de la nation.

« Tout a semblé perdu, plus d'une fois, aux yeux de ses complices, nous expliqua le geôlier. Et pourtant tous ont plié devant lui et se sont soumis à sa volonté. À présent, la troupe ramasse les Cinq-Cents qui vont subir le même sort. Les conspirateurs prêteront le serment d'allégeance bien après minuit ! »

Plus tard, on raconta que tout n'avait été que duperie et illusion, baïonnettes et intimidation conduisant à la panique. Je me demandais, de mon côté, si le charabia de Bonaparte contenait ou pas des mots générateurs de pouvoir oubliés depuis près de cinq mille ans, mais toujours présents dans un livre enterré à la Cité des Fantômes, en compagnie d'un chevalier du Temple.

Et si le contenu du Livre de Thot était déjà en action ? Si sa magie avait conservé tout son pouvoir et si Napoléon, nouveau maître de l'État le plus puissant du monde, allait bientôt régner sur toute la planète ? Avec le soutien occulte du rite égyptien d'Alessandro Silano.

Le règne de ces mégalomanes allait-il commencer ? Au lieu d'une aube nouvelle, allait-il s'abattre sur l'humanité une longue période de ténèbres ?

Il fallait agir.

« Vous savez où se trouve le comte Silano ?

— Aux Tuileries, à mener on ne sait quelles expériences diaboliques, sous la protection de Bonaparte. Mais le bruit court qu'il n'y serait pas cette nuit, trop occupé à renverser l'ancien gouvernement, avec Napoléon. Heureusement, le gros des groupes est à Saint-Cloud. Il reste un mince corps de garde aux Tuileries, mais le vieux palais est presque vide. On peut se rendre chez Silano et reprendre le livre. Si nous échouons, ce sera la guillotine !

— Une fois repris livre et trésor, Boniface, vous régnerez sur la guillotine comme sur tout le reste. »

Il hochait la tête, dans sa chemise jonchée des reliefs de ses derniers repas.

« C'est tellement risqué ! Je ne sais pas si c'est la bonne décision à prendre.

— Toutes les grandes décisions sont difficiles à prendre, c'est la raison même de leur grandeur ! »

Bonaparte n'aurait pas parlé autrement et c'était le genre d'aphorisme que les Français adorent entendre.

« Conduisez-nous chez Silano et nous prendrons le risque pendant que vous irez à Notre-Dame.

— Mais je suis votre gardien. Je ne peux pas vous laisser livrés à vous-mêmes.

— Vous pensez que la perspective de partager le plus grand trésor du monde n'a pas déjà tissé entre nous des liens plus forts qu'une chaîne ? Faites-moi confiance, Boniface. Désormais, entre nous, c'est à la vie, à la mort ! »

Moins de trois kilomètres à parcourir dans Paris. On les fit à pied plutôt qu'à cheval pour être sûrs d'éviter les points de contrôle militaire dressés dans la cité. La ville retenait son souffle. Il y avait peu de lumière et les gens palabraient en groupes compacts avides des dernières nouvelles contradictoires circulant sur la tentative de putsch en cours de développement. Bonaparte était roi. Bonaparte aurait été appréhendé. Bonaparte était à Saint-Cloud, au palais du Luxembourg ou même à Versailles. Les députés allaient rallier le peuple. Les députés s'étaient ralliés à Bonaparte. Les députés étaient en fuite. Les rumeurs affluaient de partout.

À l'Hôtel de Ville, on passa sur l'autre rive de la Seine. Les théâtres étaient fermés. Je gardais en mémoire des souvenirs étincelants de halls illuminés où se coudoyaient les courtisans venus se montrer aux grands de ce monde. On marchait paisiblement vers le Louvre. Les clochers de la cathédrale se dressaient à contre-ciel, dans l'île de la Cité. Les nuages voilaient la lune.

« C'est là que vous allez nous attendre, Boniface. On vous y rejoindra avec le livre et sans doute Silano, au bout d'un pistolet. »

Il approuva d'un signe alors qu'on se glissait sous un porche pour éviter un peloton de cavalerie. Par deux fois, j'eus l'impression d'apercevoir une jupe prompte à s'escamoter. Encore des cheveux roux. Donnais-je dans l'idée fixe ? J'aurais aimé disposer de mon rifle, mais pas question. Trop voyant. Le port d'arme était prohibé dans toute la ville.

« Tu n'as pas cru voir une femme bizarre qui nous suivrait ?

— À Paris, soupira Astiza, tout le monde me semble bizarre. »

On longea le palais du Louvre, puis on tourna au jardin des Tuileries pour suivre la grande façade de cet autre palais commandé par Catherine de Médicis deux siècles plus tôt. Imposant comme beaucoup de ces palais européens, dix fois trop grands pour les besoins de la cour. Sa construction avait d'ailleurs été largement abandonnée après celle du château de Versailles. Le pauvre roi Louis et Marie-Antoinette y avaient été provisoirement relogés à la Révolution, et puis la foule l'avait pillé de fond en comble et il ne semblait plus habité du tout. Boniface présenta son sauf-conduit de police au planton ensommeillé qui gardait l'une des entrées latérales, alléguant une affaire pressante. Qui n'en avait pas, durant cette période agitée ?

« À votre place, je ne ferais pas monter madame, bâilla-t-il en reluquant Astiza. Aucune femme ne monte plus. C'est surveillé par un esprit.

— Un esprit ? »

Boniface avait pâli.

« Les hommes ont entendu des trucs, en pleine nuit.

— Vous parlez du comte ?

— Il y a quelque chose qui bouge là-haut, même quand il n'est pas là. »

Un large sourire exhiba ses dents jaunes.

« La petite dame peut rester avec moi.

— J'ai toujours rêvé de voir un fantôme », dit Astiza.

On monta au premier étage. La splendeur architecturale de ce palais des Tuileries était toujours là, dans les vastes pièces disposées en enfilade, les plafonds sculptés aux lourdes corniches, les parquets d'essences diverses et les cheminées pourvues de fioritures en quantité suffisante pour décorer la moitié de Philadelphie. Mais les peintures étaient sales, les papiers pendaient et les parquets craquelés par le passage du canon dont le peuple s'était servi pour obliger Louis XVI à réintégrer l'édifice, en 1792. Des planches hâtivement ajustées barraient encore les fenêtres fracassées. Tout ce qui présentait un intérêt artistique, donc pécuniaire, avait disparu, et nos pas éveillaient des échos dans les vastes pièces dépouillées. On avait la sensation d'avancer dans un espace unique, toujours semblable, reflété à l'infini par des miroirs disposés face à face.

Enfin, notre geôlier s'arrêta devant une porte fermée.

« C'est là qu'il habite. Il ne permet à personne d'y entrer. Il ne laisse même pas les factionnaires s'en approcher. Faisons vite. Il peut rappliquer d'un moment à l'autre. »

Il jetait autour de lui des regards apeurés.

« Où est le fantôme ? souffla-t-il.

— Uniquement dans votre imagination, Boniface.

— Mais *quelque chose* éloigne bien les curieux ?

— Oui. La crédulité pour les histoires étranges. »

La serrure n'opposa qu'une faible résistance. Boniface avait appris des tas de choses, au contact de ses pensionnaires.

« Bravo ! Rendez-vous dans les cryptes de Notre-Dame.

— Tu me prends pour un imbécile ? Je ne vous lâche pas, je veux m'assurer qu'il n'y a rien d'autre à voler chez ce fameux comte ! Dépêchons-nous. »

On traversa une antichambre qui donnait accès à une vaste pièce sur le seuil de laquelle on s'arrêta, indécis.

Sur une table centrale gisait le cadavre d'un gros chien aux babines retroussées par tout ce qu'il avait dû subir. Des taches de peinture marquaient son pelage et sa peau largement privée de poils. De grosses épingles reliées entre elles par des bouts de fil métallique saillaient de la carcasse.

« Mon Dieu ! qu'est-ce que c'est que ça ?

— Une expérience parmi d'autres, Boniface. Silano fait joujou avec résurrection et immortalité. »

Notre geôlier se signa précipitamment.

Les étagères pliaient sous le poids de livres et de rouleaux probablement ramenés d'Égypte. Il y avait aussi des douzaines de jarres remplies d'un liquide jaune dans lequel nageaient des organismes divers, poissons aux yeux immenses, anguilles enroulées sur elles-mêmes, oiseaux au bec fiché dans leur propre plumage, petits mammifères et même des pièces détachées d'organismes hétéroclites, membres de bébés, organes d'adultes, cerveaux et langues, et, dans un grand bocal, telles des billes ou des olives, plusieurs globes oculaires dont la possible origine humaine faisait froid dans le dos. Enfin, quelques crânes indubitablement humains, et le squelette complet d'une créature que je n'essayai même pas d'identifier. Plus des rongeurs empaillés, alignés contre un mur, qui nous suivaient de leurs yeux de verre.

Près de la porte avait été peint sur le parquet le classique pentagramme, garni de symboles probablement prélevés dans le livre. Des parchemins et des plaques portant d'autres symboles pendaient aux murs entre des cartes anciennes et des diagrammes de la Grande Pyramide. Je reconnus le motif cabalistique qu'on avait rencontré au-dessous de Jérusalem, parmi d'autres mélanges de traits, de chiffres et de symboles tels qu'une croix tordue, inversée. Le tout dans la lueur de cierges allumés. Silano n'avait pas eu l'intention de rester absent bien longtemps.

Sur une autre table, s'amoncelaient des feuilles couvertes des caractères du Livre de Thot et des essais de traduction du comte, la plupart biffés et tachés d'encre. De nombreuses fioles, aussi, contenant des liquides de couleurs différentes, et des boîtes de poudres chimiques. L'ensemble dégageait une odeur composite d'encre, de produits hétéroclites, non étiquetés, de métal et de moisi.

« C'est un endroit maléfique, commenta Boniface avec l'air de quelqu'un qui vient de rencontrer le diable.

— Voilà pourquoi, rappela Astiza, il faut reprendre le livre à Silano.

— Partez tout de suite si vous avez peur, conseillai-je au gardien de prison.

— Non, je veux voir ce livre. »

Sur le parquet s'étendait un immense tapis de laine, taché et déchiré mais remontant à coup sûr aux Bourbons. Il allait jusqu'à l'entrée d'un balcon donnant sur une cour obscure. Au rez-de-chaussée, en face de nous, s'ouvrait une double porte. L'espace était encombré de charrettes porteuses de paquets et de sacs. Silano n'avait donc pas fini de ranger ses bagages. Un escalier de bois menait de la cour au balcon, justifiant le choix de cet appartement. Il était facile d'y rentrer ou d'en sortir des objets d'usage peu courant.

Comme un cercueil de bois.

Je ne l'avais pas repéré jusque-là, mais je le découvrais à présent, debout contre le mur du fond, dans cette même pièce. Les motifs étaient gris dans la lumière chiche, mais étrangement familiers. Il s'en dégageait une vague impression macabre.

« À cause de la momie. Je parie que le comte a passé le mot. C'est dans l'esprit de ce que nous a dit le factionnaire. Le fantôme qui empêche tout le monde de venir fouiner par ici.

— Il y a un mort dans ce cercueil ?

— Depuis des milliers d'années, Boniface. Vous voulez y jeter un coup d'œil ?

— L'ouvrir, non ! Le garde a dit que quelque chose bougeait.

— Il nous faudrait le livre pour cela. Notre guide vers la fortune est peut-être dans cette boîte. Combien de gens sont passés par la prison du Temple, sur le chemin de l'échafaud ? Peur d'une boîte en bois, Boniface ?

— Un cercueil !

— Rapporté d'Égypte par Silano, sans difficultés apparentes. »

Stimulé, le geôlier traversa la pièce. Il ouvrit le cercueil. Avec ses orbites vides et son sourire sans lèvres dans sa face noire, Omar bascula lentement vers l'avant et lui tomba dans les bras.

Boniface poussa un cri et rejeta Omar comme s'il était en feu.

« Il est vivant ! »

L'ennui avec les serviteurs publics mal payés, c'est qu'on a rarement affaire aux plus intelligents.

« Du calme, Boniface. Il est plus mort qu'une saucisse et ça n'est pas d'hier. On l'appelle Omar. »

Le malheureux se signa de nouveau, en dépit du mépris jacobin pour la religion sous toutes ses formes.

« C'est une erreur, ce qu'on fait là. On va être damnés.

— Seulement si on perd courage. L'heure tourne. Inutile de courir plus de risques. Filez à l'église, forcez la serrure, cachez nos outils et attendez-nous.

— Vous allez venir quand ?

— Dès qu'on tiendra le livre et quelques réponses du comte à nos questions. Sondez le sol des cryptes. Ça sonnera forcément le creux quelque part. »

Il acquiesça, l'expression gourmande.

« Vous jurez de me rejoindre, tous les deux ?

— Nous aussi, on veut être riches ! »

L'argument lui rendit une fraction de sa confiance. À notre grand soulagement, il s'enfuit. J'espérais bien ne pas le revoir, car, à ma connaissance, il n'y avait aucun trésor dans les cryptes de Notre-Dame, et je n'avais jamais eu l'intention de m'y rendre. Omar la momie nous avait bien rendu service.

Je lui jetai un bref coup d'œil. Il allait rester tranquille, maintenant ?

« Cherchons le livre, implora Astiza. Prends ces étagères, je m'occupe de celles-ci. »

Une tâche ingrate, ardue et très poussiéreuse à mesure qu'on dégageait les planches pour regarder derrière tous ces volumes consacrés à l'alchimie, la sorcellerie, l'Atlantide, Zoroastre, Mithra et Ultima Thulé ; des albums d'imagerie maçonnique et de hiéroglyphes égyptiens ; la hiérarchie des chevaliers du Temple ; des théories sur les Rose-Croix et le mystère du Graal. Silano avait aussi des ouvrages sur l'électricité, la longévité, les substances aphrodisiaques, les cures herbacées, l'origine des maladies et l'âge de la terre. C'était un authentique chercheur, mais où était le Livre de Thot ?

« Il l'a peut-être emporté avec lui ?

— Il n'oserait pas. Pas dans les rues de Paris. Il l'a caché quelque part. À un endroit où on ne penserait pas… ou n'oserait pas regarder. »

Oser. À Rosette, Omar avait servi de sentinelle. Je me penchai vers la pauvre momie couchée par terre, la face contre le sol. Était-il possible que… ?

Je le roulai sur le dos. Il y avait une fente dans ses bandelettes et dans son torse. Creux, bien sûr, tous organes extraits lors de l'embaumement. Non sans une grimace, je plongeai la main dans l'ouverture.

Et sentis le Livre de Thot soigneusement réenroulé sur lui-même pour tenir le moins de place possible. Pas bête.

Une voix se fit entendre : « Alors, la souris a trouvé le fromage ! »

Je pivotai vers la porte et vis Silano, plus jeune que jamais, rapière balançant de côté et d'autre à mesure qu'il avançait à grands pas dans la pièce. Il ne boitait plus et l'expression de son visage lisse était meurtrière.

« Toujours aussi difficile à éliminer, Ethan Gage ! Cette fois, je ne vais pas renouveler l'erreur que j'ai commise en Égypte. À défaut des momies que je me réservais de cuire jusqu'au bout et qui auraient orné mon futur palais, je me contenterai de vous embrocher tous les deux, pour être bien sûr de ne plus jamais vous revoir ! »

## 28

Astiza et moi ne disposions d'aucune arme. Faute d'une meilleure idée, elle s'empara d'un crâne. Sans autre raison que celle de ne pas lâcher ce qu'on était venus rechercher ici, je ramassai Omar qui avait toujours en lui le Livre de Thot. Il était aussi léger que fragile. Ses bandelettes fendues tombaient en poussière.

« Tout va finir à Paris où tout a commencé ! » se réjouit Silano.

Sa rapière était un instrument dangereux, tendu devant lui comme la langue d'un serpent. De sa main libre, il défit l'agrafe de sa cape qu'il laissa tomber derrière lui.

« Tu ne t'es jamais demandé, Gage, à quel point les choses auraient été différentes si tu m'avais tout simplement vendu le médaillon ce premier soir à Paris ?

— En fait, si ! Je n'aurais pas rencontré Astiza et je n'aurais donc pas pu te la reprendre ! »

Il lui jeta un bref coup d'œil.

« J'essaierai de ne pas la tuer tout de suite pour faire avec elle, une dernière fois, ce que j'ai beaucoup aimé faire. »

Sous le choc de cette provocation délibérée, le bras d'Astiza, ramené en arrière, se rabattit violemment, mais la rapière détourna le crâne de sa course. Le projectile vola à travers la pièce et Silano reprit son avance dans ma direction.

Il paraissait réellement plus jeune, plus alerte, le livre avait déjà fait quelque chose pour lui, mais c'était une étrange jouvence. Sa peau était à la fois sans rides et sans éclat, ses yeux vifs, mais soulignés de larges cernes. Il avait l'air d'un homme privé de sommeil depuis des semaines. Et qui peut-être ne redormirait plus jamais. Une lueur de folie éclairait son regard.

Y avait-il quelque chose d'infiniment périlleux, dans ce rouleau que nous avions trouvé ?

« Cet endroit dégage l'odeur de l'enfer, Alessandro. De quel dieu t'es-tu inspiré ?

— De celui qui va te recevoir, Gage. Tu le salueras de ma part. »

Et il se fendit avec la souple dextérité de l'escrimeur consommé. Son épée transperça la momie, mais pas jusqu'au bout. J'avais scrupule à me servir ainsi de ce pauvre Omar, mais il n'avait plus rien à craindre, après tout. Moi si. Je le poussai vers Silano de manière à tordre le poignet du bretteur. Il jura, mais sa lame acheva de transpercer mon bouclier de fortune et me toucha au flanc. Très désagréable, nom de Dieu ! Cette rapière était plus tranchante qu'un rasoir.

Silano jura en me frappant de son poing libre. Le salopard avait apparemment recouvré toute son ancienne souplesse, et le coup me projeta en arrière avec un cadavre égyptien par-dessus. Mon adversaire trébucha, la rapière encore empêtrée dans mon bouclier improvisé. Mais il l'en ressortit et plongea sa main dans le dos de ce malheureux Omar, ramenant au jour le rouleau convoité. Je n'avais plus de protection du tout. Il éleva le livre au-dessus de sa tête, comme pour me défier de revenir le prendre. Un genou au sol, Astiza guettait sa chance.

Après Omar en personne, j'agrippai le cercueil qu'il avait occupé durant tant de siècles et le fis basculer devant moi en m'efforçant de rouler de côté. Silano avait arraché sa rapière au cadavre desséché pratiquement coupé en deux, et pris le temps de glisser le rouleau sous sa chemise. Je parai son attaque suivante à l'aide du cercueil, la lame traversa le vieux bois et je renouvelai ma première manœuvre, poussant et tordant de toutes mes forces.

La rapière cassa net. Silano frappa le cercueil du pied, et quand il se brisa sous sa ruade, je vis que, en plus d'Omar, il avait contenu autre chose.

Mon rifle !

Mais lorsque je tentai de m'en saisir, la rapière brisée me cingla les phalanges. Si fort que je ne pus attraper mon arme et n'eus d'autre ressource que de me projeter de côté tandis qu'il écartait, toujours à coups de pied, les morceaux du cercueil.

Il avait sorti un pistolet et le braquait sur moi à présent, les traits crispés de rage et de haine. Je me rabattis contre une proche étagère alors qu'il tirait. Je sentis le souffle de la balle, très près de ma tête. Elle frappa l'une des jarres et quelque chose d'affreux tomba sur le plancher avec le liquide jaune de conservation. Une odeur infecte se répandit, mêlée à celle de la poudre.

« Va au diable ! »

Il avait reculé pour recharger le pistolet. Et c'est alors que ce vieux Benjamin vint à mon secours. « Énergie et persistance viennent à bout de tout. » Énergie !

Astiza rampait vers Silano, sous la grande table. J'ôtai ma veste et la jetai en guise de diversion, puis arrachai ma chemise. Le comte m'observait, stupéfait, comme s'il me croyait devenu fou, mais j'avais besoin de peau nue. Rien de tel pour créer un effet de friction. Je plongeai vers le récipient brisé et glissai sur le parquet dénudé à cet endroit, serrant les dents pour mieux supporter la brûlure du frottement. L'électricité, je le rappelle, peut être engendrée par simple friction et le sel du sang nous convertit, alors, en batterie passagère. Quand j'arrivai auprès du balcon, j'étais en charge.

La jarre brisée avait possédé une base de métal. En cours de glissade, je tendis l'index comme le Dieu de Michel-Ange tendant le sien vers Adam, et l'énergie que j'avais emmagasinée bondit, en un éclair minuscule, vers la coupelle métallique.

Il y eut une étincelle, et la pièce explosa. Les vapeurs du brouet de sorcière de Silano créèrent une boule de feu qui flotta au-dessus de ma tête avant d'être propulsée par le déplacement d'air en direction du comte, d'Astiza et de la table chargée de cartes et de papiers de toutes sortes. Des flammes jaillirent.

Je me relevai vivement, les cheveux roussis et les deux flancs en feu, l'un à cause de la rapière, l'autre en raison de ma folle glissade sur le parquet rugueux. J'éteignis vivement celui qui enflammait la tache grasse ramassée par mes braies. Une brume malodorante envahissait la pièce. Silano était tombé, lui aussi, et cherchait son pistolet. Astiza se dressa dans son dos, lançant autour de son cou une lanière de toile.

Une des bandelettes d'Omar !

Je rampai vers mon fusil.

Luttant comme un forcené, Silano déséquilibra Astiza qui refusa de lâcher prise. Ils se redressèrent, tant bien que mal, avec Omar entre eux comme un prétendant jaloux. Je cueillis mon fusil et tirai, mais, à la pression sur la détente, ne répondit qu'un faible déclic.

« Ethan, vite ! »

Corne à poudre et sac de balles étaient là, eux aussi. Poudre, bourre, bille de plomb, j'étais plus habile à ce jeu que ne l'avait été Najac. Le comte rougissait de suffocation, à demi étranglé. Maintenant, grand Dieu, avec le chien relevé ! Sortis sur le balcon, sans l'avoir voulu, les deux adversaires heurtèrent la rambarde qui céda partiellement. Silano cherchait à ramener Astiza devant lui, mais ce qui restait d'Omar, entre eux, entravait sa tentative et je savais, par expérience, combien Astiza était forte. Le comte repéra mon rifle braqué et tenta de lever son pistolet rechargé. La fumée s'épaississait vers le plafond. Il parvint à se libérer, puis tenta d'étrangler, à son tour, la femme de ma vie.

Il tira le premier, mais Astiza se cramponnait encore. La balle se perdit alors qu'il essayait de pousser son adversaire vers les flammes.

« Il va me brûler ! »

Je tirai. Le touchai à la gorge.

Il émit un drôle de gargouillement, les yeux révulsés de douleur.

Puis il fracassa la rambarde du balcon et bascula dans les flammes qui montaient d'en bas, emmenant ma femme avec lui.

« Astiza ! »

C'était l'histoire du ballon qui recommençait. Le temps d'un cri, elle n'était plus là.

*

*   *

Je courus à la fenêtre, m'attendant à l'apercevoir dans ces flammes allumées par la nappe du liquide enflammé qui avait coulé depuis le balcon.

Elle n'y était pas. La cage thoracique d'Omar, après tout ce temps, avait bloqué sa chute entre deux des barreaux de bois intact, et Astiza s'était rattrapée aux bandelettes de toile, agitant ses jambes au-dessus du brasier d'en bas.

Silano se débattait encore, mais commençait à brûler comme les chevaliers du Temple jadis voués au bûcher. Et le livre était sous sa chemise.

Au diable ce maudit rouleau !

Je ramenai Astiza à moi, avec son aide. Tandis que je la hissais auprès de moi, Omar prit feu, lâcha tout et tomba, ses bandelettes pendantes s'enflammant avant d'avoir touché terre. Il rejoignait son maître pour brûler avec lui. Je louchai par-dessus la rambarde. Ses membres bougeaient, comme dans les affres d'une nouvelle agonie. Lui restait-il quelque souffle de vie ? Ou n'était-ce qu'un effet de la chaleur ?

Il ne nous avait pas apporté une malédiction, il nous avait sauvés. Thot avait fini par nous sourire.

Et le livre ? À mesure que les vêtements de Silano se consumaient, je voyais le rouleau disparaître sur sa poitrine. Puis la chair du comte se mit à faire des bulles et je reculai.

Astiza et moi, nous nous embrassâmes, pressés l'un contre l'autre. Des cloches sonnaient à la ronde, mêlées à des cris et au fracas de lourds véhicules. La brigade d'incendie de Paris n'allait pas tarder. Quand elle arriverait à pied d'œuvre, le secret que des milliers d'hommes recherchaient depuis des milliers d'années ne serait plus que cendre.

« Peux-tu marcher, mon amour ? On n'a pas beaucoup de temps. Il faut qu'on s'éloigne d'ici.

— Le livre ?

— Brûlé avec Silano. »

Elle pleurait. Pour quelle raison, je n'en étais pas très sûr.

Devant le palais des Tuileries, claquaient des portes de voiture. Les pompes entrèrent en action. On regagna en boitant la porte par laquelle on était entrés. L'espace d'un instant, j'espérai que le feu m'épargnerait toute poursuite et qu'on pourrait s'esquiver sans attirer l'attention. Mais non, toute une troupe s'agitait en bas, dans le hall d'entrée.

« C'est lui ! »

Une voix familière, mais que je n'avais pas entendue depuis près d'un an et demi.

« C'est bien lui ! Il me doit toujours son loyer ! »

Mme Durrell. Mon ancienne propriétaire, à Paris, que j'avais fuie dans des conditions pénibles. Si c'était bien moi, c'était bien elle, hélas ! dont j'avais aperçu plus d'une fois, du coin de l'œil, la tignasse rousse. Elle n'avait jamais eu beaucoup de sympathie pour ma personne et, quand j'avais quitté Paris, était allée jusqu'à m'accuser de tentative de viol. J'avais nié, sans faiblir. Il suffisait de la regarder. Même les Pyrénées paraissaient plus jeunes que Mme Durrell. Et tellement mieux conservées.

« Je ne me débarrasserai donc jamais de vous !

— Tant que vous ne m'aurez pas payé ce que vous me devez ! »

« Les créanciers ont plus de mémoire que les débiteurs », disait Franklin, et je savais, par expérience, qu'il ne se trompait pas, là non plus.

« Et vous me suivez depuis tout ce temps comme un sbire de Fouché !

— Je vous ai reconnu dans la voiture de police, où était votre place. Mais je savais que vous ressortiriez, avec de mauvaises intentions, comme toujours. J'ai surveillé la prison du Temple et, quand je vous ai vu partir avec ce geôlier malhonnête, j'ai appelé au secours. Le comte Silano m'avait promis de s'occuper de vous. Et puis, à mon retour ici, tout était en train de brûler ! »

Prenant les soldats à témoins :

« Caractéristique de l'Américain ! Il se croit toujours chez lui, au pays des sauvages. Essayez donc de lui faire payer ce qu'il vous doit ! »

Je poussai un long soupir.

« Madame Durrell, j'ai bien peur d'avoir tout perdu, cette fois encore. Je ne peux pas vous payer tout de suite, quel que soit le nombre des policiers lâchés à mes trousses !

— Et ce fusil que vous venez de poser ? C'est bien celui que vous avez volé chez moi, avant de me tirer dessus avec ?

— Je ne vous l'avais pas volé. Il était à moi. Et je ne vous ai pas tiré dessus avec, comme vous dites. J'ai seulement tiré dans la serrure. Ce n'est d'ailleurs pas du tout le même fusil. »

Mais Astiza me pinçait le bras. Napoléon débarquait, suivi d'un aréopage de secrétaires et de généraux. Ses yeux gris étaient de glace, son regard à l'orage. La dernière fois que je l'avais vu autant en colère remontait au jour où il avait reçu la nouvelle de l'infidélité de Joséphine et broyé l'armée mamelouke à la bataille des Pyramides.

Je pouvais m'attendre au pire. La virtuosité de Bonaparte à lancer des ordres sur le champ de manœuvre était légendaire. Mais, après m'avoir salué d'un léger signe de tête, il m'apostropha :

« J'aurais dû deviner ! Avez-vous découvert le secret de l'immortalité, monsieur Gage ?

— Simple obstination de ma part.

— Vous me suivez sur trois mille kilomètres, vous incendiez un palais royal et vous laissez à mes hommes du feu le soin de découvrir deux cadavres dans les cendres !

— Nous tentions d'empêcher des choses fâcheuses de se produire…

— Il me doit plusieurs mois de loyer, général, intervint Mme Durrell.

— Je préférerais que vous me donniez mon titre de Premier consul, le poste auquel j'ai été nommé à deux heures ce matin. Combien vous doit-il, madame ? »

Les rouages cliquetèrent un bon moment dans la tête rousse. Elle se demandait, sans doute, par quel coefficient multiplier ma dette. Enfin :

« Cent livres. »

Et personne ne relevant l'énormité de sa réclamation : « Plus cinquante, à titre d'intérêts de retard.

— C'est vous, madame, qui avez donné l'alerte ?

— C'est moi, monsieur le Premier consul. »

Durrell en crevait d'orgueil.

« Plus cinquante autres en récompense. Berthier, veuillez remettre deux cents livres à cette bonne citoyenne.

— Merci, général, je veux dire : Merci, consul. »

La Durrell rayonnait.

« Mais vous ne soufflerez mot à personne de ce qui s'est passé ici, cette nuit. Il y va de la sécurité de l'État, et le sort de notre nation repose sur votre courage et votre discrétion, madame. Vous saurez tenir votre langue ?

— Pour deux cents livres, sans aucun doute.

— Parfait. Vous êtes une vraie patriote. »

Le nommé Berthier remit l'argent à la dame, et Napoléon se retourna vers moi.

« Deux corps ont brûlé au-delà de toute identification possible. Vous pouvez me les nommer, monsieur Gage ?

— L'un était le comte Silano. Avec qui toute association était impossible.

— Je vois. Et l'autre ?

— Un vieil ami égyptien, qui nous a sauvé la vie.

— Et le livre ?

— Victime du même sinistre, j'en ai peur.

— Vraiment ? Fouillez-les. »

La fouille eut lieu, sans résultat. Un soldat s'empara de mon long rifle. Le reverrais-je ?

« Vous m'aurez donc trahi jusqu'au bout. »

Il contempla un instant la fumée qui s'apaisait, fronçant les sourcils comme un propriétaire en présence d'une fuite.

« Enfin… je n'ai plus besoin du livre étant donné que j'ai la France. Vous verrez ce que je vais en faire.

— Je suis sûr que vous ne resterez pas assis.

— Malheureusement, la France ne sera pas en sécurité tant que vous serez en vie. Après en avoir chargé tant d'autres, sans succès, je crois que je vais m'en occuper moi-même, et le jardin des Tuileries offre le cadre idéal…

— Général..., intervint Astiza.

— Il ne vous manquera pas, madame. Je vais vous exécuter aussi. Et votre geôlier, si je le trouve.

— Je crois qu'il cherche des trésors dans les cryptes de Notre-Dame. Ne l'en blâmez pas. C'est un homme simple et sans imagination, le seul geôlier que j'aie jamais trouvé plutôt sympathique.

— Cet imbécile avait également laissé filer Sidney Smith, qui s'est dressé devant moi au siège d'Acre !

— Oui, général. Mais ses contes nous ont encouragés à chercher encore votre livre.

— Alors, je vous ferai fusiller deux fois, pour racheter sa faute. »

On parcourut quelques mètres, côte à côte. De vagues fumerolles montaient encore dans l'aube naissante. Une fois de plus, je me sentais dans un piteux état. Épuisé, blessé par une rapière, râpé par mon effort de friction et privé de sommeil. Si c'était ça, avoir une veine du diable, alors, je plaignais le diable !

Bonaparte s'arrêta devant un mur végétal aux ambitions décoratives, amputé par la saison de la plupart de ses fleurs. Triste jour pour en finir, de la main de Napoléon, mais le livre n'existait plus et mon amour partirait en même temps que moi. On était trop las, fût-ce pour implorer notre grâce. Les mousquets étaient prêts, chien relevé.

C'en était presque monotone.

Puis un ordre bref figea la scène :

« Attendez ! »

J'avais fermé les yeux pour ne plus voir ces mousquets par le mauvais bout. Je les rouvris. Bonaparte revenait sur ses pas. Quoi encore ?

« Vous m'avez dit la vérité, au sujet du livre, hein, Gage ?

— Absolument, général. Pardon, monsieur le Premier consul. Brûlé avec Silano.

— Il a fait la preuve de son efficacité, vous savez. En partie. On peut ensorceler des hommes afin d'obtenir leur accord sur des sujets extraordinaires. C'est un crime d'avoir laissé partir ce livre en fumée.

— Personne ne devrait posséder le pouvoir d'ensorceler son prochain.

— Je ne vous aime pas, Gage, mais, d'un autre côté, vous m'impressionnez. Vous êtes celui qui survit à tout, comme moi. Doublé d'un opportuniste, comme moi. Et même un intellectuel comme moi, dans votre style. Je n'ai plus besoin de magie maintenant que je dispose de l'État. Que ferez-vous si je vous laisse partir ?

— Pardonnez-moi de n'y avoir pas encore pensé.

— Ma position a changé. Je *suis* la France. Plus de décisions revanchardes vis-à-vis de qui que ce soit, individus ou nations. Je dois penser pour des millions de Français. L'année prochaine, il va y avoir une élection aux États-Unis, et j'ai besoin d'y améliorer mes contacts. Vous avez conscience de notre rivalité sur mer ?

— Et je la déplore.

— Gage, j'ai besoin d'un envoyé en Amérique qui soit capable de réfléchir utilement, comme moi. La France a des intérêts aux Caraïbes et en Louisiane, et nous n'avons pas abandonné tout espoir de reconquérir le Canada. Il y a de curieux rapports sur certaines réalisations, dans l'ouest, aptes à intéresser l'homme de la frontière que vous êtes. Nos deux nations peuvent être ennemies, ou s'entraider comme nous l'avons fait pour votre pays, lors de votre révolution. Vous me connaissez mieux que personne. Je veux que vous vous rendiez dans votre nouvelle capitale, Washington ou Columbia, et que vous y vérifiiez quelques idées pour mon compte. »

J'observais, par-dessus son épaule, le peloton d'exécution en attente.

« Un envoyé ?

— Comme Franklin. Pour expliquer ce que sont nos deux nations.

— Plus d'accusation de meurtre contre moi, et un coup d'éponge sur l'affaire Silano ?

— Un homme fascinant, mais en qui je n'ai jamais eu réellement confiance. »

Ce n'était pas l'impression qu'ils m'avaient donnée, tous les deux, mais à quoi bon discuter avec Napoléon ? Je pouvais sentir le sang revenir dans mes extrémités ankylosées.

« Et elle ? »

Je désignai discrètement Astiza.

« Bien entendu, Gage. Vous êtes aussi fou d'elle que moi de Joséphine. N'importe qui peut le voir et Dieu ait pitié de moi comme de vous. Partez avec Astiza, voyez ce que vous pouvez glaner qui me soit utile et n'oubliez jamais que vous me devez deux cents livres. »

Je lui souris aussi chaleureusement que possible.

« On me rendra mon long rifle ?

— Entendu, mais pas les munitions. Pas avant que je sois hors de portée. »

Alors qu'on me rapportait mon fusil déchargé, je me retournai pour contempler, avec lui, le palais des Tuileries.

« Mon gouvernement va siéger au palais du Luxembourg, évidemment, mais j'ai bonne envie d'emménager ici. Votre incendie est l'excuse rêvée pour tout faire refaire. À compter d'aujourd'hui même !

— Heureux d'avoir pu vous aider.

— Vous rendez-vous compte que c'est parce que votre caractère est si vide de toute idée trop définitive que vous ne valez pas les balles pour vous fusiller ?

— Je ne saurais être plus d'accord.

— Et que la France et les États-Unis ont les mêmes intérêts, contre la perfide Angleterre ?

— L'Angleterre en demande effectivement un peu trop, parfois.

— Je n'ai pas davantage confiance en vous, Gage. Vous êtes une canaille. Mais travaillons ensemble et je pense qu'il en sortira quelque chose. Vous n'avez pas encore fait votre fortune, que je sache ?

— J'en suis très conscient, Premier consul. Après bientôt deux ans d'aventures, je n'ai pas un sou vaillant à mon crédit.

— Je peux me montrer généreux avec mes amis. Mes aides de camp vont vous trouver un hôtel, bien loin de cette horrible rouquine. Quelle Méduse ! Je vais vous faire accorder une petite allocation, en comptant sur vous pour ne pas la jouer aux cartes. Vous me rembourserez plus tard, si vous pouvez.

— Naturellement.

— Et vous, madame, dit-il en s'adressant à Astiza, êtes-vous prête à voir l'Amérique ? »

Elle m'avait paru inquiète pendant que nous devisions à voix basse.

Elle hésita une seconde et, lentement, secoua la tête.

« Non, consul.

— Non ?

— J'ai interrogé mon cœur durant tous ces jours sombres. J'appartiens à l'Égypte autant que vous à la France et M. Gage aux États-Unis. Votre pays est beau, mais froid, et ses forêts sinistres. Les déserts américains seraient encore pis. Je n'y serais pas à ma place. Et je doute qu'on ait définitivement perdu la trace de Thot et des Templiers. Envoyez Ethan en mission, mais comprenez pourquoi je dois retourner au Caire et à vos savants.

— Madame, je ne pourrai garantir votre sécurité, en Égypte. J'ignore même si j'y récupérerai mon armée.

— Isis a un rôle pour moi, et ce n'est pas de l'autre côté de l'océan. Je suis désolée, Ethan, je t'aime comme tu m'as aimée. Mais je n'ai pas terminé ma quête du Graal. Le moment n'est pas venu, pour moi, de m'installer dans une vie paisible. Il viendra peut-être. Je crois sincèrement qu'il viendra. »

Par les marécages de Georgie, pourrais-je, un jour, garder une femme ? J'avais traversé l'enfer de Dante pour elle, tué son ancien amant, et elle allait me quitter au moment où Napoléon me confiait une mission officielle ? Quelle folie…

Mais était-ce vraiment le cas ? Je n'avais aucune idée où cette nouvelle aventure me conduirait, et, bien sûr, Astiza n'était pas femme à me suivre docilement à la trace. J'étais intrigué, moi aussi, par tout ce qui se rapportait à l'Égypte ancienne, et peut-être en découvrirait-elle beaucoup plus pendant que je ferais les courses de Bonaparte en Amérique. Quelques soupers diplomatiques, un petit tour dans une île sucrière ou deux, et je serais libéré de ma dette envers lui. Enfin prêt pour un nouvel avenir.

« Je ne te manquerai pas ? »

Elle sourit tristement.

« Oh si, Ethan ! La vie n'est que chagrin. Mais aussi destinée, et c'est le signe que d'autres portes doivent être poussées, d'autres chemins suivis jusqu'au bout.

— Comment saurai-je si nous nous reverrons un jour ? » Toujours tristement, mais avec une certaine lueur dans le regard, elle vint m'embrasser sur la joue.

« Parie ferme là-dessus, Ethan Gage. Et tâche de jouer les bonnes cartes. »

# Note historique

S'il est vrai que nos erreurs nous en apprennent plus long que nos succès, la campagne de 1799 fut pour Bonaparte très riche en enseignements. Poussé par sa seule impatience à lancer contre Acre des assauts aussi précipités que mal préparés, il s'aliéna la majorité de la population autochtone. Les massacres entraînés et l'exécution des prisonniers, à Jaffa, entachèrent sa réputation jusqu'à la fin de ses jours. À peine meilleurs furent les rapports annonçant l'euthanasie, par l'opium et le poison, de ses propres soldats malades de la peste. Il ne revivrait le même embarras militaire et politique qu'en 1812, avec la retraite de Russie.

Et pourtant, jusqu'à fin 1799, Bonaparte n'avait pas fait que survivre à une première débâcle militaire. Le Corse avait si adroitement manipulé l'opinion publique en France qu'il avait pu se faire nommer Premier consul de son pays d'adoption, avant d'en être bombardé empereur. Même les politiciens modernes apparemment bardés de Téflon (au sens où nulle critique ne saurait les atteindre) ne posent pas la même énigme que cette habileté consommée de Napoléon Bonaparte. Comment parvint-il à tirer une telle gloire de désastres répétés sur le champ de bataille ? Tel est le mystère qui est au cœur de cet ouvrage.

À l'adresse des lecteurs de fiction curieux de ces choses, la majeure partie de ce roman est authentique. Quoique j'aie pris quelques libertés avec les détails, la tragédie de Jaffa, la bataille du mont Tabor et le siège d'Acre se sont bien passés de cette manière. Quant à Sidney Smith, Phélippeaux, Haïm Farhi et Djezzar, ce sont des personnages réels. Phélippeaux n'est pas mort percé de baïonnettes, mais d'insolation et d'épuisement, au cours du siège. Acre et Jaffa, cette dernière n'étant plus, aujourd'hui, qu'une banlieue de Tel-Aviv, ont conservé leur cachet architectural de 1799. Bien que reconstruits par Djezzar après la bataille, en raison des dommages subis, la tour stratégique et les murs du siège d'Acre ont disparu, mais il n'est pas bien difficile d'imaginer le séjour d'Ethan Gage en Terre sainte.

Une balade sur les remparts de cette ravissante cité méditerranéenne garde tout son charme romantique. À l'est, commence la grand-route de Galilée, au pied de la colline où Bonaparte avait implanté son quartier général.

Aux lecteurs intéressés par la campagne syrienne du général français, je recommande *Napoléon en Terre sainte*, de Nathan Schur, et *Bonaparte en Égypte*, de J. Christopher Herold. De nombreuses aquarelles documentaires très évocatrices, œuvres de l'artiste écossais David Roberts, existent également sous forme d'albums.

Bien qu'ayant partiellement inventé ces aventures souterraines au mont du Temple – une nécessité dans la mesure où des locaux si abondamment visités depuis lors, tels que les écuries de Salomon, ont été fermés aux touristes par les autorités musulmanes –, le sous-sol de Jérusalem est littéralement criblé de tunnels et de cavernes. Ce monde souterrain comprend une obscure voie d'eau qui commence à la partie inférieure de l'étang de Siloam et que votre auteur consciencieux a pris la peine de traverser à gué, avec de l'eau jusqu'aux cuisses, pour bien se pénétrer de l'atmosphère particulière de cet épisode mouvementé.

Sous le mont du Temple existent effectivement des portes donnant accès à de longs tunnels secrets.

L'une d'elles est montrée aux touristes, mais le mont du Temple demeure interdit aux archéologues, dans la crainte de quelque trouvaille susceptible de provoquer des affrontements religieux. Quelques explorateurs trop zélés ont été pourchassés, dans le passé, par des bandes outragées, mais cela ne donne-t-il pas toute sa vraisemblance à l'idée qu'il reste, là-bas, bien des choses à découvrir ? Surtout, n'y allez jamais avec une pelle sous le bras. Vous risqueriez de déclencher une guerre sainte.

Certains lecteurs reconnaîtront que la Cité des Fantômes correspond en fait aux ruines jordaniennes de Pétra, construite par les Arabes nabatéens peu avant Jésus-Christ et administrée ensuite par les Romains. À l'époque de Gage, c'était déjà une cité perdue qui plus tard éblouirait les premiers visiteurs européens du XIXe siècle. Hormis quelques libertés bien compréhensibles, je l'ai décrite telle que je l'ai vue. Il y existe un haut lieu du sacrifice.

Le palais des Tuileries, à Paris, a été commencé en 1564, et puis a brûlé en 1871. Napoléon et Joséphine l'ont occupé à partir de 1800, trois mois après cette fameuse nomination au grade de Premier consul. Et, c'est vrai, Notre-Dame a été édifiée sur le site d'un temple romain dédié à Isis.

Le monde des chevaliers du Temple, le symbolisme cabalistique et l'idée d'un Livre de Thot sont également réels. D'autres informations sur ce même Thot figurent dans le volume dont celui-ci est la suite, *Les Pyramides de Napoléon*. Je suggère que les Templiers pouvaient l'avoir découvert, car quelle était, sinon, la source de leur accession étonnamment rapide au pouvoir, après leurs fouilles avérées sous le mont du Temple ? Qu'y avaient-ils découvert ? Où est l'arche d'Alliance, de biblique renommée ? Toujours de nouveaux mystères.

Non sans une touche de perversité, je noterai enfin, n'en déplaise au British Museum, qu'à la pierre de Rosette dont ils ont hérité en 1801, après sa confiscation, manque la partie supérieure, certainement la plus importante. Après lecture de cet ouvrage, les conservateurs du musée disposeront peut-être, sur la glace de la vitrine, une petite carte d'excuse pour l'oubli de cette précision, et certifiant que tous les efforts sont faits pour retrouver les fragments dispersés à Rosette, en 1799, par l'initiative monstrueuse d'un Américain sans scrupule. Mais ce n'est là qu'une suggestion. Tout comme l'idée que les archéologues recherchent sans doute encore les 36 534 autres volumes du Livre de Thot.

À ceux qui s'y consacrent, j'adresse mes félicitations et je souhaite bien du plaisir.

Remerciements

Afin de construire son récit sur des bases solides, l'auteur s'est appuyé sur l'érudition d'éminents historiens, ainsi que sur le travail de préservation archéologique si évocateur qui fait d'Israël et de la Jordanie des lieux tellement intéressants à visiter. Je remercie particulièrement les guides Paule Rakower et le professeur Dan Bahat en Israël, ainsi que Mohammed Helalat en Jordanie. Diane Johnson, de la Western Washington University, m'a fourni l'épigramme du Templier en latin, et Nancy Pearl m'a révélé l'anecdote de Napoléon déchirant les pages des romans qu'il lisait pour les passer à ses officiers. Chez HarperCollins, grand merci à mon éditeur, Rakesh Satyal, à ma correctrice, Martha Cameron, à mon directeur de production, David Koral, et à son assistant éditorial, Rob Crawford, ainsi qu'à la publicitaire Heather Drucker pour son travail efficace de promotion, et à tous ceux qui rendent possible la publication d'un livre. Félicitations, bien sûr, à Andrew Stuart, mon agent, qui me permet de rester dans le coup. Et comme toujours, merci à Holly, ma première lectrice.

Composé par Nord Compo
à Villeneuve-d'Ascq (Nord)

Imprimé en France par

MAURY-IMPRIMEUR
à Malesherbes (Loiret)
en septembre 2011

POCKET – 12, avenue d'Italie – 75627 Paris Cedex 13

N° d'impression : 167346
Dépôt légal : octobre 2011
S19430/01